Klarant Verlag

Bärbel Muschiol wurde 1986 in Weilheim, Oberbayern, geboren. Glücklich verheiratet lebt und arbeitet sie mit ihrem Mann und ihren zwei Kindern heute noch immer im tiefsten Bayern. Im Genre Erotik und in der Belletristik hat sich die Autorin mittlerweile einen festen Platz in den Bestsellerlisten geschaffen.

Bärbel Muschiol

Reaper. Golden Guns

Roman

Klarant Verlag

Klarant Verlag, www.klarant.de
ISBN: 978-3-95573-794-8
1. Auflage, 2018
Umschlagabbildung: Klarant Verlag unter Verwendung von shutterstock-Bildern.

Printed in the EU.

Besuchen Sie uns im Internet: www.klarant.de

1. Kapitel

Violet

Erschöpft starre ich mein Spiegelbild an und frage mich, warum zum Teufel ich tue, was ich tue ...

Meine Oberlippe ist aufgeplatzt und mein linkes Auge erstrahlt in meiner absoluten Lieblingsfarbe – violett.

Ich sehe aus, als hätte ich einen gewalttätigen Ehemann, der mich verprügelt hat. In Wirklichkeit aber bin ich seit zwei Jahren Single. Es gibt wenige Männer, die mit meinem Beruf klarkommen, als Feuerwehrfrau habe ich beziehungsfeindliche Arbeitszeiten. Der Schichtdienst fördert mein Privatleben nicht unbedingt, doch mich persönlich stört das nicht. Meine Kollegen auf der Wache sind meine Familie. Wir sind ein verdammt gutes Team, und ich würde für kein Geld der Welt meinen Arbeitsplatz wechseln wollen.

Heute war ein langer, anstrengender, jedoch erfolgreicher Tag. In einer Autowerkstatt ist ein Kabelbrand ausgebrochen, der dazu geführt hat, dass zwei Gasflaschen explodiert sind. Auch wenn mein Gesicht etwas in Mitleidenschaft gezogen wurde und ich mich fühle, als hätte ich mit King Kong höchstpersönlich im Boxring gestanden, ist es unserem Trupp gelungen, die zwei Männer, die vom Feuer eingeschlossen wurden, lebend zu retten. Beide sind mit schweren Rauchvergiftungen ins *Cornerstone Hospital* eingeliefert worden, die Wahrscheinlichkeit, dass sie keine langfristigen gesundheitlichen Schäden davontragen werden, ist groß.

Und genau diese Erfolge sind der Grund, aus dem ich nicht zögere, wenn es darum geht, mein Leben zu riskieren und in ein brennendes Gebäude zu laufen.

Ich liebe meinen Job, ich liebe den Nervenkitzel und ich liebe es, Menschen zu helfen. Und wenn das bedeutet, dass ich hin und wieder ein blaues Auge von einem herunterbrechenden Balken bekomme, dann ist das eben so.

Prüfend nehme ich eine Strähne meiner Haare und schnuppere daran. Obwohl ich sie gründlich mit meinem Lieblingserdbeershampoo gewaschen habe, bilde ich mir ein, noch immer Rauch riechen zu können.

Mit meinen hellblauen Augen, der eher zierlichen Figur und den langen blonden Haaren, deren Spitzen rosa-violett gefärbt sind, sehe ich nicht gerade aus, als würde ich zur Feuerwehr gehören.

Das laute Lachen von Max, dem Leiter unserer Wache, hallt durch die Gänge. Wenige Sekunden später taucht er in der Türe neben mir auf.

„Na, Violet? Wie sieht's mit einem Bier bei *Jerry* aus?"

Jerry ist die Stammkneipe unserer Wache, dort treffen wir uns, wenn die Schicht vorbei ist, und stoßen darauf an, dass wir dem Feuer entkommen sind.

Im Grunde genommen klingt ein kaltes Bier sehr verlockend, das Dumme ist nur, das Max frisch geschieden ist. Seitdem er keinen Ring mehr am Finger trägt, hat sich das Verhältnis zwischen uns irgendwie verändert. Ich erkenne an der Art, wie er mich beobachtet, dass er an mir interessiert ist.

Für mich würde es nie in Frage kommen, mit einem Kollegen ins Bett zu steigen, geschweige denn mit meinem Vorgesetzten. Da ist der Ärger ja quasi vorprogrammiert!

Mir ist bewusst, dass Max und ich uns mal aussprechen müssen, und dass ich ihm klarmachen muss, dass er seine Flirtversuche einstellen sollte, weil sie keine Erfolgschancen haben ...

Aber nicht heute!

Für heute will ich einfach nur noch nachhause und mit einem Glas perfekt temperiertem Weißwein in eine kühle Badewanne.

„Sorry, ich bin echt erledigt. Beim nächsten Mal vielleicht?"

Max mustert mich eingehend.

„Alles okay bei dir, Kleines? Du hast heute ziemlich was abbekommen."

Ich sage ihm nicht, dass ich gegen die Dienstvorschriften verstoßen und meinen Helm kurz abgesetzt hatte, weil sich meine Haare im Werkstatttor verheddert hatten, sondern nicke nur kurz.

„Ist halb so schlimm. Kennst mich ja, genau meine Farbe."

Das ist nicht mal gelogen. Mein eigentlicher Name ist Viktoria, aber wegen meiner Vorliebe für alles, was lila ist, nennen mich alle nur Violet.

Er scheint kurz zu überlegen, ob er mich noch weiter bedrängen soll, lässt es dann aber.

Sein armes kleines männliches Ego hat sicherlich schon genug wegen mir gelitten. Das eben ist die geschätzte 1001 Abfuhr, die er von mir kassiert.

Max ist ein toller Kerl, und dass er mein Vorgesetzter ist, ist nicht der einzige Grund, aus dem er niemals in meinem Bett landen wird. Er ist ein Bad Boy und ein echter Draufgänger. Als Kollegen kann ich mir keinen besseren vorstellen. Max würde keine Sekunde zögern, wenn es darum geht, sein Leben zu riskieren um das meine zu retten. Aber als Mann? Nein!

Ich bin eine Chaotin. Wenn ich mich verliebe, dann immer Hals über Kopf. Für mich gibt es in der Liebe kein Sicherheitsnetz und keinen doppelten Boden. Entweder lasse ich mich auf meinen Partner ein, oder eben nicht.

Daniel, der letzte Kerl, in den ich mich bis über beide Ohren verliebt hatte und der mir das Herz gebrochen hat, war genau derselbe Typ Mann wie Max.

Es ist unglaublich, aber so langsam lerne ich aus meinen Fehlern ...

So wie ich das sehe, gibt es keinen Mister Perfekt und auch keine Traumprinzen. Die haben all die blöden Frösche nur erfunden, damit sie auch mal geküsst werden ...

Es gibt da diesen blöden Spruch ‚Bad Boys do it better'. Da mag schon was dran sein, aber ich entscheide mich dennoch für die harmlosere Variante und suche mir als nächsten Freund einen anständigen Kerl mit einem guten Jahreseinkommen, einem schönen Haus und seinem spießig klingenden 5-Jahres-Plan. Nächsten Monat werde ich vierundzwanzig. Ich bin jetzt in dem Alter, in dem ich an Familie, Heirat und weiße Gartenzäune denken will.

So langsam habe ich mich daran gewöhnt, Frösche zu küssen und darum überlasse ich die äußerst nervenaufreibende Suche nach dem Traumprinzen endgültig anderen Frauen.

Nach all den Enttäuschungen und den vielen Nächten, in denen ich dachte, dass ich in meinem Liebeskummer ertrinken werde, bin ich mittlerweile bereit, den Nervenkitzel und die Schmetterlinge im Bauch gegen Kontinuität und Zuverlässigkeit einzutauschen. Denn jetzt mal ehrlich, dieses blöde Kribbeln, das man als Frau verspürt, wenn man von einem Bad Boy um den Verstand geküsst wird, wird doch völlig überbewertet. Oder?

Mich von Max verabschiedend, hole ich meine Handtasche aus dem Spind, schließe ihn ab und verlasse die Feuerwehrwache.

Der Sommer dieses Jahr ist besonders heiß und erbarmungslos. Die Sonne brennt unerbittlich auf uns herab und lässt die Waldbrandgefahr in die Höhe schnellen.

Vor einigen Jahren hat eine Reihe von Bränden eine Fläche von mehr als 5000 Hektar erfasst. In Summerhaven, der Berggemeinde nordöstlich von Tucson, brannte die Hälfte des Ortes ab. Die heißen Windböen fachten die Waldbrände so stark an, dass tausend Feuerwehrleute gegen das Feuer angekämpft haben, und dennoch hat es Wochen gedauert, bis es uns damals gelungen ist, es endlich unter Kontrolle zu bekommen. Die Flammen fraßen sich unaufhaltsam durch alte Baumbestände, es war eine Katastrophe. Dieses Jahr ist bis jetzt noch alles ruhig, aber das kann sich innerhalb von Sekunden ändern.

Als ich bei meinem froschgrünen Chevrolet Spark, der hinterm Haus im Schatten auf mich wartet, angekommen bin, sperre ich die Türe auf, werfe die Handtasche auf den Beifahrersitz, setze mich hinters Steuer und schalte den Motor an, damit die Klimaanlage so schnell es geht gegen die Hitze ankämpfen kann.

Schweißperlen bilden sich in meinem Nacken, gedanklich liege ich längst in meiner Wanne und halte ein Weinglas in der Hand.

Jetzt, wo die siebentägige Schicht vorbei ist, habe ich sieben Tage frei.

Dieses Mal habe ich mir bewusst nichts vorgenommen, ich will endlich mal nur meine Ruhe, Entspannung und etwas Zeit für mich.

Ich verlasse das Gelände der Feuerwache, drehe das Radio lauter und summe die Melodie der Musik mit. Über den Text des Popsongs grinsend, gebe ich Gas und fädle mich mit heruntergelassenen Scheiben in den Verkehr ein.

Es ist 17:00 Uhr - Rushhour. Im Normalfall brauche ich bis zu meiner Wohnung nur knapp zwanzig Minuten, doch bei der Autokolonne, die sich vor mir befindet, wird es wohl länger dauern.

Straße für Straße, Kurve für Kurve arbeite ich mich Meile für Meile vor.

Ein Biker schlängelt sich frech durch den Verkehr, ich beneide ihn. Zwar bin ich noch nie auf einem Motorrad gesessen, aber ich stelle es mir genial vor.

Die Ampel schaltet auf Rot und ich bleibe genervt stehen. Es verbessert meine Laune nicht gerade, dass mir eben einfällt, dass ich auch noch einkaufen gehen muss, zumindest wenn ich die nächsten Tage nicht verhungern will.

Wenn das so weitergeht, komme ich nie zuhause an.

Einen Blick in den Rückspiegel werfend, betrachte ich die Verletzungen in meinem Gesicht. Das sieht echt schlimm aus. Während die Frauenstimme im Radio darüber singt, dass sie es am geilsten findet, wenn ihr Typ es ihr *Doggy* besorgt, durchsuche ich meine Handtasche nach dem Lippenstift. Wenn mein Auge schon lila ist, dann können es meine Lippen ruhig auch sein.

Erneut sehe ich in den Spiegel, verziehe meine Lippen zu einem Schmollmund und färbe sie ultraviolett ein. Als Nächstes schnappe ich mir mein Make-up und bedecke damit das echt übel aussehende Hämatom. Im Augenwinkel sehe ich eine Bewegung. Die Make-up-Tube wieder zudrehend, laut mitsingend und alles andere als auf den Verkehr konzentriert, gebe ich Gas und erschrecke mich in dem Moment, in dem ich bemerke, dass das Motorrad vor mir noch immer steht, zu Tode.

Oh verflixte Scheiße!

Erschrocken versuche ich noch zu bremsen, aber zu spät.

Es kommt, wie es kommen muss. Meine Stoßstange knallt gegen das Bike, das nun samt seinem Fahrer umkippt. Eine Sekunde lang bin ich ganz starr vor Schreck, dann springe ich aus dem Auto und renne zu dem bereits wieder stehenden Motorradfahrer.

„Oh mein Gott. Es tut mir so leid, wirklich ganz schrecklich leid. Ist Ihnen etwas passiert? Geht es Ihnen gut? Soll ich einen Krankenwagen rufen?"

Der riesengroß wirkende Mann dreht sich, nachdem er seine Harley aufgehoben und den Ständer ausgeklappt hat, langsam zu mir um. Er sagt kein Wort, mustert mich jedoch mit einem so intensiven Blick, dass ich mir nackt vorkomme.

Aufgrund der Tatsache, dass er keinen Helm getragen hat, was im Übrigen sehr verantwortungslos ist, kann ich ihn mir genauer ansehen.

Mit seinen schulterlangen schwarzen Haaren sieht er verdammt verwegen aus. Seine rechte Augenbraue ist wie bei meinem Lieblingsschauspieler Jason Momoa durch eine Narbe in zwei Teile gespalten. Doch es ist nicht sein grimmiger Gesichtsausdruck oder der unheilvolle Blick, den er mir aus seinen eisblauen Augen zuwirft, der mir am meisten Angst macht, sondern es ist die Kutte, die er trägt und das Waffentattoo, das gut sichtbar an seinem Hals prangt. Die Mündungen der Revolver sind leicht überkreuzt und nach oben gerichtet, so dass sie auf seinen maskulinen Kiefer zeigen.

Ich bin so was von am Arsch ...

Dieser Biker ist nicht einfach nur irgendein netter Motorradfahrer, der fröhlich über den Highway rast, sondern ein Mitglied des gefürchtetsten Motorcycle-Clubs des Landes, der Reapers.

Diese Rocker sind nicht gerade dafür bekannt, Gnade walten zu lassen.

Liebes Schicksal, musste das jetzt wirklich sein?

Zumindest hat die Sache etwas Gutes. Wenn ich jetzt schon auf offener Straße sterben muss, dann bin ich zumindest frisch geschminkt.

Und als ob die Situation nicht schon peinlich genug wäre, dröhnt aus meinem Auto ein lautes Stöhnen, während die Sängerin ihren Freund erneut anfleht, es ihr von hinten zu besorgen. Warum zum Teufel kann sich jetzt nicht ein großes schwarzes Loch vor mir auftun, in das ich mich stürzen kann?

Ich habe die blödsinnige Angewohnheit, dummes Zeug zu reden, wenn ich nervös bin. So fasse ich mir ein Herz, hole tief Luft und beginne draufloszuplappern.

„Es war wirklich keine Absicht. Ich war total auf die Straße konzentriert. Also ich habe nicht telefoniert oder was gegessen oder so ... echt nicht! Ich habe nur kurz in den Spiegel geschaut und etwas Lippenstift aufgetragen. Irgendwie war ich mir sicher, dass ihr alle schon losgefahren seid und da habe ich nur ein winziges bisschen Gas gegeben."

Um ihm zu zeigen, wie wenig ich beschleunigt habe, hebe ich die rechte Hand und demonstriere es ihm mit einer kleinen Lücke zwischen Daumen und Zeigefinger.

Erneut stöhnt es in meinem Auto. Verlegen kneife ich die Augen zu und hoffe auf ein Wunder.

Der Reaper sagt kein Wort, hinter uns wird ein Hupen laut, das Herz schlägt mir bis zum Hals. Als ich mich dazu zwinge, meine Augen wieder zu öffnen, zucke ich erschrocken zusammen. Während ich versucht habe, mich unsichtbar zu machen, ist der Reaper auf mich zugekommen. Jetzt steht er nur wenige Zentimeter vor mir. Genau genommen ist er mir so nah, dass mir sein Körpergeruch in die Nase steigt. Er riecht nach Mann, Leder, Motoröl und noch etwas, das ich nicht zuordnen kann.

Trotz der Todesangst, die durch meine Venen pulsiert, kann ich nicht verhindern, dass mein Körper auf diesen Rocker reagiert. Meine Brustwarzen ziehen sich zusammen und zeichnen sich gut sichtbar unter dem dünnen Stoff meines Tops ab.

Endlich endet der Song und das sehnsüchtige Flehen nach hartem Sex endet somit.

Vor Erleichterung wird mir beinahe schwindelig.

Wieder ertönt ein Hupen, was nicht sonderlich verwunderlich ist, schließlich blockieren wir die Hauptstraße. Der Mann vor mir wendet seinen Blick von mir ab und sieht mit einem dämonischen Gesichtsausdruck über meine Schulter. Sofort verstummt das penetrante Gemöpe, was mich nicht sonderlich verwundert. Wer diesen Reaper mit Absicht gegen sich aufbringt, muss absolut lebensmüde sein.

Erneut richtet er seine geballte Aufmerksamkeit auf mich. Entschlossen, mir meine Angst nicht anmerken zu lassen, lege ich den

Kopf noch etwas weiter in den Nacken und erwidere seinen düsteren Blick.

Neben diesem Typen komme ich mir vor wie ein kleines Mädchen und nicht wie eine erwachsene Frau.

Sein stoisches Schweigen zerrt an meinen eh schon blank liegenden Nerven.

Wenn er mich anschreien, toben und schimpfen würde, dann würde mich das mit Sicherheit nicht so einschüchtern wie sein jetziges Verhalten.

Plötzlich bewegt er sich. Mit fest zusammengebissenen Zähnen beobachte ich, wie er seine Hand hebt und sich meinem Gesicht nähert. Gerade als ich denke, dass er mich schlagen wird, überrascht er mich, indem er nur sanft über mein geschwollenes und blau gefärbtes Auge streicht.

„Wer war das?"

Wie bitte?

Die federleichte Berührung lässt mich erschaudern und bringt meinen rasenden Puls ins Stolpern, so dass mir das Herz in die Hose rutscht.

Sein warmer Atem streift über meine Stirn, wieder steigt mir dieser süße Duft in die Nase. Ich bin mir sicher, dass ich ihn schon mal gerochen habe, aber ich kann ihn im Augenblick ums Verrecken nicht zuordnen.

Offensichtlich gefällt es ihm, mich zu berühren, denn sein Finger gleitet an meiner Wange entlang hinab zu meiner ultraviolett geschminkten aufgeplatzten Lippe.

„Wer war das?"

Er wiederholt seine Frage, dieses Mal ist der bedrohliche Unterton, der bei seinen Worten mitschwingt, noch deutlicher herauszuhören.

Obwohl ich keine Ahnung habe, warum ihn das interessiert, oder was das mit der Tatsache, dass ich in sein Motorrad gefahren bin, zu tun hat, beschließe ich, ihm zu antworten.

Ich räuspere mich nervös.

„Ähm, das ist mir in der Arbeit passiert. Es ist nicht so schlimm, wie es aussieht."

Die Pupillen des Reapers weiten sich überrascht.

„In der Arbeit? Fuck Baby? Gehst du anschaffen? War das ein Freier?"

Waaasssss ....

Denkt er allen Ernstes, dass ich eine Hure bin?

Jetzt bin ich diejenige, die wütend wird.

„Nimm deine Finger weg!"

Seine Hand zur Seite schlagend weiche ich einen Schritt zurück, so dass ich mit dem Rücken gegen mein Auto stoße.
„Nein, ich bin keine Nutte! Ich bin Feuerwehrfrau!“
Er wirkt amüsiert, so als hätte ich gerade einen Witz gemacht.
„Na klar, und ich bin der Papst, Baby. Hör auf mit dem Gezicke und sag mir, wer das war. Wenn du willst, kümmere ich mich darum, dass dich dieser Wichser zukünftig nicht mehr anlangt.“
Echt jetzt? Heilige Scheiße!
Vor ein paar Minuten dachte ich noch, dass er mich aus Wut darüber, dass ich ihn umgefahren habe, schlagen will, doch stattdessen bietet er mir an, mich zu beschützen?
Wow! Mit dieser Wendung habe ich nicht gerechnet.
Und obwohl das alles ja ganz nett von ihm ist, und ich bezweifle, dass er es gewohnt ist, nett zu sein, bin ich immer noch sauer auf ihn, weil er mich für eine Hure hält.
„Also erstens zicke ich nicht und zweitens war der Wichser, der mir das ...“, ich deute auf mein Gesicht, „...angetan hat, ein brennender herabfallender Holzbalken, der bereits nichts weiter als Schutt und Asche ist. Wie du siehst, bin ich nicht auf deinen Schutz angewiesen. Aber danke für das Angebot.“
In seinen arktisch blauen Augen erkenne ich, dass er mir kein Wort glaubt.
Ich bin es gewohnt, dass sich die Leute erst an den Gedanken, dass ich, eine Frau mit rosa-lila Haaren, die gerade mal fünfzig Kilo wiegt, bei der Feuerwehr arbeitet, gewöhnen müssen. Damit kann ich leben, aber damit, dass er mich für eine Professionelle hält, nicht.
Jetzt, wo die andere Straßenseite frei ist, beginnen die Autos, die sich hinter meinem Wagen, gestaut haben, neben uns vorbeizufahren. Ich spüre die neugierigen Blicke der Fahrer, und weiß, dass sie heilfroh darüber sind, dass nicht sie es waren, die den Reaper angefahren haben.
Nachdem wir uns ein heftiges Blickduell geliefert haben, zuckt der furchteinflößende Rocker plötzlich mit den Schultern.
„Gut, nehmen wir für den Moment mal an, dass du die Wahrheit sagst. Bleibt immer noch, dass du dir lieber die Lippen angemalt hast, anstatt dich auf die Straße zu konzentrieren. Als Feuerwehrfrau“, er betont das letzte Wort mit so viel Spott, dass ich ihm am liebsten das überhebliche Grinsen aus dem Gesicht schlagen würde, „solltest du eigentlich wissen, wie verantwortungslos dein Verhalten war. Ich hätte sterben können, schon mal daran gedacht?
Ohhhh, dieser Typ bringt mich echt auf die Palme.

„Jetzt machst du dich aber echt lächerlich. Wenn ein Reaper, wie du einer bist, wirklich so leicht ins Gras beißt, dann sollte man das vielleicht natürliche Auslese nennen. Ich meine, na ja, als harter Rocker solltest du doch was aushalten können. Oder nicht? An einer roten Ampel im Stand vom Bike zu fallen, kann man ja nicht gerade einen schlimmen Unfall nennen! Davon abgesehen hast du deine Gesundheit mit Absicht riskiert, immerhin trägst du keinen Helm. Und deine Kleidung ist auch alles andere als sicherheitsbewusst."

Keine Ahnung, welcher Teufel mich gerade reitet, und wie ich auf die hirnrissige Idee komme, einen eh schon wütenden Reaper zu reizen. Aber ich kann meine Klappe einfach nicht halten. Irgendwie ist das alles ja auch seine Schuld. Hätte er sich nicht so frech durch den Verkehr geschlängelt und sich somit vor mich gedrängt, hätte ich ihn gar nicht erst anfahren können!

Endlich schaffe ich es, meine Augen von den seinen loszureißen. Ich nutze die Möglichkeit, mir seine lederne Weste genauer anzusehen.

Sie ist abgewetzt und mit unterschiedlichen Aufnähern verziert.

Auf seiner linken Brustseite befindet sich ein viereckiges *SGT-AT-ARMS–Patch,* gleich darunter steht in dicken weißen Lettern *GFOD.* Zu meinem Leidwesen habe ich keine Ahnung, was das alles zu bedeuten hat. Ein weißer Blitz zuckt über sein Revers, weitere Aufnäher folgen.

Die Jeans, die er trägt, hat Löcher und weist dunkle, rostfarbene Flecken auf. Wenn ich raten müsste, würde ich auf Blut tippen – mit Sicherheit nicht seins.

An seinen Füßen trägt er schwere schwarze Stiefel. Sein Geldbeutel ist mit einer silbernen Gliederkette an seinem Gürtel befestigt.

Dieser Reaper ist der Inbegriff eines Bad Boys. Groß – muskulös – unnahbar und auf eine gefährliche Art und Weise verdammt sexy.

Dieser Kerl spricht die primitiven weiblichen Urinstinkte an, die nur auf eines abzielen: Paarung. Zu meinem Leidwesen bin ich alles andere als immun gegen seine düstere Ausstrahlung. Er übt eine erschreckend starke Anziehung auf mich aus, gegen die ich mich unbedingt wehren muss.

„Du musst verrückt sein, Püppchen. Aus welcher Anstalt bist du abgehauen?"

Zuerst denkt er, dass ich meinen Lebensunterhalt auf dem Rücken liegend verdiene und jetzt behauptet er, dass ich aus einer Irrenanstalt geflohen bin. Dieser Biker kostet mich echt meinen letzten Nerv. Entschlossen, das hier möglichst schnell zu Ende zu bringen, sehe ich ihm wieder direkt in die Augen. Ich will, dass dieser unverschämte Kerl weiß, dass ich mich nicht von ihm einschüchtern lasse.

„Hör zu, Reaper. Ich schreibe dir meine Nummer auf und du lässt die Kratzer, die eventuell an deiner Harley entstanden sind, reparieren und sagst mir dann Bescheid, was ich dir schuldig bin. Okay?"

Ohne seine Antwort abzuwarten, drehe ich mich um, beuge mich über den Fahrersitz und durchsuche meine Handtasche nach einem Stift und irgendetwas, wo ich meine Handynummer draufschreiben kann. Als ich aber nichts finde, schnappe ich mir kurzerhand meinen Lippenstift und gehe zurück zu dem wartenden Rocker.

Ich schnappe mir seine Hand, ziehe seinen Arm in meine Richtung und sehe entschuldigend zu ihm auf.

„Sorry, ich habe nichts anderes zum Schreiben."

Ein wenig schadenfroh ziehe ich die Kappe von meinem mega wasserfesten ultravioletten Lippenstift ab und beginne damit, meine Nummer auf seinem Arm zu notieren. Das Wissen, dass er echt lange schrubben müssen wird, um das Lila wieder von der Haut zu bekommen, amüsiert mich. *Rache ist süß ....*

Als ich die letzte Zahl geschrieben habe, schenke ich ihm ein viel zu freundliches Lächeln und steige wieder in meinen Chevrolet.

Noch bevor ich dazu komme, die Türe zuzuziehen, taucht er plötzlich neben mir auf.

„So wie ich das sehe, verdanke ich die Tatsache, dass ich noch am Leben bin, nicht deinen tollen Fahrkünsten oder der Gewissenhaftigkeit, mit der du dich so gut auf die Straße konzentriert hast. Sondern einfach nur dem Umstand, dass dein Auto alles, nur kein richtiges Auto ist. Dieses grüne Etwas sieht aus wie eine überreife Kiwi. Ach und noch eine Frage. Hast du deinen Führerschein in der Lotterie gewonnen oder einfach selbst gebastelt?"

Ich schnappe empört nach Luft. Bevor ich ihm alle Schimpfwörter, die ich kenne, an den Kopf werfen kann, redet er einfach weiter.

„Keine Ahnung, womit du in Wirklichkeit dein Geld verdienst. Ob bei der Feuerwehr oder beim Ficken, aber ganz offensichtlich wirst du nicht anständig bezahlt, sonst würdest du nicht in dieser Kiwi durch die Straßen fahren."

Meine Empörung muss mir ins Gesicht geschrieben stehen. Denn er lacht laut auf, weicht einen Schritt zurück und lehnt sich arrogant mit der Schulter ans Dach. Seelenruhig greift er sich in die Tasche und zieht eine pinke Packung hervor. Es dauert einen Moment, bis ich kapiere, dass er Erdbeer-Hubba-Bubbas zwischen seinen langen Fingern hält. Ohne seinen Blick von mir zu lösen, öffnet er sie, holt einen der viereckigen Kaugummis heraus und schiebt ihn sich in den Mund. Sein süßes Aroma erfüllt die Luft, erinnert mich an mein Haarshampoo. Jetzt weiß ich endlich, nach was er riecht: nach Leder, Motoröl, Mann und Kinderkaugummis.

Oh, bei Gott, das kann doch echt nicht wahr sein.

Es dauert einen Moment, bis ich meine Verwunderung überwunden und meine Schlagfertigkeit zurückgewonnen habe.

„Tja, Mister Reaper. Im Gegensatz zu dir kann ich mir zumindest einen fahrbaren Untersatz mit vier Reifen leisten."

Den Kopf leicht nach rechts neigend, verziehen sich seine vollen Lippen zu einem frechen Grinsen und entblößen so perfekt weiße Zähne.

„Touché Süße, der war nicht schlecht."

„Nur die Wahrheit! Sind wir jetzt hier fertig? Zuhause warten eine kühle Wanne und ein eiskalter Weißwein auf mich."

„Und was ist mit 'nem Kerl? Wartet da auch einer auf dich?"

„Das geht dich nichts an."

Eine Art Grunzen von sich gebend, formt er eine Kaugummiblase und lässt diese geräuschvoll zerplatzen.

Da ich es einfach nicht lassen kann, ihn zu reizen, spreche ich ungefiltert aus, was mir gerade durch den Kopf schießt.

„Sag mal, das mit den Hubba Bubbas? Ist das eine Art Fetisch oder gönnst du all den kleinen Mädchen auf dieser Welt nicht ihre Süßigkeiten?"

Dieses Mal wirft er den Kopf in den Nacken und lacht lauthals. Ein volltönendes Geräusch, das in meinem Bauch ein wildes Prickeln auslöst.

Es wird Zeit, dass ich von hier wegkomme. Badewanne hin oder her. Dieser Rocker hat garantiert kein sechsstelliges Jahreseinkommen und auch keine Fünfjahrespläne. Er fällt eher unter die Kategorie: unzähmbarerer Bad Boy für grenzgenialen, weltenverändernden, tabulosen Sex mit anschließender Herzschmerzgarantie.

„Du willst was Süßes, Baby? Ja? Ich schiebe dir gerne etwas in den Mund, an dem du lutschen kannst."

Hat er das gerade wirklich gesagt?

Perversling ...

Perplex sehe ich ihn an.

Etwas großes Rotes taucht in meinem Blickfeld auf, ich drehe mich um und sehe unseren Einsatzwagen auf uns zukommen, der schlussendlich direkt hinter uns hält. Max sitzt am Steuer, er springt auf die Straße und eilt auf mich zu. Seit ich die Wache verlassen habe, hat er sich umgezogen, jetzt trägt er eine Jeans, ein weißes Shirt und seine Haare sind noch nass vom Duschen.

Als er sieht, wer direkt vor meiner offenen Türe steht, verdüstert sich seine Mimik merklich.

„Hey Violet? Alles klar?“

Er würdigt mich nur eines kurzen Blickes, ehe er sich vor dem Reaper aufbaut und diesen hasserfüllt ansieht. Der hingegen bleibt unbeeindruckt genau da stehen, wo er ist. Zwischen Max und mir.

Oh oh ... Kennen sich die beiden irgendwoher?

„Öhm, ja klar. Warum? Was machst du hier?“

„Auf der Wache ist ein Anruf eingegangen, dass du einen kleinen Unfall hattest und die Straße blockierst. Ich dachte, ich schaue mal, ob ich dir helfen kann.“

Es war ja klar, dass sich das in Windeseile herumspricht. Mit meiner außergewöhnlichen Haarfarbe und meinem froschgrünen Auto habe ich einen gewissen Wiedererkennungswert.

„Violet also ... Ich bin Thunder, schön dich kennenzulernen.“

Der Biker beugt sich vor und presst mir frech einen Kuss auf die Lippen. Ich bin so perplex und überrascht, dass ich wie vom Schlag getroffen dasitze und ihm mit weit aufgerissenen Augen und wild pochendem Herzschlag dabei zusehe, wie er zu seinem Bike geht. Bevor er aufsteigt, hebt er seinen Arm hoch und deutet auf die violetten Zahlen.

„Ich habe deine Nummer, Baby. Warte auf meinen Anruf!“

Mit diesen Worten startet er mit einem kraftvollen Tritt den Motor seiner Harley, gibt Gas und fährt davon. Das dunkle Bollern hallt durch die Straßen, ich höre ihn noch, obwohl er längst aus meiner Sichtweite verschwunden ist.

Halleluja ...

Ist das gerade wirklich passiert?

Dem wütenden Ausdruck in Max' Augen nach zu urteilen, ja, definitiv.

„Was sollte das, Violet? Was ist hier eigentlich los?“

Na klasse! Seine Eifersucht hat mir gerade noch gefehlt.

„Ich war unaufmerksam und bin dem Reaper reingefahren, so dass er samt seinem Motorrad umgefallen ist. Zum Glück ist ihm nichts passiert. Damit er mir sagen kann, was mich der kleine Unfall kostet, habe ich ihm meine Nummer gegeben, nichts weiter ...“

Mit vor der Brust verschränkten Armen sieht er aus zusammengekniffenen Augen zu mir herab.

„Nach *nichts weiter* sah das aber ganz gewiss nicht aus! Diese Typen sind gefährlich. Halt dich von denen fern, Violet. Du hättest ihm nicht deine private Nummer geben dürfen. Wenn er sich meldet, dann sag ihm, er kann dich auf der Wache erreichen, da musst du dich diesem Verbrecher nicht alleine stellen."

Verbrecher? Auf der Wache? Interessant!

„Hast du da nicht was vergessen, Chef? Du hast uns erst bei der letzten Teambesprechung gesagt, dass du nicht willst, dass wir unser Privatleben mit auf die Wache nehmen."

Mit zusammengebissenen Zähnen stößt er einen Fluch aus.

„In deinem Fall ist das was anderes. Und das weißt du ganz genau."

Oh ja, das weiß ich, und die Richtung, in die sich die Sache zwischen Max und mir entwickelt, macht mir Angst.

„Ich halte mich nur an die Vorschriften. Es ist nett, dass du gekommen bist, um nach mir zu sehen. Aber das hättest du nicht müssen, mit geht es gut. Ich komme alleine klar. Ehrlich!"

Sich mit den Fingern durch die braunen Haare fahrend, atmet er geräuschvoll aus.

„Gut. Dann fahr jetzt weiter, du behinderst den ganzen Verkehr."

Wie nett, dass er mich daran erinnert, es ist auch kaum zu überhören. Denn jetzt, wo der Reaper weg ist, hat das Hupen wieder eingesetzt. Erstaunlich, wie anders sich die Menschen benehmen, wenn sie es mit einem Member des Reapers-Motorcycle-Clubs zu tun haben. Ob das daran liegt, dass sie Respekt vor den Rockern haben, oder ist es eher Furcht?

Es kostet mich ziemliche Selbstbeherrschung, mir vor Max nicht anmerken zu lassen, wie sehr mich das Aufeinandertreffen mit diesem Biker durcheinandergebracht hat.

Er hat mich geküsst ...

Ich wurde von dem König aller Bad Boys geküsst und es hat sich ganz und gar nicht so angefühlt, als wäre er ein Frosch.

Obwohl sich unsere Lippen nur ein oder zwei Sekunden lang berührt haben, zittern meine Finger noch immer ein bisschen.

Es ist weniger meinem Verantwortungsbewusstsein geschuldet, dass ich mich anschnalle, sondern eher der Tatsache, dass ich mich irgendwie ablenken muss.

Max kapiert, dass ich kein Interesse daran habe, unsere Unterhaltung fortzuführen.

Er schlägt meine Türe zu und stützt sich mit den Händen am Rahmen des offenen Fensters ab.

„Halt dich von diesem Typen und diesem Club fern, Violet. Ich meine es ernst. Das ist kein Umgang für dich!"
Mit dieser letzten Warnung lässt er mich allein. Im Außenspiegel beobachte ich, wie er in das Einsatzfahrzeug steigt und darauf wartet, dass ich losfahre.

Ich drehe den Schlüssel im Zündschloss und mache mich nun endlich auf den Heimweg. Nach der vergangenen halben Stunde habe ich mir mehr als nur ein Glas Weißwein verdient. Am besten trinke ich gleich die ganze Flasche. Das hilft mir bestimmt dabei, den Hubba Bubba kauenden Rocker mit den eisblauen Augen zu vergessen.

Tief in meinem Inneren weiß ich, dass selbst ein ganzer Liter meines Lieblingsweins nicht ausreichen wird, um diesen Biker aus meinem Kopf zu bekommen. Diesem Kerl ist es gelungen, mein Interesse zu wecken - hoffentlich gelingt es mir, dieses in den nächsten sieben Tagen in Alkohol zu ertränken ...

2. Kapitel

Thunder

„Fuck Bro! Fuck! Diese Frau hat lila Haare, lila Lippen und hat nach Erdbeere gerochen. Sie ist witzig, klug und schlagfertig. Sie hat sich nicht von mir einschüchtern lassen, was mir echt imponiert hat. Und das Geilste, sie ist Feuerwehrfrau. Welche Frau hat schon so einen Job und sieht dabei so niedlich aus? Echt Dagger, du hättest sie sehen müssen. Sie sieht aus wie eine Sexbombe und riecht nach Hubba Bubba."

Mir ist klar, dass ich mich gerade um Kopf und Kragen rede, doch ich kann einfach nicht die Schnauze halten. Violet ist eingeschlagen wie eine Bombe.

Dagger, der Präsident des im ganzen Land gefürchteten Reapers-Motorcycle-Clubs-Tucson-Arizona wirft mir einen verwunderten Blick zu.

„Und seit wann legst du Wert darauf, dass eine Frau nach Kinder-Kaugummi riecht? Bis vor kurzem hast du noch auf Arsch und Titten geachtet."

Wo er recht hat ...

„Glaub mir, Präs. Ihre Figur ist der Hammer. Sanduhrartig mit Rundungen an den richtigen Stellen. Ich muss sie ficken – ich werde sie ficken - so viel steht fest."

„Und sie hat dich echt vom Bike geworfen?"

Er wirkt belustigt, so als könne er es gar nicht glauben.

„Aye, sie ist einfach in mich reingefahren."

Lachend schlägt Dagger sich auf den Oberschenkel, ehe er sein klingelndes Handy aus der Hosentasche zieht.

Marlen, seine Old Lady und ihr gemeinsamer Sohn Mike kommen auf uns zu. Der kleine Nachwuchsrocker, der eine Miniversion der Kutte seines Vaters trägt, reißt sich von Marlens Hand los und rennt hüpfend auf mich zu.

Obwohl er schon sechs ist, kenne ich den Kleinen erst seit einem Jahr.

Zwischen Dagger und Marlen lief es nicht immer rund. Trotz der Tatsache, dass sie ein geborenes Reapergirl ist, hat es lange gedauert, bis sie den Club lieben gelernt hat. Vor knapp sieben Jahren ist sie ohne ein Wort schwanger mitten in der Nacht abgehauen, nur durch puren Zufall haben wir sie vor einem Jahr auf einem Jahrmarkt in Oro

Valley wiedergefunden. Damals hat sie sich als kartenlegende Wahrsagerin ausgegeben - eine echt geile Geschichte.

Als wir erfahren haben, dass sie Dagger ihren gemeinsamen Sohn verheimlicht hat, hat es dem gesamten Club die Sprache verschlagen.

Mittlerweile sind die beiden mehr als glücklich verheiratet und leben zusammen in einem kleinen Haus am Stadtrand von Tucson.

Ich habe nie mit dem Gedanken gespielt, eine der vielen Frauen, die ich bisher gefickt habe, zu meinem Eigentum zu machen.

Wieso auch?

Bis jetzt fand ich es völlig abwegig, meinen Schwanz freiwillig an die goldene Leine legen zu lassen, wenn ich ihn doch in so viele Pussys wie nur irgend möglich rammen kann.

All die vielen Clubbitches, die sich hier zu jeder Tages- und Nachtzeit herumtreiben, werfen sich mir an den Hals. Ich muss nur mit den Fingern schnippen und schon gehen sie bereitwillig vor mir auf die Knie, um an meinen Eiern zu saugen und an meinem Schwanz zu nuckeln.

Warum zum Teufel sollte ich darauf verzichten?

Vor zwölf Monaten, bevor Marlen zurück nach Tucson gekommen ist, hätte ich auf diese Frage keine Antwort gehabt – jetzt hingegen?!

So langsam kapiere ich, warum Dagger all die Jahre ohne sein Äffchen, wie er Marlen immer nennt, so unglücklich war. Die beiden gehören zusammen, sie sind wie Tag und Nacht - völlig unterschiedlich, jedoch unzertrennlich.

Dagger hat in dieser Frau seine zweite Hälfte gefunden und ich stelle mir unweigerlich die Frage, ob ich ebenfalls ein Mädchen brauche, um mein Leben zu perfektionieren?

Die Möglichkeit, dass es so ist, macht mir eine scheiß Angst.

Wenn ich jemals eine Frau zu meiner Lady mache, dann ist das etwas Besonderes, es bedeutet etwas – denn dann lasse ich mich auf eine lebenslange Bindung ein, die viel Verantwortung mit sich bringt.

In der Welt der Reapers werden krasse Unterschiede gemacht. Bitches sind Freiwild und Old Ladys heilig. Wir beschützen unsere Frauen, lieben und ehren sie.

Sobald wir ihnen unser Leder, das sie als unser Eigentum kennzeichnet, gegeben haben, ist die Sache ernst. Es ist wie eine Heirat, nur ohne den ganzen sinnlosen Mist drum herum. Und obwohl ich es nicht sollte, stelle ich mir vor, wie es wohl wäre, eine Frau wie Violet für mich zu beanspruchen. Diese kleine Feuerwehrfrau hat Feuer im Arsch und trägt ihr Herz auf der Zunge.

Wie sie wohl zu diesem Arschloch von Max steht?

Die Möglichkeit, dass die beiden zusammen sind, macht mich rasend und löst den Wunsch in mir aus, Max zu töten.

Warum das so ist? Fuck! Keine Ahnung und es interessiert mich auch nicht. Ich habe längst aufgehört, meine Bedürfnisse zu hinterfragen.

Seit meiner Zeit bei der Army ticke ich anders als der Rest der Welt. Ob das mit den Dingen, die ich in Afghanistan zu tun gezwungen war, zu tun hat, weiß ich nicht. Und es spielt auch keine Rolle ...

Ich bin, wie ich bin – ein Reaper durch und durch! Ende der Geschichte.

Als Sergeant-at-Arms des Clubs bekleide ich eines der wichtigsten Ämter. Es ist meine Aufgabe, Dagger zu schützen, die Members zu bewaffnen und für die Sicherheit unseres Geländes zu sorgen. Ich töte jeden, der eine potentielle Gefahr für unseren Motorcycle-Club darstellt, ohne dabei auch nur den Hauch von einem schlechten Gewissen zu verspüren. Um ehrlich zu sein, empfinde ich gar nichts dabei. Es ist einfach etwas, das ich tun muss. Irgendwann müssen wir alle sterben, unser Rückfahrticket ist schon bei unserer Geburt gebucht. Ich sorge nur bei manchen Menschen dafür, dass sie einen früheren Zug in die Ewigkeit nehmen, das ist alles.

Mike kommt bei mir an und redet sofort drauflos.

„Onkel Thunder, fahren wir eine Runde auf deinem Motorrad?"

Marlen, die mit ihrem Neunmonatsbauch etwas langsamer ist, erreicht uns völlig atemlos wenige Minuten später ebenfalls. In wenigen Tagen ist der errechnete Geburtstermin, was unseren Präsidenten mächtig nervös macht.

Bei Mike hat er die Schwangerschaft und die ersten Lebensjahre verpasst, für ihn ist es quasi das erste Mal, dass er alles aus erster Hand mitbekommt. Seit er weiß, dass er und seine Lady ein Mädchen erwarten, liegen seine Nerven blank.

„Na Schönheit, wie geht es euch heute?"

Ich strecke meine Finger nach Marlen aus und lege sie auf ihre runde Körpermitte.

„Gut. Unsere Prinzessin ist heute topfit. Spürst du es?"

Und tatsächlich tritt mir meine noch ungeborene Nichte prompt gegen die Handfläche.

„Da hat aber jemand Kraft."

Lachend setzt sich Marlen auf einen der freien Stühle.

„Was denkst du denn? Sie ist schließlich eine Reaperin."

„Was ist jetzt, Onkel? Fahren wir? Bitte ... bitte ... bitte!"

Mike, der immer noch auf eine Antwort wartet und für den Geduld ein Fremdwort ist, boxt mir gegen das Bein.

„Frag deine, Mum. Wenn es für sie okay ist, machen wir eine kleine Spritztour."
Seinen besten Hundeblick aufsetzend, dreht er sich zu seiner Mutter um.
„Darf ich, Mummy?"
„Nur wenn du mir einen Kuss gibst."
Mike überlegt kurz, ehe er die Lippen spitzt und sich auf den Deal einlässt.
„Gut, Onkel, wir können los."
Gott ich liebe diesen Jungen.
„Na dann hol deinen Helm, Kleiner. Ohne steigst du nicht auf."
Sofort rennt er in Richtung der MC-eigenen Werkstatt, die sich auf dem 6000 Quadratmeter großen Gelände der Reapers befindet, und holt seinen Helm.
„Was ist das da auf deinen Arm?"
Marlen deutet neugierig auf die in lila Lippenstift geschriebene Telefonnummer.
„Ach nichts."
„Nicht?"
Sie zieht eine Augenbraue nach oben, bedrängt mich aber nicht weiter.
Wofür ich ihr echt dankbar bin.

Dagger, der mit seinem Telefonat fertig ist, stellt sich vor seine Lady und gibt ihr einen langen Kuss. Sofort muss ich wieder an Violet und ihre süße Lippen denken. Scheiße! Ich habe sie nicht mal wirklich geküsst, sondern nur meinen Mund kurz auf den ihren gedrückt. Doch allein die Erinnerung reicht aus, um mich hart werden zu lassen.
Ich muss diese Frau ficken, da führt kein Weg dran vorbei ...
Die Sonne steht weit im Westen, die unerträgliche Hitze, die mir den ganzen Tag schon den Schweiß aus allen Poren hat laufen lassen, wird endlich erträglicher.
„Hast du schon gehört? Unser Sergeant hier hat sich heute von einem Mädel mit bunten Haaren vom Bike werfen lassen."
Während er das mega witzig findet, wirft mir seine Lady einen besorgten Blick zu.
„Geht es dir gut? Hast du dich verletzt?"
Dank der Schwangerschaftshormone hat sich Marlen in den letzten Monaten in eine überfürsorgliche Übermama verwandelt, die alle und jeden in ihrem Umkreis versorgen will. Dank den vielen Kuchen,

Cookies und anderem Zuckerkram, den sie in den letzten Wochen gebacken hat, habe ich mindestens fünf Pfund zugenommen.

„Ja, mir ist nichts passiert. Sie war nur etwas unaufmerksam."

Ein aufgebrachtes *Hmpf* von sich gebend, streckt sie die Füße aus und versucht so, ihren Rücken zu entlasten.

Dagger ist sofort in Alarmbereitschaft.

„Was los Äffchen? Hast du Wehen?"

Über sein Verhalten nur den Kopf schüttelnd, drehe ich mich zu Mike um, der sich mir sofort in die Arme wirft.

„Ich bin bereit, Onkel."

„Ja, das sehe ich."

Mike winkt über meine Schulter hinweg seinen Eltern zu, während ich ihn zu meiner Harley trage.

Die nächste Stunde spiele ich gerne den fürsorglichen Onkel und bespaße das kleine Energiebündel in meinen Armen. Aber dann? Fuck!

Dann werde ich zu Rock, dem Vizepräsidenten unseres MCs gehen und ihn bitten, so viel wie möglich über Violet in Erfahrung zu bringen. Er ist ein echter Spezialist, wenn es darum geht, Informationen zu beschaffen.

Ich will alles über dieses Mädchen wissen. Wo sie wohnt, wie alt sie ist und auch sonst jeden Scheiß. So ungern ich es auch zugebe, aber es hat mich mehr Disziplin gekostet, als nötig sein sollte, dass ich nicht längst die auf meiner Haut stehende Nummer angerufen habe.

Der Sturz hat meinem Bike nicht geschadet, und selbst wenn, würde ich keinen Penny von Violet wollen, da habe ich ganz andere Sachen im Sinn.

In meiner Fantasie sehe ich sie zwischen meinen Beinen knien, ihre lila Lippen schließen sich um meinen Schwanz und ihre weichen rosa Haare streichen über meinen Bauch, während sie mir einen bläst.

Diese Frau hat irgendetwas an sich, was mich schier in den Wahnsinn treibt.

Einen Kaugummi in den Mund schiebend, verdränge ich den Tagtraum und beschließe, mir heute Nacht noch eine der Bitches zu gönnen. Morgen werde ich zu Violet fahren und sie einkassieren, es wäre sicherlich von Vorteil, wenn ich bis dahin etwas von dem Druck, der sich seit unserer Begegnung in mir aufgestaut hat, abgebaut habe. Ansonsten besteht die Gefahr, dass ich sie packe, über die Motorhaube ihrer Kiwi beuge und sie solange bumse, bis sie zusammenbricht.

Nach einem Trip durch die Stadt, raus auf den Highway und unserem obligatorischen Stopp an Mikes Lieblingseisdiele, kommen wir wieder am Clubhaus an.

In der knappen Stunde, die wir weg waren, hat die Stimmung im MC umgeschlagen. Eine fette Party ist am Laufen. Nackte Weiber, laute Musik und literweise Alkohol. Genau das Richtige für meine derzeitige Stimmung.

Holy Shit!

Bis jetzt ist mir nie aufgefallen, wie lila die Welt doch ist. Egal wo ich hinsehe, überall ist derselbe Farbton, der auch Violets Lippen und Haare ziert.

Noch bevor Mike vom Bike gestiegen ist, taucht auch schon Dagger neben uns auf, um seinen Sohn in Empfang zu nehmen.

„Komm, du Racker, ich bring dich heim."

Mike, der von dem Plan seines Vaters nicht so viel zu halten scheint, sieht mich hilfesuchend an.

„Sorry, Kumpel. Aber für Junior-Reapers ist jetzt Schluss."

Der erste Gedanke, der mir durch den Kopf schießt, als Mike ein lautes „Fuck!", von sich gibt, ist, dass ich verdammt froh bin, dass Marlen nicht da ist. Sie gibt mir die Schuld daran, dass ihr Kind, dass böse F-Wort, wie sie es nennt, einfach nicht aus seinem Vokabular streicht.

Dagger, der das alles etwas lockerer sieht, packt sich seinen fluchenden Sohn und wirft ihn sich über die Schulter.

„Sehen wir uns später wieder, Präs?"

„Nein, Bro. Keinen Bock auf Party, ich bleibe bei meiner Lady."

Warum überrascht mich das nicht?

Vor ein paar Stunden hätte ich ihn für diese Antwort noch verarscht, jetzt hingegen?

Wenn ich wüsste, dass Violet irgendwo auf mich wartet, würde ich jetzt auch gehen. Doch anstatt an lila Lippen zu knabbern, gehe ich zur Bar, schnappe mir ein kühles Bier und suche mir eine Pussy.

Verdammte Scheiße!

Ob sie gerade in den Armen von Max, dem Arschloch, liegt?

Mir ist klar, dass mich das überhaupt nichts angeht, dennoch lässt mich die Möglichkeit wütend gegen die Wand boxen.

Ein stechender Schmerz zuckt an meinem Ellenknochen nach oben, frisst sich bis in meine Schulter. Putz bröckelt von der Wand, meine Knöchel sind blutig.

Ich kenne diese Feuerwehrfrau überhaupt nicht und dennoch will sie mir einfach nicht mehr aus dem Kopf gehen.

Meine Stimmung wird sekündlich schlechter.

Die Musik ist mir zu laut, das Bier zu bitter und die Luft zu stickig.

Meine noch immer schmerzenden Finger ausschüttelnd, gehe ich wieder raus in den Hof, nehme meinen Stammplatz an einem der brennenden Ölfässer ein und starre in die orangen Flammen.

Yeah, die perfekte Freitagnacht.

Keine Ahnung, wie lange ich so dasitze. Ein paar Minuten? Vielleicht auch eine halbe Stunde? Aber als sich plötzlich eine Hand von hinten auf meine Schulter legt und sich anschließend an meiner Brust entlang in mein T-Shirt schiebt, ist meine Laune auf dem Tiefpunkt angekommen. Das Clubleben ist zu ruhig geworden - zu ungefährlich. Seit wir letztes Jahr die *Bahala Na Gang* mit ein paar Stangen TNT und der Hilfe des Sprengstoffspezialisten unseres Clubs, Boomer, in die Luft gejagt haben, hat sich niemand mehr getraut, den Reapers ans Bein zu pissen. Dank dieser Aktion, die landesweit für Schlagzeilen gesorgt hat, uns aber nicht nachgewiesen werden konnte, sind wir in die Top-Liga der amerikanischen Motorcycle-Clubs aufgestiegen. Unsere Geschäfte laufen gut, unsere Geldbörsen sind prall gefüllt und unsere Häuser abbezahlt.

Wir können die Dollars gar nicht so schnell ausgeben, wie wir sie verdienen.

Der Waffenhandel läuft reibungslos, die Nutten bedienen in unseren clubeigenen Bordellen einen Freier nach dem anderen und in unseren Casinos sitzen genug Idioten, die ihr hart verdientes Geld gar nicht schnell genug verspielen können.

Bullshit!

Ich hätte nie gedacht, dass ich mich mal darüber aufregen würde, dass mir zu wenig Kugeln um die Ohren fliegen.

Manchmal kennt die Ironie wirklich keine Grenzen. Jahrelang habe ich all meine Energie und Zeit darauf verwendet, den Club zu schützen, doch wo keine Angreifer sind, da ist kein Kampf, und ohne Kampf fehlt mir etwas. Ich muss Blut vergießen, mich auspowern und das Geräusch von knackenden Knochen hören, ansonsten geht mir was ab.

Viele würden mich einen Psycho nennen, vielleicht bin ich auch einer, aber das ändert nichts an der Tatsache, dass ich nun mal so gestrickt bin.

Spitze Fingernägel kratzen über meine Haut, Sarah raunt mir leise ins Ohr, dass ich es ihr besorgen soll. Sie und ich - wir haben schon so einige Nächte zusammen verbracht. Es war jedes Mal heiß, geil und äußerst befriedigend, aber eben nicht mehr.

Obwohl sie jung und durchaus hübsch ist, übt sie nicht dieselbe Anziehungskraft auf mich aus wie Violet. Über mich selbst verärgert, dass ich es zulasse, dass mir ein völlig fremdes Mädchen die Nacht versaut, packe ich Sarah am Arm, ziehe sie zu mir nach vorne und setze sie mir auf den Schoß.

„Na Süße, alles klar bei dir?"

„Wenn ich bei dir bin, immer. Aber das weißt du ja, stimmt's, Reaper?"

Oh ja, ich weiß, dass Sarah etwas für mich empfindet. Und obwohl sie ein wirklich süßes Ding ist, will ich sie einfach nur ficken und meinen Spaß mit ihr haben.

„Du bist eine tolle Frau. Irgendeiner meiner Brüder wird das früher oder später erkennen und dir sein Leder anziehen."

Sie zieht einen Schmollmund.

„Ich finde ja, dass ein *PROPERTY OF THUNDER* meinen Rücken zieren sollte. Aber du machst ja einen auf einsamer Präriewolf."

„Sorry, Baby. Ich kann dir nicht geben, was du willst. Brauchst du einen Typen, der es dir regelmäßig besorgt, dann bist du bei mir an der richtigen Adresse. Für alles Weitere solltest du dein Jagdgebiet erweitern."

Sarah ist eine der wenigen Bitches, die mit meinen sexuellen Vorlieben zurechtkommen. Sie ist einsam, hat ihren Mann nach nur zwei Jahren Ehe an den Krebs verloren und sucht seitdem bei den Reapers Anschluss.

„Ja, ich weiß, Thunder. Aber eine Frau wird ja wohl noch träumen dürfen ..."

Sie beugt sich zu mir vor, knabbert an meinem Kiefer und schiebt ihre kleine Hand geschickt in meine Hose. Mit ihrem Daumen über meine Eichel reibend, gibt sie ein leises Schnurren von sich.

„... und solange du mich an deinen Schwanz lässt, bin ich zufrieden."

„Er gehört ganz dir. Bedien dich, Baby."

Sarah lacht leise, steigt von meinem Schoß und öffnet meine Hose. Keine Sekunde später kniet sie vor mir und leckt mit ihrer Zunge von der Wurzel bis zur Spitze.

„Holy Fuck!"

Ihre langen blonden Haare bedecken ihr Gesicht. Da ich es aber liebe, dabei zuzusehen, wie mein Penis zwischen ihren Lippen versinkt, schlinge ich mir ihre Haare um die Finger und sorge so für freie Sicht.

In einem immer schneller werdenden Rhythmus wippt ihr Kopf auf und ab.

Das göttliche Gefühl, wenn meine Eichel an ihrem glatten Gaumen hinab in ihre heiße enge Kehle gleitet, entlockt mir ein Stöhnen.

Oh ja ... Sarah weiß genau, wie ich es brauche ...

Meine Eier ziehen sich puckernd zusammen, werden heiß und prall und bereiten sich zum Abspritzen vor.

Die kleine Bitch spürt es und beginnt, mich zu ärgern. Ihre Zähne knabbern an meiner Haut, sie verlangsamt den Rhythmus und zögert das Finale so unnötig hinaus.

„Du kleines Miststück!"

Mit einem leisen *Plopp* lässt sie mein Glied aus ihren Lippen flutschen, leckt sich über den Mund und sieht frech grinsend zu mir nach oben.

„Wenn du lieb bitte, bitte sagst, lasse ich dich kommen."

„Dir geb ich *bitte, bitte*!"

Ungeduldig packe ich ihren Kopf, drücke sie zurück auf meinen Schwanz und ramme mich mit einem kraftvollen Stoß meiner Hüfte bis zum letzten Zentimeter in ihren Hals.

Sie röchelt leise, ich spüre, dass sie würgen muss und halte sie, ganz das Arschloch, das ich nun mal bin, in Position. Ohne Rücksicht beginne ich, ihren Mund zu ficken.

Tief, hart, schnell und genau so wie ich es brauche, benutze ich ihre enge Kehle, ramme mich bis zum Anschlag in sie und beiße die Zähne fest zusammen.

„Na, ist das lieb genug für dich?"

Erneut stoße ich zu, ihre Nase stößt gegen das Leder meiner Kutte. Unweigerlich stelle ich mir vor, dass nicht Sarah vor mir kniet, sondern Violet und dass es ihre lila Lippen sind, die mich so gekonnt bearbeiten.

Die Bitch erhöht den Sog, so dass es sich anfühlt, als würde sie mir die Wichse direkt aus den Eiern saugen. Die Muskeln in meinen Beinen spannen sich an, werden hart und beginnen zu zucken.

„Yes, das ist es. Schluck es, Baby, Schluck es!"

Ein heißer Schauer rieselt zwischen meinen Schulterblättern hinab, meine Eier fühlen sich an, als würden sie gleich explodieren ...

Und dann ist es endlich so weit, die Anspannung, die mich seit Stunden im Griff hat, löst sich auf, mein Samen pumpt durch meinen Schwanz und spritzt in Sarahs Kehle.

Sie gibt ein williges Schmatzen von sich und schluckt, ganz wie ich es von ihr erwarte, jeden heißen Tropfen

3. Kapitel

Sarah

Zufrieden bleibe ich in der knienden Position, ignoriere die spitzen Kieselsteine, die sich schmerzhaft in meine Beine drücken und sehe zu Thunder auf.

Ich kenne diesen Reaper, er mag es, wenn ich ein braves devotes Mädchen bin, das ihm nicht widerspricht und all seine Wünsche erfüllt. Seit einem Jahr, genauer gesagt nach dem Tod meines Mannes, verbringe ich möglichst viel meiner freien Zeit in diesem MC, und in all den Monaten habe ich Thunder beobachtet und ihn genau studiert.

Dieser Biker gehört mir - mir allein. Es mag sein, dass er im Augenblick noch nicht bereit für eine feste Bindung ist, das ist okay. Ich bin geduldig und warte einfach ab.

Es ist wichtig, dass ich Thunder seine Freiheiten lasse, dennoch muss ich daran arbeiten, dass unsere Beziehung fester wird, damit er eines fernen Tages erkennt, dass ich die einzig Richtige für ihn bin. Das gleicht einem Spiel, ist in Wirklichkeit jedoch eine schwierige Gratwanderung, die ich perfektioniert habe.

All den anderen Bitches, die ein Auge auf ihn geworfen hatten, habe ich längst klargemacht, dass dieser Reaper zu mir gehört!

Die meisten von ihnen haben sich einfach anderweitig orientiert, nur eine war hartnäckig, doch für sie habe ich gesorgt.

Bis heute sind alle fest davon überzeugt, dass sie einen tödlichen Verkehrsunfall hatte. Niemand hat bemerkt, dass ich die Bremsen an ihrem Auto sabotiert und sie somit getötet habe. Ein schlechtes Gewissen habe ich nicht, warum auch?

Ich hatte sie gewarnt, sie wollte nicht hören und darum musste sie sterben – ganz einfach.

Zufrieden lecke ich ein letztes Mal über Thunders erschlaffende Erektion, ehe ich seine Hose schließe und mich wieder auf seinen Schoß setze.

Aus Erfahrung weiß ich, dass es nicht lange dauert, bis er für Runde zwei bereit ist. Also bleibe ich bei ihm, nippe an seinem Bier und reibe meine Brüste an seinem Arm.

Ich markiere ihn für all die anderen anwesenden Frauen als mein Eigentum, sollte sich mir eine in den Weg stellen, wird sie das bitter bereuen.

Rock, der Vizepräsident des Clubs, setzt sich zu uns. Genau wie die meisten Members (Clubmitglieder) schenkt er mir kaum Beachtung. Aber das stört mich nicht. Noch bin ich nur eine unbedeutende Clubbitch, aber es kann nicht mehr lange dauern, bis Thunder endlich erkennt, dass ich die Richtige für ihn bin. Und dann wird er mir sein Leder anziehen und mich zu seiner Old Lady machen. Spätestens wenn ich seine Kutte trage, werden mich alle mit dem nötigen Respekt behandeln.

„Verpiss dich, Schlampe. Wir haben was zu besprechen. Such dir einen anderen Schwanz, an dem du nuckeln kannst."

Zuerst zögere ich, doch dann stehe ich absichtlich langsam auf, beuge mich zu Thunder und wispere ihm in sein Ohr, dass ich es kaum erwarten kann, dass er mich tief und hart von hinten nimmt. Wie zu erwarten, er steht auf Analsex, greift er in seine Hosentasche und zieht seinen Schlüssel hervor.

„Warte oben. Ich komme, sobald ich hier fertig bin."

Er verpasst meiner Rückseite einen Klaps, kneift mir in die Arschbacke und tätschelt sie anschließend leicht.

Mit einem triumphierenden Grinsen drehe ich mich um und stolziere über das Gelände in Richtung Wohnhaus.

Eigentlich mag ich es gar nicht, wenn er mich von hinten nimmt. Thunder ist verdammt gut gebaut und alles andere als zärtlich. Es tut immer ziemlich weh und ich reiße ein. Doch das nehme ich in Kauf. Bei Gott! Ich bin bereit alles zu tun und alles zu ertragen, um diesen Reaper an mich zu binden. Und wenn das bedeutet, dass ich Konkurrentinnen töten oder mich in den Arsch bumsen lassen muss, dann ist das eben so.

Am besten bereite ich mir schon mal eine Wasserflasche und ein paar Schmerztabletten vor, dann ist alles nur halb so schlimm ...

Bis auf die Unterwäsche ziehe ich mich aus und lege mich hin.

Die Zeit vergeht, zieht sich in die Länge. Ich liege seit Stunden in Thunders Bett und warte darauf, dass er endlich zu mir kommt.

Keine Ahnung, was er und Rock so lange zu besprechen haben, aber es gefällt mir nicht, dass er mich warten lässt.

Wenn ich erst mal sein Leder trage, werde ich das nicht mehr dulden...

Müde werfe ich einen Blick auf die Uhr, es ist drei Uhr in der Früh.

So eine Scheiße!

Einen letzten Blick auf die Tabletten auf dem Nachttisch werfend, schließe ich die Augen und schlafe ein.

Mein Reaper weiß, was er will und er nimmt es sich, er wird kein Problem damit haben, mich aufzuwecken, wenn er endlich da ist.

Warme Hände gleiten über meine Arme, Lippen saugen sich an mir fest und Zähne graben sich tief in das empfindliche Fleisch in meinem Nacken.

„Fuck. Jetzt werde ich es dir so richtig besorgen."

Seine raue Stimme dringt durch den Schleier des Schlafes, der noch immer über meinem Verstand liegt, zu mir durch.

An ihrem Klang erkenne ich, dass er betrunken und wütend ist, keine besonders gute Kombination.

Thunders Zunge spurt die Konturen meiner Lippen nach und dringt dann grob in meinen Mund ein.

Bereit, alles hinzunehmen, was er mit mir vor hat, sauge ich sein herbes Aroma in mich auf und erwidere zögerlich den Kuss.

Süchtig nach seiner Kraft kralle ich mich an seinen Schultern fest und vergrabe meine Fingernägel tief in seinen festen Muskeln.

Zwischen meinen Beinen wird es feucht. Meine Nervenbahnen vibrieren regelrecht. Eine Mischung aus Angst und Vorfreude rast durch meine Venen.

Immer leidenschaftlicher erwidere ich seinen Kuss und lasse zu, dass er mich regelrecht verschlingt. Unsere Zähne schlagen krachend aufeinander, während er seine Finger in meinen Haaren vergräbt und zur Faust ballt.

Meine Kopfhaut prickelt, heute ist Thunder nicht in Spiellaune.

Ich weiß, dass ich jederzeit Nein sagen kann, doch ich will es nicht. Wenn ich mich jetzt anstelle und einen auf wehleidig mache, wird er mich nie zu seiner Lady machen.

Erst als meine Lunge brennt, beende ich den Kuss und schnappe japsend nach Luft. Der eindringliche Blick seiner blauen Augen wirkt kalt und distanziert.

Mit seinen rauen Fingerkuppen streicht er über meinen Bauch, gleitet noch etwas tiefer, und umfasst grob meine empfindliche Mitte.

Knurrend senkt er den Kopf und beißt mir durch den dünnen Stoff meines BHs in die Brustwarze.

Der scharfe Schmerz entlockt mir einen lauten Schrei, ehe er wie ein Blitz direkt in meinen Unterleib schießt. Ich presse die Augen zusammen und atme tief durch.

Thunders Atem riecht nach Wodka, Bier und Kaugummi.

Mit zitternden Fingern streiche ich durch die weichen Strähnen seiner langen Haare und versuche so, etwas Zärtlichkeit in unser Liebesspiel zu bringen – vergeblich.

Meine Erregung wächst genau wie meine Furcht mit jeder Sekunde.

Dieser Reaper gehört mir! Nur mir!

„Lass das, Bitch."

Es verletzt mich, wenn er mich so nennt, dennoch widerspreche ich ihm nicht, sondern löse meine Hand aus seinen Haaren.

Abrupt richtet er sich auf und dreht mich auf den Bauch.

„Halt dich am Kopfkissen fest. Lass es nicht los! Verstanden?"

„Verstanden."

Natürlich weiß ich, dass er es nicht besonders gerne mag, berührt zu werden.

Warum? Keine Ahnung.

Noch bevor ich weiß, wie mir geschieht, drückt Thunder mich tief in die Matratze. Groß und beeindruckend ragt er über mir auf. Jetzt bin ich ihm ausgeliefert.

Seine Hand landet mit einem festen Schlag auf meinem Po, bittere Pein zuckt durch mich hindurch. Erst als er mit seinen Fingern den dünnen Stoffstreifen zur Seite schiebt und damit beginnt, meine Klit zu bearbeiten, verwandelt sich der Schmerz in Erregung.

Keuchend presse ich mich seiner geschickten Hand entgegen.

Es ist verrückt und ich habe keine Ahnung, wieso ich so von diesem Mann besessen bin, aber ich will es auch gar nicht ändern. Wir passen perfekt zusammen, er muss es nur endlich merken.

Meine Scheide reagiert mit purer Lust, schwillt an und wird immer nasser.

Ich kralle mich an dem Kissen fest, schnappe nach Luft und genieße das Gefühl, von ihm in Besitz genommen zu werden.

Kreisend massiert er meinen Kitzler, dringt mit seinen langen Fingern tief in mich ein und trifft auf den sensiblen Punkt, der mir ein Stöhnen entlockt.

„Sag mir, dass du so weit bist."

Den Kopf auf die Seite drehend öffne ich langsam die Augen und sehe ihn über meine Schulter hinweg an.

Thunders wilder Blick ruht auf mir, er beobachtet mich.

„Ich gehöre dir. Tu, was immer du willst."

„Yeah. Genau das wollte ich hören!"

Erwartungsvoll zieht sich mein Unterleib zusammen.

Er zieht seine Finger aus meiner Muschi und verpasst meiner Rückseite drei feste Schläge. Das Klatschen hallt unnatürlich laut durch den Raum und vermischt sich mit meinem schmerzerfüllten Wimmern.

Er beugt sich über mich, mein Po brennt höllisch und unsere Haut reibt aneinander.

Genau das ist es, diese Mischung aus zart und hart, die mich so abhängig macht.

In dieser Position kann ich jeden seiner angespannten Muskeln spüren. Der harte Beweis seiner Erregung streift über meinen Schenkel. Bereitwillig öffne ich mich ihm noch etwas mehr. Er reagiert sofort und reibt mit seinem harten Schwanz durch meine geschwollenen Schamlippen. Der Schmerz ist schlagartig vergessen ...

Ich spüre, wie sich sein Körper mehr und mehr anspannt.

Thunder kann es kaum erwarten, sich endlich tief in mich zu rammen.

Ein dunkles Grollen löst sich aus seiner Kehle, während er mit seinem Daumen über meine Rosette reibt und gleichzeitig zwei seiner Finger bis zum Anschlag in meine Öffnung stößt.

Oh Gott ...

Mein Atem kommt immer abgehackter. Ich weiß, dass er kurz davor ist, die Beherrschung zu verlieren.

„Oh Fuck! Du bist so heiß. So eng."

Mit seiner Hand umschließt er bestimmend meinen Nacken, drückt mich fest nach unten.

Ohne mich zur Wehr zu setzen, unterwerfe ich mich seiner Führung.

Erregt biege ich den Rücken durch und komme ihm so noch etwas weiter entgegen.

Ich bin verloren ...

„Bloody Hell! Es gibt nichts Geileres als einen engen Arsch und eine nasse Pussy."

Erneut fährt er mit seinen Fingern durch meine Pospalte, dehnt meinen Schließmuskel und übt etwas Druck aus.

„Bis die Sonne aufgeht, werde ich dich so oft rangenommen haben, dass du morgen nicht mehr laufen kannst."

Aus Erfahrung weiß ich, dass das keine leeren Worte sind.

Er schiebt mir seinen Daumen in den Po, während er mir in die Schulter beißt.

„Bevor die Nacht vorbei ist, wirst du mich um Gnade anflehen."

Zitternd atme ich ein und lasse zu, dass er sich noch tiefer in mich schiebt.

Plötzlich verändert mein Reaper seine Position, dringt mit seinem Schwanz ein Stückchen in mich ein und entlockt mir so ein Keuchen.

Die dicke Eichel zu spüren, während sein Finger in meinem Po steckt, lässt mich beinahe kommen. Ich kneife die Augen zusammen und genieße die Ekstase, die mich erzittern lässt.

„Du bist die perfekte Bitch."

Stumm schwöre ich mir, dass es mir gelingen wird, dass er das Wort *Bitch* in naher Zukunft in *Old Lady* tauscht.

Ein dünner Schweißfilm überzieht meine Haut, der weiche Bezug des Kissens reibt über meine Wange.

Langsam entzieht er mir seinen Finger, ich zucke zusammen.

Bestimmend umfasst er meine Taille und rammt seinen dicken Schwanz bis zum Anschlag in mich.

„Ohhhhh jaaaa!"

Mein gequälter Schrei vermischt sich mit seinem Knurren.

Was würde ich dafür geben, jetzt auf dem Rücken zu liegen, ihm in die Augen zu sehen und ihn berühren zu dürfen, während er mich vögelt.

„Ich spüre, wie deine gierige kleine Fotze versucht, mich tiefer reinzuziehen. Aber du weißt genau, dass ich in dein anderes Loch will."

Rau stöhnend zieht er sich aus mir zurück, reibt mit der Eichel über mein Poloch, bevor er sich wieder vor meiner Möse in Position bringt.

Einen Herzschlag später rammt er sich so tief in mich, dass ich beinahe mit dem Kopf gegen die Wand geknallt wäre, wenn er mich nicht festgehalten hätte. Thunder ist so unglaublich hart und unfassbar groß, dass ein bitterer Schmerz durch meinen Unterleib zuckt.

Er nimmt mich mit all seiner Kraft. Es hat fast etwas Verzweifeltes, so als würde er versuchen, mit diesem Sex etwas zu erzwingen. Aber was?

Immer und immer wieder versenkt er sich in mich, nimmt mich, benutzt mich, so wie er es braucht.

Tief in meinem Bauch baut sich ein immer stärker werdender Druck auf.

Ich flehe ihn an, mich kommen zu lassen, doch er lacht nur laut auf, verpasst meinem Po einen weiteren harten Schlag und zieht sich aus mir heraus.

„Du wirst schreien, zucken und betteln, aber erst dann, wenn ich es will."

Zitternd, verschwitzt und mit rasendem Puls liege ich unter Thunder. Er bringt sich vor meinem Poloch in Position und schiebt seine dicke Schwanzspitze durch den engen Muskel. Aus Erfahrung weiß ich, dass es angenehmer für mich ist, wenn ich mich entspanne und lockerlasse, doch das ist gar nicht so leicht ...

Sein Glied dehnt mich, drückt sich immer tiefer in den viel zu engen Kanal und lässt mich erschaudern. Mit angehaltenem Atem kämpfe ich darum, nicht ohnmächtig zu werden. Gnadenlos drängt er sich bis zum letzten harten Zentimeter in mein krampfendes Inneres. Bei seinem letzten Vorstoß versenkt er sich bis zur Wurzel in mir. Unsere Körper klatschen aufeinander, sein heißer Atem streift über meine schweißnasse Haut.

„Oh Sarah ..." Vorstoß „... dein Arsch fühlt sich so perfekt an ..."

Rückzug und erneuter Vorstoß. „...er wurde zum Ficken erschaffen!"

Wieder zieht er sich zurück, nur um sich anschließend so tief in mich zu schieben, dass ich laut aufschreie.

Thunders Stimme klingt rau und heiser, es erfüllt mich mit Stolz, dass ich in der Lage bin, diesem Reaper all das zu geben, wonach er sich sehnt.

Der Rhythmus, mit dem er mich vögelt, ist schnell, tief und hart und trotz der bitteren Pein, die ihre schwarzen Schwingen über mir ausbreitet, wird die Lust, die ich empfinde, immer intensiver. Meine Muschi tropft vor Erregung, meine Brüste sind empfindlich und schwer und meine Beine zittern. All die Emotionen, die durch meinen Kreislauf zucken, sammeln sich und verwandeln sich in einen glühenden Feuerball.

Wieder und wieder verschmelzen unsere Körper, jedes Mal, wenn wir aufs Innigste miteinander verbunden sind, wird meine Gier nach diesem Rocker stärker.

Ich werde niemals zulassen, dass ihn mir jemand wegnimmt – niemals!

Er stößt ein wildes Knurren aus, mein Orgasmus ist zum Greifen nah.

Stöhnend löse ich die rechte Hand vom Kissen, schiebe sie zwischen meine Beine und reibe über meinen Kitzler. Stoß für Stoß jagt Thunder seine eigene Erlösung, er schiebt sich ein letztes Mal bis zum Anschlag in mich, ehe er sein Sperma tief in mich spritzt. Mehr brauche ich nicht...

Mit einem langgezogenen Schrei spüre ich, wie der Feuerball in meinem Unterleib zerplatzt. Es fühlt sich so an als würden tausend kleine Funken durch meinen Bauch surren und wie Sternschnuppen verglühen...

Es dauert eine kleine Ewigkeit, bis unser Atem wieder regelmäßig kommt.

Thunder stützt sich auf die Ellenbogen, rollt sich von mir herunter und seufzt zufrieden.

Jetzt, wo der Rausch des Erlebten nachlässt, sehe ich sehnsüchtig zu den Schmerztabletten.

„Yeah, das war ein guter Ritt."

Er hat leicht reden ...

Erschöpft strecke ich die Hand nach ihnen aus, werfe sie mir in den Mund und spüle sie mit einem großen Schluck runter.

„Wenn die Sonne aufgeht, bist zu verschwunden. Verstanden?"

Mit diesen Worten dreht er sich auf die Seite, wendet mir den Rücken zu und schläft sofort ein.

Fassungslos starre ich ihn an.

Ich fühle mich benutzt und ausgestoßen. Tränen steigen mir in die Augen, ich zwinge mich dazu, stark zu sein. Mir war von vornherein klar, dass es nicht leicht werden würde, diesen Biker einzufangen.

Warum tue ich das alles eigentlich?

Warum bin ich überhaupt hier?

Manchmal frage ich mich, wieso ich mich ausgerechnet in Thunder verlieben musste?

Es gibt Millionen Männer auf dieser Welt. Leise Zweifel steigen in mir auf, werden lauter.

Was ist, wenn es mir nie gelingen wird, ihn für mich zu gewinnen?

Ich bleibe noch genau eine halbe Stunde, dann beginnen die Tabletten zu wirken und ich ziehe mich an.

Es wird Zeit, dass ich nachhause gehe und mir eine neue Strategie überlege.

Ich brauche einen anderen Plan. Es muss mir irgendwie gelingen, die Sache zwischen uns zu beschleunigen ...

4. Kapitel

Thunder

Mit einem leisen *klack* fällt die Türe hinter Sarah zu. Erleichtert drehe ich mich auf den Rücken, strecke beide Arme aus und verschränke sie anschließend hinter dem Kopf.

Verdammt! Verdammt! Verdammt!

Wie jedes Mal, wenn ich sie gefickt habe, verspüre ich danach den Hauch eines schlechten Gewissens. Diese Frau empfindet etwas für mich und ich benutze sie nur, um Druck abzubauen. Obwohl ich immer mit offenen Karten gespielt und ihr nie etwas vorgemacht habe, weiß ich, dass sie die Hoffnung, dass sie eines Tages meine Old Lady wird, noch nicht aufgegeben hat.

Es wäre besser, wenn ich sie wegschicken würde, doch dafür bin ich einfach zu egoistisch. Diese Bitch kann blasen wie keine Zweite und ihr Arsch ... *Bämm!* Der ist zum Ficken geschaffen worden. Bei ihr muss ich mich nicht zurückhalten, kann mich voll und ganz gehen lassen und sie mit aller Kraft rannehmen.

Die meisten Frauen mögen keinen Analsex, und wenn sie einen dann doch mal an das hintere Loch ranlassen, dann wollen sie es sanft, langsam und vorsichtig.

Bullshit! Ich will es hart, grob und tief ...

Wer nach Zärtlichkeit sucht, ist bei mir an der falschen Adresse.

Seufzend stehe ich auf, gehe in die Küche und hole mir eine Dose Bier aus dem Kühlschrank, exe es mit wenigen Zügen, zerknülle das Alu und werfe es in hohem Bogen in die Tonne. Sofort nehme ich mir noch ein kaltes Bier, öffne es und genieße das laute Zischen. Erst vor ein paar Stunden bin ich am Lagerfeuer gesessen und habe mich darüber geärgert, dass mein Leben zu friedlich geworden ist.

Dank Rock hat sich das noch in dieser Nacht geändert.

Von Ace, dem Präsidenten der Dead Riders, eines befreundeten Motorcycle-Clubs aus Tacoma, haben wir erfahren, dass die Russen, von denen wir bisher unsere Waffen bezogen haben, einen Deal mit den Mexikanern gemacht haben, und die Lieferungen an uns und an die Dead Riders umgehend einstellen wollen.

Was das bedeutet ist klar – Ärger, Blut und viele Tote.

Wir müssen Alexej, den Anführer der Wodka saufenden Wichser, umstimmen, wenn das nicht gelingt, werden wir ihn töten.

Wir entscheiden, wann und wo eine Geschäftsbeziehung endet, sonst niemand.

Sobald wir Genaueres wissen, werde ich alles vorbereiten, ein paar Männer zusammentrommeln und mich auf den Weg nach Kanada, genauer gesagt nach Downtown Vancouver machen. Es wäre doch gelacht, wenn wir diese Sache nicht schnell geregelt kriegen.

Das Business läuft bestens, wir haben viele offene Bestellungen, die wir pünktlich ausliefern müssen - solche Komplikationen können wir uns echt nicht leisten.

Bis jetzt steht noch nicht fest, ob sich die Dead Riders an der Aktion beteiligen, aber so wie ich Ace und seinen Vizepräsidenten Slide kenne, der in unserer Welt nur als Rocker Devil bekannt ist, werden es sich die beiden nicht entgehen lassen, den russischen Hurensöhnen persönlich die Knochen zu brechen.

Auch wenn ich mir mehr Action gewünscht habe, ist das kein besonders guter Zeitpunkt, um für ein bis zwei Wochen zu verreisen.

Trotz des harten Ficks mit Sarah ist es mir nicht gelungen, das Mädchen mit den rosa Haaren und den lila Lippen zu vergessen. Im Gegenteil!

Während ich mich in den engen Arsch der Bitch gerammt habe, habe ich mir vorgestellt, dass es Violet ist, die unter mir liegt, schreit und stöhnt. *Zum Teufel!* Ich habe extra die Augen geschlossen, damit ich mir leichter vorstellen kann, dass es rosa Haare sind, die ich mir um die Finger wickle und dass es diese kleine, verteufelt heiße Feuerwehrfrau ist, die unter mir erzittert.

Die Fantasie war so real, dass ich, als ich die Augen wieder geöffnet habe, richtig enttäuscht war, als ich realisiert habe, dass das alles Einbildung war und nur eine Clubbitch unter mir liegt. Mir ist klar, dass Sarah nichts dafür kann, dass sie die Falsche ist, dennoch war ich so wütend auf sie, dass ich sie umgehend weggeschickt habe.

Mit dem Bier in der Hand setze ich mich aufs Bett, Sarahs weiblicher Duft liegt noch in der Luft. Fluchend stehe ich auf und öffne das Fenster.

Die Feuerwehrfrau hat anders gerochen, nach reifer Erdbeere, genau wie die Hubba Bubbas, auf denen ich den halben Tag herumkaue.

Hellwach sehe ich zum Vollmond hoch, leere die Dose und überlege mir, wie es mir am besten gelingt, Violet zu schnell es geht wiederzusehen.

Diese Frau will ich nicht nur schnell ficken und dann weiterschicken. Bei ihr will ich mir Zeit lassen, ich will sie berühren und von ihr

berührt werden. Ich will sie lecken, schmecken und für mich beanspruchen.
Allein der Gedanke, dass sie gerade jetzt nackt in ihrem Bett liegt und schläft, lässt mich erneut hart werden. Wenn ich mir dann aber vorstelle, dass ein Typ bei ihr ist, Max zum Beispiel, kann ich mich kaum noch zurückhalten.
Keine Ahnung, wo die Scheiße, die mir bei dem Gedanken an Violet durch den Kopf geht, herkommt. Aber Fuck! Ich werde nicht lange darüber nachdenken, ich bin kein verschissener Psychiater, sondern ein Outlaw, wir zögern nicht, wir hinterfragen nicht, wir nehmen uns, was wir wollen! So einfach ist das!
Es wird nicht lange dauern, bis Rock sie durchleuchtet und mir ihre Adresse genannt hat. Und sobald ich diese habe, werde ich zu ihr fahren und sie mir packen.
Als Reaper bin ich es gewohnt, zu bekommen, was ich will. Nur die wenigsten Menschen sind so dumm und verweigern mir etwas.
Ein Lachen zupft an meinen Mundwinkeln, ich habe so das Gefühl, dass Violet nicht leicht zu erobern sein wird. Aber das ist okay.
Bei so einer leckeren Beute werde ich gern zum Jäger. Wenn man erst um etwas kämpfen muss, ist der anschließende Sieg nur noch süßer. Und dass ich siegen werde, steht fest.
Violet weiß es vielleicht noch nicht, aber sie wird mir gehören.
Ich lasse ihr gar keine andere Chance.
Wenn sie Glück hat, dann werde ich sie mir ein paarmal nehmen und dann mein Interesse an ihr verlieren. So läuft es nämlich meistens. Bis jetzt ist es noch keiner Frau gelungen, mich wirklich zu faszinieren! Sollte sich aber herausstellen, dass ich mehr und immer mehr von ihr will, dann kann sie sich schon mal darauf einstellen, viel Zeit auf dem Gelände des Reapers-Motorcycle-Clubs zu verbringen.
Mit offenem Fenster, dutzenden von Plänen, die noch zu Ende gedacht werden wollen und einer Sehnsucht, die ich noch nie zuvor verspürt habe, lege ich mich wieder ins Bett und schlafe eine gefühlte Ewigkeit später endlich ein.

Drei Stunden später klopft es laut an der Tür.
„Ey, Bro. Wo steckst du denn, die Church hat vor zehn Minuten angefangen!“
Ich höre Ravens Stimme, es dauert jedoch einen Moment bis mein noch schlafender Verstand kapiert, was er da sagt.
Da uns Reapers nur eine Sache auf der Welt heilig ist – unser MC, nennen wir die Clubsitzungen, an denen nur die First Nine, also nur die

neun wichtigsten Members des Clubs teilnehmen, Church oder aber auch Gottesdienst.

„Fuck! Sag Dagger, dass ich in einer Minute da bin."

„Nein, Alter. Ich soll dir vom Präs ausrichten, dass du deinen Arsch schon vor zehn Minuten auf deinen scheiß Platz hättest setzen sollen."

Oh ja, das klingt definitiv nach Dagger.

Verärgert springe ich aus dem Bett, hebe meine Sachen vom Boden auf und ziehe mich in Windeseile an.

Noch während ich den Gürtel schließe, schlüpfe ich in die Stiefel, ignoriere das Badezimmer und stürme zur Türe.

Mit Schwung reiße ich sie auf und renne direkt in den Prospect.

„Scheiße Mann, verpiss dich. Ich bin spät dran."

„Ach ne, was du nicht sagst, wenn ich nicht deinen Wecker gespielt hätte, würdest du jetzt noch schlafen. Also sei nicht so angepisst."

Als ob meine Stimmung nicht schon mies genug wäre, müssen dem Anwärter ausgerechnet jetzt Eier wachsen.

Aus zusammengekniffenen Augen starre ich ihn an und stelle erstaunt fest, dass er ein violettes Shirt unter seiner Kutte trägt.

„Echt jetzt, Alter? Hast du das aus dem Schrank deiner Schwester?"

„Ach halt's Maul, Sergeant. Lila ist das neue Schwarz, hast du das noch nicht gehört?"

„Nein Bro, das habe ich nicht. Aber du hörst jetzt was von mir. Zieh das Teil aus und verbrenne es, oder du schluckst deine Zähne. Verstanden?"

Er wirkt etwas indigniert, doch das ist mir egal. Dieser bescheuerte Farbton scheint mich zu verfolgen ...

Mit großen Schritten eile ich die Treppe runter, über den Hof und ins Clubhaus.

An dem großen Tisch in Daggers Büro sind bereits alle versammelt, nur Ryders Stuhl ist leer, unser Kassenwart wurde vor gut einem Jahr bei einer Razzia festgenommen. Er hat sechs Jahre bekommen, fünf liegen noch vor ihm.

Boomer zündet sich eine Kippe an und lehnt sich entspannt zurück. Vor ihm liegt irgendein Gebäudeplan auf dem Tisch. An dem Funkeln in seinen Augen erkenne ich, dass er mal wieder etwas in die Luft sprengen will.

Baby, ein ehemaliger Anwärter, der erst vor drei Wochen sein Memberpatch bekommen hat, nickt mir grüßend zu, während sich Rock und Dagger über irgendetwas unterhalten.

Der Gestank von Zigarillos liegt in der Luft, schlägt mir auf den leeren Magen. Flame und seine Vorliebe für diese braunen Dinger -

echt widerlich. Er ist nun wirklich der Letzte, der mich wegen meiner Vorliebe für Hubba Bubbas verarschen sollte.

Jetzt, wo Ryder im Countygefängnis sitzt, hat Flame dessen Position übernommen und kümmert sich somit um die finanziellen Belange des Clubs. Kaum dass ich mich auf meinen Platz direkt neben Dagger gesetzt habe, wendet der sich zu mir um.

„Ach sieh an, wer da kommt. Ausgeschlafen?

Er zündet sich eine Marlboro an und bläst mir den warmen Rauch ins Gesicht.

„Sorry. War ’ne harte Nacht.“

Rock schüttelt sich vor Lachen.

„Selber schuld, wenn du dir eine Bitch ins Bett legst. Die fickt man in der Werkstatt oder auf einem der Billardtische, aber man nimmt sie nicht mit zu sich. Das bringt nur Ärger.“

Seine Einstellung Frauen gegenüber ist allgemein bekannt. Bis auf Cherry, Boomers Old Lady und unserer First Lady Marlen, kann er Frauen nicht ausstehen.

Keine Ahnung, was in seiner Vergangenheit vorgefallen ist, aber er wird schon seine Gründe haben. Ich tippe mal darauf, dass ihm vor langer Zeit ein Mädchen das Herz gebrochen hat.

Müde reibe ich mir mit der Hand über die Stirn und blende die Stimme unseres Vizes einfach aus. Ohne meine morgendliche Dosis Kaffee bin ich noch nicht bereit für die Scheiße, die er manchmal von sich gibt.

„Kommen wir zur Sache, Brüder. Es steht einiges auf dem Plan.“

Daggers Stimme dröhnt durch den abhörsicheren Raum. Sofort richtet sich alle Aufmerksamkeit auf ihn.

„Wir haben Neuigkeiten, gute und schlechte. Ace, der Präsident der Tacoma Riders, hat mich letzte Nacht angerufen und mich darüber informiert, dass es mit Alexej Probleme gibt. Der Wichser hat sich mit den Mexikanern verbündet. Da läuft irgendein kranker Scheiß, den wir schnellstens beenden müssen. Es ist allgemein bekannt, dass die Maisfresser kräftig im Menschenhandel und der Zwangsprostitution mitmischen. Die Riders haben herausgefunden, dass die Russen da mit einsteigen wollen. So wie ich das sehe, haben die Mexikaner von den Russen einen Vertrauensbeweis gefordert, und der lautet, dass Alexej uns und den Riders die Waffen-Pipeline kappen soll.“

Baby schlägt mit der Faust auf den Tisch.

„Dann machen wir sie eben alle kalt. Diese Pisser müssen am eigenen Leib erfahren, was passiert, wenn man sich gegen uns stellt.“

Trotz seines harmlosen Namens ist Baby ein Reaper, den man besser nicht unterschätzen sollte. Er ist loyal, ehrgeizig und gnadenlos mit einem ausgeprägten Hang zur Brutalität. Vor vier Monaten hat er sich den Skull, der auch unsere Kutten ziert, auf den glatt rasierten Schädel tätowieren lassen. Baby ist ein 1,90 Meter großer, muskelbepackter Rocker, der vor nichts und niemandem zurückschreckt. Während seiner Zeit als Prospect hat er sich meinen Respekt verdient. Und auch wenn er manchmal noch etwas voreilig entscheidet, ist es immer gut, sich seine Sicht der Dinge anzuhören.

„Hatten die Mexikaner nicht auch mal ein minderjähriges Mädchen der Dead Riders entführt und wochenlang in ihrer Gewalt? Wenn ich mich recht erinnere, hat ein Nomad ein gewaltiges Massaker angerichtet, um die Kleine wieder zu befreien?"

Ich setze mich aufrechter hin und beantworte Flames Frage.

„Ja, das war Catchers Nichte Abigail. Spider, der Nomad, ist mittlerweile ein Member der Riders und das Mädchen seine Old Lady."

Flame stößt einen anerkennenden Pfiff aus.

„Eines muss man den Dead Riders lassen, wenn sie etwas machen, dann richtig. Ace hat seinen Laden im Griff."

Ace, den die meisten nur als den Dämon der Rockerwelt kennen, hat sich in seiner Zeit als Präsident einen grenzüberschreitenden Ruf erarbeitet. Ich kenne niemanden, der sich freiwillig gegen ihn stellt. Niemanden! Und das will was heißen ...

„Was auch immer passiert, ich will dabei sein!"

Sein Engagement kommt nicht überraschend. Flame und ich sind uns sehr ähnlich. Wenn es ums Blutvergießen geht, zögern wir nicht, wir tun es einfach.

Dagger nimmt den letzten Zug von seiner Marlboro und drückt den glühenden Stummel im totenkopfförmigen Glasaschenbecher, der in der Mitte des Tisches steht, aus und gibt ein zustimmendes Grunzen von sich.

„Ich lege die Verantwortung in Thunders Hände, er ist unser Sergeant. Nach Tacoma sind es knapp vierundzwanzig Stunden im Sattel, nach Vancouver noch mal vier. Da liegt eine verdammt lange Strecke vor euch. Es ist wichtig, dass wir die Riders begleiten und Präsenz zeigen! Ihr werdet eine, wenn nicht sogar zwei Wochen unterwegs sein, ich erwarte eine Lösung. Wir brauchen diese AKs und die Munition, um unsere Geschäfte am Laufen zu halten. Ein Lieferungsstopp konnte uns das Genick brechen."

Jedes seiner Worte dröhnt durch das Büro. Dagger, der eigentlich

Marcus heißt, hat seinen Straßennamen dank seiner Vorliebe für Dolche bekommen. Er ist ein fairer Mann, der kein Vergnügen an sinnlosen Hinrichtungen hat. Wenn er jemanden tötet, dann hat das ausnahmslos einen guten Grund.

Ich vertraue ihm zu 100 % und würde für ihn, ohne zu zögern, in den Krieg ziehen.

Er ist 32 und somit zwei Jahre jünger als ich. Mit seinen kurzen braunen Haaren, den grauen Augen und dem großes Totenkopf-Tattoo, das seinen kompletten Rücken einnimmt, ist er eine beeindruckende Erscheinung.

Sein rechter Arm ist vom Handgelenk bis zur Schulter ein einziges Kunstwerk. Auf der unteren Hälfte befindet sich ein langer Dolch, auf dem eine rote Rose prangt, deren stacheliger Stiel sich um die scharfe Klinge windet. Zwei Revolver rahmen den Dolch schützend ein. Dieser untere Teil geht nahtlos in einen rot-schwarzen Kompass in Form eines zehnzackigen Sterns über, der sich bis über die Schulter zieht.

Damals, als Marlen ihn verlassen und er viele Monate später die Suche nach ihr eingestellt hat, wurde die Tätowierung um ein paar Blutstropfen, die von der roten Rosenblüte tropfen, erweitert.

Bloody roses ...

Auch ohne dass er es jemals erwähnt hat, weiß ich, das Marlen seine Seelenpartnerin ist. Sollte ihr jemals etwas zustoßen, würde das unseren Präsidenten vernichten. Seine Old Lady ist seine einzige Schwachstelle, über die er mit Argusaugen wacht.

Meinen Blick von seinem Tattoo lösend, beteilige ich mich wieder an dem Gespräch.

„Es spielt keine Rolle, wie lange wir unterwegs sein werden, ich schwöre dir, Präs, dass ich erst zurückkomme, wenn die Sache zu unseren Gunsten entschieden ist. Und wenn ich jeden Mexikaner auf diesem Planeten killen muss, dann werde ich das verdammt noch mal tun!“

Rock lehnt sich mit den Ellenbogen auf den Tisch.

„Pass auf deine Deckung auf, Thunder. Ace, Slide und den anderen Dead Riders vertraue ich. Aber die Russen sind dafür bekannt, ihren Feinden gern ein Messer in den Rücken zu stoßen. Diese Typen haben kein Ehrgefühl, denen ist jedes Mittel recht, um an der Macht zu bleiben.“

„Ja, das ist mir bewusst, aber ich habe Flame dabei und ich würde gern Raven und Baby mitnehmen. Zu viert dürfte es kein Problem sein, die Scheiße zu überleben.“

Jeder meiner Brüder weiß, dass sich keine Angst vor dem Tod habe. Weder fürchte ich die damit einhergehenden Schmerzen, noch das Fegefeuer, das nach meinem letzten Atemzug unter Garantie auf mich wartet.

Falls ich in Kanada draufgehe, dann soll es so sein! Aber bevor ich mein Leben für den Club riskiere, muss ich das Mädchen mit den lila Lippen noch einmal wiedersehen.

Warum ich dieses Bedürfnis verspüre? Scheiße! Ich habe keine Ahnung. Violet ist wie ein guter Whisky, wenn man ihn erst einmal gekostet hat, will man unweigerlich immer mehr ...

Dichter Zigarettenqualm erfüllt die Luft und reizt meine Lungen. Seit ich zum Nichtraucher geworden bin, finde ich den Gestank einfach nur widerlich.

Um den bitteren Geschmack zu vertreiben, hole ich meine Kaugummis aus der Hosentasche und stopfe mir einen in den Mund. Das süße Erdbeeraroma erfüllt meinen Gaumen – schon besser.

„Ah, bevor ich es vergesse, Thunder, ich habe eine Spur von deinen *Golden Guns*."

Bei der Razzia vor einem Jahr haben die Bullen meine zwei goldenen Revolver konfisziert. Sie nannten es beschlagnahmt - ich nenne das Diebstahl. Die goldenen Waffen habe ich vor langer Zeit einem russischen Mafiaboss abgenommen. Ich habe sie immer bei mir getragen, sie waren meine Glücksbringer.

Seit mehr als zwölf Monaten versuche ich alles, um sie zurückzubekommen. Doch das ist schwieriger als gedacht. Dank einem Informanten bei den Cops wissen wir, dass sie aus der Asservatenkammer verschwunden sind. Irgendein korruptes Arschloch hat sich wohl sein Gehalt aufgestockt und sie auf dem Schwarzmarkt verkauft. Trotz meiner Bemühungen ist es mir bis heute nicht gelungen, den neuen Besitzer ausfindig zu machen.

„Was für eine Spur?"

„Paxton, der Kopfgeldjäger, mit dem wir hin und wieder zusammenarbeiten, hat neulich in der Kneipe zwei Typen dabei belauscht, wie sie sich über zwei goldene Waffen unterhalten haben. Einer von ihnen soll wohl der Chief des hiesigen Fire Departments sein."

Holy Fuck!

„Max, dieses Dreckschwein!"

Dagger zieht fragend eine Augenbraue nach oben.

„Max? Wer ist das?"

„Erinnerst du dich noch an die Anschläge von vor zwei Jahren?"

Dagger überlegt kurz, dann verdunkelt sich seine Miene merklich.
„Dieser Wichser ist der Boss der Feuerwehr?“
„Aye Präs.“

Anna, Max’ kleine Schwester, war eine Zeit lang mit Flame zusammen, wobei zusammen das falsche Wort ist, sie hatten einfach nur Spaß und wilden Sex. Klar kann ich nachvollziehen, dass man es als großer Bruder nicht so gerne sieht, wenn die kleine Schwester erwachsen wird, doch was er sich getraut hat, war eine Nummer zu viel. Dass Max noch lebt, liegt nur daran, dass Flame sich persönlich für ihn eingesetzt hat. Damals ist Max hier aufgetaucht und hat Flame damit gedroht, ihm das Genick zu brechen, wenn er Anna nicht sofort in Ruhe lässt. Typisch Flame hat dieser nur gelacht und Max nicht weiter ernst genommen. Warum auch?

Anna war volljährig und freiwillig mit ihm zusammen, keiner hatte sie dazu gezwungen, für ihn die Beine zu spreizen. Eine Woche nachdem Max hier war und Flame ihn einfach wieder weggeschickt hat, kam es zum ersten Vorfall.

Zwei Reapers wurden mit einem Auto vom Bike geholt. Es war offensichtlich, dass es sich dabei um gezielte Anschläge gehandelt hat - das waren keine Unfälle. Der Fahrer hatte Fahrerflucht begangen, so dass wir ihn uns nicht packen konnten.

Zwar hatten wir vermutet, dass Max hinter der Sache steckt, doch wir hatten keine Beweise. Anna und Flame haben ihre Beziehung weitergeführt, meiner Meinung nach hätte das zwischen den beiden echt was Ernstes werden können.

Der dritte Anschlag galt mir, mein rechtes Bein wurde dabei gebrochen und meine Schulter ausgekugelt.

Trotz der Schmerzen konnte ich mir damals das Kennzeichen und das Fabrikat des Wagens merken. Dank Rock, der sich in die Zulassungsstelle eingehackt hatte, wussten wir keine dreißig Minuten später, dass wir mit unserer Vermutung recht hatten.

Während ich in die Klinik gebracht wurde, haben sich Dagger und Flame auf den Weg zu Max gemacht. Dumm nur, dass Anna bei ihm war und sie Flame um das Leben ihres Bruders angebettelt hat.

Flame, der sich noch nie zuvor von seinen Gefühlen hat leiten lassen, ist eingeknickt und somit wurden Max nur ein paar Knochen gebrochen, sein Genick wurde allerdings verschont.

Falls dieses Arschloch wirklich meine Waffen hat, werde ich nicht zögern und diesem Bastard endgültig die Lichter ausknipsen.

Flame sieht mich schuldbewusst an.

„Dass diese Angelegenheit nicht längst geklärt ist, ist meine Schuld. Ich hätte damals nicht auf Anna hören dürfen. Sorry, Bro."

„Alles gut, Mann. Echt witzig, dass ich Max erst gestern über den Weg gelaufen bin."

„Wie meinst du das?"

Alle Blicke ruhen auf mir.

„Na gestern, als mich das Mädchen mit den bunten Haaren an der Ampel umgefahren hat, ist er plötzlich aufgetaucht. Die Kleine ist Feuerwehrfrau und er offensichtlich ihr Boss. Er wollte wohl sicher gehen, dass der böse Reaper seiner Untergebenen nicht auf offener Straße an die Wäsche geht."

Obwohl ich es eher lustig meine, spüre ich, während ich die Worte ausspreche, einen bitteren Stich.

Bloody Hell!

Völlig egal, was Max dieses Mal unternehmen wird, ich werde mich nicht von Violet fernhalten. Ich bin nicht Flame, sollte er sich mir in den Weg stellen, mache ich ihn ein für alle Mal kalt.

„So ein Wichser!"

In Flames Augen spiegelt sich dieselbe Wut, die auch ich empfinde.

„Halt dich da raus, Bro. Als Erstes werde ich mit Paxton reden. Mal sehen, was ich machen kann. Sollte sich herausstellen, dass Max tatsächlich meine Waffen in seinen Besitz gebracht hat, werde ich handeln, wie, werdet ihr noch früh genug erfahren."

Dagger nickt mir zu, ein stummes Zeichen dafür, dass er es mir überlässt, wie ich bei dieser Angelegenheit weiter vorgehe. Sein Vertrauen ehrt mich.

Da für mich dieses Thema vorerst nicht weiter besprochen werden muss, lenke ich das Gespräch in eine andere Richtung.

„Wie sieht es aus, Flame? Passen die Finanzen oder hast du dich mal wieder verrechnet?"

Sofort wirft er mir einen finsteren Blick zu. Mir ist klar, dass er sich heute ärgert, dass er damals auf Anna gehört und ihren Bruder am Leben gelassen hat, doch was passiert ist, ist passiert. Es bringt nichts, sich im Nachhinein darüber zu ärgern. Fluchend öffnet er das Kassenbuch, das vor ihm liegt, und sieht prompt Baby an.

„Bis auf einen haben alle ihre monatlichen Clubbeiträge bezahlt."

„Ja, schon klar."

Baby greift in die Innentasche seiner Kutte, zieht ein Bündel Dollarscheine hervor und legt fünf Zwanziger auf den Tisch.

„So, erledigt."

Dagger wirkt amüsiert, es ist fast schon zur Gewohnheit geworden, dass Baby zu spät zahlt.

„Wie wäre es, wenn du dir eine der Bitches schnappst und sie zu deiner Sekretärin ernennst?"

Rocks Vorschlag lässt Flame laut auflachen.

„Wie wäre es, wenn du auf die Knie gehst und mich am Arsch leckst, Bro?"

Mit der Zunge durch die Luft schlängelnd zeigt unser Vize Baby, was er von dem Vorschlag hält. „Das Einzige, was ich lecke, ist nass, rosa und schmeckt nach Paradies."

Baby zieht seine Augenbrauen nach oben und lehnt sich siegessicher in seinem Stuhl zurück. „Lecken? Und ich dachte, du schneidest Muschis am liebsten in Stücke. Das ist so pervers, Alter, da wird mir echt schlecht von."

Die Diskussion der beiden lockert die Stimmung, ich spucke den mittlerweile geschmacklosen Kaugummi aus und stecke mir einen neuen Hubba Bubba in den Mund. Dieses Mal einen *grünen Apfel*, lecker.

Rock, der es gewöhnt ist, von uns wegen seines Blut-Fetischs aufgezogen zu werden, zieht sein Messer hervor und streicht mit dem Daumen vorsichtig über die scharfe Klinge. Seine Augen beginnen zu glänzen, mir dreht sich der Magen um.

„Das nennt man Cutting, ihr Pisser. Und das ist nicht pervers, sondern geil. Solange ihr es nicht ausprobiert habt, könnt ihr gar nicht mitreden. Also Fresse halten."

Mit seinem Zippo spielend, steht Dagger auf und beendet die Besprechung.

„Jeder von euch weiß, was er zu tun hat. Thunder, du setzt dich mit Ace in Verbindung, besprich dich mit ihm. Wenn du Hilfe bei der Sache mit Max und deinen *Golden Guns* brauchst, sag Bescheid. Der MC steht hinter dir. Und Baby? Wie wäre es, wenn du noch zwanzig Zwanziger auf den Tisch legst, dann hast du deine Beiträge für das laufende Jahr bezahlt und kannst sie nicht wieder vergessen. Mir wäre es recht, wenn die Nutten Nutten bleiben und keine Sekretärinnen werden. Verstanden?"

Mit diesen Worten verlässt er den Raum und lässt uns lachend zurück.

Fuck!

Ich liebe diesen Mann, ich liebe den Club und das Leben, das ich führe. Baby, der wie befohlen anfängt Geld abzuzählen, und Flame, der es entgegennimmt, sind nach mir die Letzten, die das Büro verlassen. An der Bar setzt sich Rock zu mir. Für ein paar Minuten sitzen wir einfach nur schweigend da und trinken den Kaffee, den uns die Bitch, die heute Küchendienst hat, einschenkt.

Wortlos schiebt er mir einen weißen Briefumschlag rüber.

„Ich habe, was du wolltest. Lies dir alles durch und dann überleg dir gut, was du tust."

Noch bevor ich ihn fragen kann, was er damit meint, steht er auf und lässt mich alleine sitzen.

Verwundert öffne ich den Umschlag und sehe nach, was zur Hölle er meint.

Rock hat mir nicht nur Violets Adresse rausgesucht, sondern auch ihren Hintergrund gecheckt. Mehrere Fotos fallen auf die abgewetzte Holzplatte des Bartresens.

Fassungslos starre ich sie an.

Violet scheint die Einzige in ihrer Sippe zu sein, die sich für eine Karriere bei der Feuerwehr entschieden hat, der Rest ihrer Familie, drei ältere Brüder und ihr Vater, sind allesamt Cops. Aber nicht einfach nur irgendwelche unbedeutenden Streifenpolizisten, sondern sie bekleiden hochrangige Ämter.

Ihr Vater ist der zuständige Sheriff für den Bundesstaat Arizona und ist außerdem für den Justizvollzugsdienst des Maricopa County zuständig, der auch die Millionenstadt Phoenix einschließt. In einem Interview bezeichnet er sich selbst als „America's toughest sheriff". Richtig bekannt wurde er durch ungewöhnliche Methoden, die darauf abzielten, die Kosten des Strafvollzugs zu minimieren und die Unbequemlichkeit für die Inhaftierten zu maximieren. Natürlich habe ich schon von diesem Arschloch gehört, aber ich wusste nicht, dass er der Vater von dem Mädchen ist, das mir einfach nicht mehr aus dem Kopf gehen will. Woher auch?!

What a fuck...

Dieser Mann ist mein Feind!

Wir spielen in zwei verschiedenen Teams, die sich bis aufs Blut hassen. Ich lese mir gar nicht erst weiter durch, was ihre Brüder genau tun, denn es spielt keine Rolle.

Wenn ich mich auf die Frau mit den lila Lippen einlasse, dann gehe ich ein unkalkulierbares Risiko ein. Violets Familie hat es sich zur Aufgabe gemacht, Kriminelle wie mich zu jagen – wer weiß, wie sie dann zu diesem Thema steht.

Selbst wenn ich bereit bin, alles auf eine Karte zu setzen, und Violet sich auf mich einlässt, kann ich mir nie sicher sein, welche Beweggründe sie in mein Bett getrieben haben. Was, wenn sie mich nicht nur ranlässt, weil sie Bock auf einen Bad Boy und etwas Nervenkitzel hat? In ihrer Nähe müsste ich ganz genau darauf achten, was ich sage, oder wie ich es sage. Denn es wäre immer möglich, dass sie eine Information aufschnappt, die uns schaden könnte, und dann damit sofort zu ihrem Daddy rennt.

Und selbst wenn sie das nicht tun würde, sobald ihre Familie herausfinden würde, dass ich, ein Reaper, mich an ihr vergreife, würden sie es sich zur persönlichen Aufgabe machen mich und meinen MC zu vernichten.

Wenn ich schlau bin, vergesse ich dieses Mädchen, halte mich an Sarah, und gehe allen Komplikationen aus dem Weg.

Was will ich denn auch mehr?

Sarah macht alles, was ich will. Sie geht ohne Aufforderung auf die Knie, lässt sich von mir in den Arsch ficken und motzt nicht rum, wenn es ihr zu hart wird. Ich bin nicht dumm, natürlich ist mir aufgefallen, dass ich zu grob mit ihr umgehe und sie Tabletten nimmt, damit sie die Schmerzen, die ich ihr zufüge, leichter ertragen kann.

Aber zum Teufel!

Das ist doch nicht mein Problem. Sie hat sich nie beschwert und ich zwinge sie nicht in mein Bett, sie kommt Nacht für Nacht freiwillig!

Shit! Doppel Shit! Dreifach Shit!

Ich bin noch keine zwei Stunden wach und der Tag war bis jetzt, gelinde gesagt, beschissen. Erst habe ich verschlafen, dann stellt sich heraus, dass Max etwas mit dem Verschwinden meiner *Golden Guns* zu tun hat, und dann, als ob das alles noch nicht beschissen genug wäre, erfahre ich, dass ich Violet, die einzige Frau, die mich auf den ersten Blick fasziniert hat, am besten vergessen sollte.

Die Tatsache, dass sie lauter erfolgreiche und mit Sicherheit auch gefährliche Männer in ihrer Familie hat, erklärt, warum sie keine Angst vor mir hatte und warum sie sich nicht von mir hat einschüchtern lassen.

Auf dieser Welt gibt es genau zwei Arten von Männern.

Wölfe und Schafe!

Die Wölfe, völlig egal, auf welcher Seite des Gesetzes sie stehen, lieben einen guten Kampf, sehnen sich nach Herausforderungen, scheuen nicht vor einer Bluttat zurück und beschützen die ihren. Schafe hingegen - ich denke, da muss ich nicht viel erklären. Sie sind schwach, ängstlich und zu nichts zu gebrauchen.

Bevor ich mich mit Violet und ihren blutsverwandten Bullen auseinandersetze, will ich erst herausfinden, was Max mit meinen Revolvern zu tun hat.

Eines steht fest, wenn er wirklich derjenige war, der den Cop bestochen und somit dafür gesorgt hat, dass sie aus der Asservatenkammer in seinen Besitz übergehen, dann ist das kein Zufall. Es ist kein Geheimnis, wie viel mir die *Golden Guns* bedeuten. Dieser Wichser will mich damit treffen, für ihn ist die Sache von damals noch lange nicht vergessen.

Kein Wunder, welcher Mann lässt so eine Beschämung einfach hinter sich?

Max weiß genau, dass Flame ihn nur aus einem Grund nicht an der Sollbruchstelle - seinem Genick - in zwei Teile zerbrochen hat, nämlich weil Anna ihn angefleht hat, es nicht zu tun. Ich wüsste nicht, ob ich mit so einer Schmach umgehen könnte.

Max ist nicht nur feig und hinterhältig, sondern auch dumm.

Jeder Kerl auf diesem Planeten sollte froh sein, wenn Flame sich für seine Schwester entscheidet. Doch die meisten Zivilisten lassen sich von ihren Vorurteilen leiten, entscheiden oberflächlich und ohne das geringste Hintergrundwissen. Sie denken, nur weil wir Reaper sind, schlagen, vergewaltigen und missbrauchen wir unsere Frauen. Was ein Bullshit!

Ja, zugegeben, mit unseren Bitches gehen wir nicht gerade zimperlich um.

Aber, fuck off! Sie sind freiwillig hier und können jederzeit gehen!

Bei unseren Old Ladys verhält sich das ganz anders. Sie haben nicht mehr das Recht, einfach abzuhauen, sie gehören uns, sind unser Eigentum! Aber dafür verehren und beschützen wir sie, wir sorgen für sie. Rock mag da eine Ausnahme sein, wobei ich mir sicher bin, dass er für seine Lady ebenfalls gut sorgen wird, sofern er mit seinen speziellen Vorlieben jemals eine findet, die sein Leder annimmt.

Anna hätte keinen besseren Mann als Flame finden können. So viel steht fest!

5. Kapitel

Violet

Zum wiederholten Mal schnappe ich mir mein Handy und prüfe, ob ich einen Anruf verpasst habe, aber nichts.

Was soll das?

Was denkt sich dieser Rocker eigentlich?

Ich meine, es ist natürlich nicht so, dass ich hoffe, dass er mich anruft - warum sollte ich das auch wollen? Das wäre ja verrückt. Oder?

Wenn sich der Reaper bei mir meldet, bedeutet das, dass er Geld von mir will, und darum sollte es mir lieber sein, wenn er den Zwischenfall von gestern auf sich beruhen lässt.

Logisch oder?

Außerdem ist dieser Reaper ein Kerl, mit dem ich lieber nichts zu tun haben will.

Er ist groß und muskulös und auf eine dreckige Art und Weise sexy. Dieser Typ ist der Inbegriff für Maskulinität, und ganz gewiss nicht das, worauf ich stehe.

Ich meine, jetzt mal ehrlich, welche Frau steht schon auf langhaarige, tätowierte und durchtrainierte Harley-Fahrer?

Und was ist das eigentlich für ein komischer Name?

Thunder – Donner.

Welcher erwachsene Mann nennt sich denn bitte wie ein Teil einer Wettervorhersage?

Na gut, ich werde wie meine Lieblingsfarbe genannt, aber das ist natürlich etwas völlig anderes.

Trotzdem bin ich wütend auf ihn. Erst hat er mich als Nutte bezeichnet und dann hat er mein Auto beleidigt, nur um mich anschließend zu küssen.

Außerdem hat er mich um meinen Schlaf gebracht.

Obwohl der Kuss nichts Besonderes war und nicht arg viel länger als eine Sekunde gedauert hat, musste ich die komplette letzte Nacht an das Gefühl, das er in mir ausgelöst hat, denken. Leicht kratzige Bartstoppeln, weiche Lippen und dieser Geruch, der ihn umgibt. *Bämmmm ....*

Keine Zunge, kein großer Körperkontakt - nur Mund auf Mund.

Zuerst habe ich mir eingeredet, dass es seine Dreistigkeit ist, die mich beeindruckt hat, aber das ist alles Schwachsinn. Er ist es, dieser Reaper, der mich völlig aus der Bahn geworfen hat.

Dumm, dumm, dumm ...

Mehr fällt mir dazu nicht ein.

Bis zu unserer Begegnung war ich mir sicher, dass ich von Bad Boys erst mal die Schnauze voll habe. Doch dann werde ich beim erstbesten harten Kerl schwach.

Nein! Ich bin nicht schwach, ich bin standhaft, und darum bin ich auch froh darüber, dass er von der Nummer, die ich ihm mit meinem Lippenstift auf den Arm geschrieben habe, keinen Gebrauch gemacht hat.

Die nächsten Stunden lenke ich mich mit meinem Haushalt ab, färbe mir die Haare nach und schaue mir irgendeine dämliche Sendung im Fernsehen an.

Draußen ist es heiß, zu heiß! Obwohl ich kaum was anhabe, nur extra kurze Hot Pants und ein mehr als knappes Top, schwitze ich wie verrückt.

Die vertraute Sirene unseres Einsatzwagens rast auf der Straße vor meinem Wohnhaus vorbei und ich stelle mir unweigerlich die Frage, was passiert ist.

Während ich im Dienst bin, freue ich mich auf die anschließend freie Zeit, aber wenn ich dann frei habe, denke ich nur an die Arbeit.

Woran das wohl liegt?

Vielleicht sollte ich mein Privatleben etwas mehr ausfüllen, mir ein Hobby suchen, einen Hund zulegen oder am besten mal wieder mit meinen Freundinnen ausgehen.

Noch bevor das *Tatüüü-Tataaa* verhallt ist, höre ich die vertraute Melodie meines Handyklingeltons. Sofort schnellt mein Puls in die Höhe – ob er das ist?

Nach all den Stunden, in denen ich nur auf seinen Anruf gewartet habe, weiß ich jetzt, wo es endlich klingelt, nicht, ob ich überhaupt drangehen soll.

Nervös starre ich mein Smartphone ein paar Atemzüge lang an, ehe ich loslaufe, um das Telefonat anzunehmen, ehe der Anrufer wieder auflegt.

Gerade als ich einen Blick auf das Display werfe, klingelt es an der Türe.

Nummer unbekannt? Das muss Thunder sein ...

Mit dem Finger über das Display wischend nehme ich das Gespräch an und gehe zeitgleich zur Wohnungstüre.

„Hallo?“

Anstatt der dunklen Stimme des Reapers höre ich nur Max am anderen Ende der Leitung.

Scheiße! Was will der denn von mir?
„Hi Violet, ich wollte nur mal hören, wie es dir nach dem gestrigen Vorfall geht.“
„Na ja, wie soll es mir schon gehen? Ich war ja nicht diejenige, die vom Bike gefahren wurde, also geht es mir logischerweise gut. Aber danke für die Nachfrage.“
Ich kann nicht verhindern, dass ich gereizt klinge.
Von seinem Anruf überrascht und zugleich enttäuscht, vergesse ich total, über die Gegensprechanlage nachzufragen, wer geklingelt hat, sondern drücke einfach nur auf den kleinen Schlüsselknopf, der die Eingangstüre unten entriegelt.
Eine Sekunde später hallen auch schon schwere Schritte durch das Treppenhaus. Keine Ahnung, wer mich besucht, aber er hat sich schon mal gegen den Aufzug entschieden.
Ob es einer meiner Brüder ist? Die kommen immer mal unangemeldet vorbei, um zu schauen, wie es mir geht. Dann futtern sie meinen Kühlschrank leer, drücken mich so fest, dass es sich so anfühlt als würde meine Wirbelsäule brechen und fragen mir dutzende Löcher in den Bauch. Auch wenn ihre spontanen Besuche echt anstrengend sind, genieße ich sie. Unsere Familie hält fest zusammen.
Als die Jüngste und zugleich als einziges Mädchen habe ich schnell gelernt, dass es durchaus seine Vorteile haben kann, mit Brüdern aufzuwachsen.
Die drei haben, wenn es um mich geht, einen ausgeprägten Beschützerinstinkt, den sie nur allzu gerne ausleben.
„Hast du heute schon was vor? Wie wäre es, wenn ich dich zum Essen einlade?“
Bei seiner Frage verdrehe ich genervt die Augen. Die Schritte im Hausflur werden immer lauter.
„Heute ist es schlecht, ich bekomme gerade Besuch.“
Völlig egal, welcher meiner Brüder gerade kommt, dafür dass er mir eine Ausrede für Max geliefert hat, backe ich ihm einen Schokokuchen.
„Wer ist es, Violet?“
Max klingt zornig. Gott, kann dieser Mann anstrengend sein ...
„Ähm ...“ Noch bevor ich seine Frage beantworten kann, stehe ich plötzlich Thunder gegenüber.
Ich bin so überrascht, dass ich zu atmen vergesse – Max ist vergessen – alles ist vergessen. Sprachlos starre ich den großen, beeindruckenden Reaper an und lasse zu, dass er mich in die Wohnung schiebt, als hätte er das Recht dazu, und hinter sich die Türe schließt.

„Violet?“
„Max, ich muss auflegen.“
Blitzschnell nimmt mir der Rocker das Handy ab.
„Violet hat kein Interesse. Ruf sie nicht mehr an!“
Mit diesen Worten beendet er das Gespräch und reicht mir mit einem schiefen Grinsen das Mobiltelefon zurück.
„Das hast du gerade nicht wirklich getan.“
An seinem Kiefer beginnt ein Muskel zu zucken.
„Halt dich von diesem Wichser fern, der ist gefährlich.“
So langsam bin ich mir sicher, dass sich die beiden von irgendwoher kennen.
„Wie merkwürdig, dasselbe hat Max gestern auch über dich gesagt.“
Thunder wirkt nicht im Mindesten überrascht. Im Gegensatz zu mir wirkt er cool und entspannt, ich dagegen bin mit der Tatsache, dass dieser Reaper plötzlich in meinem Wohnzimmer steht, völlig überfordert.
„Was machst du hier, Thunder?“
Entspannt lehnt er sich gegen meinen Fernsehsessel, verschränkt die Arme vor der Brust, so dass die Muskelpakete besonders gut zur Geltung kommen, und sieht mich aus dunklen Augen an.
„Nach was sieht es denn aus?“
Oh, die Frage lässt sich leicht beantworten.
„Nach einem Überfall.“
Thunders Blick rutscht über meine Lippen hinab bis zu meinem Dekolleté.
Da ich mit allem, aber nicht mit Besuch gerechnet habe, ist dieses ziemlich tief. Als er sich an meinen Brüsten sattgesehen hat, setzt er seine visuelle Erkundungsreise fort. Er mustert meinen Bauch, meine langen Beine und sogar meine Füße. Als er meine in zehn unterschiedlichen Violetttönen lackierten Zehennägel sieht, muss er schmunzeln und gibt ein dunkles Grollen von sich, das tatsächlich einem Unwetter gleicht.
Ob er dank diesem Geräusch seinen Spitznamen bekommen hat? Passen würde es.
„Sexy.“
In meinem Magen beginnt es wie verrückt zu prickeln, oh Shit, dieser Rocker hat eine erstaunlich intensive Wirkung auf mich.
„Bist du wegen dem Geld gekommen?“
An seinem Gesichtsausdruck erkenne ich, dass er nicht versteht, wovon ich rede.
„Na, wegen der Reparatur deiner Harley.“

„Dein Geld ist das Letzte, was ich von dir will.“

Ohhh ... Obwohl ich mich kaum traue, die nächste Frage zu stellen, spreche ich sie dennoch laut aus.

„Und was willst du dann von mir?“

Thunder stößt sich von dem Sessel ab, kommt auf mich zu und baut sich in seiner beeindruckenden Größe vor mir auf.

„Alles!“

Erschrocken schnappe ich nach Luft. Mit dieser brutalen Ehrlichkeit habe ich nicht gerechnet.

„Wieso?“

Mir ist klar, dass ich am besten die Flucht antreten und sofort so viel Abstand wie nur irgend möglich zwischen uns bringen sollte, aber ich bleibe wie angewurzelt stehen und sehe einfach nur zu ihm auf.

Jetzt weiß ich, wie sich ein Reh im Licht der Scheinwerfer fühlt, kurz bevor es vom heranrasenden Auto erfasst wird. Gelähmt – überrascht – fasziniert.

„Du bist anders. Du bist wie eine verdammte Farbexplosion im Einheitsgrau meiner Existenz.“ *Halleluja!* Dieser Reaper ist ja ein richtiger Poet.

Noch bevor ich weiß, wie mir geschieht, befinde ich mich in seinen Armen, spüre die Berge seiner Muskeln und atme seinen unverkennbaren Geruch ein. Wie ein Tornado fegt er über mich hinweg, legt seine warmen Hände auf meinen Po und hebt mich mühelos hoch, so dass er seinen Mund auf den meinen pressen kann.

Verpass ihm einen Tritt in die Eier, ruf deine Brüder und lauf um dein Leben!

Anstatt auf die Warnung meines Verstands zu hören, lasse ich zu, dass er mit seiner Zunge meine Lippen öffnet und in mich eindringt.

Ohhhhh jaaaaa....

Keine Ahnung, wann sich das letzte Mal etwas so gut und so richtig angefühlt hat, wie von diesem Rocker geküsst zu werden, aber es muss eine Ewigkeit her sein.

Stöhnend schlinge ich ihm meine Beine um die Taille, vergrabe meine Finger in seinen langen Haaren und tackere mich an ihm fest.

Unsere Zungen umschlingen sich, lernen sich kennen und verführen einander.

Anstatt mich von ihm zu lösen, will ich mit jedem geteilten Atemzug mehr und mehr. Thunder presst mich noch etwas fester gegen seinen Körper, so dass ich die harten Konturen seiner beeindruckenden Erektion an meinem Bauch spüre. Mein Slip wird feucht.

Mit seinen Zähnen an meiner Lippe knabbernd, trägt er mich durch den Raum und presst mich mit dem Rücken gegen die Wand. Wild und ungezähmt wühlt er sich durch meinen Mund, ehe er den Kuss beendet und mit geblähten Nasenlöchern zu mir herabsieht.

„Du musst eines wissen, bevor ich weitermache ..." Die Zuckungen in seinen Armen verraten mir, wie schwer es ihm fällt, diese Warnung auszusprechen, anstatt erneut über mich herzufallen. „Ich bin nicht wie Max oder die anderen Typen, die du kennst. Ich bin ein Reaper. Wir zögern nicht, wir analysieren nicht und wir denken nicht lang nach, wir handeln und nehmen uns, was wir wollen. Und im Augenblick will ich dich dringender als alles andere auf dieser Welt. Also, wenn du mich jetzt nicht aufhältst, wenn du mich in deinen Körper lässt und für mich kommst, dann werde ich dich behalten. Verstanden?"

Thunders Androhung wirkt wie ein Eimer mit Eiswasser, der mir über den Kopf geschüttet wird. Die schlagartige Ernüchterung, hilft mir dabei, die aufsteigende Lust zu unterdrücken.

Keuchend löse ich mich von ihm, stemme meine Hände gegen seine Schultern und drücke ihn mit aller Kraft weg. Es bringt nichts, genauso gut könnte ich versuchen, einen Berg zu verrücken.

„Was soll das, Violet?"

„Du hast mich gewarnt - ich habe es kapiert und ziehe somit meine Konsequenzen. Wir können das nicht tun, Thunder. Du und ich, das funktioniert niemals."

Es gelingt mir nicht, die Traurigkeit aus meiner Stimme zu verbannen.

Noch verbindet mich mit diesem Reaper nichts – aber es hätte durchaus etwas werden können!

„Fuck! Echt jetzt? Fuck!"

Bestimmend packt er meine Hand, drückt sie in seinen Schritt und gegen den rauen Stoff seiner Camouflage Hose. Sein dicker, erigierter Schwanz drückt sich fordernd gegen meine Finger.

„Du willst mich damit echt alleine stehen lassen?"

„Jep. Dein Schwanz, dein Problem."

Sein perplexer Gesichtsausdruck entlockt mir ein Lachen.

„So läuft das nicht, Mädchen."

Geschickt beuge ich mich unter seinem Arm hindurch und schaffe so etwas dringend benötigten Abstand.

„Das zwischen dir und mir hätte Spaß machen können, aber es sprechen zu viele Argumente gegen uns. Geh jetzt, Thunder, fahr in deinen MC und mach, was ein großer böser Rocker nun mal den ganzen langen Tag so tut."

Gerade als er Luft holen und etwas sagen will, höre ich, wie meine Wohnungstüre aufschwingt und mit einem lauten Krachen gegen die Wand schlägt.

Wer kommt denn jetzt?

Neugierig schaue ich über Thunders Schulter und sehe Sean und Ben auf uns zukommen – meine beiden älteren Brüder.

Was zur Hölle machen die zwei denn hier?

„Viktoria?“

Am Klang seiner Stimme erkenne ich, wie besorgt Sean ist. *Oh verflixt!* Wenn er erst mal den Kutten tragenden Reaper in meinem Wohnzimmer realisiert, wird er ausflippen.

Sean ist leitender Detektiv bei der Mordkommission und Ben ist in seinem Team. Genau wie mein Vater arbeiten meine Brüder allesamt als Gesetzeshüter, ich bin mit meinem Job bei der Feuerwehr die einzige Ausnahme in der Familie.

Nervös schiebe ich mich an Thunder vorbei und stelle mich so zwischen ihn und meine Brüder.

„Was macht ihr beide hier?“

Sean kommt mit grimmiger Miene auf mich zu, hebt mich hoch, betrachtet die Verletzungen in meinem Gesicht und stellt mich hinter sich, so dass er mich mit seinem Körper vor der potentiellen Gefahr, die Thunder in seinen Augen darstellt, abschirmt.

„War er das?“

Im ersten Moment kapiere ich nicht, wen er meint. Doch dann wird mir klar, dass er denkt, dass Thunder mich verletzt hat.

„Nein, das war ein Arbeitsunfall. Halb so schlimm.“

„Das gefällt mir nicht, Süße. Dad hätte nie erlauben dürfen, dass du zur Feuerwehr gehst.“

Nicht schon wieder diese Diskussion.

„Sag mir jetzt, was ihr hier macht. Das ist doch kein Zufall, dass ihr jetzt spontan auftaucht.“

Sean stößt ein lautes Schnauben aus.

„Dein Chef hat uns angerufen. Er hat sich Sorgen gemacht.“

„Max, dieses Arschloch!“

Ben, der es nicht leiden kann, wenn ich fluche, wirft mir einen strengen Blick zu.

„So wie ich das sehe, hatte er allen Grund, uns zu informieren.“

„Nein, den hatte er nicht. Ich bin erwachsen und unterhalte mich friedlich mit einem Bekannten. Es ist also alles in Ordnung. Ihr könnt jetzt gehen und euch weiterhin mit eurer Arbeit beschäftigen, und die ist nicht, eure Schwester zu terrorisieren, sondern Verbrecher dingfest

zu machen. Falls ihr das schon vergessen habt."
Sean macht sich nicht die Mühe, mich zu beachten, er ist mittlerweile voll und ganz auf Thunder konzentriert.

„Unsere wichtigste Aufgabe ist es, auf dich aufzupassen."
Ben nimmt mich an der Hand und zieht mich zu sich. Sein Blick fällt auf meine vom Knutschen geschwollenen Lippen.

„Da ich nicht in Gefahr bin, brauche ich euren Schutz nicht."

„Das sehen wir aber anders, Kleines."
Thunder und Sean liefern sich ein Blickduell. Während mein ältester Bruder vor unterdrückter Wut geradezu bebt, wirkt der Rocker völlig ruhig.

„Ey Jungs ..., macht nicht so einen Aufstand. Ich bin hier, weil Viktoria ...", Thunder wirft mir einen amüsierten Blick zu, „... und ich etwas zu besprechen hatten."

Ein Schnauben von sich gebend, stemmt Sean die Hände in die Hüften.

„Was hat ein Kerl wie du mit unserer kleinen Schwester zu schaffen?"

Lieber Gott, steh mir bei.

So langsam wird Seans Auftreten echt peinlich. Nicht auszudenken, was gewesen wäre, wenn ich Thunder nicht weggestoßen, sondern wenn wir weitergemacht hätten, dann hätten mich meine Brüder beim Sex mit einem Outlaw-Biker erwischt.

Oh Shit! Das wäre überhaupt nicht lustig gewesen, wahrscheinlich hätten sie ihn ohne zu zögern erschossen.

„Wir hatten einen kleinen Zwischenfall an einer roten Ampel, über den wir gesprochen haben."

Mir ist klar, dass Thunder nur für mich so ruhig bleibt. Ich bin nicht so naiv, zu glauben, dass er zu Cops für gewöhnlich freundlich ist. Das würde einfach nicht zu dem Ruf der Reapers passen.

Endlich dreht Sean sich wieder zu mir um.

„Von was für einem Zwischenfall redet das Arschloch?"

Thunders Augenbrauen ziehen sich drohend zusammen, doch anstatt meinem Bruder sämtliche Knochen zu brechen, bleibt er stehen und schiebt sich einen pinken Hubba Bubba in den Mund. Was für eine skurrile Situation ...
„Ich war etwas unkonzentriert und bin ihm hinten reingefahren."
Ben verdreht lachend die Augen.

„Warum überrascht mich das nicht, Schwesterherz? Musstest dir bestimmt die Lippen schminken."

Ertappt laufe ich rot an.

„Thunder ist aus reiner Freundlichkeit hier. Er hat mein Angebot, dass ich für den Schaden an seiner Harley aufkomme, abgelehnt."

Sean scheint das nicht zu beeindrucken.

„So, hat er das? Dann ist euer Gespräch jetzt beendet und es macht dir nichts aus, wenn ich ihn nach unten begleite und mich kurz mit ihm unterhalte?"

Oh und wie mir das was ausmacht!

Aber weil ich will, dass die Situation nicht noch weiter eskaliert, zucke ich gleichgültig mit den Schultern.

„Tu, was du nicht lassen kannst."

Entschuldigend suche ich Thunders Blick und forme mit meinen noch immer prickelnden Lippen ein stummes *Sorry*.

An dem Ausdruck in seinen eisblauen Augen erkenne ich, dass er noch lange nicht mit mir fertig ist. Das Wissen, dass das mit Sicherheit nicht unsere letzte Begegnung war, macht mich ganz kribbelig.

Es sollte mir eigentlich egal sein, ob wir uns wiedersehen, doch das ist es nicht.

Wider besseren Wissens kann ich es kaum erwarten, diesen Rocker wiederzutreffen.

Ich habe keine Ahnung, woher er meine Adresse hat, aber das werde ich noch herausfinden. Sobald meine Brüder endlich wieder verschwunden sind, werde ich zum Gelände des Reapers-Motorcycle-Clubs fahren und mich bei Thunder für ihr unmögliches Verhalten entschuldigen.

Und vielleicht hat er ja Lust, etwas mit mir essen zu gehen. Völlig unverbindlich natürlich, und nur als Entschuldigung dafür, dass ich ihn zuerst umgefahren und ihn dann mit Sean alleine gelassen habe. Wobei, wenn ich ehrlich bin, weiß ich nicht, auf wen ich wetten sollte, wenn es zwischen Sean und dem Reaper zu einem Kampf kommen sollte.

Die beiden verlassen meine Wohnung und ich bleibe mit Ben allein zurück.

„Was auch immer dir gerade durch deinen hübschen Kopf geht, vergiss es ganz schnell wieder."

Seit wir klein waren, hat Ben schon immer das unheimliche Talent, mich zu durchschauen.

„Wie ihr euch benommen habt, war echt mega peinlich. Thunder ist ein netter Kerl. Ihr hättet höflicher sein können."

Sich vor Lachen schüttelnd, geht mein zweitältester Bruder in die Küche und schaltet die Kaffeemaschine ein.

„Dass du ein Member der Reapers als nett bezeichnest, verrät mir, dass du keine Ahnung hast, welchen Umgang du pflegst."

Mit seinen kurzen blonden Haaren, den dunkelblauen Augen und der geraden Nase, ist Ben ein attraktiver Mann, keine Ahnung, warum er noch immer Single ist.

„Warum hast du eigentlich nie eine Freundin? Oder bist längst verheiratet?"

Von meinem plötzlichen Themenwechsel irritiert, wirft er mir einen fragenden Blick über die Schulter zu.

„Dieselbe Frage kann ich dir auch stellen. Wenn du dir endlich mal einen anständigen Ehemann suchen würdest, müsste ich mir nicht dauernd Sorgen um dich machen."

Ich will gar nicht wissen, was er mit *‚anständig'* genau meint.

„Wer sagt, dass ich nicht gerade auf Partnersuche bin?"

Ben öffnet den Küchenschrank und holt sich die kleine weiße Zuckerdose heraus.

„Du bist ein Freigeist, Schwesterlein. Der Mann, für den du dich mal entscheidest, tut mir jetzt schon leid. Aber falls du gerade wirklich auf der Suche nach einer Beziehung bist, dann lass dir eines gesagt sein: Bevor ich zulasse, dass du dich mit einem Reaper oder einem anderen Kriminellen liierst, wird eher die verdammte Arktis auftauen. Verstanden!?"

Das hätte er mir nicht sagen müssen, das war mir von vornherein klar.

Ich spare mir den Kommentar, dass es ihn und den Rest meiner nervigen Familie einen Scheißdreck angeht, mit wem ich schlafe oder andere Dinge tue. Für den heutigen Tag ist mein Bedürfnis nach Diskussionen mehr als gedeckt.

Max sollte sich lieber warm anziehen. Chef hin oder her, er hatte nicht das Recht, mit meinen Brüdern in Kontakt zu treten. So langsam mischt er sich echt zu viel in mein Privatleben ein, das grenzt ja fast schon an Stalking...

6. Kapitel

Thunder

Meine Fäuste fühlen sich schwer und warm an und warten nur darauf, sich mit voller Wucht in das Gesicht von Violets Bruder zu rammen.

Es kostet mich einiges an Selbstbeherrschung, dass ich diesem Pisser nicht die Zähne ausschlage. Alleine, dass er gedacht hat, dass ich derjenige war, der Violet ein lila Veilchen verpasst hat, ist eigentlich schon Grund genug, ihm ein paar Knochen zu brechen. Diese Wichser sind doch alle gleich. Sie sehen die Kutte, die ich trage und gehen davon aus, dass ich ein Kinder fressendes, Frauen misshandelndes, grundlos mordendes Monster bin. Aber falsch gedacht. Ich vergöttere Daggers Sohn Mike, ich würde niemals die Hand gegenüber einer Frau erheben und wenn ich töte, dann immer aus gutem Grund. Ich spare mir den Atem und verzichte auf jegliche Kommunikation mit diesem Affen.

Mehr gelangweilt als verärgert lausche ich seiner Ansage, in der es im Prinzip darum geht, dass Violet die Schöne ist und ich das Biest, das seine Finger von seiner kleinen Schwester lassen soll.

Stolz erzählt er mir, wer oder was er ist und dass er die Macht hat, mich und meinen MC zu zerstören. Ob ich jetzt beeindruckt oder gar eingeschüchtert bin? Nein! Das ist lachhaft.

In den vergangenen Jahren haben Dutzende versucht, dem Reapers-Motorcycle-Club zu schaden, geschafft hat es keiner.

Meiner Erfahrung nach sind die gefährlichsten Männer die, die nicht reden, prahlen und drohen, sondern die, die stumm bleiben.

Als er mit seiner Tirade fertig ist, spucke ich ihm meinen mittlerweile geschmacklosen Kaugummi vor die Füße und setze mich demonstrativ langsam auf mein Bike.

„Das, was ich dir jetzt sage, sage ich nur einmal. Ich hasse es, mich zu wiederholen, also hör mir jetzt gut zu. Violet ist eine erwachsene, intelligente junge Frau, die durchaus in der Lage ist, eigene Entscheidungen zu treffen. Ich habe nicht vor, sie auf die ein oder andere Art zu verletzen. Also reg dich ab, atme tief durch und komm mal runter von deinem hohen Ross. Wenn du dir wegen einem Typen Sorgen machen solltest, dann bin das nicht ich, sondern ihr Psycho-Boss Max. Aber keine Sorge, da ich mir sicher bin, dass du nicht genug Eier hast, um auf deine kleine Schwester aufzupassen, werde ich das übernehmen.“

Mit vor Zorn rot anlaufendem Gesicht stürzt er auf mich zu. Doch bevor er mich schlagen kann, weiche ich geschickt aus und verpasse ihm einen Tritt, so dass er vornüber auf dem Pflaster des Gehwegs landet.

„Du musst dich dafür nicht bei mir bedanken, Sean. Denn ich sage dir gleich, ich beschütze Violet nicht ohne Hintergedanken."

Mit diesem letzten Satz starte ich den Motor, lasse ihn einmal laut aufheulen und fahre davon.

Im Rückspiegel sehe ich, wie er wieder aufsteht und mir nachsieht.

So ein Wichser ....

Wenn ich schlau wäre, dann hätten mich die letzten dreißig Minuten abgeschreckt. Doch das haben sie nicht. Ich bin ein Jäger - durch und durch. Der Auftritt ihrer Brüder hat dieses Mädchen zu einer äußerst interessanten Beute gemacht. Ich liebe Herausforderungen. Und diese Frau, mit den rosa Haaren, den lila Lippen und dem Erdbeerduft, der sie umgibt, ist die personifizierte Herausforderung.

Auch wenn mein heutiger Besuch abrupt unterbrochen wurde, war er sehr aufschlussreich. So zickig, abweisend und kühl Violet sich mir gegenüber auch verhalten mag, sie spürt genau wie ich die sexuelle Anziehungskraft, die zwischen uns herrscht. Unser Kuss war wild und hemmungslos, davon will ich mehr – viel mehr.

Aber das muss jetzt leider erst mal warten.

Sobald ich zurück im Club bin, werde ich Paxton, den Kopfgeldjäger, den Dagger erwähnt hat, anrufen, um herauszufinden, was genau er gehört hat. Je nachdem was er mir erzählt, werde ich handeln.

Diese zwei *Golden Guns* gehören mir, und ich bin durchaus bereit, bis zum Äußersten zu gehen, um sie zurückzubekommen.

7. Kapitel

Violet

Heilige Scheiße, was zum Henker tue ich hier eigentlich?

Das Lenkrad meines Chevrolets immer fester umfassend starre ich auf das geschlossene Tor, das auf das Gelände des Reapers-Motorcycle-Club-Tucson-Arizona führt.

Obwohl ich gut zehn Meter vor der Zufahrt angehalten habe, bin ich Thunder schon viel zu nah. Wenn Sean und Ben wüssten, wo ich gerade bin und was ich gerade im Begriff bin zu tun, würden sie mir den Hals umdrehen.

Meine Nerven sind zum Zerreißen gespannt, in meinem Kopf reden tausend Stimmen durcheinander, jede von ihnen erzählt eine andere gruselige Geschichte über die gefürchteten Reapers.

Und trotz der Tatsache, dass mir das Herz bis zum Hals schlägt und ich nervöser bin als vor meinem ersten Mal, spüre ich tief in meinem Inneren, dass ich gerade keinen Fehler begehe. *Verdammt!*

Ich zweifle keine Sekunde daran, dass Thunder und seine Brüder gefährliche, mordende Kriminelle sind, die kein Problem damit haben, wie in einem wilden Western um sich zu schießen und Blut zu vergießen. Merkwürdigerweise fürchte ich mich aber nicht davor, dass mir irgendjemand etwas antut. Mein sechster Sinn verrät mir, dass ich an der Seite dieses äußerst heißen, Hubba Bubba kauenden Rockers absolut sicher bin.

Wenn du sicher gehen willst, dass dich der Killer nicht killt, leg dich zu ihm ins Bett und sorge dafür, dass er ohne dich nicht mehr leben kann...

Keine Ahnung, wo dieser verstörende Gedanke herkommt, aber *Scheiße*! Seit Thunder mich vor wenigen Stunden in meiner Wohnung beinahe um den Verstand geküsst hat, kann ich an nichts anderes denken als daran, ihm die Klamotten vom Leib zu reißen und mit ihm zu schlafen.

Seufzend schließe ich die Augen, lehne mich mit der Stirn an das Lenkrad und atme tief durch. Ich mache mich gerade absolut lächerlich. Entweder starte ich jetzt den Motor, kratze all meinen Mut zusammen und ziehe meinen Plan, Thunder zum Essen einzuladen, durch, oder aber ich drehe um und vergesse diesen Reaper ein für alle Mal.

Noch bevor ich zu einem Entschluss gekommen bin, lässt mich ein lautes Klopfen an meiner Seitenscheibe erschrocken zusammenzucken.
„Hey Lila, was zur Hölle machst du hier?"
Thunder öffnet die Türe, beugt sich zu mir herab und sieht mich prüfend an.
„Geht es dir nicht gut? Du siehst irgendwie blass aus."
Ganz klasse, genau das wollte ich hören.
Bevor ich losgefahren bin, bin ich ungefähr eine Stunde im Badezimmer vor dem Spiegel gestanden, um mich hübsch zu machen...
„Kommst du klar, Sergeant? Ich muss weiter, Dagger wartet auf mich."
Ich war so damit beschäftigt, Thunder anzustarren, dass ich gar nicht mitbekommen habe, dass er nicht alleine ist. Jetzt, wo er sich zu dem anderen Reaper umdreht, sehe ich, dass der Kerl, der gesprochen hat, um einiges jünger ist. Ein großer schwarzer Rabe ziert seinen Kehlkopf. Seine Schwingen reichen ihm bis an den Nacken. Die Tätowierung ist bis ins letzte Detail perfekt gestochen, man erkennt sogar die einzelnen Federn der langen schwarzen Flügel.
Die Kutte des Typen wirkt im Gegensatz zu der von Thunder irgendwie nackt und neu, bis auf einen einzigen Aufnäher, auf dem das Wort *PROSPECT* in dicken schwarzen Lettern geschrieben steht, ist sie komplett leer.
„Klar, fahr los. Die Kleine gehört zu mir."
Mein gemurmeltes „Ach, tue ich das?", entlockt Thunder ein sexy Bad-Boy-Grinsen.
„Oh ja, das tust du! Und die Tatsache, dass du hier bist, obwohl dir deine Brüder das sicherlich verboten haben, beweist, dass ich recht habe."
Nicht bereit, ihm das letzte Wort zu lassen, drehe ich mich zu ihm um, so dass sich unsere Gesichter so nah sind, dass mir sein unverkennbarer Geruch nach Mann und Kinderkaugummis in die Nase steigt.
„Vielleicht gehörst du aber auch zu mir. Schon mal daran gedacht, Reaper?"
Der andere Typ, der noch immer auf seiner Harley sitzt, gibt ein amüsiertes Grunzen von sich, ehe er nach einem Kickstart den Motor aufheulen lässt und davonfährt.
Thunder streckt seine Hand aus, langt an mir vorbei und zieht den Schlüssel aus der Zündung.
„Steig aus, Violet, wir machen einen Ausflug."
„Wohin?"

„Zu *Sullivan*.“

Ich lasse zu, dass er mich aus meinem Auto zieht.

„Lass deine Kiwi hier stehen.“

„Wenn du nicht aufhörst, mein Auto zu beleidigen, fahre ich nachhause.“

Ein Lächeln zupft an seinen Lippen. Er beugt sich zu mir herab, streift mit seiner Nase über meine Schläfe und inhaliert geräuschvoll meinen Körpergeruch.

Ich reagiere instinktiv auf seine Nähe und schlinge ihm die Arme um den Nacken.

Knurrend legt er mir seine Hände um die Hüften, hebt mich hoch und zieht mich an seinen muskulösen Brustkorb.

„Fuck Baby!“

Nach diesem Fluch tackert er seine Lippen auf die meinen und schiebt mir seine Zunge in den Hals. Wild, ungebändigt und mit einer Gier, die mir den Atem raubt, erobert er meinen Mund, verführt mich und sorgt so dafür, dass mein Slip feucht wird.

Meine Oma hat immer gesagt, dass man Männern, die küssen können, nicht vertrauen darf. Was sie wohl zu dem Biker in meinen Armen sagen würde? Wahrscheinlich würde sie mir zuzwinkern und mir raten, meinen Spaß zu haben.

Sie ist jetzt seit zwei Jahren tot und ich vermisse sie wirklich sehr.

Thunders Finger graben sich immer fester in mein Fleisch, seine Zähne beißen sachte in meine Unterlippe.

„Wenn du dich weiter so an mir reibst, werde ich dich genau jetzt und hier auf der Motorhaube deiner Kiwi ficken.“

Schockiert öffne ich die Augen und sehe ihn an.

Der heisere, dunkle Klang seiner Stimme verrät mir, dass er genauso erregt ist wie ich.

„Das würdest du nicht wagen. Oder?“

„Finde es heraus, Violet.“

Der Glanz in seinen blauen Augen und die harte Beule, die sich gegen meinen Unterleib presst, sind mir Antwort genug. Ein Windhauch weht durch seine schulterlangen schwarzen Haare, mein Blick fällt auf das Waffentattoo an seinem Hals.

„Dazu fehlt mir der Mut.“

Mein Eingeständnis bringt mir ein Zwinkern ein, das mein Herz aus dem Takt bringt.

„Nicht schlimm. Alles, was du tun musst, ist, deine Beine zu spreizen, schreien, kratzen, beißen und schlussendlich auf meinem Schwanz kommen. Denn Rest der Arbeit übernehme ich.“

Oh wow ...

Keine Ahnung, ob ich von seiner Aufrichtigkeit beeindruckt oder entsetzt sein soll.

„Wenn du auf einen schnellen Fick aus bist, dann muss ich dich enttäuschen, denn dann bist du bei mir falsch. Ich bin kein Flittchen, das jeden ranlässt."

Wieder zwinkert er mir zu, stellt mich jedoch auf die Füße und lässt mich los.

„Gut zu wissen, Baby!"

Für einen Moment befürchte ich, dass er meine Warnung ernst nimmt und mich einfach stehen lässt. *Toll gemacht, Violet ...*

Doch die Sorge war unbegründet, anstatt mich abzuservieren, setzt er mir seinen Helm auf den Kopf, stellt den Verschluss auf meine Länge ein und lässt ihn einrasten.

Bevor er sich in einer geschmeidigen Bewegung auf sein Motorrad setzt, presst er mir einen schnellen, jedoch festen Kuss auf die Lippen. Dann klopft er auffordernd hinter sich auf den Sozius.

Ich sehe ihn unschlüssig an.

„Ähm, ich bin noch nie auf einem Bike gesessen. Keine Ahnung, ob ich das richtig mache. Ich meine, wo muss ich mich festhalten? Und bist du ein guter Fahrer? Ich bin noch nicht bereit, ins Gras zu beißen."

Thunder sieht mich ungläubig an.

„Echt jetzt, Violet?"

„Ne, unecht."

In einer abwehrenden Geste hält er die Hände hoch.

„Schon gut, war 'ne blöde Frage. Sorry. Also, Motorrad fahren ist wie Sex. Entweder du findest es geil, wirst süchtig danach und willst es immer wieder, oder aber du kannst damit nichts anfangen. Festhalten tust du dich an mir. Du rutschst so nah wie möglich an mich heran und schlingst mir dann die Arme um die Mitte."

Zögerlich sehe ich ihn an, was ihn zum Lachen bringt.

„Scheiße Baby. Dein Job ist es, in brennende Häuser zu rennen, da wirst du doch keine Angst vor einem Ritt auf einer Harley haben."

„Ich lösche nicht nur Feuer, ich werde auch zu Verkehrsunfällen gerufen, und glaube mir, ich habe schon dutzende Motorradfahrer von der Straße gekratzt und die meisten von ihnen haben es nicht überlebt."

Sämtliche Belustigung weicht aus seiner Mimik, plötzlich ist er absolut ernst.

„Die Straße nimmt vielen Bikern das Leben. Auch ich habe schon so manche Freunde an sie verloren, aber ich verspreche dir, dass du bei mir sicher bist."

Unsicher sehe ich an mir herunter.
„Ich glaube, ich bin falsch angezogen."
Wenn ich gewusst hätte, dass ich auf seiner Harley lande, hätte ich mich gegen den kurzen Jeansrock, den ich anhabe, entschieden.
„Du siehst heiß aus, Baby. Glaube mir, mein Schwanz steht schon die ganze Zeit stramm."
Was ein Kompliment ...
Unschlüssig gehe ich auf ihn zu, setze mich dann aber mit weit gespreizten Beinen auf sein Motorrad und rutsche so nah wie möglich an ihn heran. Entschlossen ignoriere ich die Tatsache, dass mein Rock so weit nach oben gerutscht ist, dass man sicher meinen violetten Spitzenstring sehen kann.
Oh Mist! Thunder hat recht. Mich in dieser Position an ihm festzuhalten, fühlt sich sehr intim, ja fast schon nach einem Vorspiel an.
Jeder Zentimeter seines Körpers ist hart, trainiert und muskulös. Seine Rückseite drückt sich gegen meinen Schritt, meine Brustwarzen stellen sich auf und ziehen sich zusammen. Ganz der Bad Boy, der er nun mal ist, legt er seine großen Hände auf meine Oberschenkel und lässt sie langsam nach oben gleiten.
Gerade als seine Fingerspitzen kurz davor sind, meine pulsierende Mitte zu berühren, löst er sich von mir.
Erleichtert und doch irgendwie enttäuscht darüber, dass er mich nicht dort, an meinem empfindlichsten Punkt, berührt hat, atme ich tief durch und schlinge ihm meine Arme um die Taille.
Thunder umfasst meine Hände, drückt sie sich noch fester um den Leib.
„Ich bin deine einzige Sicherheit, Baby. Also halt dich an mir fest – richtig fest!"
„Richtig fest? Würde mir jetzt gut gefallen!"
Shit! Habe ich das gerade wirklich gesagt?
Als Reaktion auf meine Worte geht ein Ruck durch seine angespannten Muskeln.
Anstatt etwas zu sagen, startet er mit einem kraftvollen Tritt den Motor. Bevor wir losfahren können, hält ein Auto neben uns, ein alter schlammfarbener Ford. Die Frau, die am Steuer sitzt, hat schlecht gefärbte blonde Haare, ist viel zu sehr geschminkt und hat eine Stimme wie Donald Duck. Keine Ahnung wieso, aber sie ist mir auf Anhieb unsympathisch.
Sie mustert mich mit einem wütend verzogenen Gesicht.
„Wer ist das, Thunder?"

„Das geht dich nichts an, Sarah!“

Sie kneift die Augen zusammen und hebt in einer arroganten Geste den Kopf.

„Ach nein? Ich denke, das geht es mich sehr wohl.“

Oh weh ... Da scheint aber eine ziemlich eifersüchtig zu sein.

Ob sie seine Freundin ist?

„Falsch gedacht. Du bist eine Bitch. Deine Stärke liegt gewiss nicht im Denken, sondern darin, Schwänze zu lutschen und in den Arsch gefickt zu werden. Also halt's Maul und lass mir meine Ruhe.“

Nach dieser Ansage gibt er Gas und lässt die Zicke einfach stehen.

Obwohl seine Worte hart waren und ich eigentlich Mitleid für die Frau empfinden sollte, kann ich mir ein Lächeln nicht verkneifen. Sollte Thunder jemals mit mir so reden, kann er was erleben. Aber diese arrogante Ziege hat nichts anderes verdient. Ich habe dieser Frau nie etwas getan, wir haben uns noch nie zuvor gesehen und dennoch hat sie mich angesehen, als wäre ich ein ekeliges Insekt, das schnellstmöglich zertreten werden sollte.

Wir fahren die lange gerade Straße entlang, Thunders breiter Rücken in Kombination mit dem kraftvollen Vibrieren der Harley zwischen meinen Schenkeln, lassen mich die verrücktesten Sachen empfinden.

Die ersten paar Meilen waren wohl eine Art Schonfrist, denn kaum dass wir auf freier Strecke sind und um die erste größere Kurve biegen, gibt er Gas.

Ich quietsche erschrocken auf und schließe die Augen. Doch die Angst hält nicht lange an, im Gegenteil. Schon nach kurzer Zeit macht es mir Spaß, hinter diesem Reaper zu sitzen und die Geschwindigkeit zu spüren.

Während ich viel zu verkrampft bin, scheint Thunder mit seinem Bike regelrecht zu verschmelzen. Man kann es fast mit einem Rodeo Cowboy vergleichen, nur dass er keinen wilden Bullen unter Kontrolle hält, sondern eine vor Kraft und PS strotzende Harley Davidson. Er lenkt das Motorrad nicht nur mit den Händen, sondern mit seinem gesamten Körper. Es hat etwas extrem Erotisches, seine kraftvollen Bewegungen zu spüren. Instinktiv rutsche ich noch etwas näher an ihn heran, lehne den Kopf an seinen Rücken und schiebe meine Finger unter seine Kutte. Kaum dass ich die harten Wölbungen seiner Bauchmuskulatur an meinen Fingern spüre, spielen meine Hormone völlig verrückt.

Die nächste Ampel springt auf Rot, so dass wir anhalten müssen.

„Du willst es wirklich herausfordern oder?“

Oh ja, das will ich ....
„Öhm, ich weiß nicht, was du meinst."
Dieser Reaper hat etwas an sich, was mich völlig aus dem Konzept bringt. In seiner Nähe kann ich keine zehn Meter geradeaus denken, geschweige denn, mich an meine Pläne, mir einen anständigen Mann zu suchen, halten.
Wir sind beide erwachsen, müssen also nicht lange um den heißen Brei herumreden, sondern können gleich zur Sache kommen. Wenn ich mit meiner Vermutung richtig liege, dann sind die Anziehungskraft und die Magie zwischen uns nach dem ersten Sex wie weggeblasen. So ist es meistens!
Ich interessiere mich für einen Typen, vögle mit ihm und will ihn danach nicht mehr wiedersehen. Keine Ahnung warum, aber die meisten Männer benehmen sich im Schlafzimmer wie egoistische Wasserbüffel.
Sie haben null Kenntnisse über die weibliche Anatomie, von erogenen Zonen haben sie noch nie was gehört und unter Verführung verstehen sie *Hauptsache feucht*. Es ist echt bitter, aber die meisten Kerle würden den G-Punkt nicht mal finden, wenn er wassermelonengroß wäre.
Und als ob das alles noch nicht schlimm genug wäre, ziehen fast alle Typen beim Sex eine Grimasse, als würden sie gerade einer schlimmen Krankheit erliegen.
Gerade die besonders attraktiven Exemplare der Gattung Mann geben sich beim Vögeln kaum Mühe. Sie haben es nicht nötig, um eine Frau zu kämpfen, weil sie jede Nacht eine andere abschleppen können.
Auch wenn fast jeder zweite Kerl von sich behauptet, dass er Gottes Geschenk an die Weiblichkeit ist, sind die meisten einfach nur grottenschlecht im Bett. Wenn man das jetzt noch mit der Bindungsangst, die fast jeder Mann mit sich herumträgt, addiert, ist es ein echtes Wunder, dass die Menschheit noch nicht ausgestorben ist.
Die Ampel wechselt ihre Farbe, doch Thunder bleibt einfach stehen.
„Essen oder Sex?"
„Wie bitte?"
Das hat er mich doch nicht wirklich gefragt. Oder?
„Ursprünglich wollte ich dich zuerst auf ein Steak einladen, aber so wie du dich an mir reibst, brauchst du erst einen anständigen Fick. Also wie sieht es jetzt aus? Essen oder Sex?"
Ich öffne den Mund und will ihm sagen, dass ich mich gar nicht an ihm gerieben habe und dass er nicht so verdammt arrogant sein soll, weil ich überhaupt keine Lust habe, mit ihm zu schlafen – doch anstatt uns

beiden etwas vorzumachen, schließe ich ihn einfach wieder, schüttle kurz über mich selbst verwundert den Kopf und erkenne in einem Augenblick der Erleuchtung, dass es keinen Sinn macht, ihm etwas vorzuspielen.

Und wer weiß, wenn ich mit meiner Theorie richtig liege, und Thunder sich beim Bumsen genau wie die meisten Männer in einen ungeschickten Wasserbüffel verwandelt, dann bin ich so schnell von seinem Bad-as-Biker-Charme kuriert, so schnell kann er nicht mal Motorcycle-Club buchstabieren.

„Sex!"

„Yeah Baby, gute Wahl."

Anstatt zu *Sullivan*, dem besten Steak House weit und breit, zu fahren, wendet er mitten auf der Kreuzung. Es dauert eine Weile, bis ich kapiere, dass wir Richtung Mountain Park fahren. Die Straßen, die er benutzt, werden immer schmaler, die letzten Meilen bringen wir auf einem unbefestigten Kiesweg hinter uns. Schlussendlich halten wir neben einem kleinen Haus aus Holz und Stein. Riesige Saguaro-Kakteen strecken ihre ausladenden Arme gen Himmel, werfen lange Schatten auf den vertrockneten Boden.

Kaum dass das dunkle Geboller des Motorrads verstummt ist, ziehe ich mir, noch bevor ich abgestiegen bin, den Helm vom Kopf.

„Wo sind wir hier?"

„Bei meiner Hütte. Hier komme ich her, wenn mir der Trubel im Club zu viel wird und ich etwas Zeit zum Nachdenken brauche."

Unbeholfen stütze ich mich mit den Händen auf seiner Schulter ab, steige von der Harley und zupfe meine Klamotten zurecht. Neugierig sehe ich mich um. Bis jetzt war ich mir echt sicher, dass ich die Stadt und deren Umgebung wie meine Westentasche kenne, doch hier war ich zu meinem Erstaunen noch nie.

Ein kleiner schwarzer Skorpion flitzt vor meinen Füßen vorbei, instinktiv weiche ich einen Schritt zurück.

Bis auf uns ist keine Menschenseele hier, wir sind ganz alleine.

Thunder, der noch immer groß und selbstsicher auf seinem Bike sitzt, mustert mich mit einem eindringlichen Blick.

Schlagartig wird mir klar, dass ich mich mit einem gefährlichen Mann, den ich kaum kenne, ganz allein mitten im Nirgendwo befinde und dass niemand weiß, wo ich mich gerade aufhalte.

Ganz toll gemacht ....

Dieser Rocker könnte mir weiß Gott was antun und ich habe ihm nichts entgegenzusetzen. Meine Brüder würden ausflippen, wenn sie wüssten, dass ich gegen alle ihre Warnungen verstoßen habe, in denen es darum ging, niemals alleine mit einem fremden Mann mitzugehen, schon gar nicht, wenn er einen kriminellen Hintergrund hat.

Mit einer fließenden Bewegung steigt er von seiner Harley und kommt auf mich zu. Nachdem er mir den Helm abgenommen und ihn auf den Boden gestellt hat, packt er mich an den Schultern und zieht mich so nah zu sich, dass meine Nasenspitze über das raue Leder seiner Kutte streift.

„Du wirkst nervös."

Die Handflächen auf seine Brust legend, sehe ich zu ihm nach oben.

„Mein Einsatz in diesem Spiel ist bedeutend höher als der deine. Ihr Männer habt immer null Risiko. Wir Frauen hingegen ..."

Er streift durch meine Haare, schnappt sich eine Strähne und verreibt sie zwischen den Fingern. Er betrachtet den Übergang von Pink zu Violett und seine Mundwinkel zucken amüsiert.

„Das hier ist das erste Mal, dass ich bereit bin, überhaupt einen Einsatz zu erbringen, und auch wenn ich es selbst kaum glauben kann, aber bei dem Spiel zwischen uns beiden stellst du die Regeln auf."

Noch bevor ich nachfragen kann, was er damit meint, löst er sich so abrupt von mir, dass ich ins Wanken gerate. Er hebt den Blumentopf hoch, der neben der Türe steht und in dem eine tote Pflanze darauf wartet, endlich beigesetzt zu werden, und holt einen kleinen silbernen, leicht verrosteten Schlüssel hervor.

„Ein wirklich unglaublich gutes Versteck."

Thunder ignoriert meinen Spott, öffnet die Türe und verschwindet in dem kleinen Häuschen. Als er wenige Herzschläge später wieder rauskommt, reicht er mir eine kalte Flasche *Desperados*, in deren Hals ein Zitronenspalt steckt.

Wir setzen uns Seite an Seite auf die verwitterte Holzbank - und *oh verflixt* - so langsam bekomme ich das Gefühl, dass Thunder zwar nicht mein erhoffter Prinz, aber auch kein Frosch und kein Wasserbüffel ist. So wie es im Moment aussieht, ist er eine ganz neue Kategorie Mann, der ich zuvor noch nie begegnet bin.

8. Kapitel

Sarah

Wer war diese Frau und warum saß sie auf seinem Bike?

Scheiße! Bis jetzt habe ich noch nicht erlebt, dass Thunder ein Mädchen auf seine Harley gelassen hat. Der einzige, der auf seinen Sozius darf, ist Mike, der Sohn vom Club-Präsidenten. Seit einer kleinen Ewigkeit warte ich darauf, dass er mit mir einen Ausflug macht, nur er und ich, irgendwo hin, um zusammen Zeit zu verbringen...

Doch bis jetzt ist das nie passiert.

Ich habe es immer darauf geschoben, dass er keine Zeit hat, dass ihn sein Posten als Sergeant-at-Arms zu sehr beansprucht, aber ganz offensichtlich habe ich mich getäuscht.

Diese Schlampe, die da hinter ihm saß und ihre Arme um *meinen* Reaper geschlungen hat, hatte lila Haare. Das kann doch einfach nicht Thunders Ernst sein. So rennt doch niemand rum. Das ist absolut geschmacklos. Und das, was er da zu mir gesagt hat:

... Du bist eine Bitch. Deine Stärke liegt gewiss nicht im Denken, sondern darin, Schwänze zu lutschen und in den Arsch gefickt zu werden. Also halt's Maul und lass mir meine Ruhe ...

Ich soll ihm seine Ruhe lassen? Das kann er nicht ernst meinen. Niemals! Erst letzte Nacht war ich diejenige, die ihm Lust verschafft und ihn in ihren Körper gelassen hat. So wie ich das sehe, wurde er manipuliert, genauso ist es. Er muss unter dem Einfluss dieser lilahaarigen Tussi stehen. Wütend schenke ich mir erneut ein Glas Wodka ein und leere es mit wenigen Schlucken. Dieser Reaper gehört mir. Nur mir! Ich habe ihn zuerst gesehen und ihn längst als den meinen markiert.

Raven, einer der Prospects, setzt sich zu mir an die Bar und fasst mir an den Arsch.

„Na, wie sieht es aus, Sarah? Lust auf einen wilden Ritt?"

Unter anderen Umständen hätte ich ihn sofort abgewiesen, aber heute sieht das anders aus. Ich muss nett zu ihm sein, um herauszufinden, was er über dieses Miststück weiß, das seine Finger nach meinem Mann ausstreckt. Mit einem künstlichen Lächeln auf den Lippen wende ich mich ihm zu und lege meine Hand auf seinen Arm.

„Sag mal, wer war diese Frau mir den bunten Haaren, mit der Thunder unterwegs ist?"

Raven zündet sich eine Kippe an und inhaliert den ersten Zug.

„Das ist Violet. Er hat sie erst vor kurzem kennen gelernt, sie ist ihm hinten reingefahren und hat ihn so vom Bike geholt. Unglaublich, was? Sie ist eine echt heiße Braut. Arbeitet bei der Feuerwehr, muss voll was auf dem Kasten haben. Was man so hört, hat sie unserem Sergeant voll den Kopf verdreht. Er redet nur noch von ihr."

Der letzte Satz fühlt sich an wie ein Dolchstoß mitten ins Herz.

So ganz habe ich das alles aber noch nicht verstanden.

„Wie angefahren? Mit einem Auto?"

Der Anwärter gibt ein Grunzen von sich.

„Ne, mit dem Zug. Natürlich mit dem Auto. Gott, Bitch, kannst du blöde Fragen stellen."

Ein Mix aus Wut, Enttäuschung und Eifersucht kocht in mir hoch.

Diese Frau will mir den Mann wegnehmen, das werde ich zu verhindern wissen.

„Und sie arbeitet hier in Tucson auf der Feuerwache?"

Dieses Mal nickt er nur, während er seine Hand in meine Hose schiebt.

Dank Thunder bin ich so wund, dass ich kaum sitzen kann. Es muss mir irgendwie gelingen, Raven loszuwerden, Sex ist das Letzte, was ich gerade gebrauchen kann.

Dass dieses Miststück bei der Feuerwehr arbeitet, bietet mir ungeahnte Möglichkeiten. In meinem Kopf entsteht ein Plan ... ein guter Plan, mit lodernden Flammen, einem toten lilahaarigen Mädchen und einem Thunder, der endlich erkennt, dass ich die einzig Richtige für ihn bin.

Raven packt mich und zieht mich vom Stuhl.

„Hey, lass das, mir geht es heute nicht so gut. Such dir eine andere."

„Vergiss es, Bitch. Ich will dich."

Noch bevor ich es verhindern kann, öffnet er meine Hose und zieht sie nach unten.

„Hier rüber. Beug dich über den Billardtisch."

Wir sind nicht die Einzigen, die sich hier aufhalten, doch das scheint Raven nicht zu stören. Als ich nicht reagiere, packt er mich, stößt mich über den Tisch und drückt meinen Kopf auf den grünen Filz.

Rock stößt einen lauten Pfiff aus.

„Richtig so, Prospect. Zeig der Bitch, wie es hier läuft. Wer zickt, fliegt, so einfach ist das."

Am liebsten würde ich mich wehren und Raven sagen, dass er ein Wichser ist und dass Thunder ihn für die Art, wie er mit mir umgeht, das Genick brechen wird, doch ich halte den Mund und lasse zu, dass er zwei seiner Finger grob in mich stößt. Noch bin ich nur eine Clubnutte und keine Old Lady – noch wird Thunder niemanden dafür töten, dass er mich angefasst hat - aber bald, bald wird er das. Der Tag, an dem mein Reaper für mich Knochen bricht, ist der Tag, an dem ich mein Ziel erreicht habe. Doch bis es so weit ist, liegt noch ein langer Weg vor mir. Bittere Magensäure steigt mir im Hals hoch, ich könnte kotzen vor Wut und Trauer.

Anstatt mir endlich sein Leder anzubieten, hat Thunder mich verraten. Er hat sich eine Tussi aufs Bike gesetzt, die ihn und den Club nicht zu schätzen weiß. Tränen steigen mir in die Augen, doch die kommen nicht nur von Ravens grober Behandlung, sondern stammen zum Teil auch von dem Gefühl, übergangen worden zu sein.

Wenn Thunder glaubt, mich verarschen zu können, dann wird er mich kennen lernen. Ich bin die einzig Richtige für ihn. Und es wird verdammt noch mal Zeit, dass er das endlich erkennt.

Ich bin es so leid, mich erniedrigen zu lassen – ich habe weiß Gott etwas Besseres verdient. Das Zerreißen von Zellophan holt mich aus meinen Gedanken zurück in die Realität. Ich drehe mich auf die Seite und beobachte Raven, wie er sich ein lilafarbenes Kondom überzieht – das soll doch wohl ein schlechter Scherz sein?! Dieser Gummi hat genau denselben Farbton wie die Haare dieser blöden Schlampe, die sich an meinen Reaper ranmacht.

Wenn das Leben einen fickt, dann so richtig ....

Ohne sich darum zu kümmern, ob ich feucht oder bereit bin, spuckt sich der Anwärter auf die Finger, reibt damit meine Öffnung ein und stößt wenige Atemzüge später zu.

Als er sich bis zum Anschlag in mich schiebt, presse ich die Lippen zusammen und gebe ein leises, schmerzvolles Keuchen von mir. Ich werde diesem Arschloch nicht die Genugtuung geben, dass ich wegen ihm schreie. Früher oder später werde ich am längeren Hebel sitzen und dann werde ich diese Wichser für alles, was sie mir angetan haben, büßen lassen. Das Wissen, dass Thunder sich in genau diesem Moment, während ich mich für Raven bücken muss, mit einer anderen Frau ein paar schöne Stunden macht, ätzt sich wie Säure durch mein Bewusstsein.

Und während Rock den Prospect anfeuert, mich härter zu nehmen, und dieser das auch sofort tut, schmiede ich meine Rachepläne.

Ich werde für ein Feuer sorgen, das die kleine Feuerwehrfrau bei lebendigem Leib verschlingt. Soll sie doch versuchen, es zu löschen, es wird ihr nicht gelingen ...

9. Kapitel

Thunder

Das ist das erste Mal, dass ich jemanden mit an diesen Ort nehme. Es fühlt sich gut an, diese Frau bei mir zu haben. Violet ist keine von den Tussis, die ununterbrochen irgendetwas von sich erzählen müssen. Zwischen uns ist alles klar, es gibt keine bescheuerten Erwartungen oder Versprechen, die gehalten werden müssen.

Wir sind einfach nur ein Mann und eine Frau, die sich voneinander angezogen fühlen und die Sex haben werden – ganz einfach.

Ein Schluck von dem kalten Bier nehmend strecke ich die Beine aus und überkreuze die Füße an den Knöcheln.

Wie schon die ganze Zeit fesselt der Anblick ihrer langen, schlanken Beine meine Aufmerksamkeit.

Gerade die Stelle an ihren Oberschenkeln, an denen der kurze Jeansrock, den sie trägt, endet, zieht meine Blicke wie magisch an.

Die Glasflasche fester umfassend beiße ich die Zähne aufeinander und zwinge mich, ihr in die Augen zu sehen.

Es ist wie ein Wahn, wie eine Sucht. Seit ich sie das erste Mal gekostet habe, will ich sie wieder und wieder schmecken.

Ich will wissen, wie sich Violets Pussy anfühlt, wie sie schmeckt und wie sie riecht und welche Geräusche dieses faszinierende Mädchen von sich gibt, wenn ich mich tief und langsam in ihr versenke. Doch meine Fantasie unterscheidet sich ganz maßgeblich von allen, die ich bisher hatte. Denn zum ersten Mal sehne ich mich nicht nur danach, eine Frau zu berühren und zu ficken, sondern ich wünsche mir zugleich auch, von ihr berührt zu werden. Bis jetzt konnte ich es nicht ertragen, wenn mich die vielen Bitches, die ich bisher immer gebumst habe, angefasst haben, es war mir zuwider. Doch bei Violet ist das anders. Alleine die Vorstellung, dass sie mir mit ihren Fingernägeln über den Rücken kratzt, lässt mich hart werden.

„Erzähl mir etwas von deinem Club, ich meine, wie läuft das so bei euch ab?“

„Wir sind eine Familie. Loyalität und Vertrauen werden bei uns großgeschrieben. Wir halten zusammen, wo es der Rest der Welt nicht tut.“

Sie lacht und sieht mich neugierig an.

„Du willst mir also erzählen, dass bei euch immer alles ganz friedlich ist, ihr einfach nur gerne Motorrad fahrt und nachts am Lagerfeuer sitzt und zusammen Whisky trinkt? Das nehme ich dir nicht ab. Ich habe

Gerüchte gehört, Thunder, Dinge, die mir Angst machen und ich will wissen, wie viel davon der Wahrheit entspricht. Also, falls du mehr Zeit mit mir verbringen willst, sei ehrlich zu mir. Ich komme mit vielen Dingen klar, du wirst überrascht sein, aber ich hasse es, angelogen zu werden."

Ich kann verstehen, dass sie wissen will, auf was sie sich einlässt, aber wenn ich an ihren familiären Hintergrund denke, wird mir kotzübel.

„Das Einzige, was du wissen musst, ist, dass du bei mir sicher bist. Alles andere sind Clubangelegenheiten, die dich nichts angehen."

Violet schweigt, sieht mich mit kritischem Blick an und nippt an ihrem Desperado. Es ist ihr deutlich anzusehen, dass sie darüber nachdenkt, ob es ein Fehler war, zusammen mit mir hierher zu fahren.

Fuck! So verdammt geil ich dieses Mädchen auch finde, sie muss die Entscheidung treffen, wie weit sie sich auf mich und die Welt, in der ich lebe, einlässt. Schweigend richte ich meinen Blick auf den Horizont. Die Sonne kratzt an den ausgefransten Gipfeln der Tucson Mountains, ein Greifvogel stürzt sich im Sinkflug auf sein nichtsahnendes Opfer.

Eine kleine Ewigkeit später nehme ich ihr die leere Glasflasche ab, stelle sie auf den Boden, packe Violet an den Handgelenken und ziehe sie näher zu mir heran. Das süße Aroma reifer Erdbeeren steigt mir in die Nase, eine Windböe weht ihr durch die lila Haare. Zufrieden beobachte ich, wie sie sich nervös auf die Lippe beißt.

„Warum warst du auf dem Weg zum Club? Was wolltest du da?"

Unter halb gesenkten Lidern sieht sie zu mir auf.

„Kannst du dir das nicht denken?"

„Nein!" Ich schüttle den Kopf. „Ich will es aus deinem Mund hören."

Sie zögert kurz, ehe sie unseren Blickkontakt unterbricht und auf das Sergeant-at-Arms-Patch, das auf meiner Kutte prangt, hinabsieht.

„Obwohl mich meine Brüder gewarnt haben und ich ganz genau weiß, was für ein Mann du bist, wollte ich dich wiedersehen ..."

Ihre lila Lippen verziehen sich zu einem Lächeln, jetzt sieht sie mir wieder direkt in die Augen.

„Ich muss völlig verrückt sein. Aber ich will, dass du mich küsst, Thunder."

Zur Hölle, das muss sie mir keine zweimal sagen.

So tief einatmend, dass es sich anfühlt, als würde mein Brustkorb platzen, umfasse ich ihr Gesicht, beuge mich zu ihr hinunter und presse meine Lippen auf die ihren.

Weich, süß und unglaublich perfekt schlängelt sich ihre Zunge in meinen Mund. Meine Eier ziehen sich erregt zusammen, mein Schwanz ist hart. Alles, was im Augenblick noch für mich zählt, ist die faszinierende Frau in meinen Armen.

Bullshit! Im Grunde genommen habe ich überhaupt keine Zeit für Violet. Ich sollte mich um die Scheiße mit den Russen kümmern, mich mit den Dead Riders in Verbindung setzen und diesem Arschloch Max einen Besuch abstatten. Er hat sich meine *Golden Guns* unter den Nagel gerissen und mir Violets Brüder auf den Hals gehetzt. Dieser Typ will mir ans Bein pissen und dafür werde ich ihn bluten lassen. Seit meiner Aufnahme bei den Reapers steht der Club für mich an erster Stelle. In all den Jahren habe ich meine Aufgaben nie vernachlässigt, jetzt gerade tue ich es.

Mich mit der Zunge durch die köstliche Höhle ihres Mundes wühlend, umfasse ich ihren Po, hebe sie hoch und trage sie ins Innere des Hauses.

Violet schlingt mir ihre langen, schlanken Beine um die Taille, unterbricht unseren Kuss und schnappt keuchend nach Luft. Zum Teufel! Ich habe diese Frau noch nicht mal gefickt und dennoch bin ich süchtig nach ihr. Ich will sie nicht mehr loslassen, alles über sie wissen und die Zeit anhalten, damit wir nie wieder von hier fortmüssen. Mir ist klar, dass unsere beiden Leben nicht kombinierbar sind.

Alles, was uns bleibt, ist das Hier und Jetzt!

Ich werde Violet bumsen, sie mir nehmen und meinen Hunger nach ihr stillen, und dann werde ich sie zurückbringen. *Gott verdammt!* Wenn ich auch nur einen winzigen Funken Verstand besitze, meide ich den Ärger, den diese Frau bedeutet.

So viel zum logischen Teil ...

Obwohl mir die unüberwindbaren Hindernisse, die zwischen uns stehen, mehr als deutlich bewusst sind, plane ich bereits unser nächstes Treffen.

Es hat sich gut angefühlt, Violet hinter mir auf dem Bike zu haben, ihre Arme um meine Mitte zu spüren und zu wissen, dass sie mir nicht mehr entkommen kann.

Heilige Scheiße! Heilige verfickte Scheiße! Das muss sofort aufhören...

Ich bin den Reapers verpflichtet, ihnen gelten meine Loyalität und meine Treue.

In meinem Inneren trage ich einen harten Kampf aus.

Einerseits ist Violet die erste Frau, die mich wirklich umhaut, andererseits kann ich nicht riskieren, dass der MC wegen ihr und ihrer

Familie Ärger bekommt. Was für eine beschissene Situation! Die einfachste Lösung wäre, Sarah die Haare lila zu färben, ihr den passenden Lippenstift zu kaufen und Violet zu vergessen. Doch so leicht ist das nicht - leider. Entschlossen, Violet so hart ranzunehmen, dass mein Hunger auf lila Lippen ein für alle Mal gestillt ist, setze ich sie auf dem Küchentisch ab und tackere meinen Mund erneut auf den ihren.

Das ist doch lächerlich! Ich bin ein Reaper, wir zögern nicht, wir überlegen nicht, wir nehmen uns, was wir wollen und ziehen dann weiter.

Eine feste Freundin ist nichts für mich, und eine Old Lady ist wirklich das Letzte, was ich gebrauchen kann.

Wütend auf mich und meine Schwäche für dieses Mädchen, löse ich mich von ihr und beginne damit, sie auszuziehen. Meine Berührungen sind grob, rau und nicht so wie Violet es eigentlich verdient hätte, doch ich kann mich keine Minute länger beherrschen.

Sie scheint es nicht zu stören, anstatt mir auszuweichen, kommt sie mir entgegen. Mit geschickten Händen schiebt sie mir die Kutte von den Schultern und starrt überrascht auf die silberne Glock, die sich in dem ledernen Holster, das ich trage, gegen meine Rippen drückt.

„Bist du immer bewaffnet?“

„Aye, das bin ich.“

„Hast du schon mal jemanden getötet?“

In der ersten Sekunde habe ich vor, sie anzulügen, doch dann atme ich geräuschvoll aus und beschließe, die Wahrheit zu sagen.

„So viele, dass ich mich nicht mal mehr an alle Gesichter erinnere.“

Ihre Augen weiten sich erschrocken.

„Das ist heftig, Thunder!“

„Nein das ist mein Leben. Aber ich verspreche dir, dass du nichts von mir zu befürchten hast. Wenn ich in deiner Nähe eine Waffe ziehe, dann nicht, um dich zu verletzen, sondern um dich zu schützen. Vertraue mir Violet.“

Unsicher beißt sie sich auf die Unterlippe, doch dann nickt sie leicht.

„Ich vertraue dir, Reaper.“

Vier lächerliche Wörter, doch sie reichen aus, um ein warmes Gefühl in meinem Bauch entstehen zu lassen.

Es ist erschreckend, wie viel mir dieses Zugeständnis bedeutet.

Violet zieht mich zwischen ihre gespreizten Schenkel und leckt sich die Lippen.

Mit fest aufeinandergebissenen Zähnen sage ich mir, dass sie nicht Sarah ist, dass ich mich beherrschen muss und sie nicht verletzen darf, doch in der Sekunde, in der sie ihre kleine Hand in meine Hose schiebt und meinen Schwanz umfasst, vergesse ich einfach alles und reiße ihren BH kurzerhand in zwei Teile. Zwei runde, pralle Titten springen mir entgegen. Rosa Nippel auf weißer Haut ....

Holy Fuck!

Jeder Zentimeter dieser Frau ist so unglaublich perfekt. Es ist, als hätte jemand meine geheimsten Sehnsüchte genommen und Violet nach deren Vorbild erschaffen.

Der letzte klare Gedanke, den ich fassen kann, ehe ich mich vorbeuge, ihre Titten umfasse und einen ihrer Nippel in meinen Mund sauge, ist, dass sie niemals mir gehören kann. Dass ich aber trotzdem nicht zulassen werde, dass ein anderer Kerl sie jemals wieder berührt. *Ich stecke so was von in der Scheiße!*

10. Kapitel

Violet

Seufzend drücke ich den Rücken durch, vergrabe meine Hände in Thunders langen Haaren und ziehe ihn fester zu mir.

Rau und heiß leckt seine Zunge über meine Brustwarze. Zwischen meinen Beinen wird es immer feuchter.

An der Art, wie er mich packt und festhält, erkenne ich, dass Thunder eher auf die härtere Gangart steht. Das ist okay, ich mag es, wenn Männer mich wie eine Frau behandeln und nicht wie eine zerbrechliche Puppe. Um ihn zu reizen, schiebe ich erneut meine Hand in seine Hose, umfasse sein erigiertes Glied und drücke zu. Dieser Reaper ist so gut gebaut, dass ich seinen Penis mit meinen Fingern kaum umfassen kann. Lang und dick drückt er sich gegen meine Handfläche. Mit dem Daumen reibe ich über die wulstige Spitze seiner Eichel, entlocke ihm so ein dunkles Grollen. Die cremigen Lusttropfen, die aus dem kleinen Schlitz perlen, befeuchten meine Finger, sorgen so für eine angenehme Glitschigkeit. Mit einem *Plopp* lässt er meine Brustwarze aus seinem Mund gleiten.

„Scheiße Baby! Scheiße! Deine Hand zwingt mich beinahe in die Knie."

Thunder flucht, auf seiner Stirn bilden sich zwei tiefe Falten, seine Mimik wirkt düster und bedrohlich.

„Ist das jetzt gut oder schlecht?"

„Alles, woran ich denken kann, ist, endlich tief und hart in dich zu stoßen."

Ich grinse ihn frech an.

„Das war keine Antwort, Reaper."

Mein Nippel ist dank seinem Zungenkuss feucht und sensibel, ein Windhauch strömt durch die offen stehende Türe, eine Gänsehaut überzieht meine Schultern, rieselt an meinen Armen hinab.

„Wenn du zulässt, dass ich dich die nächsten Stunden wieder und wieder bumse, dann ist das gut."

„Stunden? Na, wenn du da mal nicht zu viel versprichst."

Bestimmend legt er seine Hand auf die meine, drückt zu, so dass sich sein harter Schwanz noch fester gegen meine Finger drückt.

„Spürst du das, Baby?"

„Oh ja, allerdings."

„Der hier ist nur für dich. Und bei Gott. Ich werde dich so rannehmen, dass du morgen keinen Schritt mehr laufen kannst."

Seine etwas raue Rockerromantik turnt mich unheimlich an.
Ihm direkt in die Augen sehend, schiebe ich meinen Rock so weit nach oben, dass er meinen String sehen kann.
„Dann an die Arbeit, Reaper. Ich habe noch fünf freie Tage, an denen ich mich erholen kann, bevor ich wieder arbeiten muss, halt dich also nicht zurück."
Seine Nasenflügel blähen sich, er stößt einen derben Fluch aus.
„Du bist völlig wahnsinnig, Frau. Du bist hier mit mir ganz allein - niemand wird dich schreien hören und keiner kann dir helfen, und dennoch forderst du mich heraus."
Wagemutig spreize ich die Beine noch etwas weiter, so das ihm nichts verborgen bleibt.
Sofort rutscht sein Blick an mir nach unten. An seinem Kiefer beginnt ein Muskel zu zucken, jetzt sieht er wirklich aus wie der gefährliche Biker, vor dem sich die ganze Stadt fürchtet und vor dem mich meine Brüder so eindringlich gewarnt haben. Doch anstatt mich vor ihm zu fürchten - *manchmal bin ich mutiger, als ich sollte!* -,ergreife ich seine Hand, lege sie auf meinen feuchten Schritt und reibe mich an ihr.
„Nimm mich endlich, Thunder."
Kaum dass ich die Worte ausgesprochen habe, schiebt er seine Hand unter den dünnen Stoff des Strings und dringt mit zwei seiner langen Finger mit einem kraftvollen Stoß in mich ein. Mein lang gezogener Schrei hallt durch das kleine Haus, endlich gibt er mir, was ich brauche. Stöhnend lasse ich sein Glied los, kralle mich an seinen Armen fest und reite seine Finger.
Er geht weder sanft noch langsam vor, aber das soll er auch gar nicht.
„Leg dich auf den Rücken."
Ich tue was er von mir verlangt. Jetzt liege ich halb nackt und wie eine Opfergabe vor ihm. Gab es nicht mal einen Indianerstamm, der den Gott des Donners anbetete und ihm Opfer dargebracht hat? Im Moment bin ich nur allzu bereit, mich diesem Gott, der nur aus Kraft, Muskeln und Gewalt zu bestehen scheint, hinzugeben.
Mit seinem Daumen über meinen Kitzler kreisend sorgt er dafür, dass ich alles um mich herum vergesse.
Der Druck in meinem Inneren baut sich immer mehr auf, raubt mir den Atem.
Ich winde mich unter Thunder, beobachte, wie er mich beobachtet, und spanne mich um seine Finger herum an.
Wieder und wieder stößt er seine Finger in mich, winkelt sie leicht an und trifft so auf den empfindlichen Punkt tief in meinem Inneren.

„Lass dich fallen Violet, komm für mich ..."
Das Wissen, dass seine Augen auf meiner Mitte ruhen und er dabei zusieht, wie er mich mit den Fingern vögelt, in Kombination mit seiner rauen, dunklen Stimme gibt mir den Rest. Der Druck, der sich in mir immer weiter aufgebaut hat, explodiert. Heiße Wellen branden durch mein Nervensystem, ich schnappe nach Luft, öffne den Mund und schreie laut. Zuckend, verschwitzt und von dem Orgasmus wie berauscht, sehe ich zu ihm hoch.

Immer mehr Feuchtigkeit läuft aus mir heraus.

„Du bist wunderschön, wenn du kommst."
Er entzieht mir seine Finger, reibt über meine Rosette und übt etwas Druck aus.

Bis jetzt hatte ich noch nie Analsex, aber ich ahne, dass diese Art des Liebemachens ziemlich intensiv und wahrscheinlich auch etwas schmerzhaft ist.

„Ich will dich in mir spüren."

Mit zitternden Fingern stemme ich mich in eine sitzende Position hoch und öffne seine Hose.

Gerade als ich sie nach unten schieben will, durchbricht der Klingelton eines Handys die Stille.

Thunder langt in die Hosentasche und zieht ein silbernes Nokia hervor. Er wirft einen Blick auf das Display, zieht eine Grimasse und sieht mich entschuldigend an.

„Sorry Baby, da muss ich rangehen. Ist wichtig."

Nicht bereit, diese Unterbrechung einfach so hinzunehmen, halte ich ihn, als er sich von mir abwenden und nach draußen gehen will, am Ellenbogen fest und steige von dem Tisch.

„Wir sind noch nicht fertig Reaper."

Mit diesen Worten sinke ich vor ihm auf die Knie, ziehe ihm die Hose bis an die Knöchel und umfasse seinen Schwanz.

Das Telefonat annehmend, sieht er mir tief in die Augen.

„Dagger, was gibt's?"

Ich massiere ihm die Eier, pumpe über die beeindruckende Länge seiner Erektion und lecke über die saftige Spitze.

„Woher weißt du davon?"

Obwohl seine Stimme plötzlich eiskalt und tödlich klingt, kommt er mir entgegen und schiebt mir so seine Eichel zwischen die Lippen.

An der Art, wie er mich festhält, wie sich seine Finger in meinen Hinterkopf graben, erkenne ich, dass er es wild und hart braucht.

Hitze flutet meine Nervenbahnen, ich kann es kaum erwarten, ihn so richtig zum Betteln und zum Stöhnen zu bringen.

Thunders Geschmack flutet meinen Gaumen. Ich strecke meine rechte Hand aus, schiebe sie unter sein Shirt und ertaste sein Sixpack. Fasziniert streiche ich mit meinen Fingerspitzen über die Muskelpakete. Mit meiner Zunge lecke ich über die empfindliche Unterseite seines harten Glieds, spure die dicken Adern nach und inhaliere den unverkennbaren Geruch von männlicher Lust.

Thunders Blick ruht auf meinem Gesicht, er saugt jede meiner Regungen tief in sich auf.

Erwartungsvoll lecke ich mir über die Lippen, züngle über die Konturen und verwöhne den kleinen Schlitz an der Spitze.

Ich werde mir Zeit lassen, ihn solange verwöhnen und in den Wahnsinn treiben, bis er das Telefon an die Wand schleudert und über mich herfällt.

„Im Augenblick bin ich beschäftigt. Aber ich kümmere mich gleich später darum.“

Beschäftigt also ...

Er nimmt das Mobiltelefon und presst die Sprechmuschel kurz gegen seine Schulter, während er mir befiehlt, dass ich den Mund aufmachen soll.

Ich tue, was er von mir verlangt. Mit zuckenden Muskeln vergräbt er seine Finger in meinen Haaren, zieht an ihnen und presst mich einen Atemzug später hart auf seine Erektion. Thunder ist gnadenlos und ungeduldig. Er lässt mir keine Zeit, mich an seine Länge zu gewöhnen, sondern dringt so heftig ein, dass er tief in meiner Kehle steckt.

Ich gebe mir Mühe, den Würgereflex zu unterdrücken und entspanne meine Kiefermuskulatur so, dass er noch ein Stückchen in mich gleiten kann.

„Braves Mädchen.“

Japsend atme ich noch ein letztes Mal tief ein, ehe er sich noch einen Zentimeter tiefer in meinen Hals schiebt. Ich höre, wie Thunder etwas zu seinem Gesprächspartner sagt, doch wegen seines Schwanzes in meinem Mund kann ich mich nicht darauf konzentrieren.

Dick und schwer liegt sein Penis auf meiner Unterlippe. Lutschend, saugend, leckend und züngelnd verwöhne ich ihn mit meinem Mund. Ein paar Worte werden gewechselt, Thunders Finger halten meinen Kopf unnachgiebig in Position.

„Ich melde mich in einer Stunde bei dir, Präs. Bye.“

Nach der Verabschiedung legt er das Handy auf den Tisch, auf dem er mich gerade eben noch zum Schreien gebracht hat und wendet sich wieder ganz mir zu.

„Sei ein braves Mädchen und sperr deinen lila Mund ganz weit auf, damit ich ihn so richtig ficken kann.“

An meinen Haaren zieht er mich ein Stück zurück. Das schmatzende Geräusch meines Speichels wird von einem dunklen Knurren begleitet.

„Stütz dich an meinen Beinen ab.“

Ich tue, was er sagt. Kaum dass ich nach Luft geschnappt habe, schiebt er sich wieder in mich. Wieder und wieder stößt er zu. Thunder nimmt sich, was er braucht, ich gebe mir alle Mühe, seine Härte zu schlucken. Sein Blick ruht auf meinem Gesicht. Seine Augen haben einen wilden Ausdruck bekommen. Ich sauge so fest an ihm, dass sich meine Wangen nach innen wölben und stelle zufrieden fest, dass die Muskeln in seinen Oberschenkeln zu zucken beginnen.

Tränen steigen mir in die Augen, verschleiern mir die Sicht.

Wir finden einen schnellen Rhythmus, mein Kopf wippt auf und ab, während ich seine Eier massiere und mit einem lang gezogenen Stöhnen belohnt werde.

„Holy Fuck, Baby, das ist der Wahnsinn ...“

Sein Penis steckt so tief in meinem Hals, dass ich keine Luft mehr bekomme. Meine Lunge zieht sich krampfend zusammen, ich versuche, mich etwas zurückzuziehen, doch das lässt Thunder nicht zu.

„Nein, nein, nein ... Du bleibst, wo du bist.“

Stöhnend gebe ich den Versuch, ihm auszuweichen, auf und lasse zu, dass seine dicke Eichel noch etwas weiter in mich rutscht. Jetzt, wo ich seine Dominanz akzeptiere, breitet sich ein seltsames Gefühl in mir aus.

Es ist verrückt, aber es fühlt sich verdammt gut an, ihm die Führung zu überlassen.

Erst als schwarze Punkte vor meinen Augen flimmern und es sich so anfühlt, als würde ich schweben, zieht er sich zur Hälfte zurück, so dass ich frischen Sauerstoff in meine Lungenflügel saugen kann.

Als sich mein Sichtfeld wieder etwas geklärt hat, drückt er mich erneut auf sein Glied. Dieses Mal lässt er mir die Kontrolle, ich lasse mir Zeit, genieße jeden Zentimeter und spiele mit seiner Länge. Ich lasse die pralle Spitze an meinem Gaumen entlanggleiten, knabbere an ihm und lasse ihn provozierend meine Zähne spüren. Thunder gibt ein raues Brummen von sich.

Gekonnt nehme ich ihn bis zum Anschlag auf, verwöhne ihn, so gut ich kann.

Er reagiert sofort, indem er damit beginnt zuzustoßen.

Irgendwo in meinem Kopf, in einem abgelegenen, nicht wirklich beachteten Teil, meldet sich die Stimme meiner Vernunft zu Wort. Sie erinnert mich daran, dass dieser Reaper der absolut falsche Mann für mich ist, doch ich ignoriere sie einfach.

Ich will diesen Rocker in mir spüren, ich will ihn schmecken und riechen und einfach alles was wir tun genießen. Also lasse ich zu, dass er sich ein letztes Mal in meine Kehle schiebt, ehe er sich aus mir zurückzieht, mich packt und bäuchlings auf die kalte Platte des Holztischs drückt. Am ganzen Leib erzitternd halte ich mich an der Kante fest und zucke überrascht zusammen, als er mir einen Klaps verpasst.

„Jetzt werde ich dich so vögeln, dass dir Hören und Sehen vergehen wird ...“

Ich drehe den Kopf auf die Seite, sehe ihn an und kann nichts gegen das dumme Grinsen, zu dem sich meine Lippen verziehen, tun.

„Na, dann leg los, Reaper. Ich bin zu allem bereit.“

Thunder bückt sich zu seiner Hose, zieht ein Kondom heraus und rollt es sich, für mein Empfinden viel zu langsam, über den Schwanz.

Endlich spüre ich ihn dick und hart an meinem Eingang. Am liebsten würde ich nach hinten stoßen und so die Kontrolle über das Ganze übernehmen, aber ich bin einfach viel zu neugierig, wie Thunder es machen wird.

Die Art, wie ein Mann beim ersten gemeinsamen Sex in die Frau eindringt, sagt viel über ihn aus. Wenn er zu zaghaft vorgeht, dann ist er kein entschlossener Mann, sondern ein Weichei, das einfach nicht weiß, was eine Frau braucht. Ist er aber zu schnell und gefühllos, besteht die Chance, dass Thunder ein selbstbezogener, egoistischer Arsch ist.

Ich bin mehr als gespannt, wie er es machen wird ...

Nachdem er sich hinter mir in Position gebracht dringt er ein paar Zentimeter in mich ein. Das Gefühl der Dehnung ist unbeschreiblich und ich kann es kaum erwarten, ihn endlich ganz in mir aufzunehmen.

Thunder packt mich an der Hüfte, seine Hände sind so groß, dass er mich mit ihnen fast komplett umspannen kann.

„Jetzt, Baby ...“

Die Muskeln in seinen Beinen spannen sich an, sein bestimmender Griff wird fester ehe er sich langsam, jedoch unfassbar tief in mich schiebt. Ein leichter Schmerz zuckt durch meinen Unterleib. Ich beiße mir auf die Unterlippe und wimmere leise. Thunder ist verdammt gut gebaut, es dauert einen Augenblick, bis sich mein Inneres an seinen enormen Umfang gewöhnt hat. Er wartet, bis ich mich wieder etwas entspanne, ehe er sich ein Stückchen zurückzieht und mit einem kraftvollen Stoß erneut in mich gleitet.

„Yeah, Baby. Du fühlst dich so verdammt gut an.“

Wir fallen in einen schnellen, harten Rhythmus. Dieser Reaper weiß ganz genau, wie ich es brauche. Immer wieder verändert er den Winkel, touchiert immer neue Nervenenden und entlockt mir so heisere Schreie.

„Wie soll ich dich nach diesem Fick einfach wieder gehen lassen können?“

Da ich auf diese Frage auch keine Antwort habe und gerade von einer Welle verschiedener Emotionen überrollt werde, bleibe ich einfach still und komme seinen gnadenlosen Stößen nur allzu willig entgegen.

Oh verdammt!

Es ist definitiv zu lange her, dass ich einen Mann zwischen den Schenkeln hatte, der wusste, wie man es einer Frau besorgt.

Erneut dringt er mit unfassbarer Kraft in mich ein, nagelt mich regelrecht auf dem Tisch fest. Ein Knacksen ertönt, die Holzplatte gerät in Schieflage.

Ein wildes, animalisches Knurren löst sich aus Thunders Kehle, hallt in meinem Inneren nach. Wieder stößt er zu, wieder trifft er mit erschreckender Zielgenauigkeit auf meinen G-Punkt. Vor meinen Augen verschwimmt alles, meine Atmung stockt und meine Zehenspitzen krümmen sich.

Thunder langt zwischen meine Schenkel und bearbeitet kreisend meinen Kitzler - ich bin kurz davor zu implodieren.

Er dringt immer wieder so heftig und tief in mich ein, dass ich vergesse zu atmen. Alles um mich herum verliert an Bedeutung, mein Fokus ist einzig und allein auf den Rocker hinter mir gerichtet. Das Blau seiner Augen wirkt immer dunkler, seine Mimik ist zu einer Fratze der Lust verzogen.

Für den Hauch einer Sekunde habe ich das Gefühl, direkt in seine Seele schauen zu können. Was ich darin entdecke, wirft mich völlig aus der Bahn. Tief in seinem Inneren besteht dieser Reaper nur aus Einsamkeit, Brutalität und Entschlossenheit. Er ist wie ein Getriebener, der nach etwas ganz Bestimmten sucht und es bis jetzt noch nicht gefunden hat.

Verrückterweise wünsche ich mir aus tiefstem Herzen, dass ich diejenige bin, die ihm etwas Glück und Zufriedenheit schenken kann.

Eigentlich hatte ich gehofft, dass die Faszination, die dieser Biker auf mich ausübt, nach dem ersten Sex abebbt und weniger wird, aber es fühlt sich eher nach dem Gegenteil an. Mit jeder Berührung, jedem Kuss und jedem geteilten Atemzug will ich immer mehr von diesem Mann.

„Sieh mich an, Lila. Spüre, wie gut wir zusammenpassen. Fühle, dass du für mich geschaffen wurdest!“

Auf einmal stoppt er und verharrt reglos hinter mir. Aber dann stimmt er plötzlich einen langsameren, jedoch sehr tiefen Rhythmus an, der mir den Atem raubt und mein naives Herz aus dem Takt bringt.

Ich genieße den leichten Schmerz, der jedes Mal wieder entsteht, wenn er bis zum Anschlag in mich stößt, ich sehne ihn regelrecht herbei.

Ich fühle so viel, sehne mich nach mehr und drücke mich ihm gierig entgegen. Das Letzte, was ich sehe, ehe ich laut schreiend und heftig zuckend komme, sind Thunders eisblaue Augen. Bebend und verschwitzt schnappe ich nach Luft. Die Kontraktionen in meinem Inneren sind so stark, dass ich ihn mit mir reiße, brummend ergießt er seine Erlösung in mich. Trotz des Kondoms spüre ich, wie sein Schwanz zuckt und pumpt.

Seufzend drücke ich mich noch etwas fester auf ihn, ehe ich erschöpft die Augen schließe.

Oh wooooowwww ... das war unbeschreiblich!

Das war nicht einfach nur ein schneller, guter Fick zwischen zwei fast Fremden, das hat sich nach viel mehr angefühlt. Thunder hat mich nicht einfach nur gebumst. Er hat mich verführt, dominiert und bis an die Grenze des Erträglichen gevögelt. Dieser Biker hat mich emotional in meine Einzelteile zerlegt und mich Dinge fühlen lassen, die ich eigentlich nicht mit ihm in Verbindung bringen sollte.

Mein gesunder Menschenverstand weiß, dass das, was ich gerade fühle, absolut verkehrt ist, und dass ich die Emotionen, die durch meinen Kreislauf rauschen, nur den Sexhormonen zu verdanken habe, dennoch kann ich nichts an meinen Empfindungen ändern.

Er zieht sich aus mir zurück, in seinem Brustkorb grollt es wie bei einem Unwetter. Ich lasse zu, dass er mich hochhebt, an sich zieht und sich mit mir auf seinem Schoß auf einen der Küchenstühle setzt.

„Das mit dem Hören und Sehen ist dir gelungen. Du hast meine sieben Sinne völlig durcheinandergebracht.“

Seine warmen, festen Lippen berühren meine Stirn.

„Der Fick war gut, richtig gut. Aber dieses eine Mal wird nicht reichen. Ich will dich wieder, Violet. Mein Schwanz und ich sind noch lange nicht fertig mit dir.“

Lachend kuschle ich mich fester an ihn und knabbere an seinem Hals.

„Oh, wie romantisch ...“

„Romantik liegt mir nicht, Baby. Du kannst von mir brutale Ehrlichkeit, Loyalität und Schutz erwarten, aber keine Romantik. Ich bin kein Typ, der einer Frau etwas vorspielt, nur damit sie ihn ranlässt. Entweder lässt du dich von mir auch ohne rote Rosen bumsen, oder wir haben ein Problem."

Solange es jedes Mal so zwischen uns sein wird, kann ich damit leben.

„Meiner Meinung nach werden Rosen sowieso völlig überbewertet."

Für die nächsten Minuten sitzen wir einfach so aneinandergekuschelt da. Keiner von uns sagt ein Wort und ich lausche dem kraftvollen Klopfen seines Herzens.

Ich spüre die Muskeln durch den dünnen Stoff seines Shirts und ärgere mich darüber, dass ich ihn nicht komplett ausgezogen habe.

Thunder hat einen mega hammermäßigen Körper und ich will auf dem Rücken unter ihm liegen und das Muskelspiel seines Sixpacks beobachten, während er all seine Kraft dafür aufwendet, mich zu vögeln.

„Ich muss zurück zum Club."

„Gibt es Probleme?"

„Aye, gerade häuft sich die Scheiße regelrecht." Thunder streicht mir sanft eine verirrte Haarsträhne aus dem Gesicht. „Hör zu, Lila, so wie die Dinge zwischen uns stehen, finde ich, dass du eines wissen solltest. Die nächsten Wochen werden anstrengend und wahrscheinlich auch blutig. Ich werde Tucson für einige Zeit verlassen ..."

Oh weh, das klingt nicht gut. Da ich von Natur aus ein sehr neugieriger Mensch bin, würde ich ihn am liebsten fragen, was genau los ist. Aber irgendwie fürchte ich mich vor der Antwort. Nur weil ich mich bis zu einem gewissen Grad auf Thunder eingelassen habe, bedeutet das noch lange nicht, dass ich bereit bin, mich mit der gnadenlosen Realität seines Lebens auseinanderzusetzen.

Ich versuche, von seinem Schoß zu steigen, doch er hält mich einfach fest, so dass ich mich kaum bewegen kann.

„Flüchte jetzt nicht vor mir, Violet."

„Tue ich nicht. Aber wenn du mir so nah bist, kann ich nicht richtig denken."

Seine Lippen verziehen sich zu einem Killerlächeln, das meinen Puls in die Höhe schnellen lässt.

„Gut zu wissen, Baby."

Männer ....

„Hör zu, Thunder, das zwischen uns habe ich nicht geplant, absolut nicht. Um ehrlich zu sein, passt du nicht wirklich in meine Zukunftsplanung. Aber verdammt! Ich will dich wieder treffen."

Eine kurze Pause machend, ergreife ich seine große Hand und verschränke meine Finger mit den seinen.

„Aber nur weil ich dich will, bedeutet das noch lange nicht, dass ich darüber hinwegsehen kann, wer oder was du bist - ein Krimineller. Versteh mich bitte nicht falsch, ich urteile nicht über dich. Denn dazu habe ich überhaupt kein Recht. Aber ich will nichts mit deinem Club zu tun haben. Ich will nichts über eure Geschäfte oder so etwas erfahren und ich will schon gar nicht, dass wir uns treffen und du noch das Blut deiner Opfer an den Händen kleben hast."

Bei jedem meiner Worte haben sich Thunders Augen mehr verengt. Aus dem entspannten Mann ist ein grimmig schauender Rocker geworden.

„Baby, mich gibt es nur so, wie ich bin. Falls du ein Helfersyndrom hast und das an mir ausleben willst - vergiss es. Ich bin keine verlorene Seele, die gerettet werden muss. Ich liebe den MC und ich bin ein Reaper durch und durch. Wenn du damit nicht klarkommst, dann solltest du jetzt aufstehen und dich von mir heimfahren lassen."

Ja er hat recht, ich sollte ihn aus meinem Leben streichen und so schnell es geht wieder vergessen – dumm nur, dass ich das gar nicht möchte.

„Gibt es keine andere Lösung? Können wir uns nicht einfach weiterhin treffen, ohne dass ich mit dem Club in Berührung komme?"

Anstatt mir zu antworten, schiebt er mich von seinen Beinen und steht auf.

„Wir sind hier fertig, Violet."

Warum zur Hölle ist er jetzt bitte wütend?

„Echt jetzt, Thunder?"

„Jep, echt jetzt. Ich habe keine Zeit für diese Kinderkacke. Benimm dich wie eine erwachsene Frau und nicht wie ein naives Mädchen."

Wow, das war jetzt echt unfair.

Wütend und irgendwie auch traurig mache ich mich fertig, ziehe meinen Rock nach unten, schiebe meinen String zurecht und gehe aus dem kleinen Haus.

Dieser Rocker hat vielleicht Nerven ...

Was war denn an meiner Bitte so schrecklich kindisch?

Offensichtlich kann und oder will er nicht verstehen, dass ich nicht mir der düsteren Seite seines Lebens in Berührung kommen will. *Scheiße!* In meinen Augen ist er der Kindische von uns und nicht ich. Thunder benimmt sich gerade wie ein kleiner Junge, dem man gesagt hat, dass man sein Lieblingsspielzeug blöd findet.

„Weißt du was, Thunder, fahr mich heim und dann lass dich gefälligst nie wieder bei mir blicken. Ich steh auf echte Kerle und nicht auf sensible Möchtegern-Machos."
Mir seinen Helm anziehend warte ich neben seiner Harley, bis er aufgestiegen ist.

Blöder Mist!

Bei der Herfahrt wollte ich ihm so nah wie möglich sein, jetzt hingegen versuche ich, so viel Abstand wie möglich zwischen uns zu lassen – was auf einem Motorrad alles andere als leicht ist.

Vor dem Haus, in dem sich meine Wohnung befindet, springe ich regelrecht von seinem Bike, reiße mir den Helm wieder runter und reiche ihn Thunder. Ohne ein Wort des Abschieds und mit blutendem Herzen eile ich ohne einen Blick zurück in das Gebäude.

Soll sich doch der Teufel diesen blöden Reaper holen – ich bin mit ihm fertig.

11. Kapitel

Max

Ich wusste es! Ich wusste einfach, dass Violet meine Warnung in den Wind schlagen und sich mit diesem Verbrecher treffen würde.

Aus meinem Auto heraus beobachte ich, wie sie vom Motorrad absteigt und ins Haus rennt. Sie scheint wütend zu sein ...

Was ist passiert?

Wenn ich herausfinde, dass dieser Wichser meinem Mädchen auch nur ein Haar gekrümmt hat, werde ich ihn eigenhändig umbringen.

Ich werde nicht zulassen, dass Thunder mit Violet dasselbe macht wie Flame damals mit meiner kleinen Schwester Anna. Diese widerlichen Rocker glauben, dass ihnen die Stadt gehört, dass sie sich nehmen können, was sie wollen und dass alle Frauen ihnen gehören, aber da haben sie sich getäuscht. Violet gehört mir, noch weigert sie sich zwar, das anzuerkennen, aber es wird nicht mehr lange dauern, bis sie merkt, dass ich der richtige Mann für sie bin. Mein Mädchen ist noch etwas verwirrt – es wird Zeit, dass ich ihr die Augen öffne.

Zufrieden beobachte ich, wie Thunder sich den Helm aufsetzt, Gas gibt und davonrast. Mit ein bisschen Glück hat Violet bereits die Notbremse gezogen und von selbst erkannt, dass dieser Rocker ein Verbrecher ist, der ins Gefängnis gehört. Für einen Moment spiele ich mit dem Gedanken, zu ihr hoch zu gehen, doch ich entscheide mich dagegen. Es ist besser, wenn ich sie ihre Wut auf diesen Reaper ausleben lasse. So wie ich ihre Brüder kenne, haben sie ihr, nachdem ich sie darüber informiert habe, welchen schlechten Umgang ihre Schwester pflegt, längst den Kopf gewaschen.

Den Zündschlüssel umdrehend starte ich den Motor und fädle mich im Verkehr ein. Noch habe ich ein Ass in der Hinterhand, Thunders *Golden Guns* liegen sicher versteckt in einer Kiste in meinem Keller. Es hat mich einiges an Überredungskunst und einen dicken Scheck gekostet, an die Teile ranzukommen. Doch ich bin mir sicher, dass es sich früher oder später auszahlen wird.

Diese zwei vergoldeten Revolver bedeuten ihm extrem viel. Sollte es nötig werden, sind sie meine Chance, ihn davon zu überzeugen, Violet endlich in Ruhe zu lassen. Allein bei der Vorstellung, diesen Rocker mit seinen eigenen Waffen zu erschießen, beginnt das Blut in meinen Adern vor Aufregung zu kochen.

12. Kapitel

Thunder

Was für ein beschissener Tag.

Seit ich das erste Mal meine Lippen auf die ihren getackert habe, gelingt es mir nicht mehr, diese Frau aus dem Kopf zu bekommen. Ich habe gehofft, dass die Faszination, die sich auf mich ausübt, erlischt, wenn ich sie erst mal gefickt habe.

Aber Fuck! Der Plan ist nicht aufgegangen!

Anstatt endlich einen klaren Kopf zu haben, bin ich verwirrter und abgelenkter als jemals zuvor.

Violet ist wie eine Droge, die mich mit dem ersten Schuss abhängig gemacht hat.

Unsere kleine Diskussion gedanklich noch mal abspulend fahre ich zurück zum Clubgelände.

...ich steh auf echte Kerle und nicht auf sensible Möchtegern-Machos...

Dieses kleine Miststück. Wie kann sie es, nachdem ich sie gefickt habe, wagen, an meiner Männlichkeit zu zweifeln? Und was zur Hölle denkt sie sich eigentlich? Sie will sich weiterhin mit mir treffen, aber sie will nicht mit dem Club in Berührung kommen. Bullshit! So läuft das nicht!

Der Reapers-Motorcycle-Club ist mein Leben. Wenn sie sich für mich entscheidet, dann auch automatisch für den MC.

Ich habe keine Ahnung, warum ich ihr gesagt habe, was ich ihr gesagt habe. Mir hätte klar sein müssen, dass ein Mädchen mit lila Haaren und Lippen, die nach Hubba Bubba schmecken, die Tatsache, dass ich ein mehrfacher Mörder bin, nicht so besonders gut aufnehmen wird. So viel zu meiner Theorie, dass ich meine Ansprüche einfach runterschrauben und mich mit Sarah zufriedengeben sollte. Diese Bitch würde niemals auf die Idee kommen, mich mit irgendwelchen Forderungen zu nerven. Das Problem ist nur, dass Sarah eine Clubnutte ist und nichts wird das jemals ändern. Selbst wenn ich so bescheuert wäre und ihr mein Leder anbieten würde, würde sie das noch lange nicht zu einer Reaper-Lady machen - einmal Bitch, immer Bitch. Sarah ist kein Old-Lady-Material, so einfach ist das.

Mit jeder Meile, die ich mehr zwischen Violet und mich bringe, wird meine Stimmung schlechter, als ich endlich das Tor passiere und meine Harley neben die der anderen stelle, würde ich am liebsten jemanden abknallen.

Laute Musik dröhnt aus den Lautsprechern, die Bässe des Rocksongs wummern dank der vielen Boxen durch meinen Körper. Eine heisere Männerstimme singt irgendeinen Scheiß über Liebe, Treue und gebrochene Herzen. Mit großen Schritten mache ich mich auf den Weg zur Soundanlage, diesen Mist kann ich mir keine Sekunde länger anhören.

In den längst verrosteten Ölfässern lodern hohe Flammen, unzählige Bitches auf viel zu hohen Absätzen laufen durch die Gegend. Nackte Haut, runde Titten und pralle Ärsche, so weit das Auge reicht.

Noch bevor ich das Clubhaus betreten kann, kommt mir Dagger entgegen.

„Yeah, Bro. Alles klar bei dir, du siehst echt scheiße aus."

Na danke, genau das will ich von meinem Präsidenten hören.

„Ja Alter, läuft alles."

Er sieht mich prüfend an, nickt dann jedoch und lässt das Thema fallen.

„Ich verpiss mich für heute. Marlen wartet zuhause. Wenn ich sie noch länger allein lasse, wird sie mir die Kehle aufschneiden, sobald ich schlafe. Glaub mir Bro, Schwangerschaftshormone sind echt was Krasses."

Mit diesen Worten lässt er mich stehen und steigt auf sein Bike.

Obwohl es so klingt, als würde er sich beschweren, weiß ich, dass er seine Lady liebt und sich total auf das Baby freut.

Irgendwie beneide ich ihn für das, was er sich aufgebaut hat.

Dagger hat eine Familie, ein echtes Leben. Und was habe ich?

Eine zickige Feuerwehrfrau und eine Bitch, die sich in den Arsch ficken lässt. Fuck!

Vielleicht ist der Trip nach Kanada genau das, was ich brauche. Ein Tapetenwechsel, der mir die Zeit verschafft, über alles nachzudenken.

An der Bar verlange ich ein Bier. Noch bevor ich einen ersten Schluck nehme, wechsle ich die CD, denn was ich jetzt überhaupt nicht vertrage, ist irgendein Song über Liebe und so einen Scheiß!

„Wo warst du?"

Sarahs wütende Stimme übertönt die Klänge des neuen Lieds.

„Unterwegs."

„Mit dieser Fotze, die hinter dir auf deinem Motorrad gesessen ist?"

Die Glasflasche in meiner rechten Hand fester umfassend drehe ich mich langsam zu ihr um. Das Letzte, was ich heute noch brauche, ist einer von Sarahs Eifersuchtsanfällen.

„Boah ... echt jetzt, Bitch? Du willst mir jetzt wirklich auf den Sack gehen?“

Sie nickt heftig. Mutig ist sie ja.

„Dann verpiss dich von hier. Du bist eine Nutte, die hier nur geduldet wird. Aber hey, wenn ich die *Geduld* mit dir verliere, kannst du dich für immer verpissen. Verstanden?“

Mit weit aufgerissenen Augen und geballten Fäusten geht sie auf mich los.

„Du blöder Arsch. Was glaubst du eigentlich, wer du bist?“

Mit der linken Hand packe ich sie an der Schulter und stoße sie weg.

Ich lasse Sarah stehen, doch sie folgt mir.

„Nacht für Nacht lasse ich mich von dir ficken. Ich mache alles, was du willst und als Dank verbringst du deine Zeit mit einer anderen Frau. So läuft das nicht.“

Draußen auf dem Hof setze ich mich an eines der brennenden Ölfässer, stoße einen Fluch aus und trinke das Bier in einem Zug leer.

Dieser Tag wird von Sekunde zu Sekunde ätzender.

„Ach, und warum sollte es nicht so laufen? Du bist eine Hure und Huren werden nun mal gevögelt. Zu was wärt ihr denn sonst da? Zum Stricken? Kochen? Putzen? Dass ich nicht lache.“

Sarah holt aus und verpasst mir eine Ohrfeige.

Im Bruchteil einer Sekunde springe ich auf, werfe die leere Flasche auf den Boden und packe mir die Tussi, die meint, mich provozieren zu müssen.

„Du wagst es, mich zu schlagen?“

„Ich wage noch viel mehr.“

„Das werden wir ja sehen!“

Ich reiße ihr den Rock runter, stoße sie über die Bank, auf der ich gerade eben noch gesessen bin und öffne meine Hose.

Bis heute habe ich Sex nie als Bestrafung eingesetzt, das wird sich jetzt ändern.

Wenn Sarah vergessen hat, zu was sie gut ist, dann bin ich mehr als bereit, sie daran zu erinnern.

Als sie sich aufbäumen will, drücke ich sie gnadenlos nach unten. Keine zwei Sekunden später habe ich ihren Slip zerrissen und mich bis zum Anschlag in sie gestoßen.

„Der einzige Grund, aus dem ich dein Gezicke ertrage, ist der, dass du so gut zu vögeln bist. Aber ich rate dir, mich nicht noch mal zu schlagen, ich bin kein Gentleman, vergiss das nicht. Wenn du das nächste Mal ausholst, solltest du mit einem Echo rechnen.“

„Du bist ein Schwein, Thunder.“

Um sie zum Schweigen zu bringen, lege ich ihr meine Hand auf den Mund und falle in einen schnellen, verflucht tiefen Rhythmus. Es wäre doch gelacht, wenn ich nicht mit dieser Bitch hier fertig werden würde.

Es reicht, dass mir Violet auf der Nase herumtanzt, da brauche ich nicht auch noch eine Muschirevolution von Sarah.

„Aber ich bin das Schwein, das dir zum Großteil deinen Lebensunterhalt finanziert. Wir haben eine Abmachung. Du bückst dich für mich, so oft ich will, und dafür stocke ich deine Witwenrente auf.“

Eine Mischung aus Schluchzen und Stöhnen von sich gebend, presst sie sich meinen Stößen entgegen – geht doch.

Im Augenwinkel sehe ich, wie sich uns Paxton nähert. Verdammt, ich habe ganz vergessen, dass er kommen wollte. Entschlossen, das hier schnell zu Ende zu bringen, erhöhe ich das Tempo und spritze wenige Atemzüge später meinen Frust in Sarahs zuckendes Loch.

Unter anderen Umständen hätte ich dafür gesorgt, dass sie ebenfalls kommt. Doch diese Nummer sollte kein Vergnügen für sie sein, sondern eine Strafe. Also ziehe ich mich mit einem Ruck aus ihren Körper. Verpasse ihrem prallen Arsch einen harten Schlag und ziehe meine Hose hoch. Ohne Sarah eines letzten Blickes zu würdigen, schiebe ich mir einen Cola-Hubba-Bubba in den Mund, gehe auf Paxton zu und führe ihn ins Innere des Clubs. Das Einzige, das diesen Tag noch retten kann, ist eine Flasche Jack Daniels ...

Kaum dass wir uns auf zwei freie Barhocker gesetzt haben, bestelle ich uns eine Flasche Whisky und zwei Gläser.

„Harten Tag gehabt, Kumpel?“

„Du hast ja keine Ahnung, Alter.“

Er gibt ein Grunzen von sich.

„Ich bin Kopfgeldjäger, Thunder. Glaube mir, ich habe Ahnung.“

Seine Worte überhörend mache ich mein Glas voll und kippe mir die bernsteinfarbene Flüssigkeit in den Hals.

„Ich will meine Revolver zurück. Doch bevor ich mir Max packe, will ich wissen, welcher der Bullen meine *Golden Guns* an diesen Wichser verkauft hat.“

Paxton zündet sich eine Kippe an und inhaliert den ersten Zug.

„Soweit ich weiß, war es Collins, also der Typ, der die Asservatenkammer verwaltet.“

Na, das klingt logisch.

„Wie sicher bist du dir da, mein Freund? Ich will nicht den falschen Cop umlegen.“

Er sieht mich prüfend an.
„Du willst einen Polizisten töten?"
„Wenn du ihm die Uniform ausziehst, ist er auch nur ein Mann. Bulle oder nicht - er hat mich bestohlen und meine Glücksbringer verkauft, um sich sein Gehalt aufzubessern. Scheiße! Was hast du denn gedacht, was ich mit ihm mache?"
Paxton schüttelt ungläubig den Kopf.
„Du hast eine schwarze Seele, Thunder."
„Aye, mir ist klar, dass es dein Job ist, flüchtige Kriminelle einzufangen, die den Cops entwischt sind. Aber hey, das macht dich noch lange nicht zu einem Helden. Spar dir also deine Moralpredigt."
In einer abwehrenden Geste hebt er die Hände.
„Reg dich ab, Reaper. Ich bin nicht der Feind."
Damit mag er recht haben – noch ...
Genervt packe ich mir den Whisky, stehe auf und mache mich auf den Weg in meine Wohnung. Alles, was ich heute noch will, ist meine Ruhe.

13. Kapitel

Violet

Vier Tage ist es jetzt her, dass ich erst mit Thunder gebumst und dann mit ihm gestritten habe. Wenn der Sex mit diesem Reaper nicht so wahnsinnig gut gewesen wäre, dann wäre ich jetzt vielleicht nicht so durcheinander. *Aber verdammt ...* dieser Biker weiß genau, wie er eine Frau anfassen muss, um sie zum Schreien zu bringen.

Die vergangenen Tage war ich unkonzentriert, schlecht gelaunt und zu nichts zu gebrauchen. Weder wollte ich ein Buch lesen, noch einen Film sehen oder mich mit meinen Freundinnen treffen.

Wie durch Zauberhand stand mein Auto vor zwei Tagen vor meinem Haus, den Schlüssel habe ich im Briefkasten gefunden – fast schon unheimlich.

Alles, was ich tun müsste, um meine schlechte Laune zu überwinden, wäre, zum Gelände des Motorcycle-Clubs zu fahren und Thunder zu sagen, dass ich mich geirrt habe und dass ich ihn so nehme, wie er ist – inklusive MC und allem Drum und Dran, aber dazu kann ich mich einfach nicht überwinden. Dafür müsste ich einen Teil meiner Prinzipien aufgeben.

Der Großteil meiner Familie arbeitet als Gesetzeshüter - das ist seit Generationen so. Ich bin Feuerwehrfrau, meine Aufgabe ist es nicht nur Brände zu löschen, sondern auch Leben zu retten.

Der Reaper, der mir einfach nicht mehr aus dem Kopf gehen will, ist das absolute Gegenteil von mir. Allein sein Geständnis, dass er schon so viele Menschen getötet hat, dass er sich nicht mal mehr an ihre Gesichter erinnert, sollte mich abschrecken.

Und dennoch denke ich ununterbrochen an ihn, ich erinnere mich an seinen Geschmack, an seine Küsse und träume nachts davon, dass er in meine Wohnung einbricht, mich mit seinem muskulösen Körper aufs Bett pinnt und mich seine Kraft spüren lässt, während er mich hart und gnadenlos rannimmt. Wenn ich dann am nächsten Morgen aufwache, bin ich erregt, feucht und habe Herzrasen.

Heute beginnt die nächste Sieben-Tage-Schicht, und ich bete zu Gott, dass mir die Arbeit dabei hilft, Thunder endgültig zu vergessen.

Ich bin extra eine Stunde früher losgefahren, weil ich vor Dienstbeginn unbedingt noch mit Max reden muss.

Er ist mein Dienststellenleiter und somit mein Boss. Es ist mehr als unangebracht, dass er sich in mein Privatleben einmischt und meine Brüder darüber informiert, mit wem ich mich treffe. *Verdammt!* Ich bin eine erwachsene Frau, die sehr wohl selbst entscheiden kann, mit wem sie Kontakt hat.

In meinen Augen verhält sich Max absolut falsch und unprofessionell. Ich will, dass er endlich damit aufhört, mich anzubaggern. Das Letzte, was ich gebrauchen kann, ist ein sexuelles Verhältnis mit meinem Vorgesetzten.

Jetzt muss es mir nur noch gelingen, ihm das schonend beizubringen, denn Stress mit meinem Chef will ich auch nicht.

Ich steige aus meinem angenehm temperierten Auto und renne gegen eine Wand aus heißer, schwüler Luft.

Mir Mut zuredend überquere ich den Hof und betrete die Wache.

Noch bevor ich meine Handtasche in den Spind sperren kann, taucht auch schon Max hinter mir im Türrahmen auf.

„Na Violet, wie waren deine freien Tage?“

Tief durchatmend schließe ich die Türe und lasse das kleine Zahlenschloss einrasten.

„Wir müssen reden, Max.“

„Ja, das sehe ich auch so, Süße.“

Süße? Ohhh weh!

Das anstehende Gespräch wird alles andere als angenehm.

Mit aufeinandergebissenen Zähnen wende ich mich meinem Chef zu.

„Lass uns in mein Büro gehen. Da sind wir ungestörter.“

Ich nicke, lasse zu, dass er mich am Arm packt und mit sich zieht.

Max lehnt sich gegen seinen Schreibtisch, ich schließe die Türe hinter uns und setze mich auf einen der zwei freien Stühle, die vor seinem Tisch stehen.

„Okay.“

Nervös knete ich mir die Finger und sehe zu ihm hoch.

„Ich weiß, dass du Sean angerufen und ihm gesagt hast, dass Thunder und ich uns kennen. Und auch wenn ich es wirklich *nett* finde, dass du dir um mich Sorgen machst, war das mehr als unangebracht. Du bist mein Chef, Max. Mein Privatleben geht dich nichts an – gar nichts!“

Er presst seine Lippen zusammen und stemmt sich die Hände in die Hüften.

„Nett? Unangebracht? Privatleben? Scheiße, Violet! Hast du die letzten Monate denn gar nichts kapiert?“

Von seinem wütenden Ausbruch überrascht will ich aufstehen, damit ich nicht mehr ganz so weit zu ihm hochsehen muss. Doch Max legt mir seine Hand auf die Schulter und drückt mich bestimmend nach unten.

„Du bleibst jetzt sitzen und hörst mir genau zu. Verstanden?"
Ich nicke und versuche, seine Hand abzuschütteln, es gelingt mir nicht. Alles, was ich erreiche, ist, dass er seine Finger schmerzhaft in meine Haut gräbt.

„Seit einer Ewigkeit habe ich ein Auge auf dich. Ich passe auf dich auf und versuche, dich vor Gefahren zu beschützen. Du bist eine besondere Frau, Violet, wir passen perfekt zusammen und darum werde ich nicht zulassen, dass du deine Zeit mit einem kriminellen Rocker verbringst. Du hast keine Ahnung, was das für Typen sind! Diese Reaper verletzen, vergewaltigen und töten Frauen. Einer von ihnen, er wird Flame genannt, hatte es vor einiger Zeit auf meine Schwester abgesehen. Keine Ahnung, was er ihr angetan hat, aber seit damals ist sie nicht mehr dieselbe. Damals habe ich versagt, ich habe nicht verhindern können, dass Anna mit diesen Bikern abhängt, bei dir werde ich denselben Fehler nicht erneut machen. Also ja, wenn es sein muss, werde ich deine Brüder kontaktieren, oder aber ...", Max macht eine kurze Pause, stößt sich von der Tischplatte ab und beugt sich zu mir nach unten, „...oder aber du wirst meine Freundin. Wenn ich dein Mann bin, habe ich das Recht, dich zu beschützen, dann muss ich mich nicht mehr an deine Brüder wenden."

Heilige Scheiße!

„Beziehungen unter Kollegen sind gegen die Vorschriften."

Seine Lippen zu einem selbstsicheren Grinsen verziehend verschränkt er die Arme vor der Brust.

„Welch glücklicher Zufall, dass ich auf dieser Wache die Vorschriften mache."

Was soll ich denn jetzt darauf sagen? Das hier ist ein ernstes Problem!
So langsam komme ich zu dem Entschluss, dass alle Männer in meinem näheren Umfeld einen an der Klatsche haben.

Ab liebsten würde ich ihm sagen, dass er nicht ganz richtig tickt, dass ich kein Interesse an ihm habe und dass er dringend psychologische Beratung in Anspruch nehmen sollte, doch ich schlucke die Worte hinunter, bemühe mich um einen diplomatischen Gesichtsausdruck und sehe ihm direkt in die Augen.

„Dein Interesse an mir ehrt mich. Aber ich habe gerade überhaupt kein Bedürfnis nach einer Beziehung. Versteh mich nicht falsch, Max, du bist ein toller Mann, aber eben nicht der Richtige für mich. Ich wäre dir also wirklich sehr dankbar, wenn du dich aus meinem Leben heraushalten und einfach nur mein Chef sein könntest."

Seine Bizepse zucken, er stößt einen lauten Fluch aus und ballt seine Hände zu Fäusten.

„Du hast ihn gefickt! Stimmt's?"

Er hat so laut geschrien, dass seine Stimme von den Wänden widerhallt und dass wahrscheinlich alle Kollegen, die sich gerade auf dem Gelände aufhalten, seine Worte hören konnten.

Das hier gerät gerade völlig außer Kontrolle.

„W ... wa ... was? Wovon redest du da, Max? Hast du mir gerade eben nicht zugehört?"

„Du hast für diesen Thunder die Beine gespreizt. Darum geht es hier doch!"

So langsam fällt es mir echt schwer, mein aufbrausendes Temperament unter Kontrolle zu halten. Wäre er nicht mein Chef, wäre ich längst nicht mehr so ruhig. Aber ich liebe meine Arbeit und ich will nicht, dass die Sache zwischen Max und mir eskaliert – wobei sie das wahrscheinlich gerade tut.

„Es geht dich nichts an, mit wem ich Sex habe."

„Das bedeutet also *Ja*."

Max kneift die Augen zusammen und atmet geräuschvoll ein.

„Okay, es reicht." Ich stehe auf und gehe zur Türe. Gerade als ich meine Hand auf die Klinke legen will, werde ich an der Schulter gepackt und nach hinten gerissen.

Mit einem Ruck schließt er die Jalousien, so dass niemand mehr ins Büro sehen kann.

Jetzt bin ich am Arsch ....

Max wirbelt mich herum, drückt mich mit dem Rücken an die Wand, fängt meine Hände ein und nagelt sie über mir an den rauen Putz.

Geschickt drückt er sein Knie zwischen meine Beine, so dass sich sie spreizen muss, und kommt mir so nah, dass sein warmer, schlecht riechender Atem über mein Gesicht streift.

„Na endlich habe ich dich da, wo ich dich haben will. Vielleicht hätte ich das hier schon viel früher machen sollen. Dann wäre ich derjenige gewesen, der dich gefickt hat und nicht dieser Thunder. Madame hier scheint auf grobe Männer zu stehen, die nicht lange zögern, sondern sich nehmen, was sie begehren."

Ich kämpfe gegen meine aufsteigende Panik an und halte die Tränen, die mir vor Angst in die Augen steigen, zurück.

„Lass mich sofort los! Das hier ist sexuelle Belästigung am Arbeitsplatz. Das kann dich nicht nur deinen Job, sondern auch deine Karriere kosten, Max!"

Lachend wirft er den Kopf in den Nacken.

„Belästigung würde bedeuten, dass du es nicht willst, aber wir beide wissen, dass du das tust."
„Du täuschst dich. Ich will das nicht! Lass mich jetzt sofort los oder ich schreie."
Seine Augen blitzen auf, seine Pupillen sind unnatürlich groß und reagieren kaum auf Lichteinfall. Er wirkt völlig irre, so als hätte er irgendetwas eingeworfen.
„Du willst spielen, Violet? Du willst so tun, als würdest du es nicht wollen? Das könnte interessant werden."
Mich mit seinem gesamten Körper an die Wand pressend, senkt er den Kopf und platziert seine Lippen grob auf den meinen. Er schiebt mir seine Zunge in den Mund, sein Geschmack lässt mich würgen.
Max geht so rabiat vor, dass meine Unterlippe aufplatzt und sich der rostige Geschmack von Blut in meinem Mund ausbreitet.
Ich wehre mich gegen ihn, versuche, ihn abzuschütteln – doch ich schaffe es nicht.
Wieder und wieder wühlt sich seine Zunge durch meinen Mund. Bittere Magensäure steigt mir im Hals hoch, mir wird kotzübel.
Unsere Zähne schlagen aufeinander, ich versuche meine Arme loszureißen, doch Max hat einfach viel zu viel Kraft - ich habe keine Chance gegen ihn.
Resigniert lasse ich den Kuss über mich ergehen und warte, bis er fertig ist. Als er sich ein paar Minuten später endlich von mir löst, rinnen mir dicke Tränen über die Wangen.
„Das war Wahnsinn, Süße. Ich kann verstehen, dass du weinst. Das zwischen uns ist unglaublich intensiv - ich bin ein sehr intensiver Mann. Es wird eine Weile dauern, bis du dich daran gewöhnt hast. Aber das wird, ich verspreche es dir, Kleines. Ab jetzt werde ich immer auf dich aufpassen, ich werde dich immer im Auge behalten und dafür sorgen, dass dir nichts passieren kann. Ab heute ist es meine Aufgabe, dafür zu sorgen, dass dir dieser Reaper nie mehr zu nahekommt."
Mir ist klar, dass er mich damit beruhigen will, in Wirklichkeit macht er mir aber nur höllische Angst. Dieser Reaper, wie Max ihn nennt, ist wahrscheinlich meine einzige Rettung.
Oh Gott, was mache ich denn jetzt nur?
Warum habe ich nicht früher gemerkt, dass Max ein Psychopath ist?
Obwohl er meine Hände endlich wieder frei gegeben hat, drängt er mich noch immer mit seinem Gewicht gegen den rauen Putz. Meine Handgelenke schmerzen höllisch, so wie es sich anfühlt, werde ich blaue Flecken bekommen.

Da ich mit normalem Menschenverstand bei Max bis jetzt nicht weitergekommen bin, versuche ich einen neuen Plan.

Es muss mir irgendwie gelingen, aus dem Büro und weg von Max zu kommen. Wie soll ich unter diesen Bedingungen nur die nächsten sieben Tage überstehen? Alleine die Tatsache, dass ich die komplette nächste Woche mit diesem Mann unter demselben Dach schlafen soll, lässt neue Panik in mir aufsteigen.

„Mir geht es nicht so gut, Max. Ich glaube, ich kann die nächste Schicht nicht antreten. Kannst du einen Ersatz für mich finden?“

Max lässt seine Hände über meine Hüfte nach oben gleiten, umfasst meine Brüste und drückt zu. Er legt den Kopf schief und sieht mit einer ausdruckslosen Miene zu mir herab.

„Du bist eine wunderschöne Frau, Violet. Ich bin jetzt nicht mehr nur dein Chef, sondern auch dein Mann. Es ist meine Aufgabe, dafür zu sorgen, dass du dich besser fühlst.“

Bei dem letzten Satz schiebt er mir seine rechte Hand in die Hose, unter den Slip und berührt meine Schamlippen.

Eine Welle der Übelkeit rollt über mich hinweg und es gelingt mir gerade so, mich nicht zu übergeben. Der Drang laut zu schreien und um mich zu schlagen wird immer stärker, aber ich habe die Befürchtung, dass mir das nicht helfen würde. Es muss mir irgendwie gelingen, Max dazu zu bringen, mich gehen zu lassen. Ich muss hier raus und so viel Abstand wie möglich zwischen ihn und mich bringen. Und dann muss ich nachdenken – die letzten Minuten haben mich in meine persönliche Hölle katapultiert und ich weiß nicht, wie ich den zerstörerischen Flammen, die mich bei lebendigem Leib verbrennen wollen, entkommen soll.

„Bitte Max. Lass mich gehen, ich kann heute nicht arbeiten.“

Er reibt über meine Mitte, teilt mit seinem Mittelfinger meine Labien und dringt mit den ersten beiden Fingergliedern in mich ein. Seine Lippen berühren mich am Hals, er saugt die Haut zwischen seine Zähne und beißt fest zu.

Das ertrage ich nicht einen Herzschlag länger ....

Mit aller Kraft, die ich aufbringen kann, ziehe ich seine Hand aus meinem Slip, stoße ihn weg und renne, am ganzen Körper zitternd, zur Türe.

Dieses Mal gelingt es mir, sie aufzureißen. Ohne auf die verwirrten Blicke der Kollegen zu achten, renne ich, so schnell es geht, durch die Wache, raus, über den Parkplatz bis zu meinem Auto. Erst jetzt realisiere ich, dass sich meine Handtasche, in der auch mein Schlüsselbund liegt, drinnen im Spind befindet.

„Scheiße! Scheiße! Scheiße! Scheiße!"

Wütend schlage ich mehrmals mit der Handfläche gegen die Seitenscheibe. Erst als ich Max' Stimme hinter mir höre, akzeptiere ich die Tatsache, dass ich mein Auto zurücklassen muss. Jetzt zurück in die Wache und somit auch Richtung Max zu gehen, um meine Tasche zu holen, ist ein Ding der Unmöglichkeit.

Keine Ahnung, wie ich mich mit diesem Psycho auseinandersetzen soll, aber jetzt muss ich hier einfach nur weg.

Natürlich könnte ich jetzt auch ins nächste Geschäft gehen und fragen, ob ich von da aus kurz einen meiner Brüder anrufen darf, aber was dann?

Was soll ich Sean, Ben oder gar Tom sagen?

Ich kenne Sean. Sobald er erfährt, was Max getan hat, wird er die Beherrschung verlieren und meinen Chef totprügeln. Sean ist ein sehr guter Cop, ein guter Mann und ein toller Bruder. Aber wenn es um mich und meine Sicherheit geht, versteht er keinen Spaß. Damals auf dem College hat sich mir ein betrunkener Klassenkamerad auf einer Party genähert und mich begrabscht. Als ich das Sean am nächsten Tag erzählt habe, hat er Ben und Tom informiert und die drei haben der armen Sau zwei Rippen und den Kiefer gebrochen. Obwohl ich der Meinung bin, dass Max es verdient hätte, ein paar Schläge zu kassieren, sind meine Brüder meine letzte Strategie.

Ich will meinen Job nicht verlieren, und ich will nicht, dass das alles an die große Glocke gehängt wird. Auch wenn wir im 20ten Jahrhundert leben, haben es Frauen bei der Feuerwehr noch immer schwer. Wir Feuerwehrfrauen müssen jeden Tag aufs Neue beweisen, dass wir uns in einer Männerwelt behaupten können. Im Gegensatz zu unseren männlichen Kollegen müssen wir nicht nur 100 %, sondern 120 % geben, um uns zu behaupten. Es war ein langer, steiniger Weg, bis endlich alle akzeptiert haben, dass ich gut bin in meinem Job und dass nicht nur Männer das Recht haben, bei der Feuerwehr zu arbeiten. Dieser Vorfall von gerade eben würde das alles zunichtemachen – das kann ich einfach nicht zulassen.

Heulend, schniefend und noch immer zitternd gehe ich so schnell wie möglich die Straße entlang. Ich habe keinen Autoschlüssel, keinen Wohnungsschlüssel und vielleicht bald auch keinen Job mehr ...

Um sicher zu gehen, dass Max mir nicht folgt, gehe ich durch eine kleine Seitenstraße, die nur von Fußgängern und Fahrradfahrern benutzt werden darf und lehne mich, sobald ich von der Hauptstraße nicht mehr gesehen werden kann, an eine Hauswand.

Max hat mich angefasst, er hat mich bedrängt und sexuell genötigt.

Was soll ich denn jetzt nur machen?

Wie konnte das alles nur so eskalieren?

Wie soll ich mich jetzt verhalten?

Ich komme mir so schrecklich hilflos und alleine vor.

Mir mit den Fingern unter den Augen entlangwischend, zwinge ich mich dazu, ruhiger zu werden. Das Wichtigste ist, dass ich nicht durchdrehe, sondern einen klaren Kopf bewahre. Ich brauche meinen Ersatzschlüssel und der liegt bei meinen Eltern.

Verdammte Scheiße! Meine Mum muss nur einen Blick auf mich werfen und schon weiß sie, dass etwas nicht stimmt. Vielleicht sollte ich mir einfach einen Schlüsseldienst rufen?!

Ohne es zu wollen, stelle ich mir die Frage, ob ich an dieser Sache zu einem Teil mit schuld bin. Zwar habe ich Max nie ermutigt, aber vielleicht habe ich seine Annäherungsversuche in den letzten Monaten nicht deutlich genug abgeblockt. Irgendwie war ich immer gehemmt, immerhin ist Max mein Boss und na ja, ich wollte ihn nicht bloßstellen. Ich stoße mich von der Wand ab und gehe weiter nachhause.

Genervt reibe ich mir erneut über das Gesicht. Meine Tränen wollen einfach nicht versiegen. Prüfend lasse ich meine höllisch schmerzenden Handgelenke kreisen und zucke zusammen, als ein Stechen durch meinen Arm zuckt. *Mist!*

Und als ob das alles noch nicht schlimm genug wäre, pocht die Bisswunde an meinem Hals dumpf. Das laute Geboller von mehreren Motorrädern hallt durch die Straßen, reißt mich aus meinen Gedanken. Gerade als ich den Kopf hebe und nachsehen will, ob es vielleicht Thunder und seine Brüder sind, die an mir vorbeifahren, bleibt auch schon eine Harley direkt neben mir am Straßenrand stehen.

Groß, stark und unerschütterlich sitzt Thunder auf seinem Bike und starrt mich an.

Er wirkt so selbstsicher, als wäre er der König der Welt.

Das alles ist so verdammt unfair ....

Wir Frauen müssen uns sexuell belästigen und bedrohen lassen, während die Männer es so leicht haben.

Thunder ist das beste Beispiel dafür, wie scheiß ungerecht diese Welt ist. Er muss sich von niemandem antatschen oder verletzen lassen. Dieser Reaper ist ein fast zwei Meter großes Kraftpaket, das nur aus harten Muskeln, Aggressivität und Gewaltbereitschaft besteht. Für ihn wäre es ein Leichtes gewesen, sich gegen Max zur Wehr zu setzen.

Verflucht, im nächsten Leben komme ich auch als Mann zur Welt!

Seine langen Haare hängen unter dem Helm raus. Er zieht sich den Skull-Bandana vom Gesicht und sieht mich prüfend an. Als er bemerkt, dass ich weine, verfinstert sich seine Mimik.

Die zwei anderen Reaper haben ein paar Meter entfernt von uns am Straßenrand angehalten und drehen sich nun neugierig zu uns um.

„Fuck, Lila? Was ist los? Was ist passiert?"

Erschöpft presse ich die Augen zusammen und bete um ein schwarzes Loch, das sich vor mir auftut und in das ich mich stürzen kann. Leider wird mein Gebet nicht erhört, so dass ich mich jetzt echt mit dem besorgt aussehenden Biker auseinandersetzen muss.

„Ich habe gerade nicht die Kraft, um mich mit dir zu streiten. Also fahr einfach weiter."

Anstatt auf mich zu hören, zieht er sich den Helm vom Kopf, schaltet sein Motorrad aus und steigt ab. Wenige Herzschläge später steht er direkt vor mir.

„Auch wenn ich nichts schlimmer finde als weinende Frauen, habe sogar ich herzloser Reaper in den letzten Jahren kapiert, dass immer etwas Schlimmes passiert ist, wenn ein Mädchen so fertig aussieht, wie du es gerade tust. Sag mir, was los ist, Violet."

Weil ich seinen eindringlichen Blick nicht eine Sekunde länger ertrage, drehe ich mich auf die Seite, eine Sekunde später stellt sich dann jedoch heraus, dass das keine besonders gute Idee war. Thunder, der den Abdruck von Max' Zähnen an meinem Hals entdeckt, gibt er ein lautes „Fuck!" von sich.

Er packt mich grob an der Schulter, ich zucke erschrocken zusammen.

„Wer war das?"

Schweigend bleibe ich einfach stehen und kämpfe gegen den immer stärker werdenden Drang an, mich an seine breite Brust zu werfen und mich unter seiner Kutte vor dem Rest der Welt zu verstecken.

„Warum sind deine Lippen geschwollen und blutig und wer hat sich an deinem Hals festgebissen? Verdammt - rede mit mir, Lila!"

Thunder bebt vor Zorn.

Ich öffne den Mund, aber weil mir nicht einfällt, was ich sagen soll, schließe ich ihn einfach wieder.

„Komm mir ja nicht noch mal mit der Ausrede, dass das ein Holzbalken war, das hatten wir schon. Noch mal glaube ich dir das nicht."

Noch bevor ich ihm irgendeine Notlüge auftischen kann, sehe ich Max' Auto an uns vorbeifahren.

Es wundert mich nicht, dass er mich verfolgt.

Die vertraute Panik breitet sich in mir aus, schnürt mir die Kehle zu.
Thunder, der meine Reaktion bemerkt, wendet sich zur Straße um und prüft, was mich so aus der Fassung bringt.
„Fuck Baby! Fuck! War Max das? Was hat dir dieser Wichser angetan?"
Thunder ballt seine Hände zu Fäusten, ein Beben durchläuft seinen Körper.
Mein Fluchtinstinkt übernimmt die Kontrolle, ich drehe mich um und laufe, so schnell ich kann, zurück in die Gasse. Noch bevor ich sie durchquert habe, legen sich zwei große Hände auf meine Taille. Ich werde in die Luft gehoben, herumgewirbelt und an einen steinharten Oberkörper gezogen. Zuerst wehre ich mich, beiße und trete, doch in dem Moment, in dem mir Thunders vertrauter Geruch in die Nase steigt, verlässt mich meine Kraft und ich sinke hilflos gegen ihn.
„Lass mich nicht mehr los - bitte. Ich weiß nicht, was ich machen soll."
An den Stellen an meinen Handgelenken, an denen Max mich gehalten hat, bilden sich gleich einem Armreif Ringe aus bläulichen Hämatomen.
„Wo hat er dich verletzt? Hat er dich vergewaltigt? Ich muss es wissen, Violet. Brauchst du einen Arzt?"
In seiner Stimme schwingt eine eisige Kälte mit und ich weiß instinktiv, dass nicht ich diejenige sein sollte, die vor Angst wie Espenlaub zittert, sondern Max.
Meine Finger in sein Shirt vergrabend, berge ich mein Gesicht an seinem Hals und inhaliere seinen Körpergeruch.
„Kannst du mich heimbringen und mir einen Schlüsseldienst rufen? Meine Handtasche ist im Spind auf der Wache, und ich kann dahin nicht mehr zurück. Nicht heute ..."
Seine langen Finger fahren durch meine Haare, massieren meine Kopfhaut und ziehen mir den Kopf in den Nacken.
„Denkst du wirklich, dass du bei dir zuhause sicher bist?"
Ein schmerzhafter Stich geht durch meinen Magen, meine Knie geben nach.
Wenn Thunder mich nicht so fest halten und mich an sich pressen würde, würde ich wahrscheinlich einfach auf den Boden sinken.
„Ich kann nirgendwo anders hin."
„Das sehe ich anders, Baby!"
Mit diesen Worten hebt er mich hoch, und trägt mich durch die kleine Straße zurück zu seiner Harley. Ehe ich kapiere, was er vorhat, zieht er mir seinen Helm auf den Kopf, stellt die Riemen ein und lässt den

Verschluss einrasten. Auch wenn es nur eine kleine, ziemlich unbedeutende Geste ist, mir seinen Helm zu überlassen, fühlt es sich gut an, dass er, ohne lange darüber nachzudenken, meine Sicherheit über die seine stellt.

Er setzte sich auf sein Bike und wartet, dass ich es ihm nachtue. Als ich kurz zögere, sieht er mich mit einem so strengen Blick an, dass ich all meine Zweifel über Bord werfe und hinter ihm auf dem Sozius Platz nehme.

Bestimmend ergreift er meine Hände, was mir einen schmerzhaften Aufschrei entlockt. Ich beobachte ihn dabei, wie er meine Arme um seine Mitte zieht und sich meine Gelenke ansieht.

Er murmelt etwas, das für mich wie: „Dafür werde ich diesen Wichser umbringen", anhört, aber ich bin mir nicht ganz sicher.

Thunder legt meine Hände auf seinen Bauch, startet mit einem kraftvollen Tritt den Kickstarter und entringt dem Motor ein wildes Brummen.

Einen Atemzug später fahren wir los, die zwei Reaper, die während der ganzen Zeit über gewartet haben, reihen sich hinter uns ein.

In dieser Formation fahren wir zu dem Haus, in dem sich meine Wohnung befindet.

Kaum dass das Vibrieren zwischen meinen Schenkeln verstummt ist, steigt Thunder ab und sieht mit geblähten Nasenlöchern und eiskalten Augen zu mir hinunter.

„Du hast fünf Minuten. Pack alles ein, was du brauchst und dann nehme ich dich mit zu mir."

Vehement schüttle ich den Kopf.

„Hast du unser Gespräch draußen an deinem kleinen Haus vergessen?"

„Nein, Baby, das habe ich nicht. Aber in Anbetracht der Situation, in der du dich gerade befindest, bin ich bereit, dein zickiges Verhalten zu vergessen."

Wie bitte?

„Danke für das Angebot, aber nein."

Seine Augenbrauen ziehen sich bedrohlich zusammen.

„Das war kein Vorschlag und auch keine Bitte, sondern ein verfickter Befehl. Also beweg deinen Arsch von meinem Bike und tu, was ich von dir verlange."

Die zwei anderen Reaper sitzen geduldig wartend auf ihren Motorrädern. Ich erkenne an ihren Kutten, dass sie Anwärter und keine vollwertigen Mitglieder sind.

„Selbst wenn ich tun wollte, was du von mir willst, ich habe keinen Schlüssel, schon vergessen?“

Thunder fährt sich genervt mit den Händen durch die Haare.

„Das darf doch alles nicht wahr sein! Steig jetzt ab, der Rest soll nicht deine Sorge sein.“

Mit wackeligen Beinen und rasendem Puls tue ich, was er von mir verlangt.

Er nickt zufrieden, „Braves Mädchen“, nimmt mich an der Hand und führt mich zur Haustüre. Er greift in die Innentasche seiner Kutte und zieht einen silbernen Ring heraus, an dem mehrere völlig unterschiedliche Gegenstände baumeln, die allesamt wie Schraubenzieher und Bohraufsätze aussehen.

„Ich kann dir gleich sagen, dass das nicht funktionieren wird, Reaper. Ich bin Feuerwehrfrau. Ich weiß, wie man Schlösser knackt, aber das hier sind spezielle Sicherheitsschlösser, die gehen nicht so einfach auf.“

Thunder wirft mir einen amüsierten Seitenblick zu, macht sich an die Arbeit und sorgt so dafür, dass die Türe nach wenigen Handgriffen aufspringt.

„Oh Scheiße! Wie hast du das denn gemacht?“

Ganz den Gentleman spielend deutet er eine Verbeugung an, mit der er mir zu verstehen gibt, dass ich vorangehen soll.

„Sagen wir mal so, Baby. Meine Ausbildung war eine andere als die, die du auf der Feuerwehrakademie erhalten hast.“

„Offensichtlich.“

Wir warten auf den Lift, fahren in die richtige Etage und Thunder setzt seine Panzerknackermagie auch an meiner Wohnungstüre ein.

„Es ist echt erschreckend, wie schnell du in meine Wohnung einbrechen kannst. Das Gefühl der Sicherheit scheint nichts weiter als eine Illusion zu sein.“

„Wie hast du mich bei unserem letzten Treffen genannt? Einen Kriminellen? Tja, ich verstehe halt was von meiner Arbeit. Und jetzt pack dein Zeug zusammen, du hast fünf Minuten.“

Anstatt zu tun, was er von mir will, gehe ich ins Wohnzimmer und lasse mich seufzend auf die Couch sinken. Thunder folgt mir, bleibt im Türrahmen stehen und sieht mich an.

„Sagst du mit jetzt endlich, was Max getan hat? Oder muss ich es selber herausfinden?“

„Ich danke dir für deine Hilfe, aber ich denke, es ist besser, wenn du jetzt gehst.“

An seinem überraschten Gesichtsausdruck erkenne ich, dass er nicht damit gerechnet hat, dass ich ihn rauswerfe.

„Echt jetzt, Lila?“

„Jep!“

Wir liefern uns ein Blickduell, das ich nach wenigen Atemzügen verliere.

Scheiße!

„Dir bleiben noch vier Minuten.“

„Wo willst du mich hinbringen?“

„In meine Wohnung auf dem Clubgelände. Da bist du vor Max sicher, während ich in Kanada bin.“

Stimmt. Ich hatte ganz vergessen, dass er ja für eine längere Zeit wegmuss.

„Sorry, bitte nimm es mir nicht übel, aber ich kann da nicht hin. Meine Brüder bringen mich um, wenn sie erfahren, dass ich mit dem Reapers-Motorcycle-Club in Verbindung stehe.“

Ein ungläubiges Grunzen von sich gebend kommt Thunder auf mich zu und baut sich direkt vor mir zu seiner beeindruckenden Größe auf. Es juckt mich in den Fingern, die Hand nach ihm auszustrecken und über seine Muskeln zu fahren. Doch ich beherrsche mich, jetzt ist echt nicht der richtige Zeitpunkt für unangemessenen Körperkontakt.

„Vergiss deine Brüder. Der Einzige, der heute noch jemanden umbringen wird, bin ich. Sean und der andere sind so blind vor Hass, dass sie nicht mal bemerken, vor welchem Mann ihre kleine Schwester wirklich beschützt werden muss.“

Da muss ich Thunder leider Recht geben.

Sean mag Max, zumindest noch ...

„Und du meinst, auf dem Clubgelände bin ich sicherer als hier?“

„Aye, Baby. Sobald ich mich um Max gekümmert habe, kannst du von mir aus wieder hierher kommen. Trotzdem wäre ich beruhigter, wenn ich dich in Sicherheit wüsste und du bei mir bleibst, bis ich wieder zurück bin und wir endlich klären können, was das zwischen uns ist.“

Oh Gott ... wann ist mein Leben so schrecklich kompliziert geworden?

„Was bedeutet es genau, wenn du sagst, dass du dich um Max kümmern willst?“

„Diese Frage kann ich dir erst beantworten, wenn du mir endlich sagst, was dieser Wichser mit dir gemacht hat. Ich bin nicht blöd, Süße, ich sehe deine Handgelenke, deine Lippe und deinen Hals. Was ich aber nicht sehe, ist, ob er dich vergewaltigt hat.“

Mit jedem Wort ist seine Stimme leiser, jedoch auch irgendwie härter geworden. Es ist ein seltsames Gefühl, dass sich dieser Reaper solche Sorgen um mich macht und dass er mich beschützen will. Ein seltsames, jedoch wirklich schönes Gefühl, an das ich mich definitiv gewöhnen könnte.

„Er hat es versucht, es jedoch nicht geschafft."

Erneut fange ich an zu weinen. Irgendwie kann ich immer noch nicht glauben, dass mein Vorgesetzter ein perverser Psychopath ist.

„Oh, holy Fuck! Gott sei Dank!"

Grenzenlose Erleichterung spiegelt sich in den Tiefen seiner blauen Augen.

„Was hast du mit Max vor?"

„Ich werde ihn töten! Bis jetzt stand nur Collins auf meiner Liste, aber jetzt werde ich beide in einem Aufwasch erledigen - dann fahre ich nach Kanada und dann Violet, werde ich mich ganz dir widmen."

Heilige Scheiße! Wie kann er nur so leichtfertig darüber reden, dass er vorhat zwei Menschen umzubringen? Und wer ist Collins?

„Auch wenn Max gefährlich ist, will ich nicht, dass du das machst. Ich weiß noch nicht genau, was ich jetzt tun soll, aber ein Mord steht nicht zur Debatte! Vielleicht werde ich zur Polizei gehen und ihn anzeigen ..."

Noch während ich das sage, weiß ich, dass ich das nicht tun werde. Ich muss verhindern, dass bekannt wird, was heute passiert ist. Das Letzte, was ich gebrauchen kann, ist, zum Stadtgespräch zu werden, oder gar meinen Job verlieren.

„Vielleicht sollte ich all meinen Mut zusammenkratzen und mit Max reden. Vielleicht erkennt er, dass er sich falsch verhalten hat."

Seufzend schlinge ich mir die Arme um die Brust und merke, wie mich eine bittere Verzweiflung überkommt.

„Wenn du denkst, dass ich zulasse, dass du dich diesem Typen noch mal näherst, hast du überhaupt noch nicht begriffen, was für eine Art Mann ich bin."

Unter zusammengeklebten Wimpern sehe ich ihn an.

„Was soll ich dann tun?"

„Pack deine Sache zusammen. Das habe ich dir jetzt schon mehrmals gesagt. Um den Rest kümmere ich mich."

Nennt mich schwach oder dumm, aber *Shit*, ich stehe auf und tue, was er von mir will. Für heute habe ich einfach kein Fünkchen Kampfgeist mehr übrig.

Bevor ich in meinem angrenzenden Schlafzimmer verschwinde, bleibe ich stehen und drehe mich zu dem Reaper, der in meinem Wohnzimmer steht und mich eindringlich mustert, um.
„Warum tust du das alles? Warum bist du hier? Warum kümmerst du dich um mich? Und wieso bist du bereit, einen Mann zu töten, der mich bedroht? Ich verstehe das einfach alles nicht."
Für eine kleine Ewigkeit sieht er mir direkt in die Augen, dann stößt er den angehaltenen Atem geräuschvoll aus, lehnt sich mit der Schulter gegen die Wand und verschränkt die Arme vor der Brust.
Keine Antwort ist auch eine Antwort ...
Keine Ahnung, was ich von ihm hören wollte.
Vielleicht, dass ich ihm was bedeute, dass ich ihm wichtig bin oder irgendeinen anderen sentimentalen Kram. Einfach irgendetwas, an das ich mich klammern kann, während er weg ist, aber da habe ich wohl zu viel erwartet.
Erschöpft, verwirrt und mit höllischen Kopfschmerzen fange ich an, alles Mögliche in eine Tasche zu stopfen.
Die Tatsache, dass Thunder vorhat Max umzubringen, blende ich entschlossen aus. Wenn ich mir darum jetzt auch noch Gedanken mache, erleide ich wahrscheinlich einen Nervenzusammenbruch.
Zu viel ist zu viel ...

14. Kapitel

Thunder

Es geht ihr gut!
Es geht ihr gut!
Es geht ihr gut!

Wieder und wieder wiederhole ich diesen Satz, gleich einem Mantra, das mich beruhigen soll. Max war schon immer ein Arschloch, aber Scheiße! Das, was er sich da erlaubt hat, ist einfach zu viel. Dieser Typ hat es nicht verdient, weiterzuleben. Die letzte Tage war ich abgelenkt und nicht wirklich bei der Sache. Das wird sich ab jetzt ändern.

Nur die Tatsache, dass sich Violet in diesem Augenblick in meiner Wohnung aufhält und somit in Sicherheit ist, sorgt dafür, dass ich nicht einfach durchdrehe und Amok laufe. Alleine das Wissen, dass Max sie angefasst, bedroht, eingeschüchtert und verletzt hat, lässt mich rotsehen.

Er hat seine Spuren auf der Frau hinterlassen, die ich für mich will.

Mir ist durchaus klar, dass Violet nicht in meine Welt passt, dass sie zickig und verdammt anstrengend ist, und dennoch will ich sie für mich.

Dieses Mädchen hat mich an den Eiern. Keine Ahnung, wie sie es geschafft hat, aber sie ist mir wichtig und ich habe es mir zur persönlichen Aufgabe gemacht, sie zu beschützen.

Mit großen Schritten eile ich über den Hof, ins Clubhaus und direkt in Daggers Büro.

„Ich muss mit euch reden. Es ist wichtig."

Dagger und Rock schauen von dem Straßenplan, der vor ihnen auf dem Schreibtisch liegt, auf und sehen mich erstaunt an.

„Komm rein und schließ die Türe hinter dir."

Dagger winkt mich zu sich. Mir einen Hubba Bubba in den Mund schiebend setze ich mich auf einen der freien Stühle und zwinge mich dazu, die Wut, die in mir kocht und die immer stärker wird, in den Griff zu kriegen.

„Worum geht es?"

Rock zündet sich eine Kippe an und lässt sein Zippo auf- und zuschnappen, ehe er es vor sich auf den Tisch stellt und mich abwartend ansieht.

„Um Max. Der Wichser hat heute versucht, Violet zu vergewaltigen. Er hat meine *Golden Guns* und ich werde ihn und Collins, den Bullen, der ihm meine Revolver aus der Asservatenkammer heraus verkauft hat, noch heute töten."

Dagger stößt einen lauten Pfiff aus.

„Sag mir nur eins, Bro. Willst du Max wegen deiner Waffen oder wegen der Scheiße mit Violet umlegen?"

Fuck! Es war so klar, dass er mich sofort durchschaut. Dagger und ich sind seit Jahren wie Brüder und haben keine Geheimnisse voreinander.

„Spielt das eine Rolle, Präs?"

Er zuckt mir den Schultern.

„Ja, das tut es. Violet ist eine Außenstehende. Sie unterliegt nicht unserem Schutz und ist nicht deine Old Lady. Also, warum willst du sie beschützen? Du wirst dich ihr kaum verpflichtet fühlen, nur weil du sie gefickt hast."

Rock klemmt sich die Marlboro zwischen die Lippen und rührt etwas Zucker in den Kaffee, der vor ihm steht.

„Dieses Mädchen macht mir nur Ärger. Sie ist verdammt anstrengend und mega kompliziert. Und dennoch will ich sie besitzen. Es ergibt keinen Sinn, aber es ist so. Diese Frau wird mir gehören – jeder Mann, der es wagt, sie anzurühren oder zu verletzen, kriegt es mit mir zu tun. Apropos mit mir ... sie ist jetzt gerade in meiner Wohnung. Ich will, dass ihr ein wachsames Auge auf sie habt, während ich mit den Dead Riders unterwegs bin."

Dagger und Rock sehen sich kurz an.

„Du willst sie offiziell für dich beanspruchen?"

Dass Rock diese Frage stellt, ist nur logisch, dennoch habe ich keine Antwort für ihn.

„Bullshit! Keine Ahnung! Alles, was ich will, ist, dass sie in Sicherheit ist und dass kein anderer Typ ihr zu nahekommt. Ist das zu viel verlangt?"

Das dreckige Grinsen, das sich auf Daggers Gesicht zeigt, verrät mir, dass er denkt, dass ich am Arsch bin. Vielleicht hat er recht? Vielleicht zögere ich nur das Unvermeidliche hinaus. Aber noch bin ich nicht bereit, mir eine Old Lady zu nehmen.

„Und Max hat sich echt über sie hergemacht?"

„Aye, in der Feuerwehrwache. Sie wollte gerade ihre Schicht beginnen."

Einen Fluch ausstoßend steht Dagger auf und stützt sich mit den Händen an der Tischkante ab.

„Das ist heftig, Alter."

„Ich will dein Wort, Dagger. Du musst ein Auge auf sie haben, wenn ich in Kanada bin."

Wir sehen uns in die Augen, er nickt kaum merklich und gibt mir so die Zusage, die ich brauche.

„Was ist mit Collins?"

Ich stoße ein Seufzen aus und schüttle genervt den Kopf.

„Dieses Bullenschwein hat mich bestohlen, er hat meine Talismane verkauft. Dafür wird er bluten."

Rock zieht erneut an seiner Kippe. Zum ersten Mal seit einer Ewigkeit bin ich kurz davor schwach zu werden, meine Kaugummis in die Tonne zu werfen und mir eine Packung Luckys zu kaufen. Was für ein Dreckstag!

„Brauchst du Unterstützung?"

„Nein danke, Präs. Das ist mein Feldzug. Pass einfach nur auf Violet auf. Sie hat genau wie Marlen die Angewohnheit, Probleme wie magisch anzuziehen."

Eine Mischung aus Grunzen und Lachen erfüllt den Raum.

„Keine Sorge, Bro. *Dein* Mädchen ist bei uns sicher."

Nicht auf die Provokation, die in seinen Worten mitschwingt, eingehend, danke ich ihm.

„Wie schaut's denn aus an der Babybauchfront? Wann kommt meine kleine Nichte?"

„Nichte? Verdammt, mach mir keine Angst, Alter. Wenn wir ein Mädchen bekommen, bin ich am Arsch."

Über die Panik, die in seinen Augen aufblitzt, den Kopf schüttelnd, spucke ich meinen Kaugummi in den Müll.

„Wenn du wirklich eine Tochter bekommst, dann hast du nichts mehr zu lachen, Präsident. So viel steht schon mal fest. Du wirst ja kaum mit deiner Lady fertig."

Mir seinen Mittelfinger entgegenstreckend lässt er sich wieder in seinen Sessel fallen.

„Mike vermisst seinen Onkel Thunder."

Ich lasse ihm seinen Themenwechsel durchgehen.

„Ja, ich vermisse den kleinen Racker auch. Sobald ich die Scheiße heute erledigt habe, werde ich mal bei ihm vorbeischauen und mit ihm ein Eis essen gehen. Ich werde nicht nach Kanada aufbrechen, ohne mich vorher von ihm zu verabschieden – versprochen, Dagger."

„Gut. Es reicht, dass du nicht da bist, wenn ich zum zweiten Mal Vater werde."

„Ja dieser Trip nach Vancouver kommt echt zu einem ungünstigen Zeitpunkt. Aber keine Sorge, beim dritten Kind bin ich da."

Da alle wichtigen Themen geklärt sind, stehe ich auf und mache mich daran, das Büro zu verlassen.

„Wenn es Komplikationen gibt, ruf an, Bro. Klar?"

„Es wird keine Komplikationen geben. Max ist eine feige Ratte. Flame hätte ihn schon damals killen sollen. Und Collins? Das wird interessant, mal sehen, ob er genug Eier hat, um als Mann zu sterben. Diese Bullen haben die widerliche Angewohnheit, sich anzupissen, wenn sie in den Lauf einer geladenen Waffe blicken."

Dagger schüttelt sich vor Lachen.

„Ja, dem kann ich nur zustimmen. Echt peinlich."

Mit dem Wissen, dass sich der MC um Violet kümmert, gehe ich in mein Büro, öffne den Safe und hole einen Dolch und zwei Waffen raus. Ich bin bereit – es kann losgehen. Heute Nacht wird es nicht schnell und sauber ablaufen. Es wird dreckig, ich werde Unmengen an Blut vergießen und mir Zeit lassen.

Dank Violet weiß ich, wo ich Max finde - in der Feuerwache in der Pima Street.

Ich folge der Straße, spiele gedanklich verschiedene Szenarien durch und bin, als ich Max alleine draußen auf dem Hof stehen sehe, positiv überrascht.

Es wäre echt kompliziert gewesen, ihn so aus der Wache zu locken, dass meine Anwesenheit von den anderen nicht bemerkt wird. Belastende Zeugenaussagen, die mich mit dem Mord an dem Dreckschwein in Verbindung bringen, kann ich nicht gebrauchen.

Den Motor aufheulen lassend, sorge ich dafür, dass Max mich sicher bemerkt, ehe ich in großem Bogen auf das Gelände fahre und hinter dem Haus anhalte. Noch bevor ich abgestiegen bin, taucht er auch schon am Hauseck auf. *Das läuft ja wie geschmiert …*

Dieser eingebildete Arsch glaubt allen Ernstes, dass es mit mir aufnehmen kann. Lächerlich.

„Wo ist sie, Reaper? Wo hast du sie hingebracht?"

Scheinbar gelassen ziehe ich mir den Helm über den Kopf. Steige von meiner Harley und ziehe die Halbautomatik hinten aus meinem Hosenbund. Während ich den Blick über die Umgebung schweifen lasse und so sichergehe, dass wir keine ungewollten Zuschauer haben, drehe ich den Schalldämpfer auf die Waffe und genieße die Vorfreude, die mir durch die Venen pulsiert.

Das hier ist längst überfällig.

„Wo ist sie, du Penner?"

Max versucht, einen auf cool zu machen, doch am Klang seiner Stimme erkenne ich, dass er Schiss hat. Gut so, das sollte er auch. Wahrscheinlich unterliegt er dem Irrtum, dass ich nicht so verrückt bin, ihn am helllichten Tag abzuknallen, tja, in wenigen Minuten wird er am eigenen Leib erfahren, wie falsch er damit liegt.

„Du hast sie angefasst, sie verletzt und ihr Angst gemacht und dafür werde ich dich töten!“

Er zuckt kurz zusammen, reckt dann jedoch den Kopf in die Höhe.

„Du machst mir keine Angst, Reaper. Ich habe deine *Golden Guns* und ich werde mir das Mädchen nehmen, das du willst. Und jedes Mal, wenn ich sie ficke, werde ich an dich denken und daran, wie gerne du jetzt an meiner Stelle wärst.“

Was ein armes Schwein ...

„Du fickst sie? Echt? Lass dir eines gesagt sein, Max. Der Letzte, der seinen Schwanz in ihrer engen Möse hatte, war ich, und ich werde dafür sorgen, dass zukünftig immer nur ich es bin, der sie zum Schreien bringt. Das, was du dir heute gegen ihren Willen nehmen wolltest, hat sie mir freiwillig gegeben.“

An seiner Stirn tritt eine Ader hervor, Schweißperlen rinnen ihm über die Schläfe, er sieht so aus, als würde er mir am liebsten an die Gurgel springen.

„Du lügst. Violet ist viel zu schlau, um auf einen Mann wie dich reinzufallen.“

Ich gehe einen Schritt auf ihn zu, er weicht zwei zurück.

„Hör mir gut zu, Thunder. Ich habe deine *Golden Guns* und ich werde mir die Frau nehmen, während du im Knast sitzt und Löcher in die Wand starrst. Ich gewinne – du verlierst, so einfach ist das.“

So lächerlich seine Aussagen auch sein mögen, sie machen mich unsagbar wütend.

Während Violet verletzt und verängstigt ist, steht dieser Wichser vor mir und hat die Frechheit, mir zu drohen.

Ohne zu zögern oder lang darüber nachzudenken, hebe ich die Hand, ziele auf seine Kniescheibe und drücke ab.

Mit einem gellenden Schrei sinkt er auf den Boden und hält sich das zersplitterte Knie.

„Na, immer noch so siegessicher? Du Penner denkst, weil wir dich damals am Leben gelassen haben, werden wir es wieder tun. Aber ich bin hier, um den Fehler von einst zu berichtigen. Atme tief durch, genieße den Schmerz und genieße, dass du überhaupt noch etwas empfinden kannst, denn in wenigen Augenblicken wirst du in die Hölle fahren!“

Sein fieses, vom Schmerz geprägtes Lachen hallt über den Hof. Es klingt, als würde es aus einem drittklassigen Horrorfilm stammen.

„Wenn du mich jetzt abknallst, wirst du nie erfahren, wo ich deine geliebten goldenen Revolver versteckt habe."

Mich vor ihn stellend beobachte ich zufrieden, wie die Blutlache, in der er liegt, immer größer wird.

„Das werden wir ja sehen, Max."

Wieder ziele ich, dieses Mal auf die andere Kniescheibe, wieder drücke ich ohne zu zögern ab.

Das Geräusch, als sich das Projektil seinen Weg durch Max' Knochen bahnt, ist Musik in meinen Ohren.

Sein Schmerzensschrei hallt über den Hof. Ich stelle ihm meinen Stiefel auf den Hals und drücke zu. Sofort verwandelt sich der laute Schrei in ein leises Gurgeln.

„Du kannst schnell sterben oder sehr, sehr langsam. Sag mir, wo meine Waffen sind und ich beende diese Scheiße hier!"

Fuck, es wäre so leicht, seiner erbärmlichen Existenz ein Ende zu bereiten.

Ich müsste nur ein bisschen mehr Druck ausüben und seine Luftröhre wäre nichts weiter als ein matschiger Haufen, der wie Hundescheiße an meinem Stiefel kleben würde.

„Du wirst sie niemals besitzen. Sie ist zu gut für dich."

Mir ist sofort klar, dass er von Violet spricht.

„Echt jetzt, du willst dich in den letzten Minuten deines Lebens selbst belügen? Wie erbärmlich!"

Wir starren uns an, aufgrund des Blutverlusts weicht ihm sämtliche Farbe aus dem Gesicht. Ich erkenne den Moment, in dem er endlich kapiert, dass er alles verloren hat.

„Du willst es wirklich durchziehen und mich töten?"

Er klingt heiser, fast schon entsetzt.

„Nein, das alles war ein Witz und ich habe dir die Knie einfach nur so zertrümmert. Scheiße! Was denkst du, was das hier wird?"

Was ein Trottel ....

Für seine schnelle Auffassungsgabe wird er mir definitiv nicht in Erinnerung bleiben.

Max stützt sich mit seinen blutverschmierten Händen am Boden ab und sieht sich panisch um.

„Wenn du schreist, ballere ich dir das komplette restliche Magazin zwischen die Augen."

„Und die Drohung soll mich davon abhalten? Du wirst mich so oder so töten."

Wo er recht hat ...

„Stimmt. Aber ich habe mir sagen lassen, dass Todgeweihte um jeden weiteren Atemzug froh sind.“

Für eine Weile schweigen wir, ehe er die Stille bricht.

„Warum tust du das, Reaper? Wegen der Waffen? Wenn ja, was, wenn ich dir sage, wo sie sind. Lässt du mich dann am Leben?“

Über dieses Angebot muss ich nicht mal nachdenken.

„Nein! In der Sekunde, in der du Violet wehgetan hast, hast du dein Leben verspielt. Du hast bedroht, was mir gehört. Dafür wirst du sterben.“

Seine Arme knicken ein, er fällt rücklings auf den Boden.

„Warum dir? Du kennst Violet kaum.“

Das mag stimmen - es war auch keine bewusste Entscheidung. *Verdammt!* Ich kenne diese Frau mit den lila Lippen kaum und ja, ich habe sie auch noch keine fünf Mal gesehen, aber das ist völlig gleichgültig! Alles, was wichtig ist, ist, dass ich sie wieder und wieder ficken will. Ich will sie schmecken, halten, berühren und von ihr berührt werden. Wo das mit uns hinführt, ist einerlei. Wenn es dumm läuft, werde ich in Vancouver von irgend so einem mexikanischen Kartellmitglied abgeknallt oder von einem Wodka saufenden Russen erstochen. Als Reaper habe ich keine sichere Zukunft, darum plane ich auch nicht Jahre im Voraus. Wofür auch? Ich lebe im Hier und Jetzt. Und jetzt will ich Violet für mich. Ende der Diskussion!

„Ich bin gerade dabei, das zu ändern.“

Wieder schweigen wir.

„Wo sind meine *Golden Guns*?“

„Ich sage es dir unter einer Bedingung.“

Dieser Wichser ...

„Wie lautet die?“

„Mach sie glücklich!“

Es ist mehr als schräg, dass der Typ, der Violet vergewaltigen wollte, mich in seinen letzten Minuten auf dieser Welt, darum bittet, sie glücklich zu machen.

„Das ist der Plan.“

„Deine Revolver liegen in einer alten Weinkiste in meinem Keller.“

Nickend nehme ich die Info zur Kenntnis.

„Letzte Worte?“

„Es ist alles gesagt.“

Das sehe ich auch so. Die rechte Hand hebend richte ich die Mündung des Schalldämpfers auf seine Stirn und drücke ab.

Die Kugel surrt zischend durch die Luft, durchdringt Haut, lässt seinen Schädel platzen und Blut spritzen. Mit verdrehten Augen kippt er tot um. Der säuerliche Geruch von Urin liegt in der Luft, während eine rosa Mischung bestehend aus Gehirnmasse und Blut aus dem Loch an seinem Hinterkopf läuft.

Einer erledigt – einer übrig.

Auch wenn ich es mir nur ungern eingestehe, Max' Bitte, Violet glücklich zu machen, hat mich zum Nachdenken gebracht. Ich habe verdammt viele Menschen in ihren letzten Minuten erlebt, die meisten von ihnen habe ich selber gekillt.

Fast alle haben gebettelt, gefleht, einem Unmögliches versprochen oder wüste Drohungen ausgesprochen. Doch Max hat nichts dergleichen getan. Er ist ruhig geblieben, hat seine Niederlage akzeptiert und sich um eine Frau gesorgt, die er selber verletzt hat. Vor langer Zeit, als das Töten von Menschen mich noch emotional berührt hat, habe ich mir viele Gedanken über den Tod und das Sterben gemacht. Bei manchen meiner Opfer kam es mir so vor, als hätten sie versucht, in den letzten Minuten ihrer Existenz ihren inneren Frieden zu finden.

Wenn ich mich nicht völlig täusche, würde ich sagen, Max ist das gelungen ....

Die Waffe wegsteckend wende ich mich von Max ab. Gerade als ich auf meine Harley steigen und mich auf den Weg zu Collins machen will, beginnt das Mobiltelefon in meiner Hosentasche zu vibrieren. Ich hole es heraus und werfe einen Blick auf das Display. Ohne zu zögern, drücke ich auf den grünen Knopf und nehme das Telefonat an.

„Was gibt's, Präs?"

„Wir brauchen dich. Jetzt! Dein Mädchen flippt gerade voll aus."

Fuck!

„Was ist passiert?"

„Ich habe sie dabei erwischt, wie sie sich davonschleichen wollte."

Doppel Fuck!

„Ich bin in zehn Minuten da."

„Sie droht damit, ihre Brüder anzurufen. Sie sagt, sie sind alle drei Cops. Stimmt das, Bro?"

Dreifach Fuck!

„Aye, das stimmt."

„Shit! Was hast du dir nur dabei gedacht, sie hierherzubringen?"

„Seit wann kümmert uns die familiäre Situation der Frauen, die wir ficken? Sei nicht so scheinheilig, Präs!"

Dagger stößt einen Schwall Flüche aus. Ich warte, bis er Luft holen muss, ehe ich weiterrede.

„Wenn du sie anrührst, bist du der Nächste, der vor mir kniet und um sein Leben bettelt. Hast du das verstanden, Bro?“

Für einen Augenblick herrscht eine tödliche Stille, dann höre ich ihn gepresst ausatmen.

„Ist das dein Ernst? Du drohst mir wegen einer Muschi?“

„Ja, das ist mein Ernst. Jeder, der sie anrührt, muss mit gebrochenen Knochen rechnen.“

Nicht bereit, auch nur eine weitere Sekunde hier zu stehen, während Violet mich braucht, beende ich das Gespräch ohne ein weiteres Wort, springe regelrecht auf mein Bike und rase davon.

Verdammt! Verdammt! Verdammt!

Ich habe nicht nur dem Präsidenten meines Motorcycle-Clubs gedroht, sondern zugleich auch meinem besten Freund und das alles wegen eines Mädchens mit lila Haaren, violetten Lippen und der engsten Pussy, in die ich mich jemals gerammt habe.

Was zum Teufel ist nur mit mir los?

Fassungslos gebe ich noch mehr Gas, ignoriere die auf Rot schaltende Ampel und kämpfe gegen die unterschiedlichen Emotionen an, die mein Herz in zwei Teile zu zerreißen drohen. Wenn ich nicht aufpasse, ende ich wie Max: von einer Frau besessen, die es nicht zu schätzen weiß – von einem unstillbaren Verlangen getrieben, das mich beinahe wahnsinnig werden lässt - im Dreck kniend und blutend vor einem gnadenlosen Reaper, der nichts weiter will, als abzudrücken.

15. Kapitel

Violet

„Wenn du mich jetzt nicht sofort gehen lässt, trete ich dir so hart in die Eier, dass niemals jemand zu dir Papa sagen wird.“
Der Rocker vor mir sieht mich erst verwundert an, dann bricht er in schallendes Gelächter aus.

„Scheiße Baby, du bist echt süß.“

Süß? Arschloch!

„Ich bin nicht süß, sondern sauer!“

Neugierig betrachte ich die vernarbte Haut an seinem linken Arm. Vom Handgelenk bis zu der Stelle, an der sein T-Shirt beginnt, ist sie komplett verbrannt.

Anstatt wütend zu sein oder mich anzuschreien, hält er mir in einer begrüßenden Geste die Hand entgegen.

„Ich bin Flame, *interessant,* dich kennenzulernen.“
Perplex starre ich seine langen, überraschend gepflegten Finger an, ehe ich sie ergreife.

„Violet, und ich würde jetzt gerne gehen.“

Laut mit der Zunge schnalzend grinst er mich verwegen an.

„Sorry, das kann ich nicht erlauben. Thunder jagt mir eine Kugel in den Kopf, wenn ich dich nicht hierbehalte.“

Schnaubend stemme ich die Hände in die Hüften und bedenke ihn mit dem wütendsten Blick, den ich zusammenbringe, und der bei meinen Brüdern einfach noch nie seine Wirkung verfehlt hat.

„Thunder hat mir nichts zu sagen. Also tritt beiseite und lass mich gefälligst durch.“

„Komm schon, Süße, zick nicht rum. Du hast es doch gemütlich hier.“

„Gemütlich? Dass ich nicht lache.“

Auf der Suche nach etwas Nervennahrung habe ich in der Küche eine Schublade aufgemacht und bin auf zwei blutverschmierte Dolche gestoßen. Im Wohnzimmer liegt ein zerrissener Stringtanga und im Badezimmer auf der Ablage eine Packung One-Step.

Welcher Mann hat denn bitte einen Vorrat von der „Pille danach“ bei sich zuhause rumliegen?
„Hör zu, Puppe. Unser Sergeant ist gleich da. Mach mir die Minuten, die bis zu seiner Ankunft vergehen, nicht so schwer.“

Wütend darüber, dass Thunder mir seine Rockerbande auf den Hals gehetzt hat, schlage ich Flame die Türe vor der Nase zu und trete anschließend mit dem Fuß dagegen.

Auuuutsch ....

Es mag sein, dass Thunder ein angsteinflößender und in seiner Welt mächtiger Rocker ist, aber sobald er sich hier blicken lässt, werde ich ihm zeigen, was es bedeutet, mich gegen meinen Willen in seiner beschissenen Wohnung gefangen zu halten.

Es spielt keine Rolle, dass ich nur halb so viel wiege wie er oder dass ich ihm nicht mal bis zur Schulter reiche – ich werde ihn schlagen! Dieser Reaper hat den Bogen ganz eindeutig überspannt ...

Ich bin es so verdammt leid, von Männern bevormundet und herumgeschubst zu werden.

Vor Wut zitternd gehe ich zurück ins Wohnzimmer, setze mich auf die schwarze Ledercouch und warte, bis Mister Unwetter endlich auftaucht.

Thunders Androhungen huschen wie ein Schwarm Fische durch meinen Kopf.

Dieser Reaper ist kein Mann leerer Worte. Wenn er sagt, dass er Max umbringen wird, dann macht er das auch. Ich weiß, dass die beiden eine unschöne Vorgeschichte haben, doch die hat nichts mit der Wut, die Thunder im Augenblick auf Max hat, zu tun. Wenn er ihn tatsächlich tötet, dann nur wegen dem, was Max mir angetan hat.

Oh Gott! Jetzt, wo ich länger darüber nachdenke, wird mir erst klar, in was für einem Chaos ich gerade feststecke. Was ist, wenn Max und Thunder sich genau jetzt gegenüberstehen? Was, wenn Max sich wehrt und Thunder dabei verletzt oder gar erschossen wird?

Ich will nicht, dass irgendjemand wegen mir mordet oder ermordet wird.

Verflucht noch mal! Wenn ich doch nur mein Handy hätte, dann könnte ich meinen Biker anrufen und ihm sagen, dass er Max nichts tun soll.

Nachdem ich Flame gedroht habe, dass ich meine Brüder anrufe, zugegebenermaßen nicht gerade die schlaueste Idee, hat er es mir kurzerhand abgenommen. So viel zu meinem tollen Vorsatz, dass ich mit dem Reapers-Motorcycle-Club nicht in Kontakt kommen will.

Schon erstaunlich. Ich bin Single, weil ich aus der Vergangenheit gelernt und beschlossen habe, dass ich aus dem einfachen Grund, dass sie immer nur für Ärger, Herzschmerz und Chaos sorgen, keine Bad Boys mehr in meinem Leben brauche. Und trotz dieser genialen

Erkenntnis sitze ich jetzt hier in Thunders Wohnung und warte darauf, dass er zurückkommt und mich endlich gehen lässt.

Was für eine Scheiße!

Trotz der Wut, die wie ein Tornado in meinem Inneren wütet, bin ich nicht direkt sauer auf Thunder, sondern auf das Schicksal, das die ganze Verkettung von Umständen, die mich erst hierhergebracht hat, zugelassen hat.

Warum musste ich auch an der roten Ampel in einen höllisch heißen, ziemlich dominanten Reaper reinfahren?

Warum konnte es kein gut aussehender, Schlips tragender Bänker sein, der in seiner Freizeit Briefmarken sammelt und sonntags schön brav bei Mutti Kaffeetrinken geht?

Ich weiß warum. Weil Spießer nicht auf Frauen mit lila Haaren und violettem Lippenstift stehen. Ganz davon abgesehen würde mich so ein dröger Anzugträger wahrscheinlich zu Tode langweilen.

Vom Optischen her passt Thunder perfekt zu mir, und auch sein bestimmender Charakter gefällt mir gut. Ich mag es, wenn Männer wissen, was sie wollen und wie sie Frauen anzupacken haben. Aber diese Club-Sache? *Verdammt!* Auf die hätte ich gerne verzichtet. Unruhig stehe ich auf, gehe in die Küche und hole mir die Flasche Moonshiner, die ich vorhin auf Thunders Kühlschrank entdeckt habe. Der erste Schluck ist ziemlich heftig, es fühlt sich so an, als würde die glasklare Flüssigkeit meine Speiseröhre und meine Organe in Brand setzen. Der zweite hingegen ... *oh wow* ..., der ist echt lecker. Ich kann regelrecht spüren, wie der Schnaps all meine Probleme ganz klein und unwichtig werden lässt. Oder vielleicht liegt es auch nicht an dem Moonshiner, sondern daran, dass ich nur sehr selten - Weißwein ausgenommen - Alkohol trinke.

Neugierig gehe ich von Zimmer zu Zimmer, sehe mich genauer um und muss feststellen, dass Thunder überhaupt keinen Einrichtungsstil hat. Die komplette Wohnung ist ungemütlich, verstaubt und dreckig. Die meisten der Möbel haben definitiv schon bessere Zeiten gesehen und müssten dringend durch etwas Neues ersetzt werden. Immer wieder an der Flasche nippend, setze ich mich, nachdem ich meine Erkundungsreise beendet habe, wieder ins Wohnzimmer.

Durch das offen stehende Fenster dringt die rauchige Stimme eines Sängers, die vom dunklen Bass einer E-Gitarre begleitet wird. Einen Blick auf den Hof werfend, beobachte ich, wie sich dutzende Reaper mit unzähligen halb nackten Frauen amüsieren.

Es wird Bier getrunken, geraucht, an Lagerfeuern gesessen und sich unterhalten. So weit alles eigentlich ganz harmlos. Aber ich weiß, dass der Schein trügt. All diese Rocker sind gefährliche Männer, die in einer noch gefährlicheren Welt leben.

Den Stimmen lauschend, setze ich mich zurück auf die Couch, winkle die Beine an und trinke erneut einen großen Schluck Moonshiner.

Keine Ahnung, wie lange ich hier sitze und meinen Gedanken nachhänge, doch irgendwann höre ich, wie die Wohnungstüre aufgeschlossen wird und wenige Sekunden später ertönt das dumpfe Geräusch von schweren Bikerstiefeln, die auf den Holzboden treffen. Thunder ist zurück. *Verflixt!*

Dieser Mann ist echt unmöglich ... Er hat sich so viel Zeit gelassen, dass ich meine komplette Wut in diesem Schwarzgebrannten ertränkt habe.

„Violet?"

Anstatt mich bemerkbar zu machen, bleibe ich einfach sitzen und trinke weiter.

„Violet?"

Bei seiner zweiten Frage klingt seine Stimme schon etwas genervter. Gut so. Erst als er im Türrahmen auftaucht und aus zusammengekniffenen Augen das Wohnzimmer nach mir absucht, mache ich mich bemerkbar, indem ich aufstehe.

Oh wow ... Der Boden bewegt sich unter meinen Füßen. Es fühlt sich so an, als würde ich auf der sinkenden Titanic stehen.

Beeindruckt sehe ich zu dem Moonshiner, den ich in meiner Hand halte, hinab.

„Heilige Scheiße! Das Zeug ist echt viel krasser als mein geliebter Weißwein."

„Warum zum Teufel sitzt du im Dunkeln?"

Er fragt mich nach Licht? Echt jetzt? Als ob wir keine anderen Probleme hätten.

„Die Frage sollte nicht heißen, warum ich das Licht ausgelassen habe, sondern warum ich überhaupt hier bin."

Sein Blick fällt auf die fast leere Flasche in meiner Hand, ehe er mir direkt in die Augen sieht.

„Wie ich sehe, hast du dich zu beschäftigen gewusst."

„Was soll das denn jetzt? Du hast mir deine Gorillas auf den Hals gehetzt. Als ich mich einverstanden erklärt habe, dass du mich hierher bringst, habe ich nicht geahnt, dass du mich einsperren willst. Verflixt, Thunder! Du bist keinen Deut besser, als Max es ist."

Ich sehe, dass ihn meine Vorwürfe verärgern. Seine Mimik wird düster, seine Hände ballen sich zu Fäusten und an seinem Kiefer beginnt ein Muskel unruhig zu zucken.

Wahrscheinlich wäre es jetzt besser, die Klappe zu halten, aber ich bin so verdammt wütend auf diesen Rocker, dass ich einfach alles ausspreche, was mir auf der Zunge liegt.

„Du denkst, nur weil wir Sex haben, hast du einen Anspruch auf mich, oder meinst, dass du mich bevormunden kannst. Aber falsch gedacht. Das hast du nicht! Ich bin eine freie Frau und ich kann tun und lassen, was ich will. Also fick dich, Thunder, fick dich und geh mir für den Rest meines Lebens bloß aus dem Weg!"

„Du meinst war, Vergangenheitsform, Baby."

Erstaunt darüber, dass er seinen Zorn unterdrückt und seine Stimme ganz neutral klingt, sehe ich ihn fragend an.

Irgendwie habe ich damit gerechnet, dass er mich anschreien oder zumindest lauter werden würde, aber Fehlanzeige. Thunder ist angsteinflößend beherrscht.

„Was meinst du mir „war"? Wovon redest du?"

„Max. Der Typ ist Vergangenheit."

Mein vom Moonshiner benebelter Verstand versucht, die Tragweite des eben gehörten zu verstehen. Es dauert einen Moment, doch dann schlägt die Erkenntnis ein wie eine Bombe.

„Er ist tot? Du ... du hast ihn getötet?"

Von der Information überrollt, lasse ich mich rückwärts auf die Couch fallen.

Thunder stemmt die Hände in die Hüften und sieht nachsichtig auf mich herab.

„Überrascht dich das jetzt etwa? Ich habe dir gesagt, was ich tun werde."

„Es wird vieles gesagt ... Jeder Mensch gebraucht tausende von Wörtern am Tag. Aber, oh Gott! Irgendwie habe ich nicht damit gerechnet, dass du es tatsächlich durchziehst."

Mit amüsiert zuckenden Mundwinkeln schüttelt er den Kopf.

„Fuck, Lila. Du raffst einfach nicht, wer oder was ich bin."

Thunder klingt nachsichtig, so als würde er einem Kind zum zehnten Mal hintereinander eine Mathematik-Aufgabe erklären.

Die Flasche an die Lippen setzend, gebe ich ein gemurmeltes „anscheinend" von mir, ehe ich einen weiteren großen Schluck nehme.

Er setzt sich vor mir auf den Wohnzimmertisch, greift nach dem Schnaps und nimmt ihn mir ab.

„Ich denke, du hattest genug."

Die silberne Gliederkette, mit der er sein Portemonnaie am Gürtel befestigt hat, klimpert leise.

„Das denke ich nicht."

Für eine Weile sehen wir uns schweigend an. Einzig die Geräuschkulisse, die durch das offen stehende Fenster zu uns hereindringt, verhindert, dass sich eine drückende Stille zwischen uns legt.

„Oh Mädchen. Bist du jetzt echt wütend auf mich, weil ich den Typen gekillt habe, der dich verletzt hat und vergewaltigen wollte?"

Er nimmt meine Hände und bedeckt sie mit den seinen, so dass sie komplett verschwinden. *Mörderhände,* schießt es mir durch den Kopf. Ich versuche, sie ihm zu entziehen, doch Thunder hält sie bestimmend fest. Ein kalter Schauer, der sich anfühlt, als würde ich nackt unter einem wilden Sommergewitter stehen, rieselt zwischen meinen Schulterblättern an meinem Rücken hinab.

Obwohl ich wirklich geschockt darüber bin, dass er Max getötet hat, bin ich nicht wütend auf den Reaper, der mich aus seinen eisblauen Augen prüfend mustert. Verrückterweise fürchte ich mich nicht mal vor ihm.

„Warum hast du das getan?"

„Um dich zu schützen und um eine alte Rechnung, die längst überfällig war, zu begleichen."

„Wie geht es dir damit?"

Seine rechte zweigeteilte Augenbraue schnellt in die Höhe.

Thunders blaue Augen blitzen belustigt auf.

„Machst du dir Sorgen um mein Seelenheil? Oh Violet. Für meine Seele ist es längst zu spät. Ich bin ein Reaper, ein Sensenmann. Ich habe schon zu viel Blut vergossen und zu oft den Tod verschenkt, als dass meine Seele noch gerettet werden könnte."

Er sagt das so emotionslos, als würde er über das Wetter reden.

„Du bist ein toller Mann, Thunder. Du hast mich beschützt, du kümmerst dich um deine Biker-Brüder und den Club. Tu nicht so, als wärst du ein herzloses Monster, die Masche kaufe ich dir nicht ab."

„Hör auf, dir etwas vorzumachen. Ich bin ein Harley fahrender Killer. Im Grunde genommen solltest du nicht mal hier bei mir sein. Ich tu dir nicht gut, Lila, ich bin nicht der richtige Kerl für dich. Und wie wir eben schon festgestellt haben, bin ich keiner von den Guten. Und darum bin ich egoistisch genug, dich trotzdem für mich haben zu wollen."

Unverkennbare Melancholie steht ihm ins Gesicht geschrieben.

Unvernünftig wie ich nun mal bin, und mit vom Moonshiner gelockerter Zunge, lehne ich mich vor, komme ihm entgegen und lege ihm die Hände ums Gesicht.

„Und was ist, wenn ich nirgendwo anders sein will?"

Ein Lächeln zupft an seinen Mundwinkeln.
„Da habe ich aber von Flame was anderes gehört."
Nonchalant mit den Schultern zuckend presse ich ihm einen kurzen Kuss auf die Lippen.
Seine Bartstoppeln kratzen verführerisch über meine Haut, meine Nippel ziehen sich zusammen und stellen sich auf.
Dieser Rocker hat eine unglaubliche Wirkung auf mich ...
„Da war ich auch wütend auf dich – sehr wütend sogar."
„Und jetzt bist du das nicht mehr? Woher kommt der plötzliche Sinneswandel?"
Wieder tackere ich meinen Mund auf den seinen – dieses Mal ein paar Herzschläge länger.
„Wahrscheinlich vom Alkohol. Aber was soll`s? Ich kann auch morgen wieder wütend auf dich sein."
Er schenkt mir sein Killerlächeln, vergräbt seine Hände in meinen Haaren und zieht mich so auf seinen Schoß.
„So was nenne ich emotional flexibel."
„Tja Reaper, wenigstens bin ich emotional."
„Touché, Süße."
Mehr als willig setze ich mich auf seine Beine und lehne mich an seine breite Brust.
Mir ist bewusst, dass ich ihn eigentlich schlagen, beschimpfen und dann so schnell wie möglich von hier verschwinden sollte - so wie ich es ursprünglich auch geplant hatte, seltsamerweise will ich das aber gar nicht mehr.
Süchtig nach seinem Geschmack knabbere ich verspielt an seiner Unterlippe, ehe ich seinen Mund mit meiner Zunge öffne und ihn zu einem langen, intensiven Kuss verführe. Thunder öffnet sich mir, unsere Zungen umschlingen sich, beginnen ein träges, sinnliches Vorspiel, das seine Wirkung auf mich nicht verfehlt. Ganz der Reaper, der er nun mal ist, übernimmt er die Kontrolle und küsst mich so stürmisch, dass ich keine Luft mehr bekomme.
Erst als sich meine Lunge krampfend zusammenzieht, ziehe ich mich zurück.
Keuchend lehne ich meine Stirn an seine Schulter und inhaliere seinen unverkennbaren Geruch nach Mann, Leder und Schießpulver.
„Das zwischen uns hat keine Zukunft? Oder?"
Ein dunkles Brummen löst sich aus seinem Brustkorb.
„Nicht, solange du dich weigerst anzuerkennen, dass ich ein Reaper bin. Der Club gehört zu meinem Leben – er ist mein Leben. Akzeptiere das, verbring Zeit mit den Old Ladys und meinen Brüdern und wir

haben eine reelle Chance auf eine gemeinsame Zukunft."
Hat er gerade wirklich gemeinsame Zukunft gesagt? Wow!

„Ach, und du willst mir sagen, dass nur meine Abneigung dem MC gegenüber ein Problem darstellt? Was ist mit der Frauenunterwäsche, die hier rumliegt und der Pillen-Packung im Badezimmer?"
Bevor ich weiterreden kann, legt er mir seine Hand auf den Mund.

„Was denkst du, Violet? Dass ich, bevor wir uns begegnet sind, wie ein verschissener Mönch gelebt habe? Bullshit! Ich ficke gern und ich ficke oft."

Seine Ehrlichkeit lässt mich hart schlucken.

Ich kann nicht glauben, was ich gleich aussprechen werde ...

„Und was ist, wenn ich versuche, die Welt, in der du lebst, zu akzeptieren? Ich bin ein verdammt eifersüchtiges Mädchen und ich lege großen Wert auf Treue und Monogamie!"

Er verflicht seine Finger mit den meinen.

„Sieh mich an, Violet."

Ich tue, was er will.

„Wenn ich dich haben kann, warum sollte ich dann eine andere wollen?"

„Weil ich keine Ahnung von Motorrädern, Lederkutten und wilden Biker-Partys habe. Was, wenn ich nicht in deine Welt passe?"

Für eine kleine Ewigkeit bleiben wir so sitzen, eng beieinander und komplett in uns versunken. Ich kann immer noch nicht verstehen, wie wir an diesen Punkt gekommen sind. Es fällt mir schwer zu glauben, dass wir über so etwas wie eine Beziehung reden – das ist verrückt.

„Wenn ich nicht aufpasse, ist es durchaus möglich, dass du zu meiner Welt wirst."

Thunder hat so leise gesprochen, dass ich mir erst nicht sicher bin, ob ich das richtig gehört habe.

Das zwischen ihm und mir wird alles andere als einfach werden. Es gibt so viele Hindernisse, die wir beseitigen müssen. Falls das wirklich etwas Ernstes wird, und danach fühlt es sich an, dann wird meine Familie früher oder später erfahren, dass mein Herz einem mordenden Reaper gehört.

Heilige Mutter Gottes ...

Mein Vater wird ausflippen, ich kann nur hoffen, dass er keinen Herzinfarkt bekommt, wenn er erfährt, dass sich seine einzige Tochter, seine Prinzessin, wie er mich immer nennt, in einen Mann verliebt hat, der auf der anderen Seite des Gesetzes steht. Und an meine Brüder will ich gar nicht erst denken. Am schlimmsten wird es für Sean ... Ich bin nur froh, dass wir in diesem Jahrhundert leben. In einer früheren Zeit hätte er Thunder wahrscheinlich zu einem Duell gefordert. Meine Mum ist da anders. Sie wird von meiner Entscheidung auch nicht gerade begeistert sein, aber für sie ist es das Wichtigste, dass mich der Mann an meiner Seite glücklich macht.

Entschlossen schiebe ich all meine Sorgen und Probleme beiseite. Der Tag, an dem wir uns mit all diesen Dingen auseinandersetzen müssen, wird kommen. Es hat keinen Sinn, sich jetzt deswegen den Kopf zu zerbrechen, denn es ändert rein gar nichts.

Thunder umfasst meinen Nacken, streift mit seiner Nase an meiner Schläfe entlang und schnuppert an mir.

Es gibt Momente im Leben, in denen Worte, völlig egal, wie aufrichtig sie gemeint oder wie bedeutsam sie sind, unwichtig werden. Jetzt ist einer dieser Momente gekommen ...

„Halt mich fest und küss mich bitte. Lass mich all unsere Sorgen vergessen."

Mein Reaper reagiert sofort, steht mit mir in seinen Armen auf und trägt mich ins Schlafzimmer. Er stellt mich direkt vor dem Bett ab und schaltet eine kleine Lampe, die die Form eines Motorrads hat, an.

Ich lasse den Blick über das Bett gleiten, sehe verräterische weiße Flecken und muss sofort an den String und die Tablettenschachtel im Bad denken.

Igitt! In dieses Bett gehe ich nicht – keine Chance!

Noch bevor Thunder auf mich zukommen und mich ausziehen kann, gehe ich angewidert Richtung Türe. Er bedenkt mich mit einem irritierten Blick.

„Was soll das werden, Baby?"

„Glaubst du allen Ernstes, dass ich mich von dir in einem Bett bumsen lasse, in dem noch die Spuren meiner Vorgängerinnen zu sehen sind? Das ist absolut widerlich. Ich bin keine deiner Clubnutten, sondern eine Frau mit Niveau und einem ausgeprägten Sinn für Hygiene. Daran solltest du dich am besten schnellstens gewöhnen."

Es ist ihm deutlich anzusehen, dass er von meiner heftigen Reaktion etwas überrumpelt ist.

„Echt jetzt, Lila? Ich dachte, mit dem Zicken wärst du für heute fertig."

Boah, so ein Arschloch! Mit einem Schlag ist die ganze Wut von vorhin wieder da, das Gefühl der Zusammengehörigkeit, das ich bis eben verspürt habe, verpufft innerhalb eines Atemzugs und lässt mich vor Zorn und Enttäuschung zitternd zurück.

Mir bleiben jetzt genau zwei Möglichkeiten:

- ich bleibe und diskutiere mit dem stursten Mann, der mir je begegnet ist.
- ich gehe und lasse diesen ganzen Bullshit hinter mir.

Nach einem kurzen Blick auf das *SGT-at-Arms*-Patch auf seiner Kutte renne ich regelrecht aus dem Zimmer und lasse den perplexen Reaper und sein versifftes Bett hinter mir.

Noch bevor ich die Wohnungstüre erreiche, schlingt sich ein muskulöser Arm um meine Taille, reißt mich von den Füßen und wirbelt mich durch die Luft.

„Verdammt! Lass mich gefälligst runter, sonst ..."

Thunder besitzt doch tatsächlich die Dreistigkeit laut aufzulachen.

„Sonst noch was, Zuckerpuppe? Willst du mich kratzen und beißen?"

Er lacht noch lauter, während ich alles versuche, um mich von ihm loszureißen. Als mir das nicht gelingt, trete ich ihm mit aller Kraft gegen das Schienbein.

„Fuck! Au! Du Teufelsweib. Irgendwie stehe ich drauf, wenn du deine Krallen zeigst."

„Ich gehe. Lass mich sofort los."

Erst als er kapiert, dass ich wirklich sauer auf ihn bin, erstirbt sein volltönendes Lachen.

„Warum tickst du jetzt so aus? Wegen einem ungewaschenen Bettlaken?"

„Nein, weil du mich nicht ernst nimmst. Du glaubst, dass du mich genauso respektlos behandeln kannst wie all die Schlampen, die bisher deinen Lebensweg geziert haben, aber da täuschst du dich."

Endlich stellt er mich ab und lässt mich los.

Aufgebracht wirble ich um meine eigene Achse und stoße ihm meinen ausgestreckten Zeigefinger gegen den Brustkorb.

„Reaper hin oder her. Männer wie dich esse ich zum Frühstück!"

„Tust du das, ja?"

„Oh ja. Glaube mir. Du bist mir nicht gewachsen, Biker."

Lachfältchen bilden sich an seinen Augenwinkeln. Es ist so unfair, dass ich ihn sogar während ich stocksauer auf ihn bin, für den *sexyest man alive* halte.

„Du überschätzt dich, Baby."

„Ach ja? Woher willst du das wissen?"

Thunder zieht in einer abwertenden Geste seine Mundwinkel nach unten und sieht arrogant auf mich herab.

„Weil du ständig die Flucht ergreifst. Immer wenn es ernst oder kompliziert wird, suchst du das Weite. Starke Frauen laufen nicht davon. Sie krempeln die Ärmel hoch und stellen sich den Problemen, die ihnen das Leben in den Weg stellt. Nur Schwächlinge und Rehkitze rennen davon und verstecken sich hinter dem nächsten Baum. Bist du etwa ein süßes kleines Babyreh?"

Die Erkenntnis, dass er bis zu einem gewissen Grad recht hat, macht mich sprachlos.

Zum ersten Mal in meinem Leben stehe ich da und mir fällt kein schlagfertiges Gegenargument ein. Scheiße!

Nicht bereit, ihn als Sieger aus dieser Diskussion herausgehen zu lassen, greife ich auf das älteste und weltweit anerkannteste Handzeichen zurück, das es auf diesem Planeten gibt – den gerade ausgestreckten Mittelfinger.

„Fick dich, Thunder! Ich bin mit dir fertig!"

Erneut wende ich mich der Wohnungstüre zu, dieses Mal schaffe ich es sogar, die Klinke hinunterzudrücken und sie einen Spalt breit zu öffnen, ehe ich zurückgezogen werde.

„Du und ich sind noch lange nicht fertig miteinander, und das weißt du auch. Du kannst mir noch so oft davonlaufen – ich werde dich jedes Mal wieder einfangen."

Meine Schultern umfassend zieht er mich so nah an seine Brust, dass ich seine Körperwärme spüren kann.

Mit wild rasendem Herzen sehe ich zu ihm hoch und beiße mir von innen auf die Wange.

Der Schmerz hilft mir dabei, meine Gedanken zu sortieren.

„Aber wieso? Ich meine, wir kennen uns kaum. Wir kommen zwar aus derselben Stadt, stammen aber aus zwei völlig unterschiedlichen Welten. Das Schicksal hat uns so viele Steine in den Weg gelegt, dass wir daraus einen Mount Everest bauen könnten, und dennoch willst du um mich kämpfen, das verstehe ich einfach nicht."

„Die wichtigsten Dinge im Leben sind unverständlich."

Seine Antwort kommt prompt und ist unerwartet poetisch.

„Liebe, Glück, Freude und Faszination. Wir alle kennen diese Begriffe, doch wirklich erklären können wir sie nicht. All diese Gefühle sind plötzlich da, und man kann nicht gegen sie ankämpfen. Ich liebe deine Küsse und das Gefühl, dich ganz fest in den Armen zu halten. Dich in meiner Nähe zu haben, macht mich glücklich und du faszinierst mich jedes Mal aufs Neue." Thunder macht eine kurze Pause, ehe er mit belegter Stimme weiterspricht. „Ich hatte nie geplant, eine Frau mit violetten Lippen in mein Leben zu lassen. Aber jetzt ist es nun mal so gekommen und ich will verdammt sein, wenn ich der Sache zwischen uns keine reelle Chance gebe."

Aufgebracht fährt er sich mit beiden Händen durch die Haare, schließt kurz die Augen und schüttelt leicht den Kopf. So, als könne er selbst nicht fassen, was er da gerade offenbart hat.

Mir ist klar, dass ich etwas sagen sollte, aber mein Verstand ist wie leer gefegt.

„Ich habe für dich einen Mann getötet, um deine Sicherheit zu garantieren, ist das nicht Beweis genug, dass es mir ernst mit uns beiden ist?"

... uns beiden – uns beiden – uns beiden – uns beiden ...

Zwei Wörter, zwei lächerliche Wörter reichen aus, um mich schwach werden zu lassen. Offensichtlich kommt mein logischer Verstand nicht gegen das Bedürfnis an, Thunder nahe zu sein.

„Es wir Zeit für eine klare Ansage, Baby. Dir bleiben jetzt noch genau dreißig Sekunden, ehe ich dich über meine Schulter werfe, auf die Couch trage und mich bis zum Anschlag in dir versenke. Ich werde dich solange ficken, bis du nicht mehr weißt, wie man *Fluchtinstinkt* buchstabiert und bis du dir endlich eingestehst, dass du zu mir gehörst."

Seine Ehrlichkeit schreckt mich nicht ab, im Gegenteil, sie löst ein verlangendes Pochen zwischen meinen Schenkeln aus. Ich stelle mich auf die Zehenspitzen und schlinge ihm die Arme um den Hals. Auf seiner Stirn bilden sich zwei tiefe Falten, während sich seine Lippen zu einem wölfischen Grinsen verziehen.

„Jetzt bist du fällig, Kleines."

Verspielt knabbere ich an seinem Hals, lasse zu, dass er mich erneut hochhebt, und schlinge ihm die Beine um die Taille.

Buchstabieren wird völlig überbewertet ...

Thunders Reaktion ist ein wildes Knurren. Ich spüre die harten Konturen seiner Erektion an meinem Schenkel. Und weiß, dass ich verloren bin.

Er umfasst mit beiden Händen meinen Po, presst mich bestimmend gegen seinen harten Schwanz und trägt mich mit großen Schritten zurück ins Wohnzimmer bis hin zum Sofa.

„Du bringst mich um den Verstand, Lila."

Ohhhhh und er mich erst!

Unsere Lippen finden sich, er schiebt seine Zunge in meinen Mund und raubt mir den Atem. Feuchtigkeit sammelt sich zwischen meinen Schamlippen, die feinen Härchen in meinem Nacken stellen sich erwartungsvoll auf.

Wimmernd reibe ich meinen Unterleib an ihm, grabe meine Fersen in seinen Rücken und vertiefe unseren Kuss.

Auf einmal löst er sich von mir und wirft mich auf das lederne Polster. Ich lande atemlos auf der Couch und lecke mir erwartungsvoll über die Unterlippe.

Endlich beginnt er sich auszuziehen. Zuerst legt er die Kutte ab, zieht seine Stiefel aus und beginnt anschließend damit, seinen Gürtel zu öffnen. Die ganze Zeit über lasse ich ihn nicht aus den Augen. In meinem Magen beginnt es wie verrückt zu knistern.

Die Bässe der Musik werden immer lauter, die Party draußen im Hof erreicht ihren Höhepunkt. Eines steht schon mal fest, es wird eine Zeit lang dauern, bis ich mich an den Reapers-Motorcycle-Club gewöhnt habe.

Thunder zieht sich sein weißes T-Shirt über den Kopf. Mit rasendem Puls beobachte ich das verführerische Spiel seiner perfekt definierten Muskeln.

Was für ein unglaublicher Anblick ...

Erst als er nur noch seine Boxershorts trägt, beugt er sich zu mir und presst mich mit seinem Gewicht in die Polsterung.

Schweigend sehen wir uns an, dann hebt er langsam seine Hand und streicht mit seinen Fingerspitzen über meine Unterlippe.

Alleine diese unschuldige Berührung reicht aus, um meine Atmung zu beschleunigen.

Das dunkle Versprechen in seinen Augen, die Art und Weise, wie er mich bestimmend zu sich heranzieht und das Wissen, dass er nicht mehr zulassen wird, das ich vor *uns* davonlaufe, lassen meine Nervenenden vibrieren.

Nichts außer uns ist mehr wichtig. Die ganze Welt reduziert sich auf den Rocker zwischen meinen Beinen.

Erneut streifen seine Lippen über die meinen. Hungrig leckt er über meine Mundwinkel und umschmeichelt die Konturen meines Mundes mit seiner Zungenspitze.

Unsere Zungen treffen sich, ich tackere meine Lippen auf die seinen und lasse mich mit dem Wissen, dass er mich auffangen wird, emotional fallen. Das ist das erste Mal, dass ich alles auf eine Karte setze. Zwischen uns gibt es kein Netz und keinen doppelten Boden – sondern nur volles Risiko.

Halleluja, hoffentlich wird das gut gehen.

Zwischen meinen Schenkeln pocht es immer stärker, mein Slip wird feuchter.

Eine bittersüße Ewigkeit später beendet er langsam unseren Kuss und gibt mich wieder frei. Ich vergrabe eine Hand in seinen Haaren, öffne langsam meine Augen und suche seinen Blick. Fast schon ehrfürchtig lasse ich die Finger meiner rechten Hand über die warmen, festen Konturen seines Sixpacks gleiten. Als die Hügel als Reaktion auf meine Berührung zu zucken beginnen, gibt Thunder ein raues Stöhnen von sich.

Harte Muskeln, weiche Haut und ein dünner Streifen Haare, der mich auf geradem Weg zum Bund seiner Shorts führt.

Oh ja! Ich kann es kaum erwarten, diesen Bad Boy endlich nackt zu sehen.

Also eines ist schon mal sicher, dieser Kerl hier ist jedes Risiko wert.

Gerade als ich meine Hand nach seinem Glied ausstrecken will, hält er mich davon ab und beginnt, mich auszuziehen. Dank seiner erschreckenden Effizienz, die auf viel Übung im Beseitigen von Frauenklamotten schließen lässt, bin ich wenige Minuten später nackt. Entblößt, bis in die Haarspitzen erregt und mehr als feucht und bereit, liege ich nun unter ihm und sehne mich nach mehr.

Thunders animalischer Blick gleitet über meine Haut, seine rauen Finger streicheln über mein Schlüsselbein.

„Oh Violet, du bist so unfuckingfassbar schön."

Mit einem kraftvollen Ruck zieht er mich fester an sich, schiebt seine Hände unter meinen Rücken bis hinab zu meinem Hinterteil und vergräbt seine Finger in meinem Po.

Wie kann es sein, dass ich mich in den Armen dieses gefährlichen Killers so geborgen und sicher fühle? Noch bevor ich mir diese Frage beantworten kann, küsst er mich so leidenschaftlich, dass meinem Verstand die Lichter ausgehen und meine Synapsen Funken sprühen.

Sehnsüchtig wimmernd lasse ich ihn spüren, wie dringend ich ihn in mir haben will.

Viel schneller als mir lieb ist löst er seinen Mund von dem meinen und kniet sich zwischen meine gespreizten Schenkel.

Das Blau seiner Augen wird eine Nuance dunkler, seine Mimik wirkt angespannt.

Thunders Hände umfassen meine Knie und ziehen sie noch etwas weiter auseinander.

„Das Paradies auf Erden. Oh Baby, deine rosa Pussy macht mich süchtig."

Das dunkle Timbre seiner Stimme hallt in meinem Unterleib wie ein Echo nach.

Von Lust und Moonshiner berauscht, streiche ich mit meinen Fingern über seine zuckenden Bizepse. Alles an diesem Reaper ist hart, muskulös und unnachgiebig.

Langsam steht er wieder auf, ohne mich aus den Augen zu lassen. Sein harter Penis reckt sich mir in seiner beeindruckenden Länge entgegen. Die Muskeln in seinen Oberschenkeln treten deutlich hervor, so als könnten sie es kaum erwarten endlich in einen harten, schnellen Rhythmus zu verfallen.

Nachdem er sich an mir sattgesehen hat, beugt er sich zu mir herab und presst mich mit seinem Gewicht tief in die Couch. Instinktiv schlinge ich ihm meine Beine um die Mitte und ziehe ihn so noch etwas näher zu mir heran. Für die Dauer eines Herzschlags sehen wir uns an, ehe er wie ein ausgehungertes Raubtier über mich herfällt.

Unsere Zähne schlagen aufeinander, seine raue Zunge windet sich um die meine.

Ich will mehr und immer mehr von diesem Biker.

Thunders lange Finger legen sich besitzergreifend um meine Taille, graben sich in meine Haut und heben mich leicht an, so dass mein Unterleib an den seinen gepresst wird.

Weich auf hart – füreinander geschaffen ...

Fieberhaft lasse ich meine Hände über seinen Rücken gleiten, mein Atem kommt laut und stoßweise.

Lange halte ich das nicht mehr aus. Wenn er mich nicht bald bumst, schreie ich vor Ungeduld laut auf. Mein Kitzler ist geschwollen, meine Brustwarzen sind hart und empfindlich und sehnen sich nach seinen Berührungen.

Viel zu schnell beendet er unseren Kuss, beißt sich an meinem Hals fest und leckt sich seinen Weg hinab zu meinen empfindlichen Brustspitzen. Seine Nasenflügel blähen sich, ehe seine Zunge über meinen Nippel schnellt.

„Köstlich. Ab heute werde ich dich Zuckertittchen nennen."

Lachend werfe ich den Kopf in den Nacken und biege den Rücken durch, so dass ich ihm noch näher bin.

„Oh nein, das wirst du nicht."

„Ach nein? Wer soll mich davon abhalten?"

In der einen Sekunde habe ich noch eine passende Antwort parat, in der nächsten beißt er sachte zu, so dass ich nichts weiter als ein Keuchen zusammenbringe.

Leckend verwöhnt er meine Brustwarzen, saugt sie wieder und wieder abwechselnd in seinen Mund und lässt mich seine scharfen Zähne spüren. Thunder beißt zu, ich schreie laut auf. Der bittersüße Lustschmerz zuckt wie ein Blitz durch meinen Körper.

Mit seinen Fingern streicht er durch meinen zuckenden Spalt, reibt über meine Perle, ehe er mit seinem Mittelfinger tief in mich eindringt. *Ohhhhaaaa ...*

Stöhnend packe ich ihn mit meiner linken Hand an den Haaren.

Meine rechte hingegen schicke ich auf Erkundungsreise.

Zärtlich streiche ich über die seidige Haut an der Spitze seiner Eichel, umfasse seinen harten Schaft und streiche mit meiner Hand über seine Erektion.

Thunder ist verdammt gut ausgestattet, und das Beste daran, er weiß jeden harten Zentimeter perfekt einzusetzen.

Er grunzt laut, fängt geschickt meine Hände ein und presst sie über meinem Kopf auf die Armlehne.

„Mach langsam, Zuckertittchen, oder ich verliere die Kontrolle."

Erneut verwöhnt er meine Brustwarzen. Abwechselnd saugt er sie tief in seinen heißen Mund. Er entzieht mir seinen Mittelfinger und reibt mit seinem Handballen kreisend über meine Klit, nur um einen Herzschlag später mit zwei seiner Finger tief in mich zu stoßen.

Japsend schnappe ich nach Luft, mein Inneres zurrt sich krampfartig zusammen. Stöhnend fordere ich mehr, indem ich mich schamlos seiner Hand entgegenpresse.

„Bitte, ich brauche mehr ... gib mir mehr, gib mir alles ..."

Ein dünner Schweißfilm bildet sich in meinem Nacken, so langsam bin ich nicht mehr Herr meiner Sinne.

Am ganzen Leib zitternd versuche ich, meine Hände aus seinem bestimmenden Griff zu befreien – es gelingt mir nicht.

„Versuch es gar nicht erst, Süße. Du hast keine Chance gegen mich. Ich könnte jetzt alles Mögliche mit dir anstellen und du wärst mir hilflos ausgeliefert. Das gefällt mir – sehr sogar."

An dem schelmischen Grinsen, zu dem sich seine Lippen verziehen, erkenne ich, dass ihm diese Tatsache mehr als nur gefällt.

Nervös kaue ich auf meiner Unterlippe herum.

„Und wirst du meine Hilflosigkeit ausnutzen?"

Seine Augen blitzen auf.

Thunder beugt sich zu mir herab, jetzt sind wir uns so nah, dass sein warmer Atem über meinen Hals streicht und mich erschaudern lässt.

„Und wie ich das werde. Immerhin habe ich einen Ruf zu verlieren. Schon vergessen, ich bin ein gewissenloser Reaper. Als Erstes werde ich dich so laut zum Schreien bringen, dass der ganze Club weiß, dass wir zusammen sind. Und dann werde ich dich so oft rannehmen, bis ich vor Erschöpfung ins Koma falle. Und wenn du dann wund und empfindlich bist, drehe ich dich um und ficke dich in den Arsch."

Das nenne ich mal eine Ansage. Aber ich werde mich nicht beschweren, immerhin hat er mich längst davor gewarnt, dass er kein Romantiker ist.

Quälend langsam streicht er mit seinen Fingern durch meine Muschi, übt etwas mehr Druck aus und treibt mich immer weiter Richtung Erlösung.

„Und was ist, wenn ich ganz genau das will?"

Meine Stimme ist nicht mehr als ein Flüstern.

„Dann beweist das nur, wie verdammt perfekt du zu mir passt."

Seinen Mund auf den meinen pinnend, gibt er meine Hände wieder frei und schiebt mir seine Zunge in den Hals.

Auf der verzweifelten Suche nach noch mehr Nähe, presse ich meine Lippen mit aller Kraft auf die seinen. Seine geschickte Zunge streift ein letztes Mal über die meine, ehe er den Kuss viel zu schnell beendet.

Sein Blick verweilt auf meinen Brüsten, seine Wangenmuskulatur zuckt unheilvoll.

Es ist leicht zu erkennen, dass sich mein Reaper nicht mehr lange kontrollieren kann.

„Ich will dich endlich in mir spüren. Nimm mich jetzt!"

Aus seiner Kehle löst sich ein dunkles Grollen – Thunder.

Die Muskeln in seinen Armen zeichnen sich deutlich unter seiner braunen Haut ab.

„Wehe, du rührst dich von der Stelle."

„W … was? Wohin willst du?"

„Ich mache eine verfickte Weltreise, was denkst du denn?"

Scheiße, wovon redet er denn jetzt?

„Hä? Urlaub? Jetzt? Wohin?"

Mein Hirn ist so mit Endorphinen überschwemmt, dass ich erst kapiere, dass er mich verarscht, als er mir frech zuzwinkert.

Er steigt von mir runter, eilt mit zwei großen Schritten in sein Schlafzimmer und kommt wenig später mit einer Packung Kondome zurück. Geschickt zerreißt er die silberne Aluverpackung und rollt sich den roten Gummi über sein dickes, leicht nach oben gebogenes Glied.

Halleluja! Was für ein Anblick ...

Anstatt sich sofort wieder auf mich zu legen, bleibt er mit geballten Fäusten stehen und sieht mich aus schwarz wirkenden Augen an.

„Fuck, Zuckertittchen. Du bist mein verbotener Apfel. Scheiß auf das Paradies, Gott, den Teufel und die verfickte Schlange, niemand, absolut niemand kann mich davon abhalten, dich jetzt zu bumsen."

Von wegen er ist kein Romantiker ...

Zwei Sekunden später ist er wieder bei mir.

Das Sofa knarzt leise, die Polsterung gibt unter seinem Gewicht nach.

Sein harter Schwanz presst sich ungeduldig gegen die Innenseite meines Schenkels.

Endlich legt er sich auf mich, ragt groß und kraftvoll über mir auf und bringt sich vor mir in Position.

„Du gehörst mir Baby. Nur mir!"

Auf einmal wird mir bewusst, um wie vieles stärker er ist. Wenn er wollte, könnte er mich schwer verletzen. Seltsamerweise vertraue ich ihm voll und ganz. Tief in meinem Herzen spüre ich, dass Thunder seine körperliche Überlegenheit niemals gegen, sondern immer nur für mich einsetzen würde.

Seine Finger finden meine Brustwarzen und zwirbeln sie sanft.

Erregt und pulsierend zieht sich meine Mitte krampfend zusammen. Ich bin kurz davor, vor Lust ohnmächtig zu werden.

Seine Hüften rhythmisch vor und zurück wiegend, lässt er sein Glied immer wieder durch meine feuchten Falten gleiten.

Thunder legt seinen Daumen auf meinen Kitzler, reibt ihn, stimuliert ihn und schickt mich alleine damit beinahe über die Klippe des Erträglichen.

Einen Schrei ausstoßend presse ich mich seinem Finger entgegen und verliere mich in dem berauschenden Gefühl, das er in mir auslöst. Thunder verführt mich nicht nur einfach, sondern er genießt es, mit meiner Lust zu spielen.

Erkundend streicht er mit seinen Fingerspitzen über meine Öffnung, fährt die Konturen meiner Schamlippen nach, ehe er seinen Daumen in mich schiebt.

Verzweifelt versuche ich die Emotionen, die wie Seifenblasen in meinem Inneren aufploppen, zu unterdrücken, es klappt nicht. Dieser Reaper hat all meine Selbstschutzmechanismen mühelos durchstoßen.

Ich kann einfach nicht verhindern, dass mir dieser Biker unter die Haut geht.

Geschickt winkelt er seinen Finger in mir an, touchiert meinen G-Punkt und entlockt mir so einen lauten, gequälten Schrei.

Meine Zehenspitzen krümmen sich und mein Unterleib fängt Feuer. Es braucht nur noch eine Berührung - einen Kuss und ich verliere mich in dem intensivsten Orgasmus meines Lebens. Stöhnend lasse ich meine Beine noch etwas weiter auseinander fallen und flehe ihn heiser um mehr an.

Thunder erhört mein Flüstern. Groß und kraftvoll legt er sich auf mich, bedeckt mich mit seinem Oberkörper. Seine Zähne vergraben sich in meinem Hals. Er saugt meine Haut in seinen Mund, verpasst mir einen Knutschfleck und lässt so das Mal von Max verschwinden. Leise keuchend winde ich mich unter ihm, reibe mich an seiner Härte. Der intensive Druck, der sich in mir ausbreitet und immer weiter aufbaut, raubt mir den Atem.

Hilflos kralle ich mich an seinen Schultern fest, während er mich mit seinen Fingern vögelt.

Zuckend, stöhnend, schwitzend, schreiend und bebend verliere ich mich in einem allumfassenden Orgasmus.

Oh yessss ...

Mein lustvoller Schrei vermischt sich mit Thunders rauem Knurren.

Noch während ich mich meiner Lust hingebe, spüre ich, wie er mit einem kraftvollen Stoß in mich eindringt. Seine dicke Eichel dehnt mein Inneres und nimmt mich gnadenlos in Besitz.

Mit jedem Zentimeter, den er tiefer in mich gleitet, wird der Dehnungsschmerz intensiver. Sein Glied ist fast zu groß und zu dick für mich. Und genau wie bei unserem ersten Mal dauert es einen Moment, bis ich mich an seinen Umfang gewöhnt habe.

Leise schluchzend berge ich mein Gesicht an seinem Hals. Zärtlich streifen seine Lippen über meine Schläfe.

„Du wirst mich bis zum Anschlag in dir aufnehmen. Ich will so tief in dir sein, wie noch kein Mann zuvor."

Seine Oberschenkel spannen sich an, ehe er sich mit einem gnadenlosen Stoß bis zum Anschlag in mich rammt. Sofort zucke ich zusammen, meine Atmung stockt.

Lust und Pein vermischen sich zu einem explosiven Cocktail der Leidenschaft.

„Schhh, Lila. Alles ist gut ..."

Thunder hält für einen Moment still, lässt mir etwas Zeit, um mich an ihn zu gewöhnen.

Keuchend bewege ich mich ein bisschen, wodurch er noch etwas tiefer in mich rutscht.

Mir auf die Lippe beißend versuche ich, locker zu lassen und mich zu entspannen. Der Schmerz verändert sich, er geht zwar nicht weg, ich kann ihn jedoch leichter ertragen. Das unangenehme Stechen verwandelt sich in ein bittersüßes Ziehen.

Das göttliche Gefühl der Dehnung und die sengende Hitze, die er ausstrahlt, sind das Geilste, was ich je erlebt habe. Dieser Sex ist noch besser als der in seinem Steinhaus.

Er und ich, wir verschmelzen regelrecht miteinander, verbinden uns – werden eins.

„Sieh mich an, Zuckertitte. Ich will dich dabei beobachten, wenn du kommst."

Erst als sich unsere Blicke begegnen, beginnt er, sich wieder in mir zu bewegen. Thunders erst sanfte Stöße werden schnell immer tiefer und härter. Sein Schwanz dringt so unglaublich tief in mich ein, dass ich nicht mehr spüren kann, wo ich ende und wo er anfängt.

Mein Reaper gibt ein raues Stöhnen von sich, er verändert den Winkel, mit dem er in mich eindringt, packt sich meine Füße und legt sie sich auf die Schultern.

Oh wow ... In dieser Position fühlt es sich noch viel intensiver an.

Dank seines perfekten Rhythmus dauert es nicht lange, bis ich erneut mit einem lauten Schrei komme. Am ganzen Körper zitternd spüre ich, wie sich mein Unterleib zuckend und krampfend um sein Glied zusammenzieht.

Mit abgehackten Atemzügen und immer kräftigeren Stößen jagt er seine eigene Erlösung. Das Pulsieren seiner Eichel hallt in meinem Inneren wie ein Donnerknall nach, die unendliche Kraft seines Körpers fühlt sich an wie ein Tornado.

Es dauert nur wenige Stöße, ehe er ein wildes Knurren ausstößt und seinen Samen in die dünne Latexhülle, die uns trennt, spritzt.

Mein Biker versteift sich, er verharrt noch kurz in dieser Position, ehe er langsam seine Augen öffnet und ungläubig auf mich herabsieht.

„Das war der Wahnsinn, Baby."

Oh ja, das kann er laut sagen.

Mit Bedacht zieht er sich aus mir heraus, ich bin wund und zucke leicht zusammen.

Wie in Trance beobachte ich ihn dabei, wie er das Kondom von seinem noch immer erigierten Glied zieht, es zuknotet und neben der Couch auf den Boden fallen lässt.

Genau einen Atemzug später packt er mich, dreh sich mit mir in den Armen auf den Rücken und platziert mich so auf seinem breiten Brustkorb, dass ich seinem Herzschlag lauschen kann. In einer besitzergreifenden Geste schlingt er mir seine Arme um die Mitte und streicht mit seinen Händen durch meine vom Schweiß feuchten Haare.

Nach und nach dringen die Geräusche, die uns umgeben, wieder zu mir durch. Das schrille Lachen einer Frau, ein lautes *Fuck* und der Knall eines Schusses.

Erschrocken zucke ich zusammen, doch Thunder gibt mir einen beruhigenden Kuss auf die Stirn und gibt mir so zu verstehen, dass alles in Ordnung ist.

Unendlich viele Fragen liegen auf meiner Zunge und warten darauf ausgesprochen zu werden, doch im Augenblick sind Worte überflüssig. Also schweige ich und streiche ganz entspannt mit meinen Fingerspitzen über die Hügel und Täler seines perfekt definierten Waschbrettbauches.

Das Leben kann so perfekt sein ....

Dieser Mann stellt meine ganze Welt auf den Kopf, und verrückterweise stört es mich nicht im Geringsten.

Eine angenehme, postkoitale Mattigkeit breitet sich in mir aus, meine Glieder werden unsagbar schwer und zwischen meinen Schenkeln brennt es leicht.

Mit einem breiten Grinsen auf den Lippen hebe ich meinen Kopf und sehe in die eisblauen Augen meines Reapers.

Er wirkt völlig entspannt und in seinem Blick liegt eine Art Frieden, den ich noch nie zuvor an ihm gesehen habe.

Zärtlich streicht er mit seinem Handrücken über meine Wange.

Süchtig nach seinen Küssen stemme ich mich hoch und verführe ihn zu einem zärtlichen Zungenspiel.

Ich versuche, mich daran zu erinnern, dass ich mich auf gar keinen Fall in diesen Mann verlieben darf und vertiefe unserem Kuss. Mit seiner großen Hand umfasst er meinen Po und presst meinen Unterleib fester gegen sich.

Seufzend überlasse ich mich seiner Führung, vergrabe meine Finger in seinen Haaren und merke, wie er meinen Herzschlag aus dem Takt bringt.

Zu meinem Leidwesen zieht er sich viel zu schnell zurück, packt mich an der Hüfte und positioniert mich um, so dass ich nun rittlings auf ihm sitze und spüre, wie sein Glied erneut hart wird. Dieser Rocker ist eine verdammte Maschine.

„Schon wieder?“

„Immer! Es wird Zeit für Runde zwei, Baby.“

Thunder übernimmt die Führung und für die nächsten Stunden gehöre ich ganz und gar ihm.

16. Kapitel

Thunder

Es ist spät, langsam wird es dunkel und mir geht die ewige Warterei auf den Sack.

Seit Max mir verraten hat, wo sich meine *Golden Guns* befinden, kann ich an nichts anderes mehr denken als daran, sie mir endlich zurückzuholen. Aber Fuck: Seit seine Leiche gefunden wurde, wimmelt es auf der Feuerwache sowie in seinem Haus nur so von Bullen. Selbst Collins, das Schwein, das als Nächstes auf meiner Abschussliste steht, hat sich blicken lassen. Wahrscheinlich geht ihm der Arsch auf Grundeis. Wenn einer seiner Kollegen rein zufällig auf die Revolver stößt, wird das viele Fragen aufwerfen, immerhin müssten sie eigentlich sicher verwahrt in einem verstaubten Regal in der Asservatenkammer liegen. Zwei Stunden verharre ich jetzt schon hier in einer Seitengasse und warte darauf, dass die Cops endlich ihre Sachen zusammenpacken und abrücken. Diese Idioten können hier so lange sie wollen suchen, sie werden keinen Hinweis auf Max' Mörder finden. Ich habe dieses Haus noch nie betreten. Das Mobiltelefon in meiner Hosentasche vibriert, ich ziehe es heraus und werfe einen kurzen Blick aufs Display. Dagger ist dran. Gleich nachdem ich ihm gesagt habe, dass ich Violets Boss erschossen habe, hat er uns allen frische Prepaid-Handys, die nicht zurückverfolgt werden können, gegeben. In meinen Augen unnötig, aber mir soll es recht sein. Man kann nie weit genug auf der sicheren Seite sein. Nach unserem gestrigen Streit habe ich überhaupt keinen Bock, mit ihm zu reden. Aber da er nicht nur mein Freund, sondern zugleich auch der Präsident des MCs ist, stoße ich einen Fluch aus und gehe ran.

„Was gibt's, Präs?"

„Wo zur Hölle steckst du?"

Dass er regelrecht brüllt, verrät mir, dass er immer noch wütend ist.

„Ich observiere Max' Haus und warte darauf, dass die Bullen endlich abziehen, damit ich mir meine *Golden Guns* zurückholen kann."

Dagger sagt nichts. Für eine gefühlte Ewigkeit höre ich nur seine Atemzüge.

„Du stellst also deine Privatangelegenheiten erneut über die des Clubs, Thunder?"

Was zur Hölle soll das denn schon wieder heißen?

Nur weil ich mein Mädchen gestern zu ihrer eigenen Sicherheit in meine Wohnung gebracht habe, bedeutet das noch lange nicht, dass

Violet mir wichtiger ist als der MC. Dagger kann froh sein, dass er der verfickte Präsident ist. Jedem anderen hätte ich für so eine Unterstellung die Kehle aufgeschlitzt.

„Ich dachte, die Sache hätten wir gestern schon geklärt. Ich bin voll da. Stehe zu 100 % für den Club ein. Also, wenn du nichts Wichtiges zu sagen hast, lege ich jetzt auf."

Ein Schnauben ertönt.

„Ach und wenn du so für den Club da bist, wieso hast du dann die Church verpasst, Bro? Deine verfickten Waffen sind dir also wichtiger als eine Besprechung mit den First Nine? Ganz klasse, Thunder. Echt."

Fuck! Die Church habe ich voll vergessen.

„Ey sorry, Alter. Das war echt keine Absicht. Das ist mir irgendwie durchgerutscht."

„Wie soll ich dich, so wie du gerade drauf bist, nach Vancouver fahren lassen, Thunder? Diese Lilamuschi hat dir dein Gehirn vernebelt. Du kannst nicht klar denken, das ist gefährlich, Bruder. Denk dran, eine Kugel reicht aus, um dir für immer die Lichter auszublasen."

Frustriert fahre ich mir mit der linken Hand durch die Haare, das habe ich echt verkackt.

„Ich schwöre dir, Präs, ich bin voll konzentriert. Ich habe erst heute Nachmittag mit Ace telefoniert. Die Sache steht, wir brechen in 48 Stunden auf."

„Na, das ist doch mal eine Ansage. Verbock es nicht, Sergeant. Wir sind auf die Waffen angewiesen."

Als ob ich das nicht wüsste!

„Das ist mir durchaus bewusst. Aber da wäre noch was, Dagger. Ich will, dass der MC ein Auge auf Violet hat und auf sie aufpasst, während ich weg bin."

Im ersten Moment bin ich mir sicher, dass er Nein sagen wird, doch dann überrascht er mich.

„Diese Frau ist dir echt wichtig, was Bro?"

„So sieht es aus."

„Wirst du ihr dein Leder anziehen?"

„Um das zu sagen, ist es zu früh. Aber wir werden es miteinander versuchen. Sie ist mir wichtig, Dagger – sehr wichtig!"

Ich höre, wie er sich eine Kippe anzündet und den ersten Zug inhaliert.

„Okay. Wir werden auf Violet schauen. Aber diese Scheiße mit ihren Bullen-Brüdern macht mir Sorgen. Diese Wichser werden nicht glücklich darüber sein, dass ihr kleines Schwesterherz mit einem großen, bösen Reaper ins Bett steigt."

Das ist mir durchaus bewusst.

„Lass das mal meine Sorge sein, Präs. Ich kümmere mich darum."

Ich habe zwar keine Ahnung, wie ich das anstellen soll, aber mir wird schon irgendetwas einfallen.

„Das will ich dir auch geraten haben, Bro."

Einen Blick auf Max' Haus werfend, sehe ich, dass die Polizisten die Haustüre versiegeln und anschließend endlich abrücken – *Golden Guns,* ich komme.

„Ich muss los. Wir sehen uns gleich im Club."

Auf den roten Knopf drückend, stecke ich das Handy weg, warte, bis auch der letzte Cop in sein Auto gestiegen ist und steige von meinem Bike.

Es ist besser, wenn ich die Harley und meine Kutte hierlasse und mich dem Grundstück als normaler Bürger nähere, das ist mit Sicherheit unauffälliger.

Ich falte die Kutte sorgfältig zusammen, lege sie auf den Sozius und marschiere los.

Aufmerksam behalte ich die Umgebung im Auge, niemand ist in Sicht. Wegen der Fingerabdrücke ziehe ich dünne Einweg-Handschuhe an.

Nachdem ich das Siegel durchgeschnitten habe, knacke ich das Türschloss und betrete das Haus. Der Kellerabgang befindet sich direkt neben der Küche. Immer zwei Stufen auf einmal nehmend, eile ich nach unten und lasse meinen Blick über das Chaos gleiten.

Also entweder hat sich hier ein frustrierter Cop abreagiert oder aber Max hatte es nicht so mit der Ordnung. So effizient wie möglich suche ich alles nach einer alten Weinkiste ab. Ich kann nur hoffen, dass mich dieser Wichser in seinen letzten Minuten nicht belogen hat – es wäre ihm durchaus zuzutrauen.

Die Zeit vergeht, von der Kiste fehlt jede Spur.

Was ein Bullshit!

Dieser elendige Bastard kann verdammt froh sein, dass er bereits tot ist!

Wütend trete ich gegen einen Stapel Holzlatten, der an der Wand lehnt. Laut krachend fällt er um und wirbelt eine Staubwolke auf.

Gerade als ich mich abwenden und meine Suche auf der anderen Seite fortsetzen will, sticht mir dunkles Holz ins Auge. Na sieh mal einer an ...

Vor Aufregung schnellt mein Puls in die Höhe, meine Hände werden schwitzig.

So schnell wie möglich entferne ich den Deckel und da sind sie – meine Talismane in Form von zwei identischen, vergoldeten Revolvern.

Wahrscheinlich bin ich pervers, aber als ich mit meinen Händen über das polierte Metall streiche, bekomme ich sofort einen Ständer.

Ich bin kein besonders abergläubischer Mann. Weder fürchte ich mich vor schwarzen Katzen, noch vor zerbrochenen Spiegeln oder gar vor Freitag, dem Dreizehnten. Aber Scheiße! Ich bin mir zu 100 % sicher, dass mir diese *Golden Guns* Glück bringen. Seit sie mir vor einem Jahr gestohlen wurden, ist so viel schief gelaufen, das kann sich keiner vorstellen.

Aber ab jetzt wird alles besser, das habe ich im Blut.

Erleichtert nehme ich sie aus der Weinkiste, stecke sie mir hinten in den Hosenbund und verlasse zuerst denn Keller und anschließend Max' Grundstück.

Zwischen Violet und mir läuft alles rund, ich habe endlich meine Revolver zurück und Max ist tot. Jetzt muss ich nur noch zusammen mit den Dead Riders die Scheiße mit den Russen und den Bohnenfressern klären, Collins das Genick brechen und Violets Familie davon überzeugen, dass sie sich kein Monster bin und schon läuft mein Leben wieder rund. Was ein Glück, dass ich mich von Herausforderungen nicht abschrecken lasse.

Noch bevor ich bei meiner Harley angekommen bin, beginnt erneut mein Handy zu vibrieren - wieder ist es Dagger. Ohne Zeit für eine Begrüßung zu verschwenden, komme ich direkt zur Sache.

„Sorry, Alter, es hat etwas länger gedauert. Aber ich bin schon auf dem Weg zum Clubgelände."

„Fahr sofort zum St. Mary's Hospital."

Die Stimme meines besten Freunds klingt besorgt, fast schon panisch und zugleich voller Erwartung.

„Warum, was ist passiert, Bro?

„Frag nicht lange, sondern gib Gas. Du wirst jeden Augenblick zum zweiten Mal Onkel."

Ein dreifaches Halleluja!

„Ich bin schon auf dem Weg, Präs. Sag Marlen ... sag ihr ... ach, *Scheiße*, küss sie einfach von mir."

Sein Lachen dröhnt mir in den Ohren.

„Vergiss es. Jetzt wo du ein eigenes Mädchen hast, halt dich an sie.“ Nach diesen Worten ist die Leitung tot.

Fast schon rennend stürme ich zu meinem Bike, ziehe mir die Kutte an, stecke mir einen pinken Hubba Bubba in den Mund und fahre los.

Das St. Mary's befindet sich auf der anderen Seite der Stadt - unter diesen Umständen fühlt es sich an wie am Ende der Welt.

Ohne auf die Geschwindigkeitsbegrenzungen zu achten, rase ich durch die Straßen, am Polizeirevier vorbei bis hin zur Klinik, in der Marlen gerade dabei ist, Dagger zum zweiten Mal zum Vater zu machen.

Ich weiß, wie besonders diese Geburt für die beiden ist. Ihre erste Schwangerschaft hat Marlen Dagger verheimlicht, er hat erst durch Zufall herausgefunden, dass er ein Kind hat, als Mike bereits fünf Jahre alt war. Dieses Mal hingegen hat mein Freund alles live miterlebt. Die Stimmungsschwankungen sowie alles andere, was mit der Hormonumstellung zu tun hat. Die letzten Tage war unser sonst so cooler Präsident ein absolutes Nervenbündel, was sehr ungewohnt ist. Dagger ist kein Mann, der so schnell aus der Ruhe zu bringen ist.

Bei seiner Old Lady ist das anders, sie würde er am liebsten in Watte packen und anschließend in einen Stahltresor sperren, um sie in Sicherheit zu wissen.

Bis ich Violet begegnet bin, konnte ich seinen extrem ausgeprägten Beschützerinstinkt nicht nachvollziehen, jetzt hingegen ...

Auch wenn man das zwischen mir und Lila nicht mit der Beziehung von Dagger und Marlen vergleichen kann – schließlich ist Marlen ein geborenes Reaper Girl - kann ich mittlerweile verstehen, warum Dagger sich so verhält.

Schon damals, als Violet in mich reingefahren ist und wir uns noch überhaupt nicht gekannt haben, wollte ich diese kleine Feuerwehrfrau mit den violetten Lippen und den bunten Haaren schon verteidigen. Als ich ihr blaues Auge und ihre aufgeplatzte Lippe gesehen habe, wollte ich sofort denjenigen, der ihr das angetan hat, umbringen.

Woher dieser Drang kommt, sie vor allem Übel dieser Welt abzuschirmen, weiß ich selber nicht. Ich weiß nur, dass er von der ersten Sekunde an da war und seitdem immer stärker geworden ist.

Den Parkplatz des St. Mary's ignorierend fahre ich bis zum Haupteingang vor und stelle meine Harley direkt neben die Eingangstüre.

Da das Zeichen des MCs, ein Totenkopf, unübersehbar auf dem Tank prangt, bezweifle ich, dass jemand so lebensmüde ist und sie anrühren oder gar abschleppen wird.

Ich eile zur Rezeption, frage nach der Entbindungsstation, und suche den Lift, der mich in die zweite Etage bringen soll.

Anders als erwartet, muss ich nicht lange nach meinem Freund und seiner Frau suchen. Gerade als ich den Aufzug verlasse, kommt ein ziemlich derangiert aussehender Dagger aus einer der klinisch weißen Türen.

Besorgnis breitet sich in mir aus, sofort krampft sich mein Magen zusammen.

„Hey Bro. Was ist los? Wie geht es unserem Mädchen? Stimmt etwas nicht?“

Er zieht mich in eine kurze brüderliche Umarmung und klopft mir auf den Rücken. So angespannt das Verhältnis zwischen uns beiden auch gerade sein mag, für die nächsten Stunden sind unsere Meinungsverschiedenheiten unbedeutend.

„Meiner Lady und unserem noch immer ungeborenen Baby geht es bestens. Ich musste nur kurz raus aus dem Zimmer. Es sind gerade jede Menge Leute“, er deutet mit der Hand zwischen seine Beine, „bei Marlen da unten beschäftigt. Und ich hatte Angst, dass ich jemanden umbringe, wenn ich auch nur eine Sekunde länger dabei zusehen muss, wie dieser Arzt an meiner Frau rumfummelt.“

Lachend boxe ich ihm gegen die Schulter.

„Das kann ich mir vorstellen. Scheiße! Mir tut der gute Doc fast leid. Der hat wahrscheinlich die ganze Zeit über Todesangst. Immerhin muss er ständig damit rechnen, dass ihm der eifersüchtige, etwas überbeschützende Reaper-Präsident kurzerhand das Genick bricht.“
Seine bis eben noch finstere Miene hellt sich etwas auf.

Für einen Moment stehen wir einfach nur schweigend da und sehen der Krankenschwester nach, die gerade an uns vorbeigeht.

„Fuck, Thunder. Ich fühle mich so hilflos. In meinem ganzen Leben hatte ich noch nie so scheiß Angst wie jetzt.“

Das kann ich mir durchaus vorstellen.

„Bleib cool, Präs. Es kommen jeden Tag tausende von Babys zur Welt. Marlen ist taff. Und dein Baby ist nicht einfach nur irgendein Mädchen, sondern ein geborenes Bikergirl. Die zwei sind stark. Sie werden das super hinkriegen. Jetzt reiß dich zusammen und geh zurück zu deiner Lady, sie braucht dich jetzt an ihrer Seite.“

Dagger atmet geräuschvoll ein und nickt entschlossen.

„Du hast recht, Mann. Bleibst du hier? Wartest du?“

„Was für eine beschissene Frage. Ich will einer der Ersten sein, den meine kleine Nichte zu Gesicht bekommt.“

Wir tauschen einen kurzen Blick, dann öffnet er die Türe und geht zurück zu Marlen. Ungeduldig setze ich mich auf einen der durchsichtigen, ziemlich instabil aussehenden Plastikstühle und hoffe, dass er mein Gewicht aushält.

Die Zeit verstreicht viel zu langsam. In unregelmäßigen Abständen höre ich ein gequältes Stöhnen oder einen schmerzerfüllten Schrei.

Wie muss es erst Dagger gehen, wenn ich hier draußen schon fast durchdrehe?

Mir einen weiteren Erdbeer-Kaugummi in den Mund schiebend, starre ich Löcher in die Wand mir gegenüber.

„Hey Sergeant. Na wie schaut's aus an der Baby-Front?"

Flame, Rock und Boomer kommen den langen Gang entlang auf mich zu.

„Gut, denke ich. Aber es zieht sich ganz schön in die Länge. Keine Ahnung, wie lange es dauert, ein Baby rauszupressen."

Flame grinst höhnisch.

„Das kann ich dir sagen. Länger als das Zeugen."

Idiot! Bis auf Boomer, der lieber stehen bleibt, setzen sich die anderen ebenfalls.

„Wie lange bist du schon hier?"

Rocks Frage lässt mich einen Blick auf die Uhr werfen.

„Shit! Schon über drei Stunden."

Boomer sieht sich nervös um. Er hasst Krankenhäuser, was ich verstehen kann.

„Passt Cherry auf Mike auf, Boomer?"

„Nein, meine Lady ist in Connecticut bei ihrer Verwandtschaft. Dein buntes Mädchen passt auf ihn auf. Sie kann gut mit Kindern, das muss ich ihr lassen. Der kleine Räuber hat sie sofort in sein Herz geschlossen. Kennst ihn ja ..."

Perplex sehe ich ihn an.

„Du meinst Violet?"

„Ja, wen sonst? Gibt ja nicht so viele Weiber, die aussehen, als wären sie in einen verdammten Farbeimer gefallen."

Das kommt überraschend.

„Was hatte sie im Club zu suchen?"

Boomer gibt ein Grunzen von sich und zieht die Augenbrauen in die Höhe.

„Woher soll ich das wissen, Alter. Sie ist dein Mädchen und nicht meins."

Fuck, damit hat er recht.

Es wird eine echt heftige Umstellung, Violet in mein Leben zu integrieren. Bis jetzt war ich immer alleine, der Club hat meine ganze Zeit in Anspruch genommen. Jetzt gibt es da noch jemanden, für den ich verantwortlich bin. Daran muss ich mich erst noch gewöhnen.

„Wo sind die beiden?"

Flame mischt sich in das Gespräch ein.

„Ich habe Baby befohlen, die beiden zu Daggers Haus zu fahren. Ich dachte, es ist besser, wenn sich Violet und Sarah nicht öfter als nötig über den Weg laufen. Die Kacke vorhin war echt krass. Du solltest der Bitch klarmachen, dass Violet über ihr steht und dass sie nichts zu melden hat, sonst wird die Sache unschön enden."

Wie bitte, was?

„Wovon zur Hölle redest du?"

Boomer und Flame tauschen einen bedeutungsvollen Blick.

Das ist nicht gut. Eine böse Vorahnung breitet sich in mir aus.

„Wenn ihr mir nicht sofort sagt, was Sache ist, fahre ich los, um es selber herauszufinden, und dann müsst ihr Dagger erklären, warum ich die Geburt seiner Prinzessin verpasse."

Boomer räuspert sich. Die Tatsache, dass er meinen Blick meidet, macht mir Bauchschmerzen.

Schlussendlich ist es Flame, der anfängt zu reden.

„Kaum dass Violet auf dem Gelände geparkt hat, hat Sarah sie sich vorgeknöpft. Die Bitch hat deinem Mädchen damit gedroht, sie bei lebendigem Leib anzuzünden, sollte sie es wagen, noch mal bei den Reapers aufzutauchen oder sich dir zu nähern. Sie hat Violet in den Bauch geschlagen und ihr ein Büschel Haare ausgerissen.

Holy Fuck! So viel zu meiner These, dass jetzt, wo ich meine *Golden Guns* wiederhabe, alles wieder etwas geordneter laufen wird. Obwohl ich genau verstanden habe, was Flame gesagt hat, muss ich die folgende Frage stellen. Das alles ist einfach viel zu beschissen, um wahr zu sein.

„Noch mal fürs Protokoll. Sarah hat Violet angegriffen und verletzt?"

Mit einem Nicken gibt mir Flame zu verstehen, dass es tatsächlich so ist.

Eine unkontrollierbare Wut rollt wie eine unaufhaltsame Lawine durch mein Inneres, instinktiv balle ich die Hände zu Fäusten.

„Dafür wird sie bluten!"

Rock steht auf und legt mir seine Hand auf den Arm.

„Atme tief durch und reg dich ab, Bro. Sarah ist eine verzweifelte Frau, die immer gehofft hat, dass du ihr dein Leder anziehen wirst. Dass du dich für Violet interessierst, ist für sie ein echter Schock."

So what?
„Du nimmst sie allen Ernstes in Schutz?“
„Nein Alter, das tue ich nicht. Ich will nur, dass du nicht überreagierst.“
„Sarah kennt mich. Sie weiß, wie ich ticke und dennoch hat sie mein Mädchen bedroht und verletzt. Da gibt es kein Überreagieren!“
Ich schüttle seine Hand ab und beginne unruhig auf und ab zu laufen.
Am liebsten würde ich sofort zu Violet fahren, um zu sehen, wie es ihr geht. Aber das geht jetzt nicht. Dagger und Marlen haben im Augenblick Vorrang.
„Bleib ruhig, Thunder. Dein lilahaariges Kätzchen hat scharfe Krallen, sie weiß sich durchaus zu verteidigen.“
Das wird ja immer unglaublicher.
„Was soll das denn jetzt schon wieder bedeuten? Scheiße! Was ist hier eigentlich los? Da ist man mal ein paar Stunden nicht im Club und schon läuft alles aus dem Ruder.“
Flame lacht freudlos auf.
„Selber schuld wenn du dir gleich zwei Bumshasen anlachst. Das war doch klar, dass das nicht gut geht. Frauen können, wenn sie eifersüchtig sind, verdammt angsteinflößend sein.“
Echt jetzt? Flame, einer der brutalsten Reapers des Motorcycle-Clubs, fürchtet sich vor Frauen?
„Hör auf, Bullshit zu reden, und sag mir endlich, was Violet getan hat.“
Rock, der einen anerkennenden Pfiff ausstößt, langt sich demonstrativ in den Schritt und knetet sich die Eier.
„Ich hätte ja nicht gedacht, dass es mal so weit kommen wird. Lila ist eigentlich echt nicht meine Farbe. Aber verdammt, deine Violet ist echt geil. Die Art, wie sie sich zur Wehr gesetzt hat, verdammt, war das sexy!“
Die drei treiben mich noch in den Wahnsinn!
Boomer, der endlich Mitleid mit mir hat, zwinkert mir lachend zu, ehe er endlich zu reden anfängt.
„Anstatt sich heulend auf den Boden zu werfen oder das Weite zu suchen, hat dein Mädchen irgend so einen chinesischen Kampfsporttrick angewendet und Sarah auf den Boden befördert. Die Bitch ist so hart aufgeschlagen, dass ich schon dachte, dass sie nie wieder aufsteht. Violet hat Sarah klargemacht, dass sie jetzt zu dir gehört und dass Sarah sich einen anderen Typen zum Ficken suchen und ihren Kram aus deiner Wohnung entfernen soll. Das war echt beeindruckend.“

Sich den Dreck unter den Fingernägeln rauskratzend, gibt Flame ein zustimmendes Grunzen von sich.

So stolz ich auch auf Violet bin - so besorgt bin ich auch. Sarah tickt anders als der Rest der Welt. Bis jetzt hat mich das nicht gestört, warum sollte es auch? Das Einzige, was für mich gezählt hat, war, dass ich sie in den Arsch ficken und ihr meinen Schwanz in die Kehle schieben durfte. Das hat sich jetzt durch Violet geändert.

Sarah ist durchaus zuzutrauen, dass sie einen Anschlag auf Violet verüben oder dass sie sich für die Niederlage, die sie heute offensichtlich einstecken musste, rächen wird.

Sobald ich Dagger und Marlen zu ihrem Baby gratuliert und mir meine Nichte angesehen habe, werde ich Sarah suchen und ihr klarmachen, was ihr droht, sollte sie sich meinem Mädchen nur ein einziges Mal noch nähern.

Marlens Schreie werden lauter, ehe sie plötzlich verstummen. Besorgt sehe ich zur Türe, Marlen bedeutet mir viel, und es kostet mich einiges an Beherrschung, dass ich nicht einfach reinstürme, um zu sehen, was da drinnen abgeht. Gerade als ich es kaum noch aushalte, ertönt ein heiseres Geschrei, das eher nach einer verletzten Katze, als nach einem Menschenbaby klingt ...

„Yeah, Brüder. So wie es aussieht, ist unser Präs gerade zum zweiten Mal Vater geworden."

Boomer stößt einen lauten Freudenschrei aus, was ihm prompt den indignierten Blick einer Krankenschwester einbringt. Sofort holt er sein Handy raus und tippt seiner Lady eine Nachricht mit der freudigen Botschaft.

Noch bevor er sie absenden kann, öffnet auch schon Dagger die Türe.

„Männer, darf ich euch meine Prinzessin vorstellen?"

Seine Tochter ist in ein rosafarbenes Handtuch eingewickelt und sieht aus wie ein Burrito. Sie ist noch leicht verknittert, aber definitiv das schönste Mädchen, das ich je gesehen habe. Ihre winzigen Finger hat sie zur Faust geballt, sich in den Mund gesteckt und saugt schmatzend daran.

„Gratulation, mein Freund, sie ist perfekt."

Ohne den Blick von seiner Tochter abzuwenden, stimmt er mir mit belegter Stimme zu.

Täusche ich mich etwa, oder hat der knallharte Rocker-Präsident Tränen in den Augen? Nachdem wir ihm alle zur Geburt gratuliert haben, taucht auch schon eine wütende Hebamme hinter ihm auf, die das Baby zurückfordert. Anscheinend war sie noch nicht ganz fertig mit den Dingen, die man mit frisch geborenen Säuglingen so macht, als Dagger sie sich geschnappt und uns gezeigt hat.

„Wie geht es Marlen? Alles in Ordnung?“

„Es geht ihr gut. Sie ist erschöpft, aber glücklich. Die Geburt war anstrengend für sie. Ich hoffe, dass sie jetzt etwas schläft.“

So wie ich Marlen kenne, kann er da lange hoffen.

„Richte ihr unsere Glückwünsche aus.“

„Das werde ich. Stellt euch mal vor, ich habe die Nabelschnur durchgeschnitten. Unglaublich oder? So eine Geburt ist echt ein Wunder.“

Mit dem breitesten Grinsen, das ich jemals in seinem Gesicht gesehen habe, verschwindet er wieder in dem Zimmer und macht die Türe hinter sich zu.

Zumindest läuft bei einem von uns gerade alles perfekt ...

„Okay, Leute. Ich muss dann mal los.“

Flame packt mich am Arm und hält mich zurück.

„Lass Sarah am Leben. Violet geht es gut. Vergiss das nicht!

„Misch dich nicht in meine Angelegenheiten ein, Bro. Und jetzt lass mich los.“

Ich werfe einen finsteren Blick auf seine Finger, die mich noch immer festhalten, und atme tief durch.

Endlich tut er, was ich von ihm verlange, und ich mache mich auf den Weg zum Aufzug.

Bevor ich ihn betrete, drehe ich mich noch mal zu Flame und den anderen um.

„Falls Dagger es dir noch nicht erzählt hat: Ich habe deinen Fehler von damals geradegebogen und mich um Max gekümmert. Die Sache ist ein für alle Mal erledigt! Dieses Arschloch wird uns nie wieder Probleme bereiten.“

Ohne auf seine Reaktion zu warten, betrete ich den Lift und warte ungeduldig darauf, dass er mich ins Erdgeschoss befördert. Verdammt, warum dauert es denn so lange?

Als Erstes werde ich mir Sarah packen, ehe ich zu Violet und Mike fahre und mit ihnen den Abend verbringe. So wie ich Dagger kenne, wird es spät werden, bis er Marlen und seine Prinzessin alleine lässt.

Erst als ich das Krankenhaus verlasse, wird mir klar, dass ich gar nicht nach dem Namen meiner süßen kleinen Nichte gefragt habe.

17. Kapitel

Sarah

Jeder Knochen, jeder verdammte Zentimeter meines Rückens, aber vor allem mein Nacken – alles schmerzt höllisch - einfach alles.

Dieses blöde Miststück ist zäher, als ich dachte. Anstatt sich vor Angst anzupissen, hat sie Courage bewiesen und sich gewehrt. Das hätte ich ihr gar nicht zugetraut. Unter anderen Umständen hätte ich sie für ihren Mut respektieren können, aber da Thunder sich ernsthaft für sie zu interessieren scheint, muss sie sterben. Das Wissen, dass sie die komplette letzte Nacht mit ihm verbracht hat, ätzt sich wie Salzsäure durch mein Herz.

Was hat sie, was ich nicht habe?

Sind es ihre lila Haare oder diese viel zu grell geschminkten Lippen? Oder vielleicht sogar ihr verdammter Charakter? Der wohl eher nicht...

Wenn ich eines über diesen Reaper weiß, dann, dass er auf pralle Ärsche steht, die er Nacht für Nacht ficken kann.

Wenn ich daran denke, wie viele Nächte ich getan habe, was er wollte - wie oft ich seine Bedürfnisse über die meinen gestellt und den Schmerz, den er mir zugefügt hat, ignoriert habe, könnte ich kotzen vor Enttäuschung.

Was habe ich falsch gemacht?

Wie kann Thunder sich nur von dieser blöden Kuh blenden lassen?

Fassungslos starre ich auf das Clubhaus der Reapers und frage mich, was ich jetzt tun soll.

Bleiben? Wohl eher nicht. Ich kenne Thunder besser als jeder andere, wenn ihm diese Tussi wirklich etwas bedeutet, dann wird er so richtig wütend auf mich sein, weil ich sie angegriffen habe. Was auch immer er sich dabei denkt, ich werde mich um diese Scheiße kümmern. Früher oder später wird er erkennen müssen, dass ich die einzig Richtige für ihn bin. Und er wird mir dankbar dafür sein, dass ich mich der anderen Frauen, die ihn von mir abgelenkt haben, angenommen habe.

Entschlossen, nicht kampflos aufzugeben, stehe ich auf, werfe einen letzten Blick auf das Büschel lilafarbene Haare, das vor mir im Dreck liegt und gehe zu meinem Wagen.

Auch wenn ich jetzt abhaue und es so aussehen mag, als hätte diese Feuerwehrfrau gewonnen, weiß ich es besser. Das hier ist nichts weiter als ein taktischer Rückzug – ich gebe Thunder nicht auf – niemals. Es mag sein, dass er gerade einen großen Fehler macht, aber ich bin großherzig genug, um ihm diesen zu verzeihen.

Für heute räume ich das Feld, gebe ihm genügend Zeit, um sich abzureagieren, und lecke meine Wunden, während ich einen Plan ausarbeite, um die Konkurrenz loszuwerden. Es kommt überhaupt nicht infrage, dass ich mir von einer lächerlichen Person, wie Violet es ist, meine Zukunftspläne versauen lasse.

Ich habe schon alles ganz genau geplant. Ich will zwei Kinder. Einen Jungen und ein Mädchen. Der Junge soll ein paar Jahre älter sein als seine Schwester, damit er gut auf sie aufpassen und sie beschützen kann. Thunder kann so gut mit Mike umgehen, er wird sicher mal ein toller Vater.

Natürlich wäre ein eigenes Haus auch schön, so eines wie der Präsident für seine Familie gekauft hat. Nichts Großes, aber in einer schönen Gegend, in der die Kinder sicher aufwachsen können. Mit einem Garten, einer Terrasse und vielen bunten Blumen.

Oh Gott ... es könnte alles so schön und perfekt sein. Warum kann Thunder nicht endlich verstehen, dass wir füreinander bestimmt sind?

Mit jedem Monat, den ich länger auf ihn warten muss, verlieren wir Zeit. Ich werde auch nicht jünger und es wird Zeit, dass ich endlich schwanger werde.

Moment ... Vielleicht ist das ja die Lösung. Vielleicht muss ich endlich dafür sorgen, dass er mich nicht immer nur anal, sondern auch mal normal vögelt. Wenn ich erst mal sein Kind im Bauch habe, muss er mir endlich sein Leder anziehen. Das verlangt mit Sicherheit sein Ehrgefühl von ihm, und dann habe ich ihn an der Angel und diese Violet und all die anderen Weiber, die mir meinen Mann wegnehmen wollen, müssen endlich einsehen, dass er mir gehört – mir allein. Trotz der Schmerzen trage ich ein Lächeln auf den Lippen, als ich das Gelände des MCs verlasse.

Morgen werde ich anfangen, eines der leer stehenden Häuser am Stadtrand zu präparieren. Es muss mir gelingen, ein Feuer zu legen, damit Violet in Ausübung ihrer Pflicht in das Gebäude rennt, um es zu löschen. Und sobald sie drinnen ist, will ich, dass etwas explodiert, so dass sie in tausend kleine Stücke gerissen wird und von ihrem hübschen Gesicht nichts mehr übrig bleibt.

Aber da ich mich mit Bränden und Bomben nicht besonders gut auskenne, liegt noch einiges an Arbeit vor mir.

Zufrieden mit meinen Plänen drehe ich das Radio lauter und summe den Song mit.

Alles wird seinen Weg gehen – da bin ich mir ganz sicher.

18. Kapitel

Violet

Konzentriert überlege ich mir, welche von den Kärtchen zusammengehören könnten. Genau wie die zwanzig Versuche vorher decke ich natürlich zwei völlig unterschiedliche Motorradbilder von Mikes Lieblings-Memory auf.

„Es ist hier. Du hättest die hier umdrehen müssen."

Vor Aufregung auf seinem Stuhl auf und ab hüpfend, streckt Mike seine kleine Hand aus und hat *zack* ein Pärchen mehr auf seinem Stapel.

„Ich habe einfach keine Chance gegen dich. Du bist der unangefochtene Memoryking."

Mein Lob zaubert ein breites Lächeln auf sein Gesicht. Daggers Sohn ist toll. Ein süßer kleiner Schatz, der redet wie ein Wasserfall und Temperament für drei Kinder hat.

„Du musst aber nicht traurig sein, Violet, weißt du, ich habe einfach schon etwas mehr Übung als du. Aber wenn du magst, kannst du mich ja jetzt, wo wir Freunde sind, öfters besuchen und dann wirst du auch ganz schnell besser."

An meinem Wasser nippend lehne ich mich in meinem Stuhl zurück und lasse den Blick über die Küche gleiten. Ich hätte nicht gedacht, dass der gefürchtete Reaper-Präsident so ein schönes, gemütliches Haus hat. Und ich hätte nie gedacht, dass es mal so weit kommt, dass sich hier sitze und für seinen Sohn den Babysitter spiele.

Langsam kommt es mir so vor, als wäre der Motorcycle-Club eine Riesenkrake mit acht unglaublich langen Tentakeln, die alles und jeden, der in ihre Nähe kommt, packt, festkrallt und vereinnahmt.

Mein Vorsatz, nichts mit dem Club zu tun haben zu wollen, ist grandios gescheitert. Nicht nur, dass ich bereit bin, mit Thunder eine ernsthafte Beziehung einzugehen, oh nein, ich habe auf dem Reaper-Gelände die Nacht verbracht und befinde mich jetzt in Daggers Haus.

Wenn mein Dad oder meine Brüder wüssten, wo ich mich gerade aufhalte, würden sie ausflippen – zum Glück wissen sie es nicht.

Nicht zum ersten Mal reibe ich mir über meinen noch immer schmerzenden Bauch.

Diese Verrückte namens Sarah, die mich auf dem Hof vor dem Clubhaus angegriffen hat, hat mir einen ordentlichen Schlag verpasst. Zuerst was ich so perplex, dass ich gar nicht wusste, was los war, aber dann habe ich ganz instinktiv reagiert.

Ich habe keine Ahnung, wie Thunder zu dieser Frau steht, aber sie ist ganz klar der Überzeugung, dass sie seine Lady ist. Natürlich habe ich sie sofort wiedererkannt. Sie ist diejenige, die neulich mit ihrem Auto an uns vorbeigefahren ist und Thunder so unfreundlich angemault hat. Jetzt stelle ich mir die Frage, was zwischen den beiden eigentlich abläuft. Ist das ihre Pillenpackung im Bad und stammt die getragene Unterwäsche, die in seinem Wohnzimmer liegt, von ihr?

Wenn er mit ihr Sex hatte, und dass er das hatte, da bin ich mir ziemlich sicher, dann erklärt das noch lange nicht, warum sie der Meinung ist, dass die beiden zusammen sind.

Mein Instinkt sagt mir, dass diese Frau einen an der Klatsche hat und dass sie dringend in psychiatrische Behandlung gehört. Thunder hat in der Vergangenheit sicherlich mit unzähligen Frauen gevögelt – so ticken Rocker nun mal. Oder?

Letzte Nacht haben wir uns über vieles unterhalten. Ich kann und will nicht glauben, dass er mich belogen und mir verheimlicht hat, dass er eigentlich mit einer anderen Frau zusammen ist. Nichtsdestotrotz hat mich dieser Zwischenfall extrem verunsichert.

Diese Sarah ist völlig ausgeflippt und hat mir gedroht, mich bei lebendigem Leib anzuzünden. An dem Ausdruck in ihren Augen habe ich erkannt, dass das nicht einfach nur leere Worte waren, sie hat das völlig ernst gemeint.

Ein unangenehmer Schauer rieselt mir über den Rücken, sorgt dafür, dass sich die Härchen auf meinen Armen aufstellen und dass mir plötzlich unangenehm kalt wird.

Was soll ich denn jetzt tun? Den Angriff einfach vergessen und hoffen, dass mir nichts passieren wird, oder Thunder aufgeben und so schnell es geht das Weite suchen?

Zu all den Problemen und Hindernissen, die einer gemeinsamen Zukunft im Weg stehen, kommt jetzt auch noch eine durchgeknallte Tussi dazu, die mit Morddrohungen um sich wirft.

Was für eine Scheiße!

Innerlich bin ich zwiegespalten. Bleiben oder gehen? Kämpfen oder flüchten? Ich weiß es einfach nicht ...

Eines dürfte dieser Sarah aber klar geworden sein. Ich bin kein schutzloses Püppchen und erst recht kein leichtes Opfer. Ich bin mit drei großen Brüdern aufgewachsen, ich weiß mich durchaus zu verteidigen!

Trotz all des Ärgers und der Probleme, muss ich mir seltsamerweise eingestehen, dass es sich gar nicht so schlecht anfühlt, ein Teil dieser Welt zu sein. Zwar habe ich bis jetzt nur mal meine Nase in diese mir völlig fremde Welt gehalten und ein bisschen daran geschnuppert, aber dieses ganze Rockerding übt eine eigenartige Faszination auf mich aus.

Sean würde sagen, dass das nur so ist, weil ich einen selbstzerstörerischen Charakterzug an mir habe, aber was weiß er schon?

Mike, der ein richtiges Bilderpaar nach dem anderen aufdeckt, stopft sich eine Handvoll Gummibären in den Mund und grinst mich zufrieden an.

Dieses Haus, dieses Leben, das Marlen führt und dieser kleiner Junge, der mich so schnell in sein reines Kinderherz geschlossen hat – das alles hat etwas an sich, das mich sehnsüchtig seufzen lässt.

Der Präsident und seine Old Lady sind der beste Beweis dafür, dass es durchaus möglich ist, mit einem Reaper eine Familie zu gründen und ein glückliches Leben zu führen.

Eine unbekannte Sehnsucht breitet sich in mir aus, lässt mein Herz aus dem Takt geraten. In meiner Fantasie stelle ich mir vor, wie es wohl wäre, mit Thunder in einem süßen kleinen Haus zu leben, Kinder zu bekommen und einfach nur glücklich zu sein.

Dieser Reaper, der mir einfach nicht mehr aus dem Kopf gehen will, ist ein Killer und ein Krimineller, aber eines weiß ich genau, er ist ein Mann, der nicht zögern und der keine Grenzen kennen würde, wenn es darum ginge, seine Familie zu beschützen. Mit einem Mann wie ihm wäre ich so sicher wie nur irgend möglich.

Oh Gott! Ich muss völlig verrückt sein. Alleine die Tatsache, dass es mich anturnt zu wissen, dass Thunder einfach alles für meine Sicherheit tun würde - es sogar schon getan hat - ist der beste Beweis dafür, dass ich langsam den Bezug zur Realität verliere.

Nachdem er die letzten zwei Kärtchen umgedreht hat, stößt Mike einen lauten Jubelschrei aus.

„Gewonnen! Ich habe schon wieder gewonnen. Das muss ich unbedingt Mummy und meiner Schwester erzählen.“

Die Art, wie er über das Baby redet und wie schnell er es in sein Leben integriert, lässt es mir ganz warm ums Herz werden.

Ich weiß aus eigener Erfahrung, dass zwischen Brüdern und Schwestern eine besondere, sehr enge Bindung besteht. Dieser süße Nachwuchsrocker wird mit Sicherheit mal ein toller großer Bruder sein, der genau wie sein Vater und sein Onkel Thunder alles tun wird, um auf sie Acht zu geben. Dieses kleine Mädchen, das Marlen erwartet, wird in eine eng eingeschworene Gemeinschaft hineingeboren, die fest zusammenhält.

Ja, all diese Leute bewegen sich auf der falschen Seite des Gesetzes, aber mir wird erst nach und nach klar, dass sie deshalb noch lange nicht schlechte Menschen sind. Sie haben sich nur für eine Art des Lebens entschieden, die gesellschaftlich nicht anerkannt und zum Teil auch gefürchtet wird.

Nach einem Blick auf die Uhr stelle ich erschrocken fest, dass es schon 19:00 Uhr ist. Aus dem Krankenhaus habe ich noch nichts gehört, also hoffe ich einfach, dass es Marlen und dem Säugling gut geht.

„Wie schaut`s aus Mike? Hast du Hunger? Soll ich dir was zum Essen machen?"

„Ja ein Erdnussbutter-Sandwich."

In Anbetracht der Tatsache, dass der heutige Abend eine Ausnahmesituation darstellt, bestehe ich nicht darauf, dass er etwas Anständiges ist, sondern suche die Küche nach allem ab, was ich brauche.

Genau in dem Augenblick, in dem Mike es sich mit seinem Sandwich vor dem Fernseher auf der Couch gemütlich macht, geht die Tür auf und Thunder steht plötzlich vor mir.

Unsere Blicke begegnen sich und ohne ein Wort der Begrüßung kommt er auf mich zu, zieht mich in seine starken Arme und presst seine Lippen auf die meinen. Mit einem sehnsüchtigen Seufzen öffne ich mich ihm und begrüße willig seine Zunge.

Sein Geschmack erfüllt meine Sinne, der unverkennbare Geruch von Leder, Mann und Hubba Bubba steigt mir in die Nase. Große Hände legen sich auf meinen Hintern, packen fest zu und heben mich vom Boden.

Sein zwischen zwei Küssen gemurmeltes „Fuck Baby, ich habe dich so was von vermisst!", erweckt einen Schwarm Schmetterlinge in meinem Bauch zum Leben.

Ungeduldig vergrabe ich meine Finger in seinen Haaren und küsse ihn, als würde mein Leben davon abhängen. Als er sich zu bewegen beginnt und mich mit großen Schritten durch die Küche trägt, schlinge ich ihm die Beine um die Taille und lasse zu, dass er mich mit dem Rücken gegen die harte Wand drückt.

„Spürst du das, Lila?"

Thunder reibt sein hartes Glied an meinem Bauch und stellt so unter Beweis, dass er mich am liebsten auf der Stelle bumsen würde.

„Was machst du nur mit mir? Völlig egal, was ich tue oder wo ich bin, ich muss immerzu an deine enge Pussy denken, und an die Geräusche, die du machst, wenn ich mich tief in dir versenke."

Kurz und hart spüre ich seinen Mund, ehe er sich viel zu schnell wieder von mir löst.
„Für dich habe ich mich mit Dagger angelegt und meinem Präsidenten widersprochen. Holy *Shit!* Für dich Baby, würde ich mich gegen den Rest der Welt stellen."
Ein bittersüßes Ziehen breitet sich in meinem Unterleib aus, seine Worte sorgen dafür, dass mein Slip feucht und meine Brustwarzen hart werden.
„Das zwischen uns ist der Wahnsinn, Thunder. Es kann nie funktionieren und dennoch will ich es unbedingt."
Seinen harten Schwanz an mir reibend, beißt er mir sachte in die Unterlippe.
„Es kann und muss funktionieren. Etwas anderes werde ich nicht zulassen, Baby."
Wieder verpasst er mir einen schnellen, harten Kuss. Ich bin völlig atemlos ...
„Es ist hoffnungslos, sieh es ein, Reaper."
„Nein, das ist es nicht. Alleine dass du hier bist, beweist, dass Dagger dich akzeptiert. Es ist eine große Ehre, dass er dir Mike anvertraut, glaube mir."
Wir küssen, beißen und krallen uns aneinander fest, so als wollten wir uns selbst beweisen wollen, dass nichts und niemand uns trennen kann. Tief in meinem Inneren spüre ich, dass es ein hoffnungsloser Versuch ist. Aber im Moment ist mir das egal.
Dieser Biker hat irgendetwas an sich, das mich wie magisch anzieht und das dafür sorgt, dass ich an Märchen, die wahre Liebe und Happy Ends glauben will.
Erst als wir beide atemlos sind, nimmt er seinen Mund von dem meinen und sieht aus dunklen Augen auf mich herab.
„Geht es dir gut, Kleines? Ich habe von der Scheiße mit Sarah gehört."
„Ja, es geht mir gut. Aber du musst mir sagen, was da zwischen euch beiden läuft, Thunder. Wenn du und sie ... na ja ... also wenn ihr zusammen seid, dann will ich mich da nicht dazwischendrängen oder so etwas."
Ein Knurren von sich gebend schüttelt er den Kopf.
„Vertrau mir, Violet. Da ist nichts. Sie wusste, dass ich nur ficken wollte. Alles war ganz unverbindlich. Diese verrückte Bitch ist zu weit gegangen, ich verspreche dir, dass ich mich darum kümmern werde."
Unverbindlich? Alles klar ...

„Das scheint Sarah aber ganz anders zu sehen. Sie hat mir damit gedroht, mich zu verbrennen. Das ist abartig und krank. Das ist dir doch klar, oder?“

Seine Nasenflügel blähen sich und ich bin Gott und der Welt dankbar, dass ich nicht in Sarahs Haut stecke. Thunder ist definitiv ein Mann, den man nicht gegen sich aufbringen sollte.

„Ja, das ist mir klar. Mach dir keinen Kopf, Lila. Die Sache ist so gut wie erledigt.“

Da ich mir von dieser Verrückten nicht den Abend versauen lassen will, lenke ich ihn schnell vom Thema ab.

„Wie läuft es im Krankenhaus? Ist das Baby da?“

Schlagartig verändert sich seine Mimik, wird weicher, ja regelrecht sanft.

„Dagger und Marlen haben eine kleine Prinzessin bekommen. Ein wunderhübsches Mädchen. Du musst sie morgen unbedingt besuchen gehen.“

Er klingt ehrfürchtig und fast schon ein wenig verliebt.

„Das werde ich.“

Schweigend sehen wir uns in die Augen. So unpassend es auch sein mag, aber vor meinem geistigen Auge sehe ich ihn mit unserem Baby im Arm vor mir stehen.

„Willst du mal Kinder? Eine Familie? Oder ist es dein Plan, ein einsamer Wolf zu bleiben?“

Ein Schmunzeln stiehlt sich auf seine Lippen.

„Fragst du mich gerade, ob ich dir ein Baby mache?“

Lachend schüttle ich den Kopf.

„Nein, ich will nur prüfen, ob unsere Zukunftspläne übereinstimmen.“

Plötzlich wird er ernst, sein Blick ist klar und aufrichtig und ich spüre, wie sich jeder Muskel in seinem beeindruckenden Körper anspannt.

„Du bist meine Zukunft. Und wenn du fünf Kinder willst, dann wirst du sie bekommen. Ich will, dass du glücklich bis, Baby. Alles andere ist mir egal.“

Oh wow …

Jetzt ist es um mich geschehen – ich bin bis über beide Ohren in diesen Rocker verliebt.

„So viel zu deiner Behauptung, dass du nichts von Romantik verstehst.“

Thunder wirft seinen Kopf in den Nacken und gibt ein raues Lachen von sich.

„Du und ich, wir haben alle Zeit der Welt, wir werden es schaffen und uns ein gemeinsames Leben aufbauen. Das schwöre ich dir, Zuckertittchen."

Gespielt entrüstet boxe ich ihm gegen die Schulter.

„Nenn mich nicht so, Thunder."

„Ach, und warum sollte ich das nicht? Es ist nur die Wahrheit. An deinen Nippelchen zu lutschen, ist wie Hubba Bubba zu kauen."

Dieses Mal bin ich diejenige, die zu lachen beginnt. Dieser Rocker ist einfach unmöglich.

„Onkel, bist du das?"

Mike, der realisiert hat, dass Thunder da ist, kommt mit erdnussbutterverschmiertem Gesicht zu uns in die Küche. Als er sieht, dass ich in den Armen seines Onkels liege, grinst er frech.

„Du hast Violet auch lieb, so wie ich. Stimmts?"

Mein Reaper wirft mir einen eindringlichen Blick zu, ehe er wieder zurück zu Mike sieht.

„Und wie das stimmt, Kleiner."

Langsam lässt er mich an sich hinunterrutschen, so dass ich wieder auf meinen eigenen Beinen stehe. Mit wild pochendem Herzen und trunken vor Glück lasse ich zu, dass er meine Hand ergreift, mit dem freien Arm Mike hochhebt und uns beide ins Wohnzimmer bringt.

Dieser Reaper ist ein ganz besonderes Exemplar der Gattung Mann. Ich kann verstehen, dass Sarah mit allen Mitteln um ihn kämpft. Sie kann einem fast schon leidtun, denn sie hat keine Chance gegen mich. Thunder gehört mir – Ende der Geschichte.

19. Kapitel

Thunder

Noch immer liegt Violets süßes Aroma auf meinen Lippen. Ich habe sie geleckt, gefingert und anschließend so lange gefickt, bis ich dachte, dass ich vor Erschöpfung tot umfalle.

Es ist noch keine halbe Stunde her, dass ich sie schlafend in meiner Wohnung zurückgelassen habe. Seit der Geburt von Daggers Tochter Chloe sind fünf Tage vergangen. Allerdings bin ich erst vorgestern dazu gekommen, mir Sarah vorzuknöpfen. Diese blöde Bitch wusste genau, dass ich verdammt wütend auf sie bin, und hat sich deshalb nicht mehr bei den Reapers blicken lassen. Also habe ich sie bei sich zuhause aufgesucht und ihr ein für alle Mal klargemacht, dass ich mit ihr fertig bin. Es ist mir fucking schwergefallen, meine Hand ihr gegenüber nicht zu erheben. Doch es ist mir gelungen. Erst als sie dann damit angefangen hat, wüste Beschimpfungen auf Violet auszustoßen, habe ich die Kontrolle verloren.

Es ist durchaus möglich, dass meine Fingerabdrücke in Form von Hämatomen ihren rechten Arm zieren, aber *Scheiße*, sie ist noch echt gut davongekommen. Am liebsten hätte ich diesem Miststück das Genick gebrochen.

Es bringt nichts, mir jetzt darüber Gedanken zu machen, vorbei ist vorbei. Sarah wird nie wieder bei den Reapers auftauchen und sich, wenn sie an ihrem Leben hängt, nie wieder Violet nähern. Ich bin sehr deutlich geworden – sie weiß, was ich mit ihr tun werde, sollte sie sich nicht an meine Anweisungen halten.

Mit drei Autos Abstand folge ich Collins vom Polizeirevier bis zu dem Wohnhaus, in dem er lebt. Es ist kurz nach 23:00 Uhr, mittlerweile ist es dunkel. Laut meinen Informationen ist er Single. Collins bevorzugt es, seine Zeit an Spieltischen, mit illegalen Sportwetten und Nutten zu verschwenden. Teure Hobbys. Kein Wunder, dass er in regelmäßigen Abständen beschlagnahmte Gegenstände, wie zum Beispiel meine goldenen Revolver, aus der Asservatenkammer entwendet und verkauft.

Es ist schon verrückt. Jeder von uns glaubt, sich für das richtige Leben entschieden zu haben, doch in Wirklichkeit spielt es keine Rolle, auf welcher Seite des Gesetzes man steht. Völlig egal, ob gesetzestreuer Bürger, korrupter Cop oder krimineller Biker - nur die wenigsten von uns führen ein ausgefülltes und glückliches Leben.

Dagger und Marlen haben es nach vielen Höhen und Tiefen und sechs verschwendeten Jahren endlich geschafft, ein perfektes Leben zu führen.

Ob mir das mit Violet auch gelingen wird?

Scheiße! Ich habe keine Ahnung, warum ich mich so auf diese Frau eingeschossen habe, aber ich will verdammt sein, wenn ich sie einfach so ziehen lasse, ohne vorher zumindest ausprobiert zu haben, ob sie die Eine für mich ist.

An einer auf rot schaltenden Ampel bleibe ich stehen, schiebe mir einen giftgrünen Hubba Bubba in den Mund und beginne zu kauen.

Morgen ist es endlich so weit und ich werde nach Tacoma zu den Dead Riders aufbrechen. Ace und Slide haben sich bereits um alles Wichtige gekümmert, so dass wir, sobald ich bei dem befreundeten MC ankomme, weiter nach Downtown Vancouver fahren können.

Es gefällt mir nicht, Violet alleine zu lassen, aber mir bleibt nichts anderes übrig, als darauf zu vertrauen, dass Dagger sein Wort hält und ein wachsames Auge auf sie hat.

Ich hoffe, dass Alexej und seine Wodka saufenden Hurensöhne einknicken und ihre Lieferblockade unverzüglich aufheben, sobald sie kapieren, dass sie die zwei größten und mächtigsten Motorcycle-Clubs des Landes gegen sich aufgebracht haben. Wenn nicht, wird das eine extrem blutige Angelegenheit. Ich will gar nicht daran denken, wie viele von uns ins Gras beißen, wenn sich die Bohnenfresser in den Krieg einmischen. Keine Ahnung, was sich dieser Wichser dabei gedacht hat, als er sich mit den Mexikanern ins Bett gelegt hat, aber offensichtlich ist er so naiv zu glauben, dass wir Reapers und die Riders seine Scheiße kampflos hinnehmen – falsch gedacht.

Entweder ist der Russe lebensmüde oder völlig verrückt.

Die Ampel wechselt von Orange zu Grün, Gas gebend folge ich Collins zwei weitere Häuserblocks lang, ehe wir endlich ankommen.

Mit etwas Abstand halte ich an, steige ab und beobachte, wie Collins aus seinem Wagen steigt und einen glühenden Kippenstummel auf die Straße schnipst.

Erst als er kurz vor der Haustüre angekommen ist und sie aufsperrt, renne ich auf ihn zu, stoße ihn von hinten in den Hausflur und halte ihm meinen Dolch an den Hals.

„Wenn du einen Laut machst, schlitze ich dir die Kehle auf. Verstanden?“

Vor lauter Angst, dass die Klinge in seine Haut schneidet, traut er sich kaum zu nicken.

„Geh zu deiner Wohnungstüre.“

Ich löse den Griff, mit dem ich ihn gehalten habe, nehme ihm seine Dienstwaffe ab und stecke sie mir hinten in die Hose.

Mit der Spitze des Dolches zwischen seine Schulterblätter drückend, folge ich ihm die wenigen Stufen hoch und warte ungeduldig, bis er den Schlüssel ins Schloss gesteckt und ihn herumgedreht hat, so dass die Türe mit einem leisen Schnappen aufspringt.

Möglichst geräuschlos schließe ich die Türe hinter uns, verpasse Collins einen Tritt in die Kniekehlen, so dass er mit einem erstickten Schmerzensschrei vor mir auf den Boden sinkt und schalte das Licht an.

Holy Fuck! Ich habe so lange auf den Tag der Rache gewartet, ihn regelrecht herbeigesehnt. Doch jetzt, wo es endlich so weit ist, kann ich nur daran denken, möglichst schnell fertig zu werden und zu Violet zu fahren. Diese Frau mit den violetten Lippen hat mir das Gehirn verdreht.

„Du weißt, warum ich hier bin?"

Zuerst sehe ich in den wässrig blauen Augen des Polizisten nur Unverständnis, doch dann scheint er zu verstehen.

„Die Revolver ..."

„Ganz genau. Du hast verkauft, was mir gehört!"

Collins versucht aufzustehen, ich halte ihn mit einem finsteren Blick davon ab.

„Was wird das hier? Willst du mich wegen ein paar kitschigen Waffen umbringen? Auf Polizistenmord steht die Todesstrafe, sind dir das diese goldenen Zuhälterknarren wirklich wert?"

Kitschig? Zuhälterknarren?

Für die Beleidigung meiner Talismane verpasse ich ihm einen kraftvollen Tritt in die Eier. Um seinen jaulenden Schrei zu dämmen, greife ich mir das Erstbeste, was ich finde, ein schwarzes Halstuch, und stopfe es ihm ins Maul.

„Ihr dummen Bullen wisst einfach nicht, wann es besser ist, die Klappe zu halten. Typen wie du haben weder Rückgrat noch Integrität. Ihr denkt, dass euch, nur weil ihr eine Uniform und eine Waffe tragt, Respekt entgegengebracht werden muss. Aber ich habe da eine Info für dich, Respekt ist etwas, das man sich verdienen muss!"

In gekrümmter Embryonalstellung liegt er vor mir, hält sich den Sack und atmet stoßweise. Was für ein erbärmlicher Anblick.

Er spuckt das Tuch aus und schnappt nach Luft.

„Du wirst mich töten? Nicht wahr?"

Mit heiserer Stimme sieht er aus verheulten Augen zu mir nach oben.

„Du bist ja ein richtiger Schnellchecker."
„Was, wenn ich dir sage, wo deine Revolver sind? Würde das was ändern? Ich meine, du könntest mir ja nur ins Knie schießen oder so. Das wäre doch Strafe genug."
Wie geil! Will er gerade echt mit mir verhandeln? Sehr lustig ...
„Die *Golden Guns* sind längst zurück in meinem Besitz. Oder was denkst du, wer sich um Max gekümmert hat?"
Furcht zuckt über sein Gesicht.
„Du warst das? Verdammt! Wir haben bisher keinen Hinweis auf den Täter. Du hast gute Arbeit geleistet, Reaper."
Gut zu wissen! Dennoch ist es irgendwie schräg, dass mich ein Polizist dafür lobt, dass ich bei einem Mord keine Spuren zurückgelassen habe. Das wird mir Dagger, wenn ich es ihm erzähle, nie glauben ...
„Heute bin ich in guter Stimmung. Ich lasse dir die Wahl. Eine aufgeschnittene Kehle oder ein Stoß ins Herz. Such es dir aus. Aber mach schnell, mein Mädchen wartet."
Unglauben spiegelt sich in seinem Blick.
„Das ist nicht dein Ernst, Thunder. Du willst doch nicht in der Todeszelle landen?"
„Hast du nicht gerade selber gesagt, dass ich bei Morden gute Arbeit leiste? Hör auf hier einen auf Priester zu machen und entscheide dich, bevor ich dir die Wahl abnehme."
Ein trockenes Schluchzen von sich gebend deutet er auf seinen Brustkorb.
„Hab mal gehört, ein Stich ins Herz geht schneller und ist schmerzloser."
„War hoffentlich kein Erfahrungsbericht."
Über meinen eigenen Witz lachend werfe ich einen prüfenden Blick auf die Uhr.
„Gibt es wirklich keinen anderen Ausweg? Lass mich am Leben und ich besorge dir aus der Asservatenkammer alles, was du willst. Momentan lagern knapp zwanzig Pfund Koks in den Regalen, die könnten dir gehören."
„Hast du in all den Jahren nichts gelernt, Collins? Wir Reaper dealen nicht mit Drogen."
Er zuckt mit den Schultern.
„Ich habe nichts mehr zu verlieren. Einen Versuch war es wert."
Als ich mich vor ihn auf den Boden knie, verzieht Collins traurig das Gesicht.

„Weißt du, Thunder, das Schlimme ist nicht, dass ich jetzt sterben werde, sondern dass ich auf mein Leben zurückblicke und feststelle, dass ich es komplett versaut habe. Mach nicht denselben Fehler wie ich. Such dir ein Mädchen, das du lieben kannst und das dich liebt, und halt es fest. Sonst wirst du eines Tages auf einem dreckigen Teppich liegen und mit dem Wissen sterben, dass dich keiner vermissen wird, wenn du deinen letzten Atemzug ausgehaucht hast."

So ungern ich es mir auch eingestehe, Collins Tipp ist gar nicht so schlecht.

Nicht bereit noch mehr Zeit auf dieses deprimierende Gespräch zu verschwenden, umfasse ich den Griff des Dolches etwas fester, hebe den Arm und beiße die Zähne zusammen.

„Mit ein bisschen Glück wird es schnell gehen."

Collins öffnet den Mund, doch bevor er etwas sagen kann, ramme ich ihm die silberne Klinge bis zum Heft in den Brustkorb.

Ich spüre, wie sich der Damast durch Haut, Fleisch, Sehnen und Muskeln bohrt. Ein Ruck geht durch Collins Körper. Jeder seiner Muskeln spannt sich an, ehe sie nach und nach erschlaffen. Ein gurgelndes Grunzen weicht aus seiner Kehle, dann verdrehen sich seine Augen, werden ausdruckslos und starr.

Wieder einer erledigt, bleibt nur noch Kanada und dann wird es hoffentlich wieder etwas ruhiger.

Bei allen Höllen!

Ich werde nie wieder so blöd sein und mich darüber beschweren, dass es in meinem Leben zu ruhig geworden ist. Nie wieder ...

Ich ziehe den Dolch aus dem leblosen Körper des Cops, wische das Blut an seiner Hose ab, und stecke ihn zurück in die Lederscheide an meinem rechten Oberschenkel. Das war echt verrückt – aber das war es bei Max auch schon.

Seit wann unterhalte ich mich mit meinen Opfern, bevor ich sie kille?

Und was noch viel komischer ist, seit wann denke ich über die letzten Worte der Sterbenden nach und spiele tatsächlich mit dem Gedanken, ihre Ratschläge ernst zu nehmen?

Ich schalte das Licht aus, ziehe die Haustüre hinter mir zu und prüfe, ob mich beim Verlassen des Hauses jemand beobachtet.

Erst als ich an meiner Harley angekommen bin, erlaube ich es mir tief durchzuatmen.

Gerade als ich den Motor starten will, entdecke ich zwei daumengroße Blutflecken auf meiner Hose. *Shit!* Das habe ich jetzt gerade noch gebraucht ...

Ich erinnere mich nur zu gut an die Worte meiner Süßen.
... Ich will nichts über eure Geschäfte oder so etwas erfahren und ich will schon gar nicht, dass wir uns treffen und du noch das Blut deiner Opfer an den Händen kleben hast ...

Zwar habe ich es nicht an den Händen, aber ich schätze, da wird Violet keinen Unterschied machen. Blut ist für sie Blut – typisch Frau eben.

Anstatt wie geplant direkt zu ihr zu fahren, mache ich einen Umweg zum Club, springe unter die Dusche und ziehe mir was Sauberes an.

Eine Stunde nachdem ich Collins' Haus verlassen habe, ziehe ich endlich mein Mädchen in die Arme, vergrabe die Nase in ihren Haaren und inhaliere ihren süßen Duft. Bei ihr zu sein fühlt sich an wie Heimkommen. Collins' mahnende Worte hallen durch meinen Kopf: *„Such dir ein Mädchen, das du lieben kannst und das dich liebt, und halt es fest."*

Instinktiv ziehe ich Violet noch etwas fester an mich und presse ihr einen Kuss auf die Stirn.

Erst als sie japsend nach Luft schnappt und mir lachend zumurmelt, dass ich sie schon noch atmen lassen muss, gebe ich sie wieder frei.

Den Kopf schief legend sieht sie grinsend zu mir hoch.

„Sieht anders aus, aber es steht dir."

In der Eile habe ich meine Haare mit einem Gummi zusammengebunden, mir wird klar, dass sie mich noch nie so gesehen hat.

Als ich nichts sage, sondern sie nur wie ein liebeskranker Trottel anstarre, schlingt sie mir die Arme um den Nacken, stellt sich auf die Zehenspitzen und sieht mich direkt an.

„Einen harten Tag gehabt, Reaper?"

„Allerdings."

Mit ihren Fingernägeln über die empfindliche Haut an meinem Nacken kratzend presst sie mir einen Kuss aufs Kinn.

„Wie wäre es, wenn wir uns auf die Couch legen, einen blöden Actionfilm ansehen und dabei knutschen und fummeln?"

Gott! Sie ist einfach viel zu perfekt für mich.

„Mit Bier?"

Violet nickt verschwörerisch.

„Kaltes Bier."

„Dann bin ich dabei, Baby. Aber nur, wenn du nackt bist und mit leicht gespreizten Beinen auf mir liegst."

Auf ihren Wangen bilden sich zwei Grübchen, sie läuft rot an, das Herz rutscht mir in die Hose. *Fuck*, mich hat's echt so richtig erwischt.

„Du bist ein Perversling.“

An dem heiseren Klang ihrer Stimme und der Art, wie sich ihre Nippel hart und zusammengezogen gegen den Stoff ihres dünnen Tops drücken, erkenne ich, dass sie es kaum erwarten kann, meine Finger in sich zu haben.

„Du willst es doch gar nicht anders, Süße.“

Sie streckt mir die Zunge raus, dreht sich um und geht mit wiegenden Hüften ins Wohnzimmer. Mit zwei großen Schritten hole ich sie ein, werfe sie mir über die Schulter und verpasse ihrem prallen Arsch einen kräftigen Schlag.

Bis jetzt habe ich mich noch zurückgehalten und sie nicht anal gefickt, aber heute Nacht werde ich mir das Vergnügen gönnen und mich bis zu den Eiern zwischen ihren prallen Backen versenken. Ich kann einfach nicht nach Vancouver aufbrechen, ohne sie auf diese Art genommen zu haben. Nicht, wo ich keine Ahnung habe, ob ich jemals zu ihr zurückkomme.

Aus dem Schuhen steigend, lasse ich mich mit ihr im Arm auf das Sofa sinken, umfasse ihr Gesicht und küsse sie tief und langsam. Ihre samtige Zunge streicht über meinen Gaumen, schlingt sich um die meine und sorgt dafür, dass mir jegliches Blut vom Hirn in den Schwanz gepumpt wird. Brummend presse ich meine Latte gegen ihren Bauch und lasse sie so spüren, wie dringend ich sie ficken will.

„Kann es sein, dass du mich vermisst hast?“

Dieses Miststück weiß genau, was sie mir antut.

„Ich kann den ganzen Tag an nichts anderes denken, als mich tief in dich zu rammen. Deine Pussy ist wie Heroin für mich. Sie macht mich süchtig, so dass ich nichts anderes mehr will, als in ihr sein und sie mit meinem Saft vollzupumpen.“

Mit einem erregten Glanz in den Augen saugt sie ihre Unterlippe zwischen die Zähne und beginnt, darauf herumzukauen. Mittlerweile kenne ich sie gut genug, um zu wissen, dass sie das immer macht, wenn sie erregt ist und gevögelt werden will.

„Und was hält dich davon ab, genau das zu tun? Ich muss erst übermorgen wieder auf die Wache. Ich denke, zwei Tage reichen aus, um mich *‚vollzupumpen‘*, wie du es gerade so romantisch beschrieben hast.“

Tief durchatmend schließe ich die Augen.

„Du vergisst, dass ich morgen fahre. Wir haben keine zwei Tage mehr, Baby.“

Etwas, das stark nach Enttäuschung aussieht, huscht über ihr wunderschönes Gesicht.

„Immer wenn du von deinem Trip redest, klingt es so, als würdest du damit rechnen, nicht wieder zurückzukommen."

Sie anzulügen wäre leichter, doch wir haben uns Aufrichtigkeit versprochen. Violet legt großen Wert auf Ehrlichkeit, und das respektiere ich.

„Es liegt durchaus im Bereich des Möglichen, dass das unsere letzte Nacht ist."

Sofort weicht sie meinem Blick aus, stemmt sich gegen meine Brust und steht auf.

„Fuck, Lila. Fuck!"

Mit den Händen das Gesicht bedeckend, beiße ich die Zähne zusammen und versuche, die Zerrissenheit, die mein Inneres spaltet, in den Griff zu bekommen.

„DU fluchst? Das ist ein Witz. Ich bin diejenige, die sich trotz aller Widrigkeiten für dich entschieden hat. Und wozu das Ganze? Damit du wahrscheinlich für irgendeinen sinnlosen Bikerscheiß dein Leben lässt. Was ist so verflucht wichtig, dass man dafür freiwillig solche Risiken eingeht? Sag es mir, Thunder! Ich verstehe es einfach nicht ..."

Violets Stimme bricht, wandelt sich in ein Schluchzen.

Fassungslos beobachte ich die dicke Träne, die sich aus ihrem linken Augenwinkel löst und langsam über ihre Wange läuft, bis sie von violetten Lippen gestoppt wird.

Das ist das erste Mal, dass ich jemanden um mich weinen sehe und es löst ein unbekanntes Prickeln in meinem Bauch aus.

„Du bist eine Außenstehende. Du wirst das nie verstehen. Das sind Clubangelegenheiten, die kapierst du nicht, Mädchen."

„Boah echt? Du machst jetzt einen auf Arschloch? Respekt, Thunder. Ich hätte dir mehr emotionale Reife zugetraut."

Wütend auf sie – auf mich und den verschissenen Rest der Welt, stehe ich von der Couch auf und ziehe mir die Schuhe an.

„Das muss ich mir echt nicht geben."

Kein Mensch auf dieser Welt bringt mich so schnell von Null auf Hundert wie dieses bunthaarige Mädchen.

„Was musst du dir nicht geben? Dass ich mir Sorgen um dich mache? Dass ich nicht nachvollziehen kann, was auf dieser Welt so verdammt wichtig ist, dass du dafür dein Leben riskierst?" Sie macht eine kurze Verschnaufpause und wischt sich zornig mit dem Handrücken die Tränen aus dem Gesicht.

„Für deine Brüder mögen immer nur der Club und das große Ganze zählen. Aber für mich, Thunder, für mich zählst nur du."

Fuck! Mit diesen Worten hat sie mich! Wie vom Blitz getroffen bleibe ich stehen und kneife die Augen zusammen. Dieses Mädchen schafft es, dass ich alles, an was ich bis jetzt geglaubt habe, anzweifele.

Bildlich gesprochen, hält sie in der einen Hand mein Herz und in der anderen meine Eier – und *Bullshit* - ich will beides nicht zurück!

Anstatt wie geplant die Wohnung zu verlassen, stürme ich zu ihr, reiße sie von den Füßen und küsse sie mit all den Gefühlen, die ich für sie empfinde, aber nicht in der Lage bin, in Worte zu fassen.

Ich bin verloren.

Erst als es sich so anfühlt, als würde ich in meine Einzelteile zerbrechen, gebe ich ihren Mund frei, lege meine Wange an ihre, so dass ihre Haare meine Nase kitzeln und raune ihr leise ins Ohr, wie sehr ich sie brauche und dass ich alles in meiner Macht Stehende tun werde, damit ich zu ihr zurückkomme.

„Schwöre es, Reaper!"

Ihre Haare um meine Finger wickelnd, ziehe ich ihren Kopf so weit zurück, dass ich ihr in die Augen sehen kann, und hole tief Luft.

„Ich schwöre es bei meinem Blut, bei meiner Ehre und bei allem, was mich ausmacht. Wenn du mich willst, gehöre ich dir, Baby. Für immer!"

Lachend, weinend, schluchzend und hicksend küsst sie mich auf die stoppelige Wange.

„Wir übereilen es, Thunder. Verdammt, heißt es nicht, dass man erst gehen muss, bevor man laufen kann? Scheiße, ich habe keine Ahnung, wie es heißt, aber ich weiß, dass das mit uns beiden viel zu schnell geht. Und obwohl ich das weiß, will ich dich. Ich will, dass du mir gehörst und dass ich dir gehöre. Aber vor allem will ich, dass du heil und unverletzt zu mir zurückkommst, sobald das, was auch immer du in Kanada zu tun hast, erledigt ist. Okay?"

Jetzt in diesem Moment würde ich ihr sogar versprechen, den Mond vom Himmel zu holen.

„Okay."

Wieder küssen wird uns, doch dieses Mal hat unser Zungenspiel eine neue Qualität. Es ist nicht mehr einfach nur das Aufeinandertreffen zweier Münder, sondern es ist mehr ...

Fuck! Ich klinge schon wie so ein dämliches Weichei, das seine Boxershorts erst bügelt und sie anschließend farblich sortiert.

Um die Kontrolle über die Situation zurückzubekommen, trage ich Violet direkt ins Schlafzimmer und beginne damit, sie auszuziehen.

Ich muss sie spüren – auf mir – unter mir – um mich herum ...

Wenn der Teufel es so will, dann ist das unsere letzte Nacht - unser letztes Mal und zugleich die letzte Chance auf ein kleines bisschen Glück.

20. Kapitel

Violet

Erst als ich nackt und maßlos erregt bin, wirft er mich ins Bett, legt sich auf mich und lässt mich sein Gewicht spüren.

Gott ich liebe es, wenn er mich seine körperliche Überlegenheit spüren lässt.

Sanft lasse ich meine Finger durch Thunders weiche Haare gleiten, er gibt ein grollendes Geräusch von sich. Der Geruch von Minzduschgel, Mann und Erdbeer-Kaugummi umgibt mich.

„Ich will dich, Baby. Ich will dich bis zum letzten Atemzug. Dich und immer nur dich."

Ein heißer Schauder rieselt über meinen Rücken, Thunder umfasst mit seinen Fingern meine Taille, vergräbt sie tief in meinem Fleisch.

Mein Reaper verschlingt mich mit seinem Blick, zieht mich mit einem Ruck noch etwas näher zu sich und gleitet langsam an mir herab.

Mit seiner Nase streift er über meinen Nabel, sein heißer Atem und das Gefühl seiner Lippen an meinem Bauch entlocken mir ein lustvolles Keuchen.

Bei allen Heiligen ... ich bin verloren ...

Seine Hände schieben sich zwischen meine Haut und die Matratze und umfassen meinen Po. Thunder wandert noch etwas weiter abwärts und leckt über meinen Venushügel.

Das Gefühl seiner rauen Zunge löst ein wildes Prickeln in meinem Unterleib aus.

„Erst werde ich dich lecken, und dann werde ich dich von hinten nehmen – hart!"

Er streicht durch meine Pospalte, sofort wird mir klar, was genau er mit *von hinten* meint. Sein Daumen reibt über meinen Schließmuskel, massiert ihn und dringt leicht ein, ehe er seine Finger zu meiner feuchten Mitte gleiten lässt. Als er bemerkt, wie nass und bereit ich für ihn bin, stöhnt er laut.

„Küss mich erst."

Sofort verändert er seine Position und schiebt mir die Zunge in den Hals. Unwillkürlich schlinge ich meine Beine um ihn und erwidere seinen Kuss.

In den vergangenen Tagen haben wir uns unzählige Male geküsst, doch so wie jetzt war es nie. Thunder stiehlt mir den Atem, wühlt sich durch meinen Mund und streicht währenddessen mit seinen geschickten Fingern immer wieder durch meine samtenen Falten. Sein Daumen presst sich erneut auf meine Rosette, ehe er ihn langsam in meinen Po schiebt. Das köstliche Gefühl der Dehnung, die Lust in Kombination mit dem leichten Schmerz entlocken mir ein lautes Stöhnen. Ich will den Kuss unterbrechen und nach Luft schnappen, doch das lässt er nicht zu. Immer drängender und wilder erobert er mich. Unsere Zähne schlagen aufeinander, hinter meinen geschlossenen Augenlidern tanzen goldene Blitze. Seine Hände streichen besitzergreifend über meine Flanken, er umfasst meine Brüste, kneift in meine empfindlichen Nippel.

Wieder versuche ich, meinen Mund von dem seinen zu lösen, dieses Mal erlaubt er es. Keuchend schnappe ich nach Luft und schiebe die Kutte von seinen breiten Schultern.

Von diesem Reaper werde ich nie genug bekommen.

Ich will ihn küssen, ihn berühren und von ihm berührt werden. Ich will, dass er mich hart fickt, dass er mich in Besitz nimmt und somit meinen Körper zu dem seinen macht. Tief in meinem Inneren hoffe ich, dass wilder Sex mir dabei hilft, die Angst, dass er vielleicht wirklich sterben könnte, zu vergessen.

„Ich will, dass du mich nimmst, Thunder. Ich will, dass du mir zeigst, dass ich zu dir gehöre!“

Seine heißen Lippen schließen sich um meine rechte Brustwarze, er beißt sachte zu, ehe er so fest an ihr saugt, dass ein leichter Schmerz durch meine Nervenbahnen zuckt. Wimmernd biege ich den Rücken durch und gebe mich dem Gefühl, zu diesem gefährlichen Rocker zu gehören, hin.

Bestimmend zwängt er meine Beine etwas weiter auseinander und presst seinen Unterleib gegen meine nackte Pussy. Trotz des Stoffes seiner Hose spüre ich die harten Konturen seines Gliedes mehr als deutlich.

Oh ja! Ja, ja, ja!

Mit einem leisen Ploppen lässt er meinen Nippel aus seinem Mund gleiten.

„So ein süßes Zuckertittchen.“

„Nenn mich nicht so!“

Thunder lacht rau auf.

Mit zitternden Fingern ziehe ich sein Hemd nach oben, bis er mir hilft, es über seinen Kopf zu ziehen.

„Ungeduldig, Baby?“

„Und wie. Ich will an dein Honigschwänzchen ...“

Das klingt so dämlich, dass wir dieses Mal beide lachen müssen. Schnell presst er mir einen harten Kuss auf den Mund, ehe er aus dem Bett steigt und damit beginnt sich auszuziehen – endlich.

Sofort vermisse ich seine Berührungen.

Mehr als zufrieden lasse ich meinen Blick über seinen Körper gleiten. Nicht zum ersten Mal fällt mir der auf ewig in seine Haut tätowierte Schriftzug auf: *Mi vida loca.*

„Was bedeutet das?"

„Mein verrücktes Leben."

„Aha ... wie passend."

Seine Augen blitzen belustigt.

„Seit ich dir begegnet bin, ist es so verrückt wie noch nie, und das will was heißen."

Ich nehme das jetzt einfach mal als Kompliment und gebe ihm mit einer Handbewegung zu verstehen, dass er sich weiter ausziehen soll. Als er die Hose nach unten zieht, schnellt auch schon sein beeindruckender Schwanz hervor. Aus einem Nest brauner Haare reckt er sich mir ungeduldig entgegen. An der Spitze seiner Eichel perlt ein cremiger Tropfen, den ich am liebsten ablecken würde.

„Gefällt dir, was du siehst?"

Mist! Mir ist gar nicht aufgefallen, dass ich ihn anstarre wie die Katze das Schälchen voller Sahne.

„Und wie. Aber es würde mir noch viel besser gefallen, wenn ich es fühlen statt nur sehen würde."

„Spreiz deine Beine Baby."

Ohne zu zögern, komme ich seinem Befehl nach. Sein Blick legt sich auf meine Mitte.

„Deine Pussy ist perfekt. Nass, rosa und mehr als bereit, von mir gefickt zu werden."

Mit seiner Hand streicht er durch meine Muschi, reibt mit seinem Daumen kreisend über meinen Kitzler und verpasst meinen Schamlippen einen leichten Klaps.

Endlich legt er sich auf mich und küsst mich wieder. Meine Brüste werden gegen seinen Brustkorb gepresst. Es fühlt sich so unglaublich gut an, ihn zu spüren. Wo ich weich bin, ist er hart, wo ich schwach bin, ist er stark. Thunder ist der perfekte Mann für mich. Mit ihm kann ich von einer glücklichen Zukunft träumen ...

Ich strecke meine Hand nach seinem Penis aus, umfasse ihn und liebkose den kleinen Schlitz an der Spitze.

Thunder beißt die Zähne zusammen, erneut kommen ein paar Tropfen seines Spermas aus der winzigen Öffnung. Ich verteile sie, reibe ihn damit ein und umfasse seine Hoden. Prall und schwer liegen sie in meiner Hand. Ich spiele mit ihnen, ziehe leicht, ehe ich meine Aufmerksamkeit wieder ganz seinem prachtvollen Schwanz widme.

Er schwillt noch mehr an, ich kann spüren, wie er dank meiner Zuwendung dicker und immer dicker wird. Ungeduldig presse ich ihn gegen meine nassen Falten und reibe mich an ihm.

„Ich will dich in mir spüren."

Thunder stöhnt, seine Hüften bewegen sich, sein Penis gleitet immer wieder durch meine glitschigen Schamlippen.

„Wenn ich dich jetzt ficke, kann ich nicht zärtlich sein."

Er sieht mir tief in die Augen.

„Ich will es auch gar nicht zärtlich!"

Thunder richtet sich auf, steigt aus dem Bett, bückt sich nach seiner Hose und zieht eine Kondom-Verpackung aus der Tasche. Schnell und geschickt reißt er sie auf und rollt sich das lila Kondom über seinen langen Schwanz.

„Schöne Farbe."

„Extra für dich, Baby."

Lachend schüttle ich den Kopf.

„Unglaublich. Bei dir wird Service wirklich großgeschrieben."

Der Biker zwischen meinen Beinen zwinkert mir frech zu.

„Bei mir ist alles groß ..."

Oh ja, das ist mir schon aufgefallen.

Seine Hände legen sich auf meine Knie, bestimmend spreizt er meine Beine, legt sie sich über die Schultern und rammt sich mit einem tiefen Stoß so tief ich mich, dass mir die Luft wegbleibt. Gerade als ich denke, dass er nicht noch tiefer in mich gleiten kann, beweist er mir das Gegenteil.

„Halleluja, Reaper. Davon werde ich nie genug bekommen."

„Das sollst du auch gar nicht, Baby!"

Die Muskeln in seinen Armen zucken, an seinem Hals treten die Sehnen deutlich hervor. Noch bevor ich mich an seine Größe gewöhnen kann, verfällt er in einen gnadenlosen, schnellen und heftigen Rhythmus.

Seine dicke Penisspitze trifft auf meine Gebärmutter, ich schreie auf, mein Unterleib zuckt zusammen. Während ich nicht weiß, ob ich ihm ausweichen oder mich ihm entgegenpressen soll, werden seine Stöße noch etwas kraftvoller.

„Yeah, Baby! Yeah!"

Durch seine Stöße werde ich immer weiter nach oben geschoben, so dass mein Kopf gegen das Bettgestell schlägt.

Er umfasst meine Taille, seine Finger graben sich in mein Fleisch und halten mich so unter sich gefangen. Bei jedem erneuten Vorstoß zieht er mich seinem Schwanz entgegen. Mein Unterleib spannt sich an, meine Atmung stockt.

Das ist nicht einfach nur Sex, sondern eine wilde, erbarmungslose Eroberung.

Nach Halt suchend kralle ich mich am Bettlaken fest, während sich mein Körper seinen harten Stößen anpasst.

Süchtig nach mehr drücke ich mich ihm entgegen.

Das herrliche Gefühl der Dehnung, seine Hitze und der schnelle Rhythmus, all das raubt mir den Verstand.

Thunders eindringlicher Blick ist auf mein Gesicht geheftet, er nutzt all seine Energie, um mich zu vögeln. Er hat definitiv nicht untertrieben, als er gesagt hat, dass er jetzt nicht zärtlich sein kann. Doch das ist gut so. Sehr gut. Ich brauche es hart. Ich will, dass ich ihn noch in und an mir fühlen kann, obwohl er längst nach Kanada aufgebrochen ist. Ich will, dass er mich markiert und sich auf mir verewigt. So verrückt es auch sein mag, aber ich brauche das jetzt dringender als den nächsten Atemzug.

So als könnte er meine Gedanken lesen, vögelt er mich immer besitzergreifender.

Der Griff meines Reapers wird fester, sein Stöhnen lauter und seine Stöße immer tiefer. Schluchzend bewege ich mich unter ihm, während mein Orgasmus unaufhaltsam näher rückt.

Zuckend und schwitzend kapituliert mein Körper unter seinem Ansturm. Ich spüre, wie der Druck, der sich in meinem Inneren aufbaut, noch mehr anschwillt, ehe ich explodiere. Jeder Muskel meines Körpers beginnt unkontrolliert zu zittern, vor meinen Augen wird es schwarz. Ich bäume mich laut schreiend auf, nur um eine Sekunde später kraftlos zurück auf die Matratze zu sinken.

Thunder gibt einen kehligen Laut von sich, er zieht sich aus mir zurück, bringt sich vor meiner Rosette in Stellung und dringt langsam von hinten in mich ein.

Schmerz und Lust vereinen sich zu einem berauschenden Cocktail. Erst als er bis zum Anschlag in mir ist, erlaube ich mir, wieder zu atmen. Erst langsam, doch dann immer schneller beginnt er sich zu bewegen. Die Dehnung ist extrem, die Lust auch ...

„Ich gehöre dir, Thunder. Alles an mir ist deins ...“

Durch seinen Körper geht ein Ruck.

„Verdammt, Violet!“

Von einem lauten Brüllen begleitet, beginnt sein Glied tief in mir zu pulsieren.
Langsam lässt er meine Beine von seinen Schultern gleiten und zieht sich aus mir zurück. Routiniert zupft er den Gummi von seinem Schwanz und lässt ihn neben dem Bett auf den Boden fallen.
Von meinen eigenen Emotionen überwältigt, drehe ich mich auf die Seite und schlinge meine Arme um das Kopfkissen. Tief einatmend versuche ich die Tränen, die sich in meinen Augenwinkeln sammeln, zu verdrängen, es gelingt mir nicht.
Ich spüre, wie die Matratze unter Thunders Gewicht nachgibt, eine Sekunde später werde ich an einen warmen Brustkorb gezogen und von muskulösen Armen umschlossen.
„Hey Süße, ist alles gut?"
Da ich meiner Stimme nicht traue, nicke ich nur.
Doch Thunder wäre nicht Thunder, wenn er nicht sofort durchschauen würde, was los ist.
„Violet?"
Mühelos dreht er mich um, so dass wir uns Nase an Nase gegenüberliegen und in die Augen schauen.
„Du weinst. Habe ich dir wehgetan? War ich zu grob zu dir?"
Seine Besorgnis und seine Fürsorge machen die Situation nur noch schlimmer.
„Nein, du warst perfekt."
Verwirrt sieht er mich an.
„Was ist dann los?"
Ich zögere, traue mich nicht, es laut auszusprechen. Aber als ich sehe, dass mein Schweigen nur dafür sorgt, dass er sich immer mehr Sorgen macht, gebe ich mir einen Ruck.
„Bleib bei mir. Fahr nicht nach Vancouver. Bitte."
Das Blau seiner Augen verdunkelt sich gleich einem Sommerhimmel kurz vor einem heftigen Gewitter – Thunder ...
„Das geht nicht. Bitte Baby, du musst verstehen, dass ich keine Wahl habe."
„Warum?"
Er seufzt und wickelt sich eine rosa Haarsträhne um den Zeigefinger.
„Der Club ist wie eine Firma. Jeder hat seine Aufgaben, die er erledigen muss. Ich bin der *Sergeant-at-Arms*. Ich bin für die Sicherheit und die Bewaffnung zuständig. Wenn den Reapers eine Gefahr droht, ist es meine Aufgabe, diese zu beseitigen. Selbst wenn das bedeutet, dass ich mein Leben riskieren muss."

Das klingt echt fies.
„Dann kündige einfach, Thunder. Es gibt noch eine Welt außerhalb des Reapers-Motorcycle-Club.“
An seinem Kiefer beginnt ein Muskel zu zucken.
„Nicht für mich, Baby. Der MC ist mein Leben, meine Arbeit und meine Familie.“
Am liebsten würde ich ihm sagen, dass wir eine eigene Familie gründen können und dass ich sein Leben sein will. Aber dafür ist unsere Beziehung noch zu frisch - an diesem Punkt sind wir noch nicht angekommen. Also schweige ich, auch wenn es mir das Herz bricht.
„Du kommst zu mir zurück. Du wirst mich wieder in dieses Bett tragen und wir werden erneut grandiosen Sex haben. Hast du das verstanden, großer böser Biker?“
Seine Augen bekommen einen weichen Ausdruck, seine Mundwinkel zucken amüsiert.
„Verstanden, Baby. Nichts kann mich davon abhalten, an deinen Zuckertittchen zu lecken.“
Im Herzen traurig, lasse ich zu, dass sich meine Lippen zu einem Lächeln verziehen, ehe ich mein Gesicht an seinem Hals berge und seinen Duft inhaliere.
Ich hätte nie gedacht, dass ich mich innerhalb so kurzer Zeit so sehr in einen Mann verlieben kann.

21. Kapitel

Sarah

Das Licht brennt, die Rollos sind offen und ich sehe alles. Es ist, als wäre mein schlimmster Alptraum wahr geworden. Der Mann, dem ich meine ganze Zeit gewidmet habe, verrät mich – schon wieder.

Wenn er sie einfach nur schnell und hart ficken würde, dann könnte ich Thunder verzeihen. Reaper sind nun mal böse kleine Jungs, die viele Frauen brauchen. Sie benutzen sie wie Spielzeuge, nur um sie anschließend, wenn sie das Interesse verloren haben, in die Ecke zu werfen. Aber er benutzt diese Violet nicht, trotz der Entfernung kann ich erkennen, dass er Liebe mit ihr macht. Thunder küsst und berührt sie, so wie er es mit mir nie gemacht hat. Ich sehe, wie diese lilahaarige Bitch ihre gierigen kleinen Hände auf seine Schultern legt, ihn berührt und streichelt, etwas, das ich nie tun durfte.

Diese Frau ist eine Hexe und sie wird brennen.

Um mich zu beruhigen, werfe ich einen Blick auf den Rücksitz, auf dem sich die Kanister, die randvoll mit Benzin sind, stapeln. Während sie sich von meinem Kerl bumsen lässt, bereite ich ihren Tod vor. Dank Boomer, der den Schlüssel zur Garage, in der er das TNT lagert, einfach in der Satteltasche seiner Harley gelassen hat, habe ich nun alles, was ich brauche. Jetzt muss ich nur noch das Haus, das ich ausgewählt habe, vorbereiten. Im Internet habe ich eine Anleitung gefunden, wie man ein ganz normales Handy zu einem Fernzünder umbauen kann, so dass es genau im richtigen Moment den Sprengstoff explodieren lässt. Es ist echt unglaublich, wofür das World Wide Web so alles gut ist.

Einen letzten Blick auf das hell erleuchtete Fenster werfend, widerstehe ich dem Drang, mir eine Zigarette anzuzünden - wäre vielleicht nicht die beste Idee in einem Auto, das bis unters Dach voller hochexplosivem Zeug ist - und mache mich auf den Weg, um Violets persönlichen Scheiterhaufen vorzubereiten.

Niemand! Absolut niemand nimmt mir meinem Reaper weg!

Selbstverständlich wird Thunder auch noch eine Strafe für sein Fehlverhalten bekommen, aber die wird weit weniger drastisch ausfallen.

Ihn töte ich erst, wenn die Frist von einem Jahr, die ich ihm gegeben habe, abgelaufen ist.

Thunder hat genau zwölf Monate, um mir sein Leder anzuziehen, mich zu seiner Old Lady zu machen und mich zu schwängern.

Natürlich werde ich ihm nichts von dieser Deadline (was für ein passender Ausdruck) erzählen. Das wäre unfair. Schließlich mögen es Männer von seinem Schlag, wenn sie denken, dass die grandiosen Ideen, zu denen wir Frauen sie verleitet haben, von ihnen selbst stammen.

Echt kompliziert, ist mir schon klar, aber ich weiß halt, wie er tickt, mein Reaper ...

22. Kapitel

Thunder

Nach drei Tagen auf dem Bike und zwei Nächten in billigen Motels sind wir endlich bei den Dead Riders in Tacoma angekommen.

Raven, Baby, Beast und Boomer begleiten mich.

Eigentlich sollte ich Vorfreude empfinden, immerhin geht es darum, ein paar arroganten Russen die Ärsche aufzureißen, doch ich empfinde nichts als Müdigkeit, Schmerz und Erschöpfung. Es liegen knapp 1600 Meilen zwischen dem Mädchen, das ich dringender brauche als den nächsten Atemzug und mir.

Fuck off!

Jede zurückgelegte Meile fühlt sich an wie ein Schlag in die Magengrube.

Einzig das Wissen, dass ich Violet befohlen habe, verdammt gut auf sich aufzupassen und sich in regelmäßigen Abständen bei mir zu melden, hält mich davon ab durchzudrehen.

Die letzten beiden Nächte waren beschissen, ich habe kaum geschlafen.

Ich rede mir ein, dass das an den durchgelegenen Motelbetten gelegen hat, doch tief in mir weiß ich es besser.

Die zu weichen Matratzen sind nicht das Problem, sondern die Frau mit den lila Lippen, die mir den Kopf verdreht hat. Früher haben Dagger und ich auf dünnen Decken im Dreck, auf dem Boden direkt neben unseren Harleys geschlafen, und es hat mir nichts ausgemacht.

Wir Reapers sind Männer, wir brauchen keine drei Kissen und zwei Decken um einschlafen zu können. Aber offensichtlich brauche ich etwas anderes - einen kleinen schlanken Frauenkörper mit perfekten Rundungen und dem süßen Duft von reifen Erdbeeren ...

Es gefällt mir nicht, so weit von meinem Zuckertittchen entfernt zu sein. Noch weniger hingegen gefällt es mir, dass es mir nicht gefällt. Eine wirklich erschreckende Entwicklung, die mich ziemlich verwirrt.

Mit der Hand reibe ich mir über die Stirn und schüttle den Kopf, um die irritierenden Gedanken loszuwerden. Jetzt ist nicht der richtige Augenblick, um wie ein verliebter Trottel von einem Mädchen zu träumen.

Auch wenn ich Alexej und seine Männer verachte, bin ich nicht so dumm, sie zu unterschätzen. Diese Russen sind in genau drei Dingen so gut wie unschlagbar: Saufen, Feiern und Töten. In Letzterem allerdings bin ich ein Profi, was bedeutet, dass ich alles tun werde, um in Kanada zu überleben.

Während sich Ace, der Präsident der Dead Riders, eine Kippe anzündet, packe ich einen Apfel-Hubba-Bubba aus und stecke mir den grünen viereckigen Würfel in den Mund.

Die Säure erweckt meine Geschmacksknospen zum Leben. Kauend höre ich Slide, dem Vize der Riders, der gerade seinen Plan erklärt, dabei zu, wie er gedenkt, die Russen so weit zu kriegen, dass sie ihre Waffen-Pipeline wieder für uns öffnen und ihre Entscheidung, sich mit den Mexikanern zu verbünden, überdenken.

Ein guter Plan ist schön und gut – doch aus Erfahrung weiß ich, dass es immer anders kommt, als man es geplant hat.

Als er fertig gesprochen hat, setzt sich Slide, der auch als Rocker Devil bekannt ist, zurück in seinen Sessel, zündet sich eine Lucky Strike an und gibt mir mit einem Handzeichen zu verstehen, dass ich nun das Wort habe. Auch wenn es den Anschein macht, als wäre er entspannt, weiß ich es besser. Scheinbar gelangweilt lässt Slide den Deckel seines goldenen Zippos immer wieder auf- und zuschnappen. In Wirklichkeit ist er jedoch hoch konzentriert. Sein Verstand ist messerscharf und seinem aufmerksamen Blick entgeht nichts.

Nur weil die Riders und die Reapers seit Jahren befreundet sind, bedeutet das noch lange nicht, dass sich unsere Motorcycle-Clubs zu 100 % vertrauen.

Männer von unserem Schlag sind wie hungrige Wölfe. Beim kleinsten Anzeichen von Schwäche fallen wir über unsere Verbündeten her, um unsere Position zu stärken und unsere Macht auszubauen.

Die Starken leben, die Schwachen sterben - der ganz normale Kreislauf!

Eine Blase formend lasse ich meinen Blick über die anwesenden Rocker gleiten und stehe langsam auf.

Sofort tritt Stille ein - die Stimmen verstummen – alle warten gebannt auf das, was ich zu sagen habe. *Fuck!* Ich hasse so was.

Dieses ewige Gerede über Dinge, die man tun muss, ist doch Bullshit!

Reden ist nichts - Handeln ist alles.

„Das Wichtigste ist, dass wir auf alles vorbereitet sind. Alexej und seine Männer wissen, wer wir sind, sie wissen, zu was wir fähig sind und haben sich dementsprechend vorbereitet. So wie ich die Situation einschätze, rechnen sie mit unserem Kommen, doch sie kennen den Zeitpunkt nicht. Sofern Alexej keinen Spitzel an der Grenze hat, der ihn informiert, wenn wir auftauchen, liegt der Überraschungsmoment auf unserer Seite und wir sollten ihn nutzen. Sobald wir in Downtown Vancouver ankommen, sollten wir klarmachen, wer das Sagen hat - wir. Ein paar Tote zur Begrüßung sind in meinen Augen die richtige Grundlage für die anstehenden Verhandlungen. Ich weiß ja nicht, wie ihr das seht, aber ich habe keinen Bock, die Scheiße unnötig in die Länge zu ziehen."

Mir ist klar, dass meine Ansage der von Slide widersprochen hat. Sein Plan war es, diplomatisch vorzugehen, aber darauf scheiße ich. Diplomatie ist hier nicht angebracht. Die einzige Sprache, die diese Wodka saufenden Pisser verstehen, ist die des Blutes und des Schießpulvers.

Boomer gibt ein zustimmendes Grunzen von sich. Es war klar, dass er genau wie ich eher für den gnadenlosen Weg ist. Unser TNT-Spezialist ist erst zufrieden, wenn es explodiert und knallt.

Der Präsident der Riders mustert mich prüfend. Wahrscheinlich will er herausfinden, aus welchem Holz ich geschnitzt bin.

Mit seinen langen schwarzen Haaren und den alterslosen dunklen Augen sieht er mir auf eine gewisse Weise ähnlich.

„Alexej ist erst seit ein paar Jahren der Boss. Er hat seinen Aufstieg uns zu verdanken. Ihn zu töten wäre kontraproduktiv."

Echt jetzt? Will der mich verarschen?

„Er dankt euch einen Scheiß! Durch den Lieferstopp habt ihr dieselben Probleme wie wir. Versteh mich nicht falsch, Ace, aber es wird Zeit, dass wir uns Respekt verschaffen. Wenn wir jetzt nicht hart durchgreifen und ein Exempel statuieren, wird das schwere Folgen für die Reapers und für die Riders haben. Unsere Geschäftspartner und Lieferanten werden denken, dass wir schwach geworden sind, das können und das werden wir nicht zulassen."

Ein Typ namens Spider stößt ein freudloses Lachen aus.

„Du sprichst wie ein Präsident, bist aber nur ein Sergeant. Hast du überhaupt die Befugnis, solche Reden zu schwingen? Oder ist dir die Fahrt auf den Kopf geschlagen?"

Die Zähne aufeinanderbeißend betrachte ich die Spinnentattoos, die seine Handrücken zieren. Ich kämpfe darum ruhig zu bleiben und meinen wachsenden Unmut unter Kontrolle zu halten – es gelingt mir nicht.

Mit großen Schritten umrunde ich den Tisch, bleibe direkt hinter dem Sessel des Riders, der meint, mich herausfordern zu können, stehen, und lasse meine Fingerknöchel geräuschvoll knacken.

Ohne aufzustehen, wendet sich dieser Spider zu mir um und sieht mich aus zusammengekniffenen Augen an.

„Der einzige Grund, aus dem ich die lange Fahrt nach Tacoma auf mich genommen habe und jetzt hier bei euch stehe, ist der, dass es zu meinem verfickten Aufgabengebiet gehört. Dagger hat mir die Verantwortung für das Russenproblem übertragen, und ich werde es auf meine Art lösen. Wenn einer von euch meine Kompetenz anzweifelt“, ich lasse meinen Blick über alle Anwesenden gleiten und fordere sie somit geradezu heraus, das Maul aufzumachen, „dann ist das seine Sache. Keine Ahnung wie das hier bei euch Riders läuft, aber bei uns Reapers verstehen wir keinen Spaß, wenn man uns ans Bein pisst. Alexej hat uns verraten und jetzt lassen wir ihn dafür bluten. So einfach ist das. Bullshit! Denkt ihr allen Ernstes, dass ich Tausende von Meilen auf meiner Harley sitze, um ein blödes Gespräch zu führen? Fuck! Wenn Worte diese Scheiße aus der Welt schaffen könnten, dann hätten wir diesen Drecksack einfach angerufen. Also, falls einer ein Problem damit hat, dass ich den Reapers-MC vertrete, dann muss er es mich nur wissen lassen. Auf eine Leiche mehr oder weniger kommt es nicht an!“

Spider, dem meine Morddrohung nicht zu gefallen scheint, tauscht einen kurzen Blick mit Skorpion, einem weiteren, ziemlich brutal aussehenden Rider, ehe er betont langsam aufsteht und mir direkt in die Augen sieht.

„Du willst einen Krieg anfangen?“

Mit den Schultern zuckend sehe ich ihn an.

„Nein. Ich habe lediglich meinen Standpunkt klargemacht. Das Letzte, was ich will, ist, mich als Präs aufzuspielen. Aber verdammt! Ich könnte genau jetzt bis zu den Eiern in meinem Mädchen stecken, doch stattdessen stehe ich hier und verschwende meine Zeit damit, Reden zu halten.“

Meine Worte scheinen Spider zu überzeugen.

Die Stimmung kippt. Anstatt feindselig zu sein, wird sie brüderlich.

„Sag bloß, der Reaper vermisst seine Lady.“

Boomer, der einfach nie zu kapieren scheint, wann es besser ist, die Klappe zu halten, beginnt laut zu lachen.

„Noch ist Violet nicht seine Lady. Unser Thunder hier beißt sich an dem lilahaarigen Feuerwehrmädchen die Zähne aus.“

„Aye, manche Stuten lassen sich nicht gerne einfangen und zähmen. Nicht jede Frau ist scharf darauf, ein Leder zu tragen. Glaube mir, Thunder, das haben schon einige Rocker durchgemacht. Es ist allgemein bekannt, dass ein Dead Rider sich in seinem Leben nur vor einer Sache fürchten muss, nämlich vor seiner Old Lady!“

Kaum dass Aces Stimme verklungen ist, beginnen alle sich im Raum befindenden Dead Riders zu lachen, so als hätte der Präsident gerade etwas unheimlich Witziges gesagt.

Mir hingegen ist die Pointe irgendwie entgangen.

Ace räuspert sich. „Okay Leute, lasst uns hier einen Break machen. Jeder lässt sich die Vorschläge noch mal durch den Kopf gehen."

Eine Hand auf meine Schulter legend, führt Spider mich aus dem abhörsicheren Besprechungsraum. Vor der Versammlung musste jeder von uns sein Handy ablegen. Ich suche meins aus dem Mobiltelefon-Stapel und sehe, dass Violet versucht hat, mich anzurufen.

Ob bei ihr alles okay ist?

Fuck! Natürlich ist es das.

Sie ist kein armes, unselbstständiges Ding, das einen Mann braucht, der ihm das Leben organisiert. Sondern eine selbstbestimmte, intelligente und verflucht heiße Feuerwehrfrau, die zu allem Überfluss auch noch drei überbehütende große Brüder hat, die mich am liebsten tot sehen würden. So beschissen ich ihre große Bullenfamilie auch finde, so froh bin ich im Moment, dass es sie gibt. Während ich mich um die Riders und die Russen kümmere, kann ich mich zumindest darauf verlassen, dass ihre Familie ein schützendes Auge auf sie hat.

Genervt davon, dass die Sitzung so ein abruptes und nicht besonders produktives Ende gefunden hat, setze ich mich an die Bar und bestelle bei einer kleinen Clubbitch ein kaltes Bier. Wenn das hier so weitergeht, dann wird es noch eine Ewigkeit dauern, bis ich endlich wieder zurück nach Tucson komme.

„Hier Reaper."

Die halb nackte Tussi stellt mir eine Flasche Bier vor die Nase, dreht sich um und bückt sich nach irgendetwas. Ihr praller Arsch sprengt beinahe die viel zu eng anliegende Hot Pants. Der dünne Stoff rutscht verdammt weit nach unten, so dass ich die obere Hälfte ihres Hinterteils ausgiebig betrachten kann.

Der dünne String, der zwischen ihren Pobacken verschwindet, ist, wie sollte es auch anders sein, natürlich violett. *Holy Shit!*

Mein dummes Hirn schaltet sofort ab, vor meinem geistigen Auge stelle ich mir vor, dass es Violet ist, die mir da ihren Arsch präsentiert, sofort wird sämtliches Blut in meine unteren Regionen gepumpt. Schmerzlich hart meldet sich mein Schwanz und fordert ein enges Loch, in das er sich rammen kann.

„Nicht schlecht, oder? Maggie mag es hart. Richtig hart! Du verstehst schon, was ich meine. Richtig, Bro?"

Ich entdecke Spider neben mir, hinter ihm taucht Razzor auf.

So langsam habe ich zu all den Gesichtern auch Namen.
„Ihr Arsch ist gut eingeritten?“
Noch bevor ich drüber nachdenken kann, ist die Frage auch schon raus.
Mit einem Nicken beantwortet er meine Frage.
„Völlig egal. Wenn du sie willst, musst du schnell sein. Diese Bitch ist beliebt. Aber das passt gut, sie ist gierig nach Schwänzen. Am liebsten hat sie einen in jedem Loch!“
„Gut zu wissen.“
Wenn ich sie mir kralle, aber das steht noch nicht fest, dann teile ich nicht. Gangbangs sind nicht so meine Sache. Ich hab es lieber privat. Zweifelnd fasse ich mir in den Schritt und richte mein Glied so aus, dass es nicht mehr allzu schmerzhaft gegen den unnachgiebigen Stoff meiner Hose drückt.
Verdammt! Auf was warte ich?
Vor kurzem hätte ich nicht gezögert, mir die Bitch gekrallt und sie so hart rangenommen, bis der Druck in meinen Eiern zerplatzt wäre. Doch jetzt? Jetzt sitze ich hier und denke an ein Mädchen mit bunten Haaren und lila Lippen, das drei Tagesfahrten von mir entfernt ist.
Ich bin so was von gefickt.
Violet hat mich an den Eiern, sie mag es noch nicht wissen, aber so schnell komme ich nicht mehr von meinem Zuckertittchen los.
„Du zögerst wegen des Mädchens, das in Tucson auf dich wartet?“
Razzor scheint mich durchschaut zu haben. Er klemmt sich den neongrünen Totenkopfstecker seines Zungenpiercings zwischen die Lippen und schüttelt den Kopf.
„Fuck, Reaper. Genieß die Zeit, in der noch keine Frau dein Patch auf dem Rücken trägt und lass es krachen. Und außerdem, was auf einer Ausfahrt passiert ... und so weiter. Sie wird es nie erfahren und du kannst dich die nächsten Tage besser auf das vor uns Liegende konzentrieren, wenn du keinen Samenstau hast.“
Wenn er es so formuliert, wäre ein Ritt mit der Bitch quasi für den Club.
Innerlich zwiegespalten starre ich auf die Kondenstropfen, die sich auf der braunen Glasflasche gebildet haben, und trinke einen großen Schluck.
In meiner Hosentasche beginnt es zu vibrieren, ich ziehe mein Telefon heraus und werfe einen Blick aufs Display. Violet ist dran.
Ohne auf mein Umfeld zu achten, gehe ich raus auf den Hof und nehme das Telefonat entgegen.
„Hey Baby.“

„Hey Reaper."
Ich höre das Lächeln in ihrer Stimme. In meinem Brustkorb breitet sich ein warmes Gefühl aus.
„Was machst du gerade? Bist du so ein richtig böser Biker?"
Wie Violet wohl reagieren würde, wenn sie wüsste, dass ich kurz davor bin, eine Bitch in den Arsch zu ficken?
Wäre sie wütend? Wahrscheinlich!
„Wir hatten gerade eine Besprechung. Jetzt trinke ich ein Bier und dann sehen wir weiter. Und wie sieht deine Planung aus, Süße?"
Es raschelt. Ich höre, wie sie sich mit jemandem unterhält, ist das eine Männerstimme? Ist sie etwa ausgegangen? Der Gedanke gefällt mir gar nicht! Es dauert etwa eine Minute, ehe sie sich bei mir für die Unterbrechung entschuldigt.
„Wo bist du, Baby?"
„In der Arbeit."
Seltsamerweise beruhigt mich das nicht im Geringsten. Es ist noch nicht so lange her, dass ihr Ex-Chef sie auf der Dienststelle vergewaltigen wollte. Am liebsten würde ich sie ununterbrochen auf dem Gelände der Reapers einsperren. Dort könnten Dagger und meine Brüder auf sie aufpassen. Aber das ist nicht möglich. So wie es steht, werde ich mich an die Sorge, die an meinen Nerven nagt, gewöhnen müssen.
„Du passt auf dich auf, versprochen? Wenn was ist, rufst du mich sofort an oder wendest dich an den Club."
„Komm mal runter, Thunder. Ich bin kein kleines Kind, sondern eine erwachsene Frau. Ich bin 24 Jahre ohne deinen Schutz und ohne deinen geliebten MC ausgekommen, ich komme gut ohne dich zurecht!"
Bämm ... Ihre Aussage fühlt sich an wie ein Schlag in die Magengrube.
„Ach, kommst du das, ja?"
Vor Wut werfe ich die Flasche mit aller Kraft gegen das geschlossene Werkstatttor, das sich direkt vor mir befindet. Das Glas zerplatzt, unzählige Scherben verteilen sich auf dem Hof.
Anscheinend kapiert Violet, dass ihre Wortwahl nicht gerade beziehungsfördernd war, denn sie flüstert eine leise Entschuldigung.
„Hör zu, Baby. Ich weiß nicht, mit was für Typen du bis jetzt zusammen warst. Aber jetzt bist du *mein* Mädchen, und ich beschütze, was mir gehört!"
Das Plastik des Handys knackt. Ich zwinge mich dazu, meine Finger wieder etwas zu lockern.

„Reg dich ab, Thunder. Du musst endlich mit deiner Ich-bin-der-große-Reaper-und-muss-dich-beschützen-Nummer aufhören. Meine überbeschützenden Brüder reichen mir völlig aus. Wenn du jetzt auch noch den Kontrollfreak raushängen lässt, drehe ich durch."

Hat sie mich gerade wirklich Kontrollfreak genannt?

„Fick dich, Violet. Du scheinst echt nicht zu kapieren, wie das zwischen uns zu laufen hat."

Ich bemerke erst, dass ich brülle, als sich sämtliche Köpfe zu mir umdrehen.

Um Beherrschung ringend kneife ich die Augen zusammen.

Erst als ein lautes Piepen ertönt, kapiere ich, dass Violet einfach aufgelegt hat.

Verfickte Scheiße!

Diese ganze Beziehungskiste gestaltet sich schwieriger als gedacht.

Mit Sarah war immer alles super einfach.

Ich wollte sie, ich habe sie mir genommen – fertig. Violet dagegen ist eine ganz andere Nummer ...

Genervt stecke ich das Handy weg und verpasse der Wand einen Tritt.

„Yeah Alter, du hast es echt drauf. So wird sie nie dein Leder tragen."

Boomer klopft mir lachend auf die Schulter. Ihm meinen Mittelfinger entgegenstreckend, gehe ich zurück in den Club, direkt zur Bar und schnappe mir die Bitch.

Irgendwo in meinem Hirn spult mein Erinnerungsvermögen Violets Stimme ab. Ich höre, wie sie Treue und Ehrlichkeit fordert, doch das ist mir im Moment so was von scheißegal! Wenn Violet nicht bereit ist, nach den Regeln zu spielen, warum sollte ich mich dann an welche halten?

Die Bitch - *wie war noch mal ihr Name? Maggie? Spielt ja auch keine Rolle* - quietscht erschrocken auf, ehe sie mir ihre künstlichen Fingernägel in die Schultern krallt und sich von mir aus dem großen Hauptraum der ehemaligen Fabrikhalle tragen lässt. Draußen auf dem Gelände ist die Luft frischer, die Musik, die aus den Lautsprechern dröhnt leiser und meine Stimmung, als mein Blick auf die am Boden liegenden Glasscherben der zersplitterten Bierflasche fällt, noch etwas schlechter. Nachdem ich Maggie an der Werkstatt vorbei ums Eck zu den Garagen getragen habe, stelle ich sie wieder ab, öffne ihre lächerlich knappe Hose und ziehe sie nach unten. Das wiederhole ich bei mir, so dass sich mein Penis dick und bereit in ihre Richtung reckt.

„Dreh dich um. Stell dich mit dem Gesicht zur Wand und streck mir deinen Arsch entgegen!"

Von dem ruppigen Ton überrascht, blinzelt sie mich verwirrt an, ehe sie tut, was ich will.

Was hat sie erwartet?

Liebesschwüre im Mondschein? Zärtliche Küsse oder ein Vorspiel?

Ja, leck mich doch ...!

Selbst die Bitches werden immer sturer und eigenwilliger. Wo soll das alles noch hinführen? Ist das eine Pussyrevolution, oder was geht hier ab?

Nicht bereit, auch nur den Hauch von Lila in meiner Nähe zu dulden, zerreiße ich ihren String, knülle ihn zusammen und werfe ihn so weit weg wie möglich.

Was zur Hölle mache ich hier eigentlich?

Beweise ich mir, dass ich immer noch der Alte bin und dass Violet mich nicht verändert hat? Oder will ich ihr eins auswischen? Wahrscheinlich eine Kombination aus beidem.

Aber verdammt, im Grunde genommen ist es egal!

Ich werde meinen Schwanz in das enge Loch dieser Nutte schieben, sie bumsen und den aufgestauten Frust der vergangenen Tage in sie pumpen. Noch bevor ich meine Hose wieder hochgezogen habe, wird es mir verflucht noch mal besser gehen. Ich wäre doch verrückt, wenn ich meinen Schwanz von dieser zickigen Feuerwehrfrau an die goldene Leine legen lassen würde.

Ich bin ein Reaper! Ich lasse mich weder anzicken noch verarschen. Wir Biker sind freie Männer. Uns gehört die Straße. Unser Lebensinhalt sind unsere Harleys und der Motorcycle-Club. Seite an Seite fahren wir über die Highways unseres Landes und genießen die absolute Freiheit, die hinter jeder Kurve auf uns wartet.

>> Born to ride – ride to live. <<<

Frauen sind nichts weiter als ein angenehmer Zeitvertreib. Solange sie keine Old Ladys sind, gleichen sie Meilensteinen. Sie kommen und gehen, doch sie hinterlassen keinen bleibenden Eindruck!

Holy Shit! Meine Gedankengänge klingen wie Propaganda.

Entschlossen schalte ich mein Hirn ab, und konzentriere mich nur auf den runden Arsch, der darauf wartet, von mir gebumst zu werden.

Mit beiden Händen umfasse ich das weiche Fleisch, knete und massiere es und ziehe die Backen anschließend so weit auseinander, dass ich die blütenförmige Rosette sehen kann.

Zuckend schnellt mein Schwanz nach oben, das Ziel ist so nah, ich muss nur noch zustoßen.

Kreisend reibe ich mit dem Daumen über die Öffnung, übe leichten Druck aus und bemerke zufrieden, wie die Bitch sich der Penetrierung entgegendrückt.

Sehr schön. Razzor hat nicht gelogen. Die Kleine ist ein Profi. Ein unerfahrenes Mädchen wäre in meiner derzeitigen Stimmung die absolut falsche Wahl.

„Wie wäre es, Reaper, soll ich es dir erst mit dem Mund besorgen?“

Um ihr zu zeigen, was ich von ihrem Vorschlag halte, ziehe ich meine Hand zurück, verpasse ihrer Rückseite ein paar harte Schläge und genieße das laute Klatschen, das von den Wänden widerhallt. Sofort färbt sich ihre Haut rot, sie gibt ein Wimmern von sich, das mich noch härter werden lässt.

Ich spucke mir auf die Hand, reibe ihre Öffnung damit ein und schiebe ihr zeitgleich zwei Finger in die Muschi. Nass und eng und absolut perfekt. Feuchte Pussys sind Gottes Geschenk an uns Männer, und bei allen Heiligen, besser hätte er sie echt nicht machen können.

„Fick mich, Thunder. Zeig mir, wie es Reapers machen. Mal sehen, ob ihr besser seid als Riders.“

Es mag lächerlich sein, aber diese Herausforderung macht mich extrem geil.

Ohne weitere Zeit zu verschwenden, ziehe ich meine Finger aus ihr raus, hole mein Portmonee, das mit einer silbernen Gliederkette an meinem Gürtel befestigt ist, aus der hinteren Hosentasche und suche nach dem Kondom, das sich dort für genau solche Nächte in einem der Fächer befindet.

Die Folie aufreißend beobachte ich Maggie dabei, wie sie sich vor Ungeduld selbst fingert – was ein Anblick.

„Du kannst es wohl kaum erwarten, Bitch.“

Ich bringe mich hinter ihr in Position und ramme mich mit einem kraftvollen Stoß in ihr hinteres Loch. Maggie zuckt zusammen, will sich aufbäumen, doch ich drücke sie bestimmend wieder nach unten.

Wenn sie es zärtlich gewollt hätte, hätte sie sich einen anderen Kerl suchen müssen.

Ihr enger Schließmuskel massiert meinen Schwanz, presst ihn fest zusammen. Das Puckern in meinen Eiern wird immer intensiver. Lange wird dieser Ritt nicht dauern.

Mit zusammengebissenen Zähnen beobachte ich, wie mein Glied wieder und wieder zwischen ihren Arschbacken verschwindet.

Erst als ich mir sicher bin, dass sie es kapiert hat und freiwillig unten bleibt, löse ich meine Hände von ihr, stütze mich an der Garagenwand ab und erhöhe das Tempo.

Ja, das ist es - keine Spiele, keine Küsse, keine Zärtlichkeiten - genauso sollte ein Fick sein. Für Violet habe ich viel zu viel Aufwand betrieben. Ja, okay ... das mit uns hat sich gut angefühlt. Unbeschreiblich gut sogar. Aber Verdammt! Diese du–und-ich-zusammen-Scheiße ist echt kompliziert.

Vielleicht ist Violet einfach eine Nummer zu anspruchsvoll für mich?!

Vielleicht sollte ich doch Sarah nehmen?

Bitches sind viel einfacher. Sie motzen nicht, fordern nichts und bücken sich ohne Widerworte. Und obwohl mir das alles mehr als bewusst ist, schließe ich die Augen und stelle mir Violets süßes Gesicht vor, während ich meinen Samen Schub für Schub in die Bitch spritze. *What a fuck ...*

23. Kapitel

Violet

Es kostet mich zwar sämtliche Willenskraft, aber es gelingt mir immer wieder, Thunder für ein paar Minuten aus meinen Kopf zu verbannen.

Bevor wir telefoniert haben, habe ich ihn so unglaublich vermisst, dass ich schon kurz vorm Durchdrehen war. Aber jetzt? Jetzt würde ich ihn am liebsten zum Teufel wünschen. Was denkt sich dieser blöde Biker eigentlich?

Wenn ich einfach auflege, dann muss er sofort wieder anrufen, um mich zu besänftigen. So läuft das nun mal in einer Beziehung.

Das ist genauso selbstverständlich wie das Kuscheln nach dem Sex oder dass man eng aneinandergeschmiegt in der Löffelchenstellung einschläft.

Das ist das ganz normale Beziehungs-ABC.

Aber von dem scheint Thunder noch nie etwas gehört zu haben.

Am liebsten würde ich ihn sofort wieder anrufen, nur um seine Stimme zu hören und um zu prüfen, ob zwischen uns alles okay ist. Aber ich widerstehe dem Drang. Dieser Rocker muss lernen, dass ich keine von den vielen Club-Tussis bin, sondern dass ich in einer anderen Liga spiele als zum Beispiel diese durchgeknallte Frau, die damit gedroht hat, mich bei lebendigem Leib anzuzünden, wenn ich *ihren Reaper* nicht sofort in Ruhe lasse.

Der rationale Teil meines Ichs weiß, dass es besser wäre, Thunder für immer aus meinem Leben zu streichen, das Problem ist nur, dass es mich voll erwischt hat und dass ich mich bis über beide Ohren in diesen unmöglichen Kerl verliebt habe.

Bis jetzt war die Schicht ruhig – zu ruhig. Ein paar Einsätze würden mir bestimmt dabei helfen, diesen Hubba Bubba kauenden Biker zu vergessen – zumindest für eine Weile.

So aber sitze ich mit meinen Kollegen am Tisch, spiele Karten und trinke zu viel Kaffee.

Tom, unser neuer Chief Officer, hat die Teams durchgemischt, so dass ich die Schicht nicht mit der üblichen Crew verbringe, sondern mit einem bunt zusammengewürfelten Team. Wie ich das finden soll, weiß ich auch noch nicht genau, aber ich bin gerade nicht in der Stimmung, mir auch noch darüber den Kopf zu zerbrechen. Wegen Max' Ableben war es klar, dass sich einiges auf der Wache verändern würde. Wie immer, wenn ich an meinen ehemaligen Chef denke, läuft mir ein unangenehmer Schauer über den Rücken.

Während die Polizei noch immer keine heiße Spur hat, weiß ich ganz genau, wer sein Mörder ist.

Luca, der Batallion-Chief unseres Trupps, sitzt mir gegenüber und sieht mich prüfend an. Genau wie bei den letzten vier Pokerpartien, versucht er anhand meiner Mimik herauszufinden, welches Blatt ich habe, aber das kann er vergessen. Ich bin mit drei Brüdern aufgewachsen, mein Pokerface sitzt zu 100 %.

„Komm schon, Viktoria, lass mich nicht so abblitzen. Wenn das so weitergeht, bin ich morgen pleite.“

Luca weigert sich standhaft, mich wie alle anderen Violet zu nennen, er bevorzugt Viktoria, was mich total irritiert. Denn der Einzige, der mich so nennt, ist mein Dad.

„Oh wow, bis jetzt habe ich sechs Dollar gewonnen. Ich bin mir sicher, dass du das verkraften wirst. Außerdem bist du eine, wenn nicht sogar zwei Gehaltsstufen über mir. Du wirst es überleben.“

Den Kopf leicht schief legend verzieht er seine Lippen zu einem breiten Grinsen.

„Lass uns den Einsatz erhöhen.“

„Wie? Echt jetzt? Ich dachte, die sechs Dollar schmerzen dich schon.“

Seine Augen blitzen amüsiert auf.

„Ich rede nicht von Geld. Wenn ich diese Partie gewinne, gehst du mit mir essen. Ein richtiges Date. Du wirst ein enganliegendes Kleid und sexy High Heels tragen und ich werde, ganz der Gentleman, der ich nun mal bin, dafür sorgen, dass wir bei Kerzenschein dinieren. Was sagst du?“

Im ersten Augenblick bin ich so überrumpelt, dass ich überhaupt nicht weiß, was ich sagen soll.

Luca ist ein äußerst attraktiver Mann. Mit seinen kurzen braunen Haaren, dem perfekt gestutzten Dreitagebart, seiner geraden Nase und den vollen Lippen entspricht er im Grunde genommen meinem Beuteschema. In dem einen Moment wirkt er wie der nette Kerl von nebenan und im nächsten wie ein waschechter Bad Boy. Natürlich ist er nicht so bad wie Thunder, aber das sind wohl die wenigsten.

Gerade als ich den Mund öffnen und ablehnen will, beugt er sich über den Tisch zu mir rüber und legt mir seinen warmen Zeigefinger auf die Lippen.

„*Schhhh...* sag jetzt nicht nein. Du würdest es bereuen. Glaub mir.“

Vielleicht sollte ich mich auf den Einsatz einlassen. Immerhin steht ja gar nicht fest, dass er gewinnt. Und falls doch – na ja, dann habe ich ja auch irgendwie gewonnen. Schließlich springt für mich ein schöner Abend mit einem attraktiven Mann heraus.

„Der Einsatz steht. Wenn du gewinnst, dann geh ich mit dir aus. Aber was bekomme ich, wenn ich gewinne?"

Die Karten in seiner Hand zurechtzupfend, lehnt er sich entspannt zurück.

„Dann gibt's noch Nachtisch."

Jetzt bin ich diejenige, die lachen muss.

„Na, wie soll ich da noch nein sagen können?"

„Gar nicht. Das ist ja der Plan."

Einen prüfenden Blick auf meine Karten werfend, weiß ich, dass er sein Date schon so gut wie sicher in der Tasche hat.

Dennoch sage ich ja. Vielleicht gelingt es Luca ja, mich von einem blauäugigen Reaper mit einer Vorliebe für Schusswaffen und Kinder-Kaugummis abzulenken.

Mein Unterbewusstsein schüttelt fassungslos den Kopf. Es erinnert mich mahnend daran, dass es nicht so besonders intelligent ist, die Grenze zwischen privat und beruflich zu überschreiten.

Max ist noch nicht mal unter der Erde und ich lasse mich auf den Chief Officer unserer Wache ein – schön blöd!

Der Unterschied ist jedoch, dass ich Max nie Hoffnungen gemacht habe. Ich wäre nie auf die Idee gekommen, mit ihm zu pokern oder auf eine seiner vielen Einladungen einzugehen. Mein Bauchgefühl hat mich von der ersten Sekunde an vor Max gewarnt, und wie sich im Nachhinein herausgestellt hat, völlig zu Recht.

Keine fünf Minuten später lege ich meine Karten auf den Tisch und sehe Luca an.

„Du hast gewonnen, Chief. Das Dessert werde wohl ich übernehmen müssen."

In dem Moment, in dem er kapiert, dass die Partie an ihn geht, entblößt er seine makellos weißen Zähne, schenkt mir sein heißestes Lächeln und zwinkert mir frech zu.

„Ich kann es kaum erwarten, Viktoria."

Noch bevor ich etwas erwidern kann, ertönt die Sirene. Instinktiv springe ich auf und eile, genau wie all meine Kollegen, in die Halle. Routiniert ziehe ich meine Ausrüstung an und renne zum Einsatzwagen.

Die Zentrale teilt uns über Funk die Adresse und die vorhandenen Informationen mit:

ein Brand in einem leer stehenden Gebäude in der East Road, am Stadtrand. Es ist nicht bekannt, ob sich Personen in dem Haus befinden.

Durch die enorme Trockenheit der letzten Wochen und Monate besteht eine hohe Waldbrandgefahr. Ein Funke und etwas Wind reichen aus, um einen verheerenden Schaden anzurichten.

Dank der Sirene weichen uns alle anderen Verkehrsteilnehmer aus, so dass wir ungehindert zum Einsatzort kommen. Als wir endlich dort sind, lecken die orangen Flammen bereits am Dachstuhl. Das Haus ist nicht mehr zu retten. Unsere Aufgabe ist es, nach Personen zu suchen und zu verhindern, dass das Feuer auf die Nebengebäude überspringt.

Als Luca uns alle eingeteilt und Anweisungen erteilt hat, geht jeder von uns seinen Aufgaben nach. Gleich nachdem die zuführenden Stromleitungen gekappt wurden, beginnt Team A das Dach zu entlüften, um einen *Blow up* zu verhindern und das Risiko einer Explosion zu verringern. Luca, der mich zu sich eingeteilt hat - was das zu bedeuten hat, will ich lieber gar nicht wissen -, gibt grünes Licht. Wir setzen uns die Sauerstoffmasken auf, schnappen uns die Brecheisen und betreten das Gebäude.

Eine unglaubliche Hitze schlägt uns entgegen, die Holztreppe steht komplett in Flammen.

„Ich checke den ersten Stock, du übernimmst das Erdgeschoss.“

„Alles klar.“

Luca geht am Geländer entlang. Schritt für Schritt prüft er die Stabilität der einzelnen Stufen.

Erst als er vom Rauch verschluckt wird, mache ich mich auf den Weg in das erste Zimmer.

„Tucson Fire Department - melden Sie sich!“

Mein Ruf verhallt ungehört.

„Tucson Fire Department - melden Sie sich!“

Die Wahrscheinlichkeit, dass sich hier tatsächlich jemand aufhält, ist sehr gering, doch selbst wenn sie nur bei 1 % liegt, werde ich die Suche nicht aufgeben, ehe ich alles in meiner Macht Stehende getan habe, um ein potenziell gefährdetes Leben zu retten.

„Tucson Fire Department - melden Sie sich!“

Wieder nichts. Ich hebe die auf dem Boden liegende Matratze hoch, kann jedoch niemanden erkennen. So schnell wie möglich gehe ich ins nächste Zimmer.

„Tucson Fire Department - melden Sie sich!“

Bis auf eine kaputte Couch und einen umgekippten Stuhl ist es leer.

Der Rauch wird immer dichter, Lucas Stimme kommt verzerrt aus dem Funkgerät.
„Viktoria? Wie sieht es bei dir aus?“
„Zwei Zimmer sind gecheckt.“
Ein lautes Krachen lässt den Boden erzittern. Um zu sehen, was den Lärm verursacht hat, renne ich raus in den Gang und sehe, dass die Treppe zusammengestürzt ist.
„Luca? Ruf Verstärkung, du musst auf das Dach, sie sollen dich mit der Drehleiter runterholen.“
Der Strahl seiner Taschenlampe durchschneidet den Qualm.
„Bist du jetzt der Chief, Viktoria?“
„Hör auf, Witze zu reißen. Diese Bude bricht bald zusammen und ich werde hier erst rausgehen, wenn ich dich in Sicherheit weiß, ich werde dich nicht alleine zurücklassen!“
Für einen Moment herrscht Stille.
Dann höre ich, wie er die Kollegen an der Drehleiter über unsere Situation informiert.
Obwohl die Hitze beinahe unerträglich geworden ist und die alte Holzdecke bereits in Flammen steht, beschließe ich, dass ich noch den letzten Raum am Ende des Flurs prüfe. Ich könnte mir nie verzeihen, wenn ich jemanden übersehen habe.
Ein schief stehender Schrank versperrt mir die Sicht. Mit aller Kraft schiebe ich ihn beiseite, setze das Brecheisen ein und verschaffe mir schlussendlich so Zugang. Kaum dass ich das Zimmer betreten habe, breitet sich ein ungutes Gefühl in meinem Bauch aus.
„Tucson Fire Department - ist hier jemand?“
Nichts. Stille.
Aufgrund des Rauchs kann ich kaum noch etwas erkennen.
Ich prüfe die Ecken, indem ich mich auf die Knie begebe und den Boden abtaste. Anstatt auf einen leblosen Körper treffen meine Finger auf etwas Hartes.
Verwundert versuche ich, etwas zu erkennen. Das, was ich spüre, fühlt sich an wie viereckiges Plastik.
Luca teilt mir mit, dass die Drehleiter ihn geholt hat, und befiehlt mir, dass ich mich sofort zurückziehen soll. Ihn ignorierend schließe ich die Finger um den Gegenstand und ziehe ihn näher zu mir heran.
Was ich jetzt zu sehen bekomme, lässt mir das Herz in die Hose rutschen.
Das Plastikding ist ein Kanister voller Flüssigkeit. Ich bücke mich erneut und ertaste vier weitere. Mir ist sofort klar, was das bedeutet – Brandstiftung!

Noch während ich den Chief über Funk über meinen Fund informiere, beginne ich zu laufen. Vor Hektik stolpere ich über ein Teil des Schranks, stürze und knalle mir der Gesichtsmaske gegen den Türstock. Ein dicker Riss zieht sich durch die Glocke, die mein Gesicht bedeckt. Der Sauerstoff vermischt sich mit dem Rauch. Hustend rapple ich mich auf, versuche so viel Abstand wie möglich zwischen mich und den hoch explosiven Fund zu bringen. Gerade als ich den Flur entlanglaufe, bilde ich mir ein, das Klingeln eines Handys zu hören.

Scheiße! Habe ich doch jemanden übersehen? Aber wo?

Obwohl es mir beinahe das Herz bricht, drehe ich nicht noch mal um, sondern steuere weiter auf die Haustüre zu.

Wenn es gut geht, bleibt mir noch genug Zeit, um dem sicheren Feuertod zu entkommen. Trotz der Spezialkleidung, die ich trage, würde es mich wahrscheinlich in Stücke reißen, wenn die Kanister hochgehen. Und dass sie das tun werden, steht außer Frage.

Gerade als der Ausgang in Sicht kommt, passiert es ...

Ein lautes *Boom* lässt mir die Ohren klingeln, zeitgleich fühlt es sich für den Bruchteil einer Sekunde so an, als würde alle Luft aus dem Haus gesaugt werden, ehe mich eine enorme Druckwelle auf den Boden schleudert.

Lucas Stimme dröhnt aus dem Funk, doch ich kann keine einzelnen Worte verstehen.

Unfähig auch nur meinen Arm zu bewegen, starre ich auf die bläulich schimmernden Flammen, die nach mir lecken.

Ich muss hier raus, sofort, doch ich schaffe es nicht - zumindest nicht ohne Hilfe.

Ein enormer Druck lastet auf meinen Brustkorb, japsend sauge ich die giftige Rauch-Sauerstoff-Mischung in meine brennenden Lungenflügel. Ein letztes Mal versuche ich aufzustehen und gebe recht schnell wieder auf.

Das war es jetzt ... ich werde hier tatsächlich sterben ...

Es wird schwarz vor meinen Augen und ich verliere nach und nach das Bewusstsein.

Das Letzte, woran ich denken kann, ist Thunder. Ich stelle mir vor, dass er jetzt bei mir ist, mich küsst und mich Zuckertittchen nennt.

Oh Gott! Es ist völlig lächerlich, doch ich kann nichts dagegen tun. Dieser Reaper ist wie ein heftiges Unwetter, das mich wie ein Blatt im Wind durch die Luft wirbelt.

„Viktoria! Verdammt! Viktoria, mach keinen Scheiß und öffne die Augen."

Lucas Stimme dringt wie durch schwarze Tinte zu mir durch.

Ich will ja tun, was er von mir will, aber es klappt nicht.

Die Sanitäter reißen an mir rum. Etwas sticht in meinen Arm, eine Maske wird auf mein Gesicht gepresst und frischer Sauerstoff flutet meine Luftröhre.

In einer Art Schwebezustand, nicht ganz wach und auch nicht ohne Bewusstsein, lausche ich dem Geräusch-Wirrwar, das mich umgibt.

Keine Ahnung, wie viel Zeit vergangen ist, seit mich die explodierenden Kanister von den Füßen gerissen haben, aber als es mir endlich gelingt, die Augen zu öffnen, bemerke ich, dass ich mich im Krankenwagen befinde und auf einer Liege festgeschnallt bin.

Natürlich ist mir klar, dass das alles ganz normal ist. In den vergangenen Jahren habe ich dieses Vorgehen unzählige Male beobachtet. Es ist nur etwas ganz anderes, wenn man plötzlich die Rollen tauscht und nicht zu den Rettern, sondern zu den Opfern gehört.

„Halleluja, Violet. Du hast uns allen einen ordentlichen Schrecken eingejagt."

Nora, die Sanitäterin, grinst auf mich herab, doch ich erkenne die Sorge in ihrem Blick.

Ich gebe ein kratziges „Sorry", von mir, das aufgrund der Sauerstoffmaske die meinen Mund und meine Nase bedeckt, sicher kaum zu verstehen ist.

„Nicht reden, Süße, dein Hals muss sich schrecklich anfühlen."

Nicht nur mein Hals ...

Ihr Blick huscht immer wieder kurz zu dem Display, das sich neben meinem Kopf befindet, und überwacht so meine Vitalwerte.

„Wir sind in wenigen Minuten in der Klinik. Bleib einfach still liegen und lass mich nur machen. Wir haben dich bald wieder auf den Beinen!"

Erschöpft schließe ich erneut die Augen.

Wer von meinen Kollegen mich wohl aus dem Gebäude geholt hat?

Jetzt, wo ich wieder bei Bewusstsein bin, öffnet sie die Schnallen, die mich fixiert haben, und zwinkert mir dabei freundschaftlich zu.

Mit einem Ruck kommt der Krankenwagen zum Stehen, Nora reißt die Türen auf, doch anstatt auszusteigen, weicht sie erschrocken zurück. Von ihrem Verhalten beunruhigt ziehe ich mir die Maske vom Gesicht und richte mich auf. Im ersten Moment bin ich mir sicher, dass ich mir das, was ich sehe, nur einbilde, doch selbst nach mehrmaligem

Zwinkern lösen sich die zwei Reaper, die direkt vor den geöffneten Wagentüren stehen, nicht in Luft auf.

Dagger und der Typ mit den Brandnarben am Arm, der, glaube ich, Flame heißt, mustern mich besorgt.

„Was macht ihr hier?“

Wegen des vielen Qualms, den ich eingeatmet habe, erkenne ich meine eigene Stimme kaum wieder.

„Na was wohl, Lila. Wir sind hier, um zu sehen, wie es dir geht.“

Die Stimme des Präsidenten klingt nachsichtig. So, als würde er meine Frage für extrem sinnlos halten. Überrascht und von der Anwesenheit der Rocker verängstigt, dreht Nora sich zu mir um.

„Du kennst die beiden, Violet?“

„Ja. Du musst dir keine Sorgen machen, die sind harmlos.“

Meine Worte lassen Flame auflachen und sorgen dafür, dass sich bei Dagger zwei tiefe Falten auf der Stirn bilden.

„Fuck Präs! Sie muss echt was abgekriegt haben, sie redet ganz offensichtlich wirres Zeug.“

Sich zu mir herunterbeugend flüstert mir Nora zu, dass sie den Notfallknopf gedrückt hat, der den Sicherheitsdienst alarmiert. Dagger geht nicht auf Flames Witz ein, sondern steigt kurzerhand in den Wagen und sieht aus dunklen braunen Augen auf mich herab.

„Du sagst mir jetzt, was passiert ist, Violet. Und keine blöden Sprüche. Ich muss das wissen. Kapiert?“

Seine Sorge ehrt ihn, dennoch verstehe ich nicht, warum er sich für meinen Gesundheitszustand interessiert. Ich gehöre nicht zum Motorcycle-Club und wir kennen uns kaum.

Irgendwie wird mir das hier alles gerade zu viel ... Ein heftiger Schwindel ergreift von mir Besitz und ich fühle mich, als hätte ich unzählige Runden in einer Loopingachterbahn gedreht. Stöhnend sinke ich zurück auf die Liege und lege mir die Hand auf die Stirn.

Sofort ist Nora bei mir und bedeckt meinen Mund und meine Nase mit der Sauerstoffmaske.

„Wer auch immer Sie sind und was auch immer Sie von ihr wollen, es muss warten. Violet braucht ihre Ruhe.“

Ich höre zwei weitere Männerstimmen und weiß, dass der Sicherheitsdienst aufgetaucht ist. *Das wird ja immer schlimmer ...* Mir ist klar, dass Nora es nur gut gemeint hat, aber die zwei Typen von der Security werden gegen diese beiden Biker ganz sicher nicht ankommen.

„Verpisst euch, ihr Wichser, oder ihr werdet ab morgen von eurer Berufsunfähigkeitsversicherung Gebrauch machen!“

Die grollende Stimme des Reaper-Präsidenten flößt sogar mir Angst ein, und mich hat er gar nicht gemeint.

„Wir sind hier, um die Frauen zu beschützen.“

„Das ist nicht nötig. Die kleine Bunte da drinnen fällt in unseren Zuständigkeitsbereich. Wir passen auf sie auf!“

Flames Ansage verwundert mich. Seit wann bin ich eine Clubangelegenheit?

Anstatt zu verschwinden, greifen die uniformierten Männer nach ihren schwarzen Schlagstöcken aus Polyethylen. Respekt, so viel Mut hätte ich den beiden, ziemlich übergewichtigen Sicherheitsmännern gar nicht zugetraut. Um zu verhindern, dass die Situation eskaliert, ziehe ich mir erneut die Maske runter und setze mich langsam auf.

Schlagstöcke hin oder her, nicht mal ein dutzend Securitys hätten gegen diese zwei Reaper eine Chance.

„Schon gut. Die beiden sind Freunde, sie machen keine Schwierigkeiten.“

Der etwas größere Wachmann mit den grau melierten Haaren wirkt nicht überzeugt.

Dagger nimmt sich meine Hand, lenkt so meine Aufmerksamkeit auf sich und drückt mir sanft die Finger.

„Erzähl mir jetzt, was vorgefallen ist, Violet.“

Hartnäckig ist er ja, der Rockerpräsident.

Mit der Hand reibe ich mir über die Stirn und versuche, mich an alle Einzelheiten zu erinnern, was gar nicht so leicht ist, denn mein Hirn fühlt sich an wie Mus.

„Wir wurden zu einem Brand gerufen. Das Gebäude stand bereits völlig in Flammen. Zusammen mit Luca bin ich in das Haus, um nach Personen zu suchen, ...“

Eine kurze Pause machend, versuche ich, wieder zu Atem zu kommen.

„... im letzten Zimmer habe ich dann die Kanister gefunden. Mir war sofort klar, dass sie mit Brandbeschleuniger gefüllt waren ...“, die höllischen Halsschmerzen lassen mich erneut verstummen, in meiner Lunge rasselt es. Erst als ich einen Augenblick später das Gefühl habe, dass es wieder geht, spreche ich weiter. „Natürlich habe ich versucht, so schnell wie möglich aus dem Haus zu kommen, aber dafür war es zu spät. Die Kanister sind aufgrund der Hitze explodiert. Die Wucht der Detonation hat mich mit sich gerissen, danach kann ich mich an nichts mehr erinnern.“

Mein Puls, der durch das immer schneller kommende Piepen des Monitors wiedergegeben wird, verrät, wie sehr mich die Ereignisse aufregen.
Einen lauten Pfiff ausstoßend, stützt Flame seinen Fuß an der Stoßstange ab.
„Habt ihr schon ein Anzeichen für die Brandursache?“
Ich schüttle verneinend den Kopf.
„Das wird wohl eine Untersuchung klären. Aber die wird erst durchgeführt, wenn der Brand gelöscht ist.“
Für einen Moment sagt keiner ein Wort.
„Warte mal - was macht ihr eigentlich hier? Woher habt ihr von der Sache erfahren?“
Meine Frage entlockt Flame ein Grunzen.
„Thunders Kleine hat immer noch nicht gecheckt, wer wir sind und mit wem sie es zu tun hat.“
Keine Ahnung, was mich mehr stört. Dass Flame mich *Thunders Kleine* nennt, oder dass er von mir redet, als ob ich überhaupt nicht anwesend bin.
Dagger lässt meine Hand los und steigt aus dem Wagen.
„Tucson gehört uns. Diese Stadt ist unser Revier, wir wissen genau, was hier los ist.“
Soll mich das jetzt etwa beruhigen?
„Das erklärt aber immer noch nicht, warum ihr hier seid.“
Mit einem genervten Stöhnen tauschen die beiden Biker einen ungläubigen Blick.
Schlussendlich ist es Flame, der mich aufklärt.
„Du bist das Mädchen unseres Sergeants. Und da dieser gerade unterwegs ist und nicht selber auf dich aufpassen kann, haben wir ein Auge auf dich. Es ist also nur selbstverständlich, dass wir nach dir sehen, wenn wir erfahren, dass du verletzt wurdest.“
Dagger springt aus dem Krankenwagen, zündet sich eine Zigarette an und nickt zustimmend, ehe er das Wort ergreift.
„Wenn das wirklich Brandstiftung war, und danach sieht es aus, werden wir den Schuldigen finden und kaltmachen. Jeder, der dich verletzt, bekommt es mit uns zu tun. So läuft die Sache ab jetzt. Verstanden?“
Wie bitte ... Hilfe ...
Im Grunde genommen verstehe ich rein gar nichts. Aber das werde ich den zwei Bikern ganz bestimmt nicht auf die Nase binden. Davon abgesehen bin ich mir nach dem letzten Telefonat nicht mal mehr

sicher, ob ich immer noch Thunders Mädchen bin, falls ich das überhaupt jemals war.

Das Klingeln eines Handys ertönt, es erinnert mich an irgendetwas, doch ich kann nicht genau sagen, an was. Es hat etwas mit dem Brand zu tun und ich weiß auch noch, dass es wichtig ist, aber mein überlasteter Verstand kann die Information einfach nicht richtig abrufen.

Dagger fasst sich in die Hosentasche, wirft einen Blick auf das Display und murmelt etwas, das wie *‚wenn man vom Teufel spricht'* klingt.

Mir einen finsteren Blick zuwerfend, nimmt er das Gespräch an und geht ein paar Schritte weit von uns weg, so dass ich nicht hören kann, mit wem er redet oder was er sagt. Jetzt, wo sich ein Reaper entfernt, wittern die Wachmänner ihre Chance. Beide gehen auf Flame zu, dieser bleibt jedoch ganz locker, hebt nur das Revers seiner Kutte an und zeigt so die Waffe, die in einem Holster an seinen Rippen ruht.

Mehr braucht er nicht zu tun. Die beiden geben sich endgültig geschlagen und ziehen sich zurück. *Na klasse* ... Auch wenn ich froh bin, dass sie nicht ihr Leben in einer sinnlosen Aktion riskieren, finde ich es schon etwas irritierend, wenn der Wachdienst einfach so den Schwanz einzieht.

Jackson, die junge Afroamerikanerin, die den Krankenwagen gefahren hat, steigt nun auch endlich aus. Offensichtlich war es ihr bis jetzt zu heikel, ich kann es ihr nicht verübeln. Noch bevor ich aufstehen und aussteigen kann, kommt Dagger zurück und drückt mir wortlos sein Handy in die Hand.

Da kann niemand anders als Thunder dran sein.

Kaum dass ich es mir ans Ohr halte, höre ich auch schon seine dunkle Stimme.

„Fuck Baby! Fuck! Wie geht es dir?"

Zwei Mal *Fuck* in einer Frage - entweder ist er wegen vorhin noch immer wütend auf mich, oder aber er macht sich echt Sorgen.

„Den Umständen entsprechend."

Als er meine kratzige Stimme hört, flucht er erneut.

„Wie konnte das passieren?"

Ich bin verwirrt.

„Was meinst du?"

„Na was wohl! Dass du in die Luft geflogen und beinahe lebendig verbrannt bist!"

Bei den Worten *lebendig verbrannt* muss ich sofort an diese verrückte Tussi denken, die mir genau damit gedroht hat. Ob sie hinter dem Feuer steckt? Nein, das glaube ich nicht. Ich meine, so eine Drohung ist schnell mal ausgesprochen, vor allem wenn man eifersüchtig ist. Aber sie dann auch umzusetzen, ist noch mal eine ganz andere Nummer.

„Na ja ich bin Feuerwehrfrau, da kann das schon mal vorkommen."

Während ich auf eine gute Portion Ironie zurückgreife, klingen seine nächsten Worte völlig ernst.

„Dann bist du das ab heute nicht mehr! Verstanden, Baby?"

Entweder habe ich ihn falsch verstanden oder aber Thunder spinnt jetzt völlig.

„Sorry, ich glaube, ich habe mich gerade eben verhört. Kannst du das bitte wiederholen?"

Ein zorniges Schnauben hallt aus dem Telefon.

„Zuerst wollte dich dein Boss vergewaltigen und nun bist du beinahe gestorben. Ich finde, das waren genug gefährliche Vorfälle in kürzester Zeit. Sobald ich wieder zurück in Tucson bin, werden wir uns überlegen, was du zukünftig machen kannst. Aber diese Feuerwehrsache ist einfach nichts für dich, Süße. Du bist eine Frau, du brauchst eine ungefährliche Arbeit!"

Boah ... jetzt reicht es mir aber. Diese Scheiße habe ich mir schon zu genüge von meiner Familie anhören müssen.

„Hast du nur Bullshit auf Lager oder willst du noch was Nettes sagen, bevor ich das Gespräch beende?"

Dagger zieht belustigt die Augenbrauen nach oben, während Flame mich breit grinsend ansieht.

„Die Kleine löscht nicht nur welches, sie hat auch Feuer im Arsch. Thunder wird sich an diesem Biest die Zähne ausbeißen - so viel ist sicher."

Meine einzige Reaktion auf seinen unverschämten Kommentar ist mein Mittelfinger. Nicht gerade die feine Art, aber was soll's. Der Tag war beschissen genug, da sind blöde Machosprüche echt das Letzte, was ich gerade gebrauchen kann.

„Hör mir jetzt gut zu, Violet. Nur weil uns gerade über 1000 Meilen trennen, bedeutet das noch lange nicht, dass ich nicht für dich verantwortlich bin."

Okay. Das war ganz klar wieder Bullshit!

Ohne zu zögern, nehme ich das Handy runter und drücke auf den roten Knopf.

„Hier. Nimm das und gib es mir nicht wieder. Ich habe schon genug Kopfschmerzen, da brauche ich mir nicht auch noch so eine Scheiße anhören, wie sie euer Sergeant von sich gibt."

Dagger nimmt sein Mobiltelefon entgegen. Im ersten Moment denke ich, dass er mir etwas sagen will, doch dann beißt er nur die Zähne zusammen und schüttelt den Kopf.

„Bist du dir sicher, dass du laufen kannst, Violet? Ich denke, die Trage wäre besser für dich." Nora sieht mich besorgt an.

„Nein, schon gut. Ich kann selber gehen."

Wütend auf Thunder und die ganze Welt steige ich aus. Noch bevor mein Fuß den Boden berührt, breiten sich schwarze Flecken in meinem Sichtfeld aus. Mein Gleichgewichtssinn löst sich in Luft auf und meine Knie geben nach.

Noras „Scheiße!", klingt unendlich weit entfernt, obwohl sie in Wirklichkeit direkt neben mir steht.

In dem Augenblick, in dem ich damit rechne, hart auf den Betonboden aufzuschlagen, schlingt sich ein muskulöser Arm um meine Taille, zieht mich schwungvoll nach oben und wirbelt mich herum. Plötzlich falle ich nicht mehr, sondern lehne an einer breiten Männerbrust.

„Hab dich, Kleines."

Flames warmer Atem streift über mein Ohr, das Leder seiner Kutte reibt über meine Wange. Obwohl mir durchaus bewusst ist, dass er nicht Thunder ist, atme ich tief ein und genieße den vertrauten Geruch von Leder, Schießpulver und Motoröl. So wie Thunder immer der Duft von Kaugummi umgibt, ist es bei Flame ein würziges Aroma, das ich nicht ganz zuordnen kann.

Gott bin ich erbärmlich ... Selbst wenn ich noch so wütend auf meinen Hubba Bubba kauenden Reaper bin, im Augenblick würde ich alles dafür geben, um bei ihm sein zu können.

„Wartet kurz, ich hole einen Rollstuhl."

Nora will gerade davoneilen, doch da hebt Flame mich auch schon in seine Arme und trägt mich mühelos zum Eingang des St. Mary's Hospitals.

Auch wenn ich es nur ungern zugebe, aber diese rauen, gefährlichen und alles andere als domestizierten Rocker haben schon was an sich, was den Hormonhaushalt einer Frau ordentlich durcheinanderbringt. Erst als Nora mit dem angekündigten Rollstuhl auftaucht, lässt er mich langsam runter und platziert mich auf der abgewetzten Sitzfläche.

„Gut. Ab hier braucht sie euren Schutz nun wirklich nicht mehr. Also könnt ihr jetzt verschwinden!"

Im Gegensatz zu mir scheint Nora gegen den Bikercharme völlig immun zu sein. Flame, der es einfach nicht lassen kann, sie zu reizen, wackelt mit den Augenbrauen und verpasst ihrem Po einen Klaps.

„Zick, so viel du willst. Es bringt nichts. Ich kann dir ansehen, dass du unbedingt wissen willst, wie es sich anfühlt, auf einem Reaper zu sitzen, ihn tief in dir aufzunehmen und ihn wie ein böses Cowgirl zu reiten."

Seine obszönen Worte hallen unnatürlich laut durch den langen Flur, der zur Notaufnahme führt. Alle Anwesenden drehen sich zu uns um und mustern uns neugierig.

Ufff, ist das peinlich!

In königlicher Haltung wirft Nora den Kopf zurück, so dass ihr die langen blonden Haare auf den Rücken fallen und bedenkt Flame mit einem so vernichtenden Blick, dass seine Eier garantiert auf Kirschkerngröße schrumpfen.

„Du bist doch nichts weiter als ein kleiner Junge, der sein Kinderspielzeug-Motorrad gegen ein etwas größeres ausgetauscht hat. Dich zu reiten wäre nichts anderes, als ein zahmes Kälbchen zu besteigen - völlig uninteressant."

Für die Art, wie sie ihn abgefertigt hat, würde ich ihr am liebsten Beifall klatschen. Doch stattdessen werde ich in einem leise quietschenden Ding auf kürzestem Weg in die Notaufnahme geschoben. Keine Ahnung, wie viel Abstand bereits zwischen uns und den zwei Rockern ist, aber ich kann hören, was Flame zu Dagger sagt.

„Yee-haw ... die Kleine werde ich mir auch noch schnappen. Und dann werden wir ja sehen, wie laut sie schreien wird, wenn ich sie einreite wie eine junge Stute."

Kaum dass wir um die Ecke gebogen sind, beginnt Nora zu kichern.

„Heilige Scheiße, Violet. Wo hast du die beiden denn aufgetrieben? Und was soll dieses Gequatsche von Schutz und diesem ominösen Thunder? Hab ich was verpasst oder hattest du nicht hoch und heilig geschworen, dass du dir zukünftig keine Bad Boys mehr ins Bett holst?" Ein *tztztz* von sich gebend, schlägt sie mir leicht auf die Schulter.

„Echt jetzt, Violet. Ich hoffe, du weißt, was du da tust. Diese Reaper sind die Königsklasse aller bösen Jungs. Zwar habe ich bis eben noch nie einen persönlich kennengelernt, aber da sind Gerüchte im Umlauf, die lassen einem die Haare zu Berge stehen."

Ich erspare es mir, sie darüber aufzuklären, dass die Gerüchte längst nicht an die Realität ranreichen und höre zu, wie sie die diensthabende Krankenschwester über meinen Gesundheitszustand aufklärt und die Patientenübergabe abwickelt.

Während des Wartens denke ich darüber nach, dass Dagger, der Reaper-Präsident, persönlich hier aufgetaucht ist, um sich nach meinem Befinden zu erkundigen. Damit habe ich echt nicht gerechnet und es hat mich positiv überrascht. Eines habe ich verstanden, diese Rocker halten fest zusammen. Der MC ist eine eingeschworene Gemeinschaft, die sich um die ihren kümmert. Es mag sein, dass sie der Außenwelt gegenüber kalt, tödlich und furchteinflößend auftreten – doch sie können definitiv auch anders.

24. Kapitel

Sarah

Rot und orange recken sich die lodernden Flammen wie Tänzer gen Himmel. Sie zerstören und verwandeln alles, was sie zu fassen bekommen, in Asche. Es ist faszinierend – ja, fast schon magisch - , dieses Schauspiel zu beobachten. Genau wie geplant, ist das Miststück, das mir meinen Reaper wegnehmen will, in das Haus gerannt. Wie ich gehofft hatte, hat man sie zur Kontrolle des Erdgeschosses eingeteilt. Mit jeder Minute, die sie länger dort verbracht hat, ist meine Hoffnung, dass mein genialer Plan aufgeht und sie bei lebendigem Leib verbrennt, größer geworden. Es war ein gutes Gefühl, die Nummer zu wählen und das Handy, das ich als Fernzünder benutzt habe, anzurufen. Der Knall, als die Kanister explodiert sind, hat den Boden erzittern lassen. Dachziegel, Steine und Holzstücke wurden durch die Wucht der Detonation durch die Luft gewirbelt. Am liebsten hätte ich sofort Thunder angerufen und ihm mitgeteilt, dass seine kleine Nutte in die Luft geflogen ist - ich konnte es mir gerade noch verkneifen. Während der kurzen Zeitspanne, in der ich mir sicher war, dass ich Violet getötet habe, war ich unfassbar stolz auf mich. Doch dann wurde meine ganze Hoffnung zunichtegemacht. Mehrere Feuerwehrleute sind in das Gebäude gestürmt und haben die lila Hexe gerettet. Sie wurde mit Blaulicht und Sirenengeheul abtransportiert und seitdem bete ich, dass die Verletzungen, die sie davongetragen hat, ausreichen, um mein Werk zu vollenden.

Falls mir dieser Wunsch jedoch nicht erfüllt wird, würde es mir schon ausreichen, wenn ihr Gesicht entstellt oder ihr Körper verbrannt ist. Ich kenne meinen Biker besser als jeder andere Mensch auf diesem Planeten. Er will kein entstelltes Monster in seinem Bett, sondern glatte Haut und pralle Rundungen.

Ich kann ihm das bieten, ich kann ihm alles bieten, was er braucht, warum erkennt er nicht endlich, dass ich die einzig wahre Frau für ihn bin?

Wütend darüber, dass Violets Herz noch immer schlägt, steige ich in mein Auto und fahre davon. Es wäre nicht gut, wenn mich jemand in der Nähe des Tatorts sehen würde – überhaupt nicht gut.

Dagger und Thunder ahnen mit Sicherheit, dass ich die Brandstifterin bin, es wäre besser, wenn ich ihnen in den nächsten Tagen aus dem Weg gehe, zumindest so lange bis sich die Aufregung wieder etwas gelegt hat. Und wer weiß? Vielleicht steht schon bald Thunder vor meiner Türe und bittet mich um Verzeihung.

Selbstverständlich werde ich ihn erst etwas zappeln lassen, ich darf es ihm nicht zu leicht machen. Es wäre kontraproduktiv, wenn er herausfindet, dass ich bereit bin, ihm fast alles zu verzeihen. Er würde denken, dass ich verzweifelt bin, das darf auf keinen Fall passieren. Einen letzten Blick in den Rückspiegel werfend, sehe ich, dass es der Feuerwehr fast gelungen ist, die Flammen zu löschen. Doch das interessiert mich nicht wirklich. Es ist mir egal, ob die Nebengebäude ebenfalls Feuer fangen, oder ob sich ein Obdachloser in dem brennenden Haus befunden hat und ums Leben gekommen ist.

Ich bin nur auf mein Ziel fokussiert, alles andere sind unvermeidbare Kollateralschäden.

Zurück in meiner Wohnung setze ich mich auf die Couch, schalte den Fernseher an und hoffe, dass in den Nachrichten irgendetwas über den Brand und die verletzte Feuerwehrfrau kommt. Die Minuten ziehen sich in die Länge, werden zu Stunden, doch in den Nachrichten wird mein Feuer nicht mal erwähnt. Enttäuscht balle ich die Hände zu Fäusten und genieße den Schmerz, als sich meine Fingernägel tief in meine Handflächen graben. Es war echt viel Arbeit, alles für das Attentat auf dieses Miststück vorzubereiten, und jetzt wird meine Mühe nicht mal damit gewürdigt, dass sie erwähnt wird. Nicht eine Minute Sendezeit, ist das zu fassen?!

Die Welt nimmt mich nicht ernst, der MC nimmt mich nicht ernst und Thunder tut es auch nicht. Aber sie werden schon sehen, was sie davon haben. Der Tag wird kommen, an dem sie kapieren, wie stark sie mich unterschätzt haben.

Ohne wirklich etwas zu sehen, starre ich auf den Bildschirm und überlege mir wie ein Schachspieler meine nächsten Spielzüge. Dass ich gewinnen werde, steht fest, die Frage ist nur, wie viel Zeit bis zu meinem Triumph noch verstreichen wird!

Violets Atemzüge sind gezählt, sie sollte jeden verbleibenden noch genießen ...

25. Kapitel

Thunder

Das kann doch alles einfach nicht wahr sein!

Seit ich an diesem beschissenen Lagerfeuer gesessen und mich darüber aufgeregt habe, dass mein Leben zu ruhig und zu geordnet geworden ist, taucht ein Problem nach dem anderen auf.

Es kostet mich einiges an Selbstbeherrschung, dass ich mich nicht sofort auf den Weg nach Tucson mache. Auch wenn Dagger es mit keinem Wort erwähnt hat, weiß ich, dass er denselben Verdacht hegt wie ich. Es wäre schon ein zu großer Zufall, dass Violets Trupp zu einer Brandstiftung gerufen wird und auf deponierte Kanister trifft, kurz nachdem Sarah ihr damit gedroht hat, sie zu töten. Dass mit dieser Bitch etwas nicht stimmt, habe ich schon lange geahnt, aber *fuck*, dass sie so durchgeknallt ist und Violet töten will, damit habe ich nicht gerechnet.

Während ich bis zu den Eiern im Arsch der Rider-Bitch gesteckt habe, ist Violet erneut verletzt worden. Ich muss wohl gar nicht erst erwähnen, dass ich mich gerade wie riesiges Arschloch fühle.

Dieses Mädchen scheint Ärger geradezu magnetisch anzuziehen ...

Ace, der dabei war, als ich von Rock erfahren habe, was passiert ist, sieht mich fragend an. „Was ist passiert Reaper? Das klingt nach mächtig Ärger."

„Mein Mädchen liegt im Krankenhaus. Anstatt jetzt bei ihr zu sein und mich um die Scheiße, die zuhause abläuft, kümmern zu können, stecke ich hier fest. Das ist alles ein riesen Bullshit! Meine Kleine hat die Angewohnheit, immer das Gegenteil von dem zu tun, was ich von ihr will. Verdammt anstrengend - aber sie ist es wert!"

Ein wissendes Grunzen von sich gebend, legt er mir in einer freundschaftlichen Geste die Hand auf die Schulter.

„Oh, das kenne ich nur zu gut, Bro. Meine Zuckerpuppe hat diesen Trick geradezu perfektioniert. Dennoch ist sie das Beste, was mir je passiert ist."

Ich lasse seine Worte sacken und stecke mir einen Erdbeer-Kaugummi in den Mund. Jetzt gerade fällt es mir echt schwer, standhaft zu bleiben und mir keine Marlboro anzuzünden.

„Sagst du mir, was mit deiner Feuerwehrfrau los ist? Oder muss ich raten?"

Es ist allgemein bekannt, dass Ace seine Old Lady Amy und seine kleine Tochter über alles liebt. Er kann also durchaus verstehen, wie ich mich gerade fühle.

„Wenn ich mit meiner Vermutung richtig liege, wurde der Brand, zu dem sie gerufen wurde, extra für sie gelegt. Eine Falle sozusagen. Im Inneren ist sie auf mehrere Kanister voller Benzin gestoßen. Bevor sie das Gebäude verlassen konnte, sind die Dinger explodiert."

Der Präsident der Riders spuckt auf den Boden.

„Das klingt übel, Alter. Wie geht es deiner Süßen jetzt?"

Na, wenn ich das nur wüsste ...

„Gut genug, um sich mit mir anzulegen und um mir zu widersprechen. Ich würde sagen, dass sie gewaltiges Glück hatte!"

„Hört sich fast so an."

Unruhig lasse ich meinen Blick über das Gelände schweifen, ehe er schlussendlich an meinem Bike hängen bleibt. Wenn ich jetzt losfahre und möglichst wenig Pausen mache, könnte ich in zwei Tagen bei Violet sein und für ihre Sicherheit sorgen.

Doch das geht nicht. Die Belange des Reapers-Motorcycle-Clubs stehen über den meinen. Solange ich das mit den Russen noch nicht geklärt habe, gibt es kein Zurück.

Zur Hölle! Am liebsten würde ich Dagger anrufen und ihm auftragen, dass er meine Zuckerzicke in meine Wohnung sperren und von den Prospects bewachen lassen soll bis ich zurück bin.

„So hart es klingen mag, Thunder. Konzentrier dich auf die vor uns liegende Sache. Blende all deine persönlichen Belange aus oder du wirst dir russische Kugeln einfangen."

Aces Warnung kommt nicht von ungefähr. Der Dead-Riders-MC hat in den letzten Jahren nicht nur jede Menge Anwärter, sondern auch Catcher, einen hochrangigen Member, an die tödliche Schattenseite unserer Welt verloren.

„Keine Sorge, Präs. Ich weiß, wie es läuft. Falls du mir einen Gefallen tun willst, sorg dafür, dass wir so schnell wie möglich nach Vancouver aufbrechen. Ich sitze hier auf glühenden Kohlen – kein angenehmes Gefühl!"

Ein freudloses Lachen ausstoßend, schnippt er den glühenden Stummel seiner Kippe auf den Boden.

„Ich tue, was ich kann, Thunder, du hast mein Ehrenwort."

Der Rocker Dämon, wie er hier von den meisten genannt wird, entdeckt Slide auf der anderen Seite des Geländes. Dieser gibt uns mit einem Handzeichen zu verstehen, dass er uns was zu sagen hat.

„Komm, Reaper. Lass uns hören, was mein Vize will."

Wir überqueren das Gelände und bahnen uns einen Weg durch die feiernde Menschenmenge. Wir Reapers feiern schon gerne, aber die Riders toppen uns noch.

„Yo, Alter. Was geht? Dein Gesichtsausdruck gefällt mir nicht."

Slide nickt mir grüßend zu, ehe er sich Ace zuwendet.

„Es gibt Infos, die wichtig für uns sein könnten. Einer unserer Assis hat mir gerade mitgeteilt, dass sich Ramon, der Boss der Mexikaner, auf den Weg zu Alexej gemacht hat. Du weißt, was das für uns bedeutet, Bro."

Verständnislos sehe ich vom Devil zum Dämon.

„Wer oder was ist ein Assi?"

Slide sieht mich aus zusammengekniffenen Augen an.

„Assi ist die Abkürzung für Associate, komm schon Thunder, muss ich dir jetzt echt unsere Welt erklären?"

„Nope. Sorry, die Abkürzung war mir neu."

Associate steht für einen Verbündeten außerhalb des eigenen MCs. Er kann jedoch durchaus ein Mitglied eines anderen Clubs, aber auch ein völlig Unbeteiligter sein. In diesem Fall trifft dieser Titel also auch auf mich zu.

„Sind die Informationen zuverlässig?"

„Zu 90 %."

Ace nickt. „Das reicht mir. Ruf sofort alle zusammen. Wir müssen entscheiden, wie wir mit dieser neuen Lage umgehen und schnell reagieren."

Es dauert einen Moment, doch dann wird mir klar, dass mir diese neue Entwicklung in die Hände spielt.

„Wir sollten sofort aufbrechen! Das ist unsere Chance, um Ramon und Alexej in einem Aufwasch auszuschalten."

Slide wirft mir einen finsteren Blick zu.

„Mal langsam, Thunder. Man soll die Pferde nicht von hinten aufsatteln."

Was für ein beschissener Vergleich.

„Langsam ist hier der falsche Weg. Jetzt oder nie! Lasst uns den Wichsern die Ärsche aufreißen! Lasst uns Blut vergießen und der Welt zeigen, dass man sich weder mit den Riders noch mit den Reapers anlegt."

Es ist den beiden deutlich anzusehen, dass sie zweifeln.

„Die Russen alleine sind schon ein starker Gegner, aber wenn die Maisfresser noch dazu kommen, ist es unmöglich zu siegen."

Fuck! Echt jetzt?

Die landesweit gefürchteten Dead Riders ziehen den Schwanz ein. Ich glaub, ich muss gleich kotzen!

„Nichts ist unmöglich. Wir müssen es nur richtig angehen!"

Boomer, der sich uns seitlich genähert hat, mischt sich in die Diskussion ein.

„Wie ist dein Plan?"

Ace, den seit langer Zeit eine Freundschaft mit unserem Sprengstoffspezialisten verbindet, geht im Gegensatz zu Slide sofort auf Boomer ein.

„Wir platzieren ein paar gut deponierte Sprengsätze, locken die Wichser in die Falle und drücken im richtigen Moment das rote Knöpfchen. Mehr wird nicht nötig sein, um uns Gehör zu verschaffen und zugleich die Anzahl unserer Feinde erheblich zu minimieren."

Für Boomer gilt immer dieselbe Gleichung:

1000 Probleme – ein und dieselbe Lösung – TNT!

„Nehmen wir mal an, wir machen es so, wie du vorschlägst. Wir können nicht garantieren, dass uns ausreichend Taccos und Russen in die Falle gehen."

Unbeeindruckt sieht Boomer Slide an.

„Die Katze war schon immer scharf auf die Maus. Mit dem richtigen Köder schnappt jede Falle zu."

Ace reibt sich nachdenklich über die Stirn.

„Ruf alle zusammen, Slide. Wir stimmen noch heute ab. Bei einer deutlichen Mehrheit brechen wir morgen bei Sonnenaufgang auf."

Mir ist sofort klar, was das für mich bedeutet. Wenn alles reibungslos läuft, bin ich in sieben Tagen zurück in Tucson.

Knapp 40 Minuten später steht es fest. In genau sechs Stunden geht es Richtung Kanada.

Unruhe breitet sich in mir aus. Wenn ich hier das Sagen hätte, würden wir sofort aufbrechen. Selbstverständlich ist mir bewusst, dass es uns nur Nachteile bringt, wenn wir es überstürzen – darum bleibe ich still und überlasse die Führung Ace und Slide.

Ich bin emotional zu sehr mit dem lila Mädchen beschäftigt, das sich im Moment über 1000 Meilen von mir entfernt in einem Krankenhaus aufhält.

Bevor Violet in mein Leben getreten ist, waren Gefühle nie ein Thema für mich. Jetzt hingegen – *Shit* – verstehe ich mich selbst nicht mehr, geschweige denn die Frau, die mir einfach nicht mehr aus dem Kopf gehen will.

Aufgedreht und dennoch zutiefst erschöpft mache ich mich auf den Weg in das Zimmer, das Ace mir für die Dauer meines Aufenthalts zugeteilt hat und das sich im ersten Stock des Clubhauses, das früher mal eine Fabrikhalle war, befindet.

Maggie kommt mir entgegen, ihre prallen Titten springen ihr regelrecht aus dem Top. Unter anderen Umständen würde ich mir die hübsche Schlampe über die Schulter werfen und sie mit nach oben nehmen, um ihrem Arsch eine zweite Runde auf meinem Schwanz zu gönnen, doch ich verzichte, irgendwie bin ich nicht in Stimmung.

Wenn mir vor ein paar Wochen jemand gesagt hätte, dass ich jemals freiwillig auf einen guten Fick verzichten würde - *Jesus* - ich hätte ihm nicht geglaubt.

Im ersten Stock angekommen, steige ich fluchend aus den Stiefeln, lege meine Waffe und den Dolch, den ich immer bei mir trage, ab, und lasse mich erschöpft und komplett angezogen auf die durchgelegene Matratze fallen. Mit einem Quietschen reagiert der uralte Lattenrost auf mein Gewicht.

An die Zimmerdecke starrend lausche ich dem Lärm, der durch das offen stehende Fenster zu mir hoch dringt. Bis auf das Bett, einen alten Stuhl und ein Poster an der Wand ist der Raum völlig leer, allerdings ist er überraschend sauber. In wenigen Stunden geht es endlich los. Es gibt nichts Schlimmeres als diese Warterei.

Die Russen sollten sich in Acht nehmen. Ich bin der Sergeant eines OMCs, eines Outlaw-Motorcycle-Clubs, und ich werde tun, was getan werden muss, um dafür zu sorgen, dass uns die Russen zukünftig wieder in regelmäßigen Abständen mit Waffen und Munition versorgen. Es dauert eine gefühlte Ewigkeit, bis ich in einen unruhigen Schlaf falle. Ich träume von rosa Haaren, violetten Lippen und zärtlichen Händen, die sanft über meinen Rücken gleiten.

26. Kapitel

Violet

Seit meinem Arbeitsunfall sind vier Tage vergangen. Vier lange Tage, die ich jetzt schon im Krankenhaus sitze und mich zu Tode langweile. Völlig egal, was der Doc heute sagt, bis mittags bin ich hier raus!

Ich kann meinem Schutzengel nicht genug danken, dass ich die Explosion überlebt habe. Bis auf ein paar echt übel aussehende Prellungen, einen verstauchten Knöchel und eine Rauchvergiftung ist mir, wie durch ein Wunder, nichts passiert.

Weder habe ich Verbrennungen erlitten, noch sind meine Knochen durch die Wucht der Detonation gebrochen. Die letzten Tage hatte ich ein leises, jedoch sehr nerviges Klingeln in den Ohren, aber selbst das ist so gut wie weg.

Ich fühle mich schlapp aber gut und darum muss ich hier raus!

Ganz davon abgesehen, geht mir meine Familie gehörig auf die Nerven. Ich weiß ja, dass sich alle einfach nur Sorgen machen. Aber meine Mum und mein Dad sind mir die ersten beiden Tage kaum von der Seite gewichen.

Und wie nicht anders zu erwarten, musste ich mir von ihnen ganz genau dasselbe anhören wie von Thunder. Warum zur Hölle sind alle der Meinung, dass eine Frau nichts bei der Feuerwehr zu suchen hat?

Was soll ich dann machen?

Kindergärtnerin? Floristin oder Arzthelferin?

Diese Berufe mögen ja ganz schön sein, aber sie passen nicht zu mir. Wir leben im 21ten Jahrhundert und es wird endlich Zeit, dass die Gesellschaft ihre veralteten Ansichten über die Rolle der Frau überdenkt.

Ja, es mag sein, dass ich nicht so viel Kraft habe, wie meine männlichen Kollegen, aber dafür bin ich schneller, wendiger und kann mich durch kleine Öffnungen zwängen, die für Männer viel zu schmal sind.

Wäre ich ein Kerl, dann hätten mir alle auf die Schulter geklopft und mir für meinen Einsatz ein Lob ausgesprochen – das ist alles so verdammt unfair!

An der Türe ertönt ein Klopfen, noch bevor ich den Besucher hereinbitten kann, wird sie geöffnet und Mike stürmt herein. Mit Schwung hüpft er aufs Bett und schlingt mir seine kleinen Ärmchen um den Hals. Dieser kleine Minirocker hat mein Herz im Sturm erobert.

„Hi, mein Süßer, wo steckt denn deine Mama?“
Sein kleiner Mund verzieht sich zu einer Grimasse.
„Ich bin nicht süß. Ich bin ein Reaper, wir sind gefährlich.“
Unglaublich, aber schon dieser Zwerg hier hat dasselbe Selbstbewusstsein wie sein Vater Dagger oder wie Thunder. In spätestens zehn Jahren wird er zwei Meter groß sein, Schultern so breit wie ein Berg haben und auf einer Harley sitzen.
Diese Biker haben ganz offensichtlich einen extra DNA-Strang, der für ein besonders ausgeprägtes Ego sorgt.
„Na, dann weiß ich ja jetzt Bescheid. Zum Glück hast du mich aufgeklärt.“
Ganz der herzensbrechende Nachwuchsrocker drückt er mir einen Schmatzer auf die Backe, ehe er vom Bett steigt.
Marlen taucht auf, sie schiebt den pinken Kinderwagen in das Zimmer und zieht die Türe hinter sich zu.
Zwischen der First Lady des Reapers-Motorcycle-Clubs und mir hat sich, seit ich während ihrer Niederkunft auf Mike aufgepasst habe, eine Freundschaft entwickelt. Sie hat mich jeden Tag in der Klinik besucht, mich mit Schokolade versorgt und mit lustigen Anekdoten über einzelne Members zum Lachen gebracht.
„Hi, wie geht es unserer Patientin heute?“
Ich werfe ihr einen genervten Blick zu und warte darauf, dass sie mir wie gewohnt Chloe in die Arme legt. Dieses kleine Mädchen ist einfach Zucker. Ich beuge mich zu ihr herab, küsse sie auf die Stirn und inhaliere den süchtig machenden Babygeruch. Sofort spielen meine Hormone verrückt und ich kann den Tag, an dem ich Mutter werde, plötzlich kaum erwarten.
„Wenn ich hier nicht bald rauskomme, sterbe ich vor Langeweile.“
„Dann pack deine Sachen zusammen und wir gehen.“
Dieser Vorschlag ist so typisch für Marlen.
Sie wirkt so selbstsicher, darum beneide ich sie. Wahrscheinlich wäre ich mehr wie sie, wenn ich ebenfalls einen Mann hätte, der zu 1000 % hinter mir steht und mich, ohne zu zögern, vor der ganzen Welt beschützt.
„Ich muss auf die Visite warten. Ich kann jetzt nicht einfach weg.“
Sie legt den Kopf schief und sieht mich amüsiert an.
„Ach nein? Warum nicht? Hast du Schmerzen oder bekommst du wieder schlechter Luft?“
„Nein, mir geht es gut.“
„Wenn das so ist, wüsste ich nicht, warum du weiterhin wie eine Sterbende im Bett liegen solltest.“

Chloe spuckt ihren Schnuller aus und gibt leise Schmatzgeräusche von sich, während Mike sich mein Handy geschnappt hat und irgendein Spiel spielt.

„Na, weil ich ...“, während ich rede, wird mir klar, dass sie vollkommen recht hat. „Fährst du mich heim, sobald ich meine Sachen zusammengepackt habe?“

„Nein, aber ich nehme dich mit zu mir und wir machen uns einen schönen Tag im Garten.“

Das klingt perfekt. So kann ich mir zumindest sicher sein, dass ich meiner Familie entkomme. Sobald Sean und meine anderen lästigen zwei Brüder erfahren, dass ich mich selbst entlassen habe, werden sie in meiner Wohnung auftauchen, um mich mit Vorwürfen zu bombardieren.

„Prima. Gib mir zehn Minuten zum Packen und zehn Minuten, um alle erforderlichen Unterlagen zu unterschreiben, damit ich hier rauskomme, und wir können los.“

Marlen nimmt mir Chloe ab und setzt sich auf einen der freien Stühle. „Lass dir Zeit, Violet, ich habe es nicht eilig.“

Ich schaffe es gerade so, meine Jogginghose gegen eine kurze Jeans zu tauschen, als erneut die Türe aufgeht.

„Wusste ich es doch, dass ich dich hier finde, Äffchen.“

Dagger grüßt mich kurz, ehe er zu Marlen geht und sie zärtlich küsst. Seine großen Hände umfassen sanft ihr Gesicht und seine langen Finger schieben sich an ihrer Kopfhaut entlang in ihre Haare. Obwohl sich die beiden kaum berühren, wirkt der Moment so intim, dass ich mich abwende, um ihnen etwas mehr Privatsphäre zu gönnen.

Mike legt das Handy beiseite, springt auf und rennt zu seinem Dad.

Wenn man die innige Beziehung zwischen Vater und Sohn beobachtet, kann man kaum glauben, dass Dagger die ersten fünf Lebensjahre seines Sohnes verpasst hat.

„Na, mein Sohn. Hast du gut auf unsere Mädels aufgepasst?“

Mike nickt ernst.

„Ja, hab ich.“

Der Blick, mit dem Dagger seinen Sohn ansieht, ist so voller Stolz und Liebe, dass mir das Herz schwer wird.

Ob ich auch jemals so eine Familie haben werde?

Einen Mann, der mich und unsere gemeinsamen Kinder über alles liebt?

Routiniert nimmt der Reaper-Präsident seine kleine Tochter in den Arm und küsst sie zärtlich. Erst als er seine Family begrüßt hat, dreht er sich zu mir um. Er entdeckt meinen Koffer und zieht fragend die rechte Braue nach oben.

„Du checkst aus?“

Seine Formulierung erheitert mich.

„Ja ich habe jetzt genug vom *Four Seasons*.“

„Das kann ich mir vorstellen. Pack dein Zeug fertig und dann eskortiere ich euch zu uns. Macht euch einen schönen Tag. Ich schick euch Baby, der soll ein Auge auf euch haben.“

Marlen gibt ein genervt klingendes Seufzen von sich.

„Muss das sein?“

Ihr Mann bedenkt sie mit einem strengen Blick.

„Ja, das muss es. Mittlerweile steht fest, dass es Brandstiftung war. Solange ich mir nicht sicher sein kann, dass dieser Brand nur auf das Konto von einem feuergeilen Pyromanen geht, der dieses Haus zu seinem Vergnügen angezündet hat, lasse ich euch nicht aus den Augen. Jeder weiß, dass Violet jetzt zu Thunder gehört. Es kann durchaus sein, dass dieses Feuer ein Anschlag war, der Violet treffen sollte – diese Brandstiftung könnte ein gezieltes Attentat auf unseren Club sein. Diese Möglichkeit kann und werde ich nicht außer Acht lassen. Solange ich eure Sicherheit nicht garantieren kann, steht ihr unter Bewachung. Darüber werden wir nicht diskutieren!“

Bei seinem letzten Satz ruhen seine Augen auf seiner nur wenige Tage alten Tochter.

Marlen knickt ein, eine andere Wahl hat sie eh nicht.

„Also gut, schick Baby vorbei, aber sag ihm, dass ich heute keine Zeit habe, um ihm seine heißgeliebten Macadamia-Cockies zu backen.“

Unruhig verlasse ich das Krankenzimmer und gehe los, um mich um meine vorzeitige Entlassung zu kümmern.

Daggers Ansage hat mich ziemlich durcheinandergebracht. Ich wusste bereits, dass die Sonderermittler Brandstiftung als Ursache festgestellt haben – das war nach meinem explosiven Fund auch nicht besonders überraschend. Doch ich bin bisher nicht auf die Idee gekommen, dass dieses Feuer gelegt worden ist, um mich persönlich zu treffen. Die Welt ist voller Psychopathen, es hat schon immer Menschen gegeben, die Häuser, Autos oder andere Dinge angezündet haben. Also warum zum Teufel kommt Dagger auf die Idee, dass dieser Brand mir oder dem MC gegolten hat?

Entweder weiß er etwas, das er uns nicht sagen will, oder aber er ist einfach nur übervorsichtig. So oder so, es kommt aufs Selbe hinaus. Wenn der Präsident eine Entscheidung getroffen hat, weicht er nicht mehr davon ab – so viel habe ich in der kurzen Zeit, die ich jetzt schon in der Nähe der Reapers verbracht habe, herausgefunden.

Nachdem ich mit dem Arzt und der diensthabenden Stationsleitung gesprochen habe, unterschreibe ich das Formular, dass ich mich trotz aller Risiken selbst entlasse und mache mich auf den Weg zurück zu den anderen. Noch bevor ich den langen Gang hinter mich gebracht habe, taucht plötzlich Baby neben mir auf.

Mit seinem tätowierten Glatzkopf, der ledernen Kutte und seiner enormen Größe, zieht er wie gewohnt alle Blicke auf sich.

„Hey Lila, wie geht es dir?“

In einer freundschaftlichen Geste legt er mir seinen Arm um die Schultern und zieht mich näher zu sich.

„Gut. Ich verlasse jetzt den Laden hier.“

„Hab ich schon gehört. Bin hier, um euch zu begleiten. Ich dachte aber, dass du noch länger bleiben musst. Was sagt dein Doc dazu?“

Es war ja klar, dass er sich Sorgen macht. Obwohl mir die Reapers und ihre Welt noch ziemlich fremd sind, habe ich eine Sache schnell kapiert. All diese Biker sind besitzergreifend, beschützend und irgendwie ständig um die Sicherheit der Old Ladys besorgt. Über die Tatsache, dass ich gar keine Lady bin, sehen hier alle großzügig hinweg. Dagger hat beschlossen, dass mein Platz unter dem schützenden Mantel des MCs ist, und alle anderen haben das ohne weiteres zur Kenntnis genommen.

„Scheiß auf die Ärzte. Es geht mir gut. Dieses Bett wird von irgendeiner armen Sau sicherlich dringender gebraucht.“

Baby zwinkert mir frech zu.

„Wie nobel. Hast immer nur das Gemeinwohl im Sinn, was Süße?“

Ich remple ihn an. Doch anstatt ihn aus dem Gleichgewicht zu bringen, schmerzt mir nur der Arm. Neben diesem Hünen komme ich mir vor wie ein Zwerg. Kurz vor der Zimmertüre angekommen, packt er mich am Ellenbogen und hält mich fes, so dass ich den Raum, in dem Marlen und Dagger auf mich warten, nicht sofort betreten kann.

„Dir ist aber schon klar, dass das Thunder nicht gefallen wird. Er macht sich Sorgen um dich.“

Es war so vorhersehbar, dass dieser Satz noch kommt.

„Wenn Gott gewollt hätte, dass ich jedem gefalle, wäre ich ein Blumenstrauß geworden.“

In einer zustimmenden Geste zieht er kurz seine Mundwinkel nach unten.

„Der Spruch ist gut. Den muss ich mir merken."

„Tu das, Reaper. Wobei du echt einen beschissenen Blumenstrauß abgeben würdest."

„Sei nicht so frech, Lila. Ich könnte dich wie eine Fliege zerquetschen und müsste mich nicht mal sonderlich dafür anstrengen."

Grinsend sehe ich zu ihm hoch.

„Aber das wirst du nicht. Immerhin bist du heute unser Aufpasser. Du musst also dafür sorgen, dass uns niemand zerquetscht, wie du es nennst."

Babys blaue Augen blitzen vor Erheiterung.

„Aye, da ist was Wahres dran."

„Stört es dich nicht, dass du unseren Babysitter spielen musst? Ich habe ja keine Ahnung von clubinternen Abläufen, aber ich denke, das wäre eher die Aufgabe eines Prospects. Oder etwa nicht?"

Der knapp zwei Meter große Muskelberg lässt mich los und verschränkt die Arme vor der Brust. Neben ihm komme ich mir unglaublich klein und zerbrechlich vor.

„Die Familie zu bewachen ist eine wichtige Aufgabe. Dagger würde eure Sicherheit nicht jedem anvertrauen. Ich sehe es als Ehre und als Vertrauensbeweis. Zerbrich dir nicht dein hübsches Köpfchen, Süße. Falls du ein schlechtes Gewissen hast, kannst du mir gerne was backen. Ich steh auf Kuchen und so ein Zeug. Am liebsten mit diesen bunten Zuckerstreuseln. Die sind so geil. Für die würde ich töten!"

Bei jedem anderen klingt so ein Spruch völlig harmlos. Bei diesem Reaper hingegen ...

„Alles klar, ich werde es mir merken."

Endlich lässt er mich das Zimmer betreten – zehn Minuten später verlasse ich zusammen mit Marlen und den anderen den viereckigen Betonbau des St. Mary's Hospitals.

Die Fahrt bis zu Marlens Zuhause verbringe ich damit, darüber nachzudenken, wie es so weit kommen konnte, dass ich, obwohl es zwischen mir und Thunder nicht gerade gut läuft und er sich wahrscheinlich nicht mal im selben Land aufhält wie ich, meine Zeit mit seinen Leuten verbringe. Eigentlich sollte ich jetzt im Auto meiner Mum sitzen und zu meinen Eltern fahren, um mich die nächsten Tage dort auszukurieren.

Keine Ahnung, wie es passiert ist, aber ich bin ohne es zu wollen ein Teil dieser düsteren Welt geworden und so verrückt das auch klingen mag, ich finde es nicht mal schlimm.

Völlig egal ob diese Männer Mörder, Waffenhändler oder Zuhälter sind – mir gegenüber haben sie sich immer äußerst respektvoll verhalten.

27. Kapitel

Thunder

Dank des lauten *Boom* höre ich bis auf das Piepen in meinen Ohren absolut nichts. Neben mir klatscht Boomer aufgeregt in die Hände, ich sehe zwar, dass sich seine Lippen bewegen, aber seine Stimme dringt nicht zu mir durch.

Irritiert klopfe ich mir mit den Händen gegen die Ohren, es bringt nichts.

„*Fuck!* Ich glaube, ich bin taub."

Keine Ahnung, wie laut ich gesprochen habe, aber Raven dreht sich breit grinsend zu mir um. Er sagt etwas, ich höre wieder nichts – echt nervig.

Als er kapiert, dass ich diese Taub-Sache ernst gemeint habe, packt er mich am Arm und zieht mich über den Erdhügel, hinter dem wir uns versteckt hatten, so dass ich einen Blick auf die Straße werfen kann.

Halleluja!

Während meiner Zeit bei den Reapers habe ich vieles getan, vieles erlebt und vieles gesehen – aber das, was wir da heute angerichtet haben, ist eine verdammt krasse Scheiße!

„Dafür landen wir alle in der Hölle ..."

Endlich höre ich wieder etwas. Auch wenn Beasts Stimme klingt, als wäre er am anderen Ende eines langen Tunnels, ist es doch eine Verbesserung.

„Unser Platz im Fegefeuer ist nicht erst seit heute reserviert."

Fassungslos lasse ich meinen Blick über die unzähligen Leichen gleiten, die im Umkreis von mehreren hundert Metern verstreut liegen. Abgetrennte Körperteile, unzählige Dollarscheine und verbogenes Metall so weit das Auge reicht. Die Motorräder und Autos, mit denen der Russen-Mexikaner-Konvoi unterwegs war, sind so demoliert, dass man nicht mehr erkennen kann, um welche Fabrikate es sich handelt.

Aus den Motorhauben zweier Limousinen steigen grünlich schimmernde Flammen, der Gestank von Benzin und Schwarzpulver steigt mir in die Nase.

„Was denkst du, wie viele haben wir mit dieser Bombe erledigt?"

Raven zündet sich eine Zigarette an und lässt sich stöhnend auf den Rücken fallen.

„Fünfzig? Hundert? Schwer zu sagen ..."

Aces Stimme klingt belegt, auch er scheint die Auswirkungen von Boomers Arbeit unterschätzt zu haben.

„Ich revidiere meine Meinung, euer Plan war genial.“

Slide scheint der Einzige zu sein, den das Massaker völlig kalt lässt. Dank einer persönlichen Vorgeschichte, die zum Teil mit seiner Old Lady Ellen zu tun hat, hegt er einen unglaublichen Hass auf die Russen.

„Hoffentlich sind noch genug Wodka saufende Drecksäcke am Leben, die das Geschäft weiter am Laufen halten können. Wenn nicht, haben wir zwar unseren Standpunkt klargemacht, bekommen jedoch auch weiterhin keine Kalaschnikows geliefert.“

Der laute Schmerzensschrei eines Mannes unterbricht unsere Unterhaltung. Mit gezogener Waffe stehe ich auf, springe über den schmalen Graben, überquere die Straße und suche nach dem Verwundeten. Ich finde ihn unter einem ausgebrannten BMW liegend. Sein rechtes Bein ist abgetrennt, der Oberkörper von unzähligen Schnittwunden übersät.

Ja, ich bin ein Killer, aber ich bin kein Psychopath. Es ist nicht meine Absicht, meine Opfer unnötig leiden zu lassen.

„Do svidaniya, Arschloch.“

Mit diesen Worten hebe ich die schwarze Halbautomatik, richte den Lauf der Waffe auf die Stirn des Mannes und drücke ab.

Der Knall hallt unnatürlich laut über den verlassenen Highway.

„Das war eine verschwendete Kugel, mein Freund.“

Ace bleibt neben mir stehen, bückt sich nach einem der vielen Hundert-Dollar-Scheine, die vom Wind umhergeweht werden und hält ihn mir entgegen.

„Was denkst du, wie viel ist es? 500000? 1000000?“

Nicht in der Stimmung für Ratespiele, stecke ich den zum Teil rot gefärbten Schein ein.

„Ist das wichtig?“

Er spuckt auf die mit Blut bedeckte Straße und stemmt die Hände in die Hüften.

„Nein Reaper, das ist es nicht.“

Für einen Moment bleiben wir noch schweigend stehen, versuchen zu begreifen, was wir getan haben, ehe wir zurück zu den anderen und zu unseren Bikes gehen.

Die Ereignisse dieses Tages werden mich noch lange beschäftigen – dabei ist er noch nicht mal vorbei. Mit die größte Herausforderung liegt noch vor uns – Alexej.

Dank eines Riders, der den Boss der Russen rund um die Uhr beschattet, wissen wir, dass er in Vancouver in einem sicheren Haus sitzt und auf die Lieferung wartet, die wir gerade in die Luft gejagt haben.

Wenn er auch nur einen Funken Lebenswillen besitzt, wird er tun, was wir von ihm verlangen. Falls er sich jedoch weigert, werden wir ihn hinrichten und einen seiner Männer - bevorzugt einen, der sich uns gegenüber kooperativ zeigt - zum neuen Kalaschnikow-König machen. Zukünftig werden wir ein wachsames Auge auf diese Pisser haben. Ein zweites Mal lassen wir uns nicht von ihnen verarschen.

Der Piepton in meinen Ohren wird von dem lauten Geboller der Harleys übertönt. Die Dead Riders sind mit drei Dutzend Männern nach Kanada aufgebrochen. Bis auf unsere Gruppe haben schon alle ihre Posten bezogen und warten auf weitere Befehle. Zwischen uns und Alexejs Aufenthaltsort liegen ca. fünfzehn Meilen, was bedeutet, dass es nicht mehr lange dauern wird, bis ich endlich am endgültigen Ziel meines Auftrags angekommen bin.

Wenn der Rest unseres Plans genauso funktioniert wie diese Aktion hier, wird bis heute Nacht alles geregelt sein und ich kann mich morgen auf den Weg zurück nach Arizona machen. *Holy Fuck!* Ich kann es kaum erwarten ...

In Downtwon Vancouver fahren wir am *Queen Elizabeth Theater* vorbei, die Hamilton Street entlang, bis wir in die Smithe Street abbiegen.

Ace, der ganz vorne fährt, hebt die geballte Faust, bremst ab und gibt uns so zu verstehen, dass wir langsamer fahren sollen.

Hier in dieser Gegend fallen wir mit unseren Harleys auf wie bunte Hunde.

An der Straßenecke, die zur Granville Street führt, in der sich auch das Haus befindet, in dem sich Alexej aufhält, stoppen wir.

Razzor und Skorpion unterhalten sich über irgendeinen Nachtclub mit dem Namen *Republic,* der sich hier ganz in der Nähe befinden soll, und darüber, wie viel Spaß sie dort das letzte Mal hatten. Sie wirken locker und entspannt, so als würden sie den Ernst der Lage nicht erkennen. Doch der Eindruck täuscht – in Wirklichkeit sind sie hoch konzentriert. Spider murmelt irgendetwas von schlechtem Karma, toten Senatoren, einer Jungfrauenauktion und seiner Lady Abigail.

Auch wenn ich keine Ahnung habe, wie das alles in Zusammenhang steht, bin ich mir sicher, dass dahinter eine spannende Geschichte steckt.

Der Rocker Dämon steigt von seinem Bike, lehnt sich an die Harley und zündet sich seelenruhig eine Kippe an, ehe er zu reden anfängt.

„Folgendes, Leute ... Wir können bis direkt vors Haus fahren, das würde uns aber das Überraschungsmoment nehmen. Oder aber wir nähern uns dem Gebäude zu Fuß, doch damit hat sich im Notfall eine schnelle Flucht erledigt.“

Beide Optionen klingen nicht besonders vorteilhaft für uns. Ich überlasse die Entscheidung den anderen, ziehe meine Kaugummipackung hervor und muss mit Entsetzen feststellen, dass ich nur noch einen Hubba Bubba habe, und der schmeckt nicht mal nach Erdbeere, sondern nur nach grünem Apfel.

Boomer kratzt sich am Kopf und wirft einen prüfenden Blick in seinen Rucksack. Das fiese Lächeln, zu dem sich sein Mund verzieht, verrät mir, dass er mal wieder etwas explodieren lassen will.

„Wie wäre es, wenn wir ein Ablenkungsmanöver starten? Wir jagen ein Haus in der Nachbarschaft hoch und warten, bis die Wachen nachsehen gehen und packen und dann Alexej.“

Ein Grunzen von sich gebend wirft Ace mir einen ungläubigen Blick zu. Ich zucke nur mit den Schultern und gebe ihm so zu verstehen, dass dieser Drang, alle Probleme mit Sprengstoff zu lösen, für Boomer typisch ist.

Der Vize der Dead Riders schiebt sich eine Lucky Strike zwischen die Lippen und zündet sie sich mit seinem goldenen Zippo an. Doch, anstatt das Feuerzeug wieder wegzustecken, lässt er den Deckel immer wieder auf- und zuschnappen. Eine Eigenart, die ich jetzt schon des Öfteren bei ihm beobachtet habe.

Erst nachdem er den ersten Zug geräuschvoll inhaliert hat, mischt er sich in das Gespräch ein.

„Wenn wir aus der Vergangenheit eine Sache gelernt haben, dann, dass unsere Pläne, wenn es um die Russen geht, noch nie aufgegangen sind. Meistens kam alles ganz anderes als gedacht und *fuck!* - wir haben jedes Mal gewonnen. Es gab tote Politiker, unzählige Handgranaten sind geflogen und wir haben so viele Leichen hinterlassen, dass ich sie gar nicht alle zählen konnte. Also lasst uns einfach angreifen. Ich habe es satt, meine Zeit mit Plänen zu vergeuden, die schlussendlich sowieso nie umgesetzt werden.“

Ace sieht amüsiert aus.

„Wie sieht es aus, Brüder?“

Die Mehrheit stimmt Slide zu und so kommt es, dass wir ganz nach dem Motto: *No risk, no fun* und mit ordentlich Motorengeheul in die Granville Street abbiegen und direkt vor dem Haus, in dem sich unsere Zielperson befindet, anhalten. Sollen die Russen und ihre neuen Freunde, die Mexikaner, ruhig wissen, dass wir da sind. Ich ziehe genau wie die meisten, meine Waffen heraus, checke ein letztes Mal die Munition, ehe ich absteige und Ace zu der schweren Holztüre folge.

Ein letztes Mal erlaube ich es mir, an Violet und ihre lila Lippen zu denken, ehe ich sämtliche Gedanken beiseiteschiebe und mich nur auf das Hier und Jetzt konzentriere.

Bei meinen *Golden Guns*! Völlig egal, was uns in diesem Haus auch erwarten mag, ich bin noch nicht bereit, mit dem Sensenmann mitzugehen. Heute werde ich meinen Motorcycle Club vertreten, ich werde für die Reapers kämpfen und dafür sorgen, dass wir auch weiterhin mit den russischen Sturmgewehren versorgt werden. Aber sterben werde ich heute nicht – ich bin mit dem sturen Mädchen, das zuhause auf mich wartet, noch lange nicht fertig.

„Yeah Ace, hier ist was faul. Es passt nicht zu Alexej, dass er keine Wachen aufgestellt hat."

„Stimmt, Thunder. Das habe ich mir auch schon gedacht."

Die Klingel ignorierend tritt der Dämon die Türe ein. Ich sichere ihm den Rücken und checke den Eingangsbereich – er ist komplett leer.

„Was zum Teufel läuft hier?"

Slides Frage hallt von den Wänden wider.

„Wenn ich das mal nur wüsste, Bro."

Spider gibt Razzor ein Zeichen, zusammen mit Skorpion beginnen sie, Raum für Raum zu prüfen. Ace brüllt Befehle, sofort verteilen sich die Riders und suchen ebenfalls alles ab.

Boomer, der sich an meine Fersen geheftet hat, spricht aus, was ich mir denke.

„Ein leeres Haus, niemand ist zu sehen und es ist gespenstisch still. Das riecht nach einer Bombe, Leute."

„Du meinst, wir sind wie eine verschissene Maus in die Falle gerannt?"

Die Zähne aufeinanderbeißend verzieht er das Gesicht zu einer Grimasse.

„Keine Ahnung, Alter, aber wir sind definitiv nicht die verdammte Katze, so viel steht fest."

Das Gepolter der schweren Stiefel, die über den alten Dielenboden laufen, wird von einem lauten Pfiff übertönt.

„Das ist unser Zeichen. Lasst uns sehen, was die Riders gefunden haben."

Wir folgen den Stimmen, jedoch anstatt wie erwartet nach oben zu gehen, steigen wir hinab in den Keller.

„Das gefällt mir nicht, Thunder. Hier läuft was falsch."
Boomer, der schon immer ein Pessimist war, macht mich mit seinen düsteren Prognosen noch ganz nervös.

„Ich denke, es ist ein gutes Zeichen, dass wir noch nicht in tausend Stücke zerrissen wurden. Die Theorie mit der Bombe können wir schon mal abhaken."

„Dein Wort in Gottes Ohr, Thunder, dein Wort in Gottes Ohr!"

Nachdem wir die sich um die Kurve windende Treppe hinabgestiegen sind, brauche ich einen Moment, um zu kapieren, welcher Anblick sich mir gerade bietet.

„Zum Teufel, das glaube ich jetzt nicht ..."

„Da hat uns wohl jemand ein verfrühtes Weihnachtsgeschenk gemacht."

Ace lässt seine Waffe sinken und steckt sie sich hinten in den Hosenbund.

Jedem der anwesenden Rocker steht die Verwunderung deutlich ins Gesicht geschrieben.

Alexej, der ach so mächtige Boss der Russen, liegt an Armen und Fußknöcheln gefesselt auf dem dreckigen Kellerboden. Seine rechte Hand ist verstümmelt, die Finger wurden nach dem ersten Knöchel fein säuberlich abgetrennt – von den Gliedmaßen fehlt jede Spur. Ramon, der King der Zwangsprostitution und des Mädchenhandels, sitzt auf einem schäbig wirkenden Holzstuhl. Auf seinem Schoß ruht eine Kalaschnikow, rechts neben ihm steht eine Holzkiste, auf deren Deckel ein weißer Totenkopf abgebildet ist.

„Was zum Teufel läuft hier?"

„Gute Frage, Reaper."

Ace gibt mir mit einem schnellen Seitenblick zu verstehen, dass ich wachsam bleiben soll. Ich hatte nichts anderes vor.

„Das ist ein Geschenk für euch, Rocker. Eine Art Friedensangebot. So macht man das doch in Amerika. Man verschenkt Dinge, um eine schlechte Beziehung in eine gute zu verwandeln. Nicht wahr?"

Sein spanischer Akzent geht mir tierisch auf meine eh schon strapazierten Nerven. Hinter meinen Schläfen beginnt es zu pochen, da bahnen sich höllische Kopfschmerzen an.

„Halt's Maul, Bohnenfresser. Du redest doch nur Bullshit!"
Slide geht auf den Mexikaner zu und drückt ihm die Mündung seiner Pistole gegen die Schläfe. Der auf dem Boden liegende Alexej stöhnt vor Schmerz, er krümmt sich leicht, was ihm einen Tritt von Spider einbringt.

„Weißt du, was du tun musst, damit ich dich sympathisch finden kann? Kopflos mit verrenkten Gliedern auf dem Boden liegen. Am besten in einer immer größer werdenden Blutlache."

Razzor stimmt lauthals zu: „Aye, mausetot, mit rausgerissenem Herzen."

Ace sorgt mit einem Handzeichen für Ruhe.

„Was soll diese Scheiße, Ramon? Was erhoffst du dir davon? Willst du sein Leben gegen das deine eintauschen? Wir sind hier verdammt noch mal nicht auf einem türkischen Basar."

Slide, der noch immer die Waffe gegen den Kopf des Mexikaners gerichtet hält, nickt zustimmend.

Völlig cool deutet Ramon mit der Spitze seines Stiefels auf die Kiste.

„Mach das auf, Rider, du wirst sehen, dass ich dir ein gutes Angebot mache."

Schnaubend hebt Ace den Deckel an.

What a Fuck!

Der Inhalt besteht aus unzähligen Geldbündeln, die von grünen Gummibändern zusammengehalten werden. Garniert ist das Vermögen mit einer durchsichtigen Plastiktüte, in der sich die abgetrennten Finger befinden. Der große goldene Siegelring, der Alexej als den Chef seiner Organisation kennzeichnet, liegt zwischen ihnen.

Boomer verzieht das Gesicht. „Das ist ein echt kranker Scheiß, der hier abläuft."

In dem Fall muss ich meinen Clubbruder zustimmen.

Dieser Tag toppt langsam aber sicher alles, was ich jemals erlebt habe.

„Das ist locker eine Mille."

Ramons *tztztz* lässt Slides Zeigefinger nervös zucken. Lange dauert es nicht mehr, bis er dem Hurensohn den Schädel von den Schultern knallt.

„Das sind 1,5 Millionen Dollar. Meinen Berechnungen nach ist das der Verlust, den ihr durch die ausgefallenen Waffenlieferungen erlitten habt. Nehmt sie und fahrt zurück zu eurem MC. Ich werde euch zukünftig keinen Ärger mehr machen. Mein Ehrenwort!"

Hinter mir ertönt Gelächter – kein Wunder.

„Wie kommst du darauf, dass ich mich auf diesen Deal einlasse und dir nicht auf der Stelle die Kehle aufschlitze?"

Der Mexikaner zuckt mit keiner Wimper.

„Du bist ein Geschäftsmann, Ace, genau wie ich. Du erkennst ein gutes Geschäft, wenn man es dir anbietet."

Der Präsident der Riders scheint allen Ernstes über Ramons Worte nachzudenken.

„Du bist ein Killer, du verkaufst minderjährige Mädchen an perverse Typen. Genau das hattest du mit Spiders Old Lady Abigail vor. Woher soll ich wissen, dass du dein Wort hältst? Es liegt durchaus im Bereich des Möglichen, dass du uns abknallen lässt, sobald wir dir den Rücken zugedreht haben."

Ohne dem kalten Stahl, der sich in seine Haut drückt, auch nur die geringste Beachtung zu schenken, steht Ramon auf und sieht Ace direkt in die Augen.

„Du hast mein Ehrenwort, Rider-Präsident."

Das ist der Augenblick, in dem ich am liebsten kotzen würde.

Wieder stöhnt der Russe, ehe er einen Schwall Blut auf den Boden spuckt.

Offensichtlich wurde er nicht nur verstümmelt, sondern auch verprügelt. Wenn ich mit meiner Vermutung richtig liege, hat er starke innere Blutungen. Es wird nicht mehr lange dauern, bis er seinen letzten Atemzug aushauchen wird.

„Was springt für dich dabei raus?"

„Business - ich werde die Geschäfte der Russen übernehmen. Ab heute kauft ihr eure Waffen und eure Munition über mich."

Bloody Hell!

Mit dieser Entwicklung habe ich niemals gerechnet.

Ace dreht sich zu uns um, sieht jeden seiner Männer kurz an, um herauszufinden, wie sie zu der Scheiße, die hier läuft, stehen.

Das Unglaubliche passiert, die Riders stimmen schweigend für die neue Geschäftsbeziehung mit den Mexikanern. Die Einzigen, die verdammt angepisst aussehen, sind Razzor, Slide und Spider. Aber da die Dead Riders genau wie die Reapers demokratisch aufgestellt sind, können sie nichts mehr ausrichten. Der Devil wirft dem Dämon einen ungläubigen Blick zu, ehe er ohne einen Blick zurück den Keller verlässt.

Was eine Kiste voller grüner Scheine doch so alles bewirken kann.

Alexej gibt ein gurgelndes Geräusch von sich. Immer mehr Blut läuft ihm aus dem Mundwinkel, seine Atemzüge kommen rasselnd.

Ramon, der längst durchschaut hat, dass sein durchtriebener Plan unglaublicherweise aufgegangen ist, hält Ace die Hand entgegen, um die neue Geschäftsbeziehung zwischen den Mexikanern und den Bikern mit einem Handschlag zu besiegeln.

Mir ist durchaus bewusst, dass Ace mich bei der Entscheidungsfindung übergangen hat. Aber *fuck!* Ich hätte genau wie er reagiert. Wenn es ums Business geht, spielen persönliche Belange keine Rolle.

Es gibt ein Sprichwort, das besagt, dass man seinen Feind zum Freund nehmen soll, wenn man ihn nicht besiegen kann. Genau das hat Ace vor wenigen Sekunden, als er die Hand des Mexikaners ergriffen hat, getan.

Dagger wird zufrieden sein. Wie es zwischen Ace und Slide weitergeht, steht jedoch auf einem anderen Blatt.

Das Rasseln zu meinen Füßen verstummt – der Russe ist tot – mein Mitleid hält sich in Grenzen. Alles, woran ich denken kann, ist, dass ich endlich zurück nach Tucson aufbrechen kann.

Es wird Zeit, dass ich herausfinde, was sich bei diesem Brand vor ein paar Tagen wirklich zugetragen hat. Falls Dagger mit seinem Verdacht, dass die Brandstiftung ein gezielter Anschlag auf Violet oder den Club war, richtig liegt, ist es meine Aufgabe als Sergeant–at-Arms des MCs und als Violets Mann, dafür zu sorgen, dass sich das nicht noch einmal wiederholt. Meine erste Anlaufstelle wird Sarah sein, dieser verrückten Bitch traue ich absolut alles zu ...

28. Kapitel

Sarah

Das Blut tropft lautlos von meinem Handgelenk hinab auf den weißen Rock, den ich trage. Weinend sehe ich dabei zu, wie es von den Stofffasern aufgesaugt wird und ein faszinierendes Muster bildet.

Erneut beiße ich mir auf die Unterlippe, hebe das Messer an und ritze mit der scharfen Klinge einen weiteren Schnitt in mein Handgelenk.

Es ist nicht mein Plan, mich umzubringen, doch der Schmerz betäubt mich. Er lenkt mich von der Pein ab, die mein Herz beinahe zerplatzen lässt.

Violet ist am Leben, sie ist nicht verbrannt und lebt weiter das Leben, das eigentlich für mich bestimmt ist.

Während ich mich ritze, beobachte ich Marlen und Violet dabei, wie sie auf der Terrasse sitzen, sich unterhalten, lachen und Kaffee trinken.

Das Schicksal hat einen Fehler gemacht. Ich sollte diejenige sein, die mit der Familie des Reaper-Präsidenten in dessen Garten sitzt und ein immer fester werdender Teil des Motorcycle-Clubs wird.

So hart es ist, aber ich muss mir eingestehen, dass ich in mehr als nur einer Hinsicht gescheitert bin. Weder ist es mir gelungen, Thunder erkennen zu lassen, dass ich die einzig richtige Frau für ihn bin, noch habe ich es geschafft, Violet bei lebendigem Leib verbrennen zu lassen.

Ich bin eine Versagerin, es ist meine Schuld, dass ich hier sitze, mich ritze und darüber nachdenke, wie ich sie alle für das, was sie mir antun, leiden lassen kann ...

Ich werde sie alle töten ...

Nacht für Nacht habe ich mich in Thunders Bett gelegt und mich von ihm so hart ficken lassen, dass ich es kaum aushalten konnte. All die Schmerztabletten, die ich geschluckt habe, um durch den nächsten Tag zu kommen – und wofür das alles?

Es fällt mir schwer, die Wahrheit zu akzeptieren, doch so langsam fallen mir die Schuppen von den Augen und ich erkenne, dass Thunder mich nur ausgenutzt hat.

Für ihn war ich nichts weiter als eine willkommene Ablenkung.

Erneut schneide ich durch die Haut an meinem Arm, genieße den Schmerz und atme tief durch. Ja, das ist es ... das Ritzen hat mich schon immer beruhigt ...

Ich beobachte, wie Marlen aufsteht und im Haus verschwindet. Violet hält Daggers kleines Baby Chloe im Arm und küsst das Mädchen sanft auf die Stirn.

Für einen kurzen Moment spielt mir meine Fantasie einen Streich und ich stelle mir vor, dass es ihr und Thunders Kind ist.

Sofort schnellt mein Blick zu der schwarzen Waffe, die geladen neben mir auf dem Beifahrersitz liegt.

Auch ich kann nur eine gewisse Menge Leid ertragen. Die Reapers haben mich gedemütigt und ausgenutzt und ich werde sie dafür bezahlen lassen.

Es hat lange genug gedauert, bis ich endlich erkannt habe, dass Thunder mich niemals als Frau, sondern immer nur als Bitch gesehen hat. Doch jetzt, wo ich das begriffen habe, werde ich mich rächen ...

Einzig die Anwesenheit von Baby, dem furchteinflößenden Reaper mit dem frisch rasierten Glatzkopf, der über Marlen, Violet und die Kinder wacht, hält mich davon ab, ein Blutbad anzurichten. Es war klar, dass Dagger nach dem Brand die Sicherheitsvorkehrungen für seine Familie erhöht. Was mich aber überrascht, ist, dass er sich während Thunders Abwesenheit auch um Violet kümmert – das erschwert es mir, sie erneut anzugreifen.

Das nächste Mal werde ich mir nicht so viel Mühe machen, ein Haus zu präparieren, schwere Kanister zu schleppen, eine Bombe zu bauen und ein Feuer zu legen. Ich werde es auf die altmodische Art tun und sie einfach abknallen. Diese Schlampe hat mir schon genug meiner Lebenszeit gestohlen, damit ist jetzt Schluss!

Warme Feuchtigkeit benetzt meine Schenkel, mittlerweile ist mein Rock von all dem Blut schon komplett durchgeweicht.

Mit Tränen in den Augen lege ich das Messer neben die Waffe auf den Sitz neben mir, wickle mehrere Taschentücher über die blutenden Schnitte und drehe den Schlüssel im Zündschloss.

Meine Entscheidung ist gefallen, ich werde sie alle abknallen.

Es wird mir schwerfallen Marlen und die Kinder zu töten, immerhin bin ich keine Psychopatin, aber auch die First Lady hat immer nur eine Bitch in mir gesehen und mein Potential völlig verkannt. Es ist ihre eigene Schuld, dass der sichere Tod auf ihre Familie wartet. Schließlich muss es Gerechtigkeit geben, sonst gerät die Welt aus dem Gleichgewicht.

Nach einem letzten Blick auf Violet trete ich für heute den Rückzug an.

Um zu garantieren, dass ich bei der Umsetzung meiner Pläne mehr Erfolg habe wie bei der Brandstiftung, muss ich auf den richtigen

Zeitpunkt warten. Es wird mich noch einiges an Geduld kosten, doch dann werde ich siegen – dessen bin ich mir gewiss.

29. Kapitel

Violet

Um mich herum ist es dunkel, nur das aschfahle Licht des Mondes scheint durch die Fenster zu mir herein.

Die Ereignisse der vergangenen Tage waren extrem anstrengend und auch wenn ich es den anderen nicht zeigen will, fühle ich mich aufgrund der Rauchvergiftung und der anderen Verletzungen noch immer schlapp und ausgelaugt.

Vielleicht war es doch keine so gute Idee, mich vor vier Tagen selbst aus dem Krankenhaus zu entlassen.

Meine Brüder und meine Mum sind ausgeflippt, als sie es erfahren haben. Beinahe hätten sie mich zurück ins Krankenhaus verfrachtet. Ganz der große Bruder, ruft Sean mich mehrmals am Tag an, um zu hören, wie es mir geht oder ob ich etwas brauche. Bis jetzt ist es mir gelungen, ihn davon zu überzeugen, dass es mir gut geht – was ein bisschen geschummelt ist. Zwar kann ich wieder gut atmen, aber ich komme noch immer schnell aus der Puste. Es wird wohl noch einige Zeit dauern, bis ich wieder richtig fit bin.

Ein knackendes Geräusch lässt mich erschrocken zusammenzucken. Dieser verdammte Dagger und sein paranoides Gerede über einen gezielten Anschlag.

Ich glaube nicht, dass es jemand direkt auf mich abgesehen hat, warum auch?

Ich habe niemandem etwas getan ...

Erst nach mehreren langen und zugegebenermaßen ziemlich lauten Diskussionen konnte ich Dagger davon abhalten, Baby oder einen anderen Biker zu mir nachhause zu schicken, damit er auf mich aufpasst.

Ich weiß seine Sorge wirklich zu schätzen, aber sie ist übertrieben. Ganz davon abgesehen kann ich mir gut vorstellen, wie meine Familie reagieren wird, wenn sie herausfindet, dass ich sie belogen und anstatt gar keinen immer mehr Kontakt zu den Reapers habe.

Ich war mir wirklich sicher, dass ich keinen Rocker brauche, der meinen Babysitter spielt, zumindest war ich das bis jetzt. Ein erneutes Knacken lässt mich vor Panik erstarren.

Oh jemine, was mache ich denn jetzt?

Was, wenn der Präsident der Reapers doch recht hatte und ich in Gefahr bin?

Ein Schauer lässt mich erbeben, auf meinen Armen bildet sich eine Gänsehaut. Plötzlich wird mir heiß und kalt. Am liebsten würde ich mir die Bettdecke über den Kopf ziehen und mich darunter verstecken, aber ich bezweifle, dass das etwas helfen würde.

Scheiße! Seit wann bin ich so ein elendiger Feigling?

Erneut höre ich etwas, dieses Mal ist es eher ein kratzendes Geräusch. Blitzschnell schwinge ich die Beine aus dem Bett, schleiche in die Küche und hole mir das lange Brotmesser aus der Schublade.

Kaum dass sich meine Finger fest um den Griff schließen, höre ich, wie meine Wohnungstüre mit einem leisen Schnappen aufspringt – jetzt bin ich im Arsch.

Ich glaube keine Sekunde daran, dass es nur ein Einbrecher ist, der sich meinen Fernseher schnappen und davonlaufen will, das wäre irgendwie ein zu großer Zufall.

Anscheinend hat Dagger recht behalten, und irgendjemand hat es auf mich abgesehen. Vor lauter Angst habe ich mein Handy auf meinem Nachttisch vergessen, so dass ich jetzt nicht mal die Polizei rufen kann.

Mit wild rasendem Herzen lehne ich mich neben der Türe an die Küchenwand und schließe für einen Moment die Augen.

Verdammt! Verdammt! Verdammt!

Warum kann jetzt keiner meiner überbesorgten Brüder oder Thunder hier sein?

Wenn man mal einen Beschützer braucht, dann ist keiner da ... ganz klasse!

Wer auch immer das ist und völlig egal, was er von mir will, ich werde bis zum letzten Atemzug kämpfen. Kann es vielleicht doch diese völlig verrückte Bitch aus dem Club sein? Was, wenn sie mich erst anzünden wollte und mich jetzt, wo das nicht geklappt hat, auf eine andere Art ausschalten will?

Irgendwie klingt das völlig verrückt!

Aber seit ich Thunder an der roten Ampel reingefahren bin, ist mein ganzes Leben verrückt, also würde das eigentlich ganz gut passen.

Das dumpfe Geräusch von Schritten wird immer lauter. Sie klingen schwer und ganz und gar nicht nach einer Frau. Mein Puls dröhnt unnatürlich laut in meinen Ohren, meine Handflächen werden schwitzig.

Aus meinem Versteck heraus beobachte ich, wie der Einbrecher gezielt auf mein Schlafzimmer zugeht. Aufgrund der Dunkelheit kann ich ihn nur schemenhaft, wie einen Schatten, erkennen. Er ist verdammt groß und gut gebaut und ich erkenne sofort, dass ich nicht die geringste Chance gegen ihn habe. Mir ist klar, dass ich sofort die

Flucht ergreifen und so schnell es geht davonrennen sollte. Aber mir widerstrebt der Gedanke, dass ich aus meiner eigenen Wohnung laufe. Hier wohne ich, und niemand hat das Recht, hier einfach so einzudringen. Mein Kampfgeist schwillt an, und ich beschließe, dass ich dieses Arschloch hinterrücks angreifen und mit einem harten Schlag auf den Kopf ausschalten werde. Mit zitternden Fingern lege ich das Messer weg - ich hätte mich eh niemals dazu überwinden können, die lange gezackte Klinge in den Körper eines Menschen zu rammen, selbst wenn er mir etwas antun will - schnappe mir die volle Weinflasche, die neben dem Kühlschrank steht und schleiche hinter dem schwarzen Schatten her.

Irgendwie schade um den guten Chardonnay ...

Wahrscheinlich ist das mit Abstand die dümmste Idee, die ich jemals hatte, aber ich muss es einfach versuchen!

Ich bin eine Feuerwehrfrau und kein verängstigtes Mäuschen. Mein Beruf ist es, in brennende Häuser zu rennen, also werde ich auch mit diesem Typen fertig, der glaubt, dass er mich in meinem Heim mitten in der Nacht überfallen kann.

In dem Augenblick, in dem er einen entschlossenen Schritt auf mein Bett zu macht, hole ich mit Schwung aus.

Lieber Gott mach, dass ich genug Kraft habe und dass er k. o. geht.

Gerade als ich ihm die Flasche auf den Kopf knallen will, wirbelt der Unbekannte herum, und wehrt den Schlag mühelos ab.

Scheiße, so habe ich mir das nicht vorgestellt. Nicht bereit, einfach so aufzugeben, boxe ich ihm mit der linken Faust gegen die Schulter und trete ihm mit aller Kraft gegen das Schienbein.

Zu meinem Leidwesen zuckt der Kerl nicht mal zusammen. Die Einzige, die vor Schmerz winselt, bin ich. Oh *verflixt!* Ich glaube, ich habe mir bei dem Tritt den großen Zeh gebrochen. Fest entschlossen, bis zum Schluss zu kämpfen, ziehe ich mein Knie hoch und versuche, es ihm in die Hoden zu rammen.

Doch anstatt ihn mit meinem genialen Plan auf den Boden zu schicken, werde ich von zwei großen Händen gepackt und gegen eine Wand aus harten Muskeln geschleudert. Starke Arme schlingen sich um mich, machen mich so bewegungsunfähig. Unnachgiebige Hände nehmen mir die Flasche ab und legen sich auf meine Hüfte.

Jetzt bleibt mir nur noch eines – so laut ich kann, um mein Leben schreien!

Durch die körperliche Anstrengung brennt meine Lunge, als würde ich Chili einatmen. Japsend schnappe ich nach Luft, vor meinen Augen tanzen grelle Punkte.

Oh bitte nicht ... wenn ich jetzt ohnmächtig werde, bin ich geliefert ...

Der Geruch, der mich umgibt, trifft mich wie ein Hieb in die Magengrube.

Die unverkennbare und allzu vertraute Mischung aus Leder, Mann, Schießpulver, Motoröl und Hubba Bubba steigt mir in die Nase.

Kann er es wirklich sein? Aber wie?

Schlagartig stelle ich meine Gegenwehr ein.

„Fuck Baby! Bist du jetzt völlig irre?"

Der Klang seiner Stimme treibt mir vor Erleichterung dicke Tränen in die Augen.

„Thunder?"

„Aye Zuckertittchen. Hast du etwa einen anderen Kerl erwartet? Wenn ja, sag mir seinen Namen und ich töte ihn noch heute Nacht!"

Oh ja, das klingt definitiv nach meinem Reaper.

Vor Erleichterung geben meine Knie nach. Einzig seinem festen Griff habe ich es zu verdanken, dass ich nicht wie ein gefällter Baum umkippe.

Mit einem Fluch hebt er mich hoch, so dass ich wie eine Braut, die über die Schwelle getragen wird, in seinen Armen liege und setzt sich auf mein Bett.

Schniefend vergrabe ich mein Gesicht an seiner Halsbeuge und versuche, die 1000 Emotionen, die auf mich einstürmen, zu ertragen.

Sehnsucht – Erleichterung – Begierde – Lust und so unglaublich das auch klingen mag - Liebe. Ich habe mich unsterblich in diesen unmöglichen Biker, der mich gerade zu Tode erschreckt hat, verliebt.

„Geht's dir gut, Baby?"

„Kannst du mir sagen, warum du bei mir einbrichst? Scheiße! Ich habe fast einen Herzinfarkt bekommen."

Ich spüre, wie er mit den Schultern zuckt.

„Na ja, ich wollte dich nicht wecken."

Was für eine banale Erklärung für so viel Aufregung.

„Warum hast du dann mit deinem Besuch nicht bis morgen gewartet?"

Dieses Mal übergeht er meine Frage, so wie ich es zuvor schon getan habe.

„Die Frage ist ja wohl eher, warum du hier bist und nicht in meinem verdammten Bett, wo du hingehörst!"

Es schwingt so viel männliche Entrüstung in seiner Stimme mit, dass ich gegen das Kichern, das in mir aufsteigt, nicht ankomme.

„Das hier ist meine Wohnung. Außerdem schlafe ich nicht in deinem von Nutten verseuchten Bett. Das habe ich dir schon mal gesagt. Schon

vergessen?“
Ein dunkles Knurren löst sich aus seiner Kehle, es klingt wie das Grollen eines Gewitters – Thunder ...
„Nichts, was mit dir zu tun hat, könnte ich jemals vergessen! Während ich für den Club unterwegs war, wurde mein neues Bett geliefert, es müsste längst aufgebaut sein.“

Ich versuche, mich etwas aufzurichten, doch er hält mich mühelos davon ab, indem er nur kurz die Muskeln anspannt. Es fühlt sich an, als würde ich in einem warmen Stahlkäfig liegen. Nicht zum ersten Mal bin ich von seinem männlichen Körper beeindruckt. Dass er mir so überlegen ist und auch kein Problem damit hat, mich mit seiner Kraft zu dominieren, turnt mich unheimlich an.

„Bleib liegen Baby. Du bist vorhin beinahe umgekippt, das war zu viel Aufregung für dich.“

Es war ja klar, dass ihm das nicht entgangen ist.

Sanft lasse ich meine Hand über seinen Arm gleiten.

„Es geht mit gut. Das war nur der Schreck.“

„Du bleibst trotzdem, wo du bist! Ich muss dich noch etwas halten. Holy Fuck! Ich habe dich so vermisst, dass es körperlich weh getan hat.“

Sein Eingeständnis sorgt dafür, dass mein Herz einen Hüpfer macht.

„Ich habe dich auch so sehr vermisst.“

Thunder presst mir seine warmen Lippen auf die Stirn.

„Als ich erfahren habe, was passiert ist, war ich kurz davor, die Sache abzubrechen und sofort zu dir zurückzukommen.“

Er verstummt. Als er einen Atemzug später weiterspricht, klingt seine Stimme noch rauer als sonst. „Ich hätte dich beinahe verloren, Baby. Wie soll ich jetzt, wo ich weiß, wie es *mit* dir ist, jemals wieder *ohne* dich sein? Jag mir nie wieder so einen Schrecken ein!“

Sei Eingeständnis bedeutet mir viel. Es zeigt mir, dass ich nicht die Einzige bin, die etwas empfindet.

„Das werde ich nicht. Versprochen.“
Im einen Moment hält er mich zärtlich fest, im nächsten packt er mich so fest, dass ich kaum noch atmen kann.

„Wie kannst du das versprechen, wenn es dein verfickter Job ist, Feuer zu löschen? Erklär mir das, Violet, ich verstehe nicht, warum du das tust!“

Oha, da haben wir das Thema also wieder - das ging ja schneller als gedacht.

„Weil es, wie du es gerade selber schon gesagt hast, meine Arbeit ist. Ich liebe es, Menschen zu retten. Das ist meine Berufung.“

Ein Grunzen von sich gebend, steht er vom Bett auf, sieht mich aus zusammengekniffenen Augen an und legt mich sanft auf die Matratze.

„Du bist meine Berufung. Du und ich Baby – das ist alles, was zählt. Kapierst du das nicht?“

Ich stütze mich mit den Ellenbogen auf. Als ich mich hinsetzen will, schüttelt Thunder nur warnend den Kopf. Obwohl es sich seltsam anfühlt, mit ihm zu streiten und dabei wie eine Opfergabe vor ihm zu liegen, lehne ich mich wieder zurück. Er ist im Augenblick geladen genug, es ist gewiss nicht klug, ihn noch mehr zu reizen.

„Und was ist mit deinem Club? Tu nicht so, als wäre dein Leben ungefährlich. Ich weiß, dass du jeden Tag dein Leben aufs Spiel setzt. Gerade du musst verstehen, warum ich nicht einfach aufhören kann, das zu sein, was ich nun mal bin!“

Dank des Mondlichts erkenne ich, dass er die Fäuste ballt und die Zähne fest zusammenbeißt. Oh ja – er ist stocksauer!

„Das ist was anderes. Ich bin ein Mann und du eine Frau. Meine Schultern sind viel breiter als deine. Ich bin in der Lage, mich und die meinen zu beschützen. Du hingegen bist eine Frau, du darfst dein Leben nicht einfach so riskieren. Es ist zu wertvoll - du bist zu wertvoll. Ich kann das nicht länger zulassen! Verdammt, Violet. Versteh doch, was es in mir auslöst. Ich bin nicht gut mit Worten und diese ganze Gefühlssache ist völlig neu für mich. Alleine das Wissen, dass du dich in Gefahr befindest, stellt etwas mit mir an, das ich nicht kontrollieren kann. Etwas Dunkles, Gefährliches - etwas, das mich zu verschlingen droht. Um dich in Sicherheit zu wissen würde ich alles tun - einfach alles! Versteh bitte, dass ich, wenn es um dich geht, vor nichts zurückschrecke!“

An dem Ausdruck in seinen Augen erkenne ich, dass er jedes Wort ernst meint.

Heilige Scheiße!

Habe ich während seiner Abwesenheit wirklich an uns gezweifelt?

Das war dann wohl umsonst. Dieser Biker will mich, und er schreckt nicht davor zurück, das auch laut auszusprechen.

„Gut, ich habe einen Vorschlag. Du beschützt mich und ich gehe weiterhin meiner Arbeit nach. Ein Kompromiss sozusagen. Okay?“

Thunder schnaubt ungläubig und schüttelt den Kopf.

„Du checkst es nicht, oder, Lila? Mein Schutz ist nichts, worüber du diskutieren oder verhandeln kannst. Es ist etwas, unter dem du stehst. Basta!“

„Aber das heißt doch nicht, dass ich meine Arbeit aufgeben muss."
Sein Blick ist mir Antwort genug. Dieser sture Reaper schafft es echt, mich zur Weißglut zu bringen.

„Jetzt reicht es mir aber! Du kannst nicht über mich bestimmen! Eine kleine Info für dich, Thunder. Ich gehöre dir nicht. Ich schlafe mit dir, aber ich bin nicht dein Eigentum und ich kann tun und lassen, was immer ich will."

Um ihm etwas ebenbürtiger zu sein, stehe ich trotz der Warnung in seinem Blick auf und stemme die Hände in die Hüften.
Mit vorgerecktem Kinn sehe ich ihm in die Augen und zeige ihm so, dass er mich nicht wie eine Clubbitch herumkommandieren kann.

„Es wird Zeit für eine Demonstration!"
Mit diesen Worten kommt er auf mich zu, hebt mich von den Füßen und schmeißt mich aufs Bett. Keine Sekunde später ragt er groß und stark über mir auf. Thunder pinnt mich mit seinem Gewicht auf der Matratze fest, so dass ich mich kaum noch bewegen kann.

„Kannst du jetzt tun, was du willst?"

Dieses arrogante Bikerarschloch ...

„Nein! Und das weißt du auch."
Seine Augen blitzen auf, der Rest seiner Mimik bleibt hart und ernst.

„Wie du siehst, muss ich dir nichts verbieten. Es kostet mich kaum Anstrengung, dich einfach davon abzuhalten!"
Pure, ungezügelte Wut kocht in mir hoch. Ich will ihn schlagen, beißen und kratzen, doch ich kann mich nicht bewegen.

Thunder wartet geduldig, bis ich atemlos aufgebe, ehe er weiterredet.

„Sei doch vernünftig, Baby."
„Fick Dich, Reaper!"

Er lacht laut auf. Der Drang, ihn irgendwie verletzten zu wollen, wird übermächtig.

„Ich ficke *dich*, Baby. Täglich mehrmals – wann und wo ich will. Danke, dass du das zur Sprache bringst, denn es bringt mich zu meinem nächsten Argument. Was, wenn du schwanger wirst? Wenn du unser Kind in deinem Bauch trägst, willst du dich dann immer noch absichtlich in Gefahr bringen, nur um deinen Job auszuüben? Das werde ich niemals zulassen! Niemals!"
Obwohl er mit voller Härte gesprochen hat, wird der Ausdruck in seinen Augen weicher, fast schon sehnsüchtig, während er redet.

Kann es sein, dass er sich das von mir wünscht?

Will er eine Familie? Ein Baby?

Ist es sein Plan, dass ich schwanger werde?

Natürlich will ich irgendwann ein Kind, aber Thunder und ich kommen aus zwei Welten, wir sind gerade mal einen Wimpernschlag lang zusammen und daher finde ich, dass das Thema noch etwas zu früh angesprochen wird.

Dennoch stelle ich mir vor, wie es sich wohl anfühlt, ein winziges Wesen in mir zu haben, das seine Gene in sich trägt. Eine unpassende, jedoch bittersüße Sehnsucht breitet sich in mir aus. Plötzlich will ich nichts dringender als sein Kind empfangen.

Ich räuspere mich und zwinge mich dazu, realistisch zu bleiben.

„Dieses Argument zählt nicht, Reaper. So weit sind wir beide noch lange nicht. Alleine die Tatsache, dass du mich gerade gegen meinen Willen in diesem Bett gefangen hältst, zeigt deutlich, dass wir noch viel an unserer Beziehung arbeiten müssen."

Seine Finger mit den meinen verschlingend, grinst er mich frech an.

„Ich halte dich nicht gefangen – ich verdeutliche dir nur, wo dein Platz ist."

Obwohl ich ahne, was er sagen wird, frage ich nach.

„Was meinst du damit?"

„Du gehörst genau hierhin Baby – zu mir! Und wie es der Zufall so will, habe ich dich unter mir am liebsten. Es mag sein, dass du zweifelst. Aber ich weiß, was ich will, und das bist du. Wenn du noch etwas Zeit brauchst, bevor ich dir ein Baby mache, dann ist das für mich okay. Aber warte nicht zu lange, ich bin kein besonders geduldiger Mann."

Halleluja ...

Keine Ahnung, wie unser Gespräch an diesen Punkt kommen konnte, aber im Moment bin ich von Thunders Intensität völlig überwältigt.

„Woher nimmst du die Gewissheit, dass ich die Richtige für dich bin? Und dass ich dich in ein paar Wochen oder Monaten nicht langweile?"

Dieses Mal grinst er so breit, dass ich seine weißen Zähne in der Dunkelheit erkennen kann.

„Du und langweilig? Fuck Baby ... du bist die interessanteste, faszinierendste und heißeste Frau, die mir jemals begegnet ist. Ich kann den ganzen Tag an nichts anderes denken, als daran, mich bis zum Anschlag in dich zu rammen. Ich will dich nicht einfach nur - ich bin süchtig nach dir."

Er presst mir einen Kuss auf den Mund und schüttelt dann den Kopf.

„Hör mir zu, Violet ...", er spricht nicht nur leiser, sondern klingt auch völlig ernst, „... ich kenne das Leben, ich kenne den Tod und ich lebe, seit ich denken kann, am Limit. Dass ich nicht längst unter der Erde liege, habe ich nur einer Sache zu verdanken, und das ist mein

Instinkt. Und genau der sagt mir, dass du die Eine für mich bist. Hör auf, dir den Kopf über Richtig oder Falsch zu zerbrechen. Du und ich, wir passen perfekt zusammen."

Ganz tief in meinem Herzen weiß ich, dass er absolut recht hat. Dieser Mann ist mein Schicksal. Er und ich – wir sind an einem Punkt angekommen, an dem jedes weitere Wort überflüssig ist.

„Küss mich, Thunder, zeig mir, dass ich dir gehöre."

Er tut es. In der Sekunde, in der seine Zunge meine Lippen öffnet und auf die meine trifft, verpuffen alle meine Sorgen und Ängste und ich spüre bis in die Zehenspitzen, dass wir zusammengehören.

Völlig egal, wie viele Hindernisse und Meinungsverschiedenheiten noch auf uns zukommen, wir werden einen Weg finden – gemeinsam.

30. Kapitel

Thunder

Sie ist hier und es geht ihr gut! Sie ist hier und es geht ihr gut!

Sie ist hier und es geht ihr gut!

Ich wiederhole diesen Satz wie ein Mantra in der Hoffnung, dass ich mich endlich etwas entspannen und einschlafen kann. Es gelingt nicht. Alleine die Art, wie sie reagiert hat, als sie dachte, dass ich ein gottverdammter Einbrecher bin, hat mir gezeigt, wie dringend sie meinen Schutz wirklich braucht. Ich meine, *Fuck!* Sie wollte mich mit einer Weinflasche ausknocken. Noch immer fassungslos, betrachte ich das schlafende Mädchen in meinen Armen und atme tief durch.

Es mag sein, dass sie sich dessen nicht bewusst ist, aber sie braucht keine Flasche um mich in die Knie zu zwingen, dort hat sie mich längst.

Für Violet würde ich alles tun – einfach alles.

Es wird dauern, bis sie sich an meine Art, sie zu beschützen gewöhnt hat. Doch irgendwann wird sie kapieren, dass ich nur ihr Bestes im Sinn habe.

Die vergangenen Tage waren lang und extrem anstrengend. Ich konnte nicht, wie geplant, gleich nachdem sich Ace auf den Deal mit dem Mexikaner geeinigt hatte aufbrechen, sondern musste noch einen Tag länger warten, bis die Details dieser neuen Geschäftsbeziehung geklärt waren. Keine Ahnung, was ich von dieser Entwicklung halten soll – die Zeit wird zeigen, ob wir die richtige Entscheidung getroffen haben. Alexej ist tot. Sollte Ramon uns ebenfalls verarschen, ist er es auch bald – so einfach ist das!

Die letzten Nächte habe ich in irgendwelchen Motels verbracht, die Tage auf dem Highway. Boomer, Raven und Beast bleiben noch etwas in Tacoma und kommen in etwa einer Woche ebenfalls zurück nach Phoenix. Sollen sie sich um alles Nötige kümmern, ich muss jetzt erst mal alle Aufmerksamkeit meiner Süßen schenken. Ihr Verhalten hat mir deutlich gezeigt, dass sie vor etwas Angst hat, das gefällt mir nicht!

Bevor ich hierhergefahren bin, habe ich einen Abstecher zu Sarah gemacht, ihr Haus war leer und verlassen. Sobald die Sonne aufgeht, das dürfte nur noch wenige Stunden dauern, werde ich mich auf die Suche nach dieser Bitch machen und herausfinden, ob sie hinter dem Brand steckt. Falls ja, gnade ihr Gott ...

Violet seufzt, schlingt ihren Arm um meinen Brustkorb und birgt ihr Gesicht an meiner Schulter. Ihr warmer Atem streift gleich einer Liebkosung über meine Haut. Ich bin hart. Mein Schwanz fühlt sich an, als würde er gleich explodieren. Es kostet mich unheimlich viel Kraft, dass ich einfach nur ruhig liegen bleibe und mich nicht auf sie rolle, um mich bis zu den Eiern in sie zu rammen. Was ich zu ihr gesagt habe, ist mein Ernst. Ich werde sie beschützen - im Zweifelsfall auch vor mir selbst. Ihre Bedürfnisse stehen über den meinen, für jetzt und für immer. Völlig egal, wie tough sie auch tun mag, Violet geht es nicht gut. Ich habe deutlich gespürt, wie sie in meinen Armen zusammengesackt ist, das macht mir Sorgen. Morgen werde ich ihren Arzt kontaktieren und mir anhören, was dieser zu sagen hat.

Die nächsten Stunden vergehen schlaflos. Erst als die Sonne von Osten her aufsteigt, fallen mir die Augen zu. Als ich sie ein paar Stunden später wieder öffne, ist Violet aus dem Bett verschwunden, mein Handy vibriert und blinkt und es ist verdammt noch mal viel zu hell in diesem Schlafzimmer.

Fluchend kneife ich die Augen zusammen, stehe auf und lockere meine Muskulatur. Die unzähligen Stunden im Sattel sind nicht spurlos an mir vorbeigegangen.

Gerade als ich nach dem Mobiltelefon greifen will, verstummt es – auch recht.

Mit schmerzendem Rücken ziehe ich mir die Jeans an und mache mich auf die Suche nach Violet. Ich finde sie im Wohnzimmer, sie liegt auf der Couch und liest ein Buch.

„Hey Reaper. Wieder unter den Lebenden?“

„Fühlt sich nicht so an.“

Sie lacht laut auf und legt den Roman beiseite.

„Das hast du verdient, weil du letzte Nacht mein Schloss geknackt und mich so zu Tode erschreckt hast.“

Bullshit! Das muss ich mir sicherlich noch öfters vorwerfen lassen.

„Hättest du im Club geschlafen, wie es sich für die Lady eines Reapers gehört, hättest du keinen Grund gehabt, dich zu fürchten. Dort wärst du zu 100 % sicher.“

„Ich bin nicht deine Lady ...“

Sie deutet mit dem Daumen auf das rosa Tanktop, das sie trägt und das ihre prallen Brüste nicht verbirgt, sondern viel mehr präsentiert.

„Keine Kutte, siehst du!“

Ihre Antwort kommt prompt und fällt genauso aus, wie ich es mir gedacht habe.

„Reine Formsache, Baby. Reine Formsache!“

Die letzten Meter, die uns trennen, überwindend, gehe ich auf sie zu, picke sie von der Couch und werfe sie mir über die Schulter.

„Hey, was soll das?“

Ihren Protest ignorierend, lege ich in einer besitzergreifenden Geste meine Hand auf ihren nur mit einem String dekorierten Po und trage sie zurück zum Bett.

Dort setze ich sie ab, hebe mein Leder vom Boden auf und ziehe es ihr an.

Anstatt einen frechen Spruch von sich zu geben, sieht Violet mich nur aus großen Augen an. *Fuck*, sie so zu sehen, stellt merkwürdige Dinge mit mir an.

Nur mit dem Faden im Arsch, dem Top und meiner Weste bekleidet steht sie auf und stellt sich vor den Spiegel.

Sie betrachtet sich eingehend, dreht sich im Kreis und wendet sich zu mir um.

„Das gefällt mir.“

„Mir auch, Baby. Du ahnst nicht, wie sehr.“

Sie leckt sich die Lippen.

„Zeig mir, *wie sehr* ich dir gefalle, Reaper.“

Herausfordernd dreht sie sich um, beugt sich devot über das Bett und streckt mir so ihren Po entgegen. Da ihr meine Kutte natürlich etwas zu groß ist, bedeckt das abgewetzte Leder zur Hälfte ihre prallen Arschbacken – was für ein genialer Anblick.

Violet in diesem Outfit und in dieser Stellung ist das Geilste, was ich jemals gesehen habe. Alles in mir schreit danach, ihrer Aufforderung nachzukommen und sie mit aller Kraft in den Arsch zu ficken. Ich will meinen Schwanz zwischen ihren Pobacken verschwinden sehen und ihn dabei beobachten, wie er ihr runzeliges Loch dehnt.

Mit zusammengebissenen Zähnen stelle ich mich hinter sie, umfasse ihren Po und knete das feste Fleisch.

„Denkst du wirklich, dass es besonders klug ist, mich in deiner momentanen Verfassung herauszufordern, Süße?“

Sie dreht den Kopf auf die Seite und wirft mir über die Schulter einen herausfordernden Blick zu, während sie mit den Hüften wackelt.

„Du meinst die momentane Verfassung, da sich seit einer Woche ungefickt bin? Oder die, dass ich so feucht bin, dass es mir schon an den Schenkeln hinabrinnt?“

Sie ist gut, und das weiß sie.

Violet ist nicht entgangen, dass ich eine Schwäche für Ärsche habe, und darum lockt sie mich auch genau damit.

„Ich werde dich erst ficken, wenn ich mit deinem Arzt geredet habe.“
„Vielleicht sollte ich meinen Arzt fragen, ob er mich von hinten nehmen will, wenn du dich weigerst.“
Bämmm ...
In der einen Sekunde habe ich beste Laune, in der nächsten kocht mein Blut.
„Fuck Baby! Fuck! Fuck! Fuck! Sag das noch mal und du musst dir einen neuen Doc suchen.“
Noch bevor ich es bewusst entschieden habe, verpasse ich ihrer Rückseite einen harten Schlag. Violet schreit erschrocken auf.
„Du willst mich reizen, Kleines? Bist du wirklich so verrückt? Bis jetzt habe ich mich in deiner Nähe immer einigermaßen zivilisiert benommen. Wenn du das nicht willst, mach so weiter, und du wirst am eigenen Leib zu spüren bekommen, was passiert, wenn du mich herausforderst!“
Der Abdruck meiner Hand zeichnet sich gut sichtbar in leuchtendem Rot auf ihrer rechten Arschbacke ab.
„Das war doch nur ein Witz. Reg dich ab, Thunder.“
„Darüber macht man keine Witze. Merk dir das!“
Mir ist klar, dass ich überreagiere, doch ich kann nicht anders.
„Zieh dir was an und dann gehen wir frühstücken.“
„Solange du diese miese Laune hast, gehe ich nirgends mit dir hin. Also sei nicht so ein Arschloch und krieg dich wieder ein.“
Nicht auf ihre Worte eingehend, trete ich einen Schritt zurück und lasse ihr genug Raum, um sich hinzustellen.
„Zieh mein Leder aus.“
Violet sieht mich verwirrt an.
„Warum?“
„Ganz einfach. Das muss man sich verdienen, Baby. Nicht jede Frau hat das Zeug zur Reaper-Lady. Und der Satz, den du da gerade von dir gegeben hast, lässt mich an deiner Qualifikation für diese Position zweifeln.“
Sie schnappt überrascht nach Luft, ich sammle meine restlichen Sachen auf, ziehe mich fertig an, stecke meine Waffe hinten in den Hosenbund und schnalle mir die Lederscheide um den Oberschenkel, in dem sich mein Dolch befindet. Anschließend nehme ich ihr die Kutte ab und verlasse, ohne sie eines weiteren Blickes zu würdigen, das Schlafzimmer.
Es fällt mir schwer, so hart zu ihr zu sein. Doch mein Mädchen muss endlich kapieren, dass das alles kein Spiel ist. Sie muss lernen, wie

meine Welt funktioniert – je schneller, umso besser. In der Küche schenke ich mir einen Kaffee ein und warte auf sie.

Nach ein paar Minuten taucht Violet im Türrahmen auf. Sie trägt ein weißes, knielanges Kleid in Kombination mit braunen Cowboy-Stiefeln und sieht so verdammt scharf darin aus, dass sich meine Eier verlangend zusammenziehen.

Ihre langen bunten Locken umspielen ihre schmalen Schultern, an ihren Ohren funkelt es, sie riecht nach Frau, Seife und purem Glück.

Bloody Hell! Das wird ein verfickt langer Tag ...

Sie wirft mir einen unsicheren Blick zu, ich ergreife ihre Hand und küsse sie tief und langsam. Als ich sie wieder frei gebe, keucht sie.

„Bist du bereit, Baby?“

Violet nickt, ohne mich anzusehen. Ihr Blick ruht auf den vielen Patches, die mein Leder zieren. Es scheint fast so, als würde sie über das, was ich ihr gesagt habe, nachdenken.

„Gut, dann lass uns was essen gehen. Dog hat einen Diner nur wenige Straßen von hier entfernt, bei ihm gibt es die besten Eier der Stadt.“

„Dog? Wer ist das?“

„Ein ehemaliger Reaper. Dog ist *out in good standing*.“

Sie stolpert und bleibt im Hausflur vor dem Lift stehen.

„Ehemalig? Was bedeutet das? Kann man eure Mitgliedschaft etwa kündigen oder so?“

„Nein! Das bei ihm war ein Sonderfall. *Out in good standing* bedeutet, dass er ein ehemaliges Vollmitglied ist, das sich im Guten vom MC getrennt hat.“

Es ist Violet deutlich anzusehen, dass sie vor Neugierde beinahe platzt. Doch ich bin grad nicht in der Stimmung für Fragen. Bevor ich ihr meine Welt genauer erkläre, muss sie die einfachen Dinge auf die Reihe kriegen, und da gehören Sätze, in denen sie ankündigt, dass sie andere Männer ficken will, gewiss nicht dazu.

Der Aufzug kommt, die Türen öffnen sich und ich schubse sie sanft hinein.

„Willst du jetzt den restlichen Tag wütend auf mich sein?“

„Kommt ganz drauf an, wie du dich benimmst, Baby.“

Mit einem scheuen Lächeln auf den Lippen kommt sie auf mich zu, schiebt ihre kleine Hand an meiner Brust nach oben und schlingt mir schlussendlich ihren Arm um den Nacken.

„Komm schon, Thunder. Es war doch nur ein Scherz.“

Auf den Zehenspitzen stehend streift sie mit ihren Lippen über die meinen. Ich gehe nicht darauf ein, sondern bleibe hart, was mir echt verdammt schwerfällt.

Denn in Wirklichkeit will ich sie gegen die verspiegelte Wand drücken und jeden Zentimeter ihres kurvigen Körpers berühren und küssen.

„Du weißt doch, dass ich nur dich will. Oder?“

Unter einem Kranz dunkler Wimpern sieht sie zu mir hoch, ich spüre, wie ich schwach werde.

„Und woher soll ich das wissen, Baby?“

Mit einem schelmischen Grinsen drückt sie den roten Stopp-Knopf, der Lift hält sofort an.

„Wie wäre es, wenn ich es dir beweise?“

Langsam sinkt sie vor mir auf die Knie, löst die Gürtelschnalle und öffnet meine Jeans.

Aus Unschuldsaugen sieht sie zu mir auf, während sie meinen harten Schwanz herausholt und sich die Lippen leckt.

Zuerst züngelt sie nur sanft über die Spitze, ehe sie ihn tiefer und immer tiefer in den Mund nimmt und an ihrem Gaumen entlang in ihren engen Hals gleiten lässt.

Knurrend schließe ich die Augen, kralle mich an ihren Haaren fest und dirigiere sie so in einen schnelleren Rhythmus.

„Yeah Baby! Saug fester ... Mach, dass ich dir tief in die Kehle spritze.“

Sich an meinen Beinen festhaltend, intensiviert sie ihr Zungenspiel, massiert mir mit der rechten Hand die Eier und sorgt so dafür, dass sie immer schwerer und praller werden. Stoß für Stoß genieße ich die samtige Beschaffenheit ihrer Zunge. Mein Mädchen lutscht, stöhnt und gibt einfach alles, um mich davon zu überzeugen, dass ich der einzige Kerl bin, dessen Schwanz sie begehrt. Ich zwinge mich, die Augen zu öffnen, und beobachte, wie ich ihren Mund ficke.

Was gibt es Geileres?

Ich halte mich nicht zurück. Lasse sie jeden harten Zentimeter schlucken und spüre, wie sie gegen ihren Würgereflex ankämpft. Eine Träne rinnt ihr über die Wange – so gefällt mir das.

Der Druck in meinem Unterleib wird stärker, es braucht nicht mehr viel, bis ich abspritze. Zärtlich streiche ich ihr über den Kopf, presse sie noch fester auf mein Glied und spüre, wie ihre Nasenspitze an meinen Bauch stößt.

„Wirst du auch brav alles schlucken?“
Die Frage hätte ich mir auch sparen können, denn ich lasse ihr gar keine Wahl.

Violet nickt, lässt mich ihre Zähne spüren und zieht an meinen Hoden - mehr brauche ich nicht. Stöhnend stoße ich ein letztes Mal zu und pumpe ihr dann Schwall für Schwall meinen Samen in den Hals. Erst als das Pochen in meiner Eichel langsam nachlässt, ziehe ich mich etwas zurück, so dass sie wieder richtig atmen kann.

„Yeah Baby. Mir gefällt deine Art, dich zu entschuldigen.“

Mir tief in die Augen sehend, nimmt sie mit der Zungenspitze den Tropfen Sperma, der auf ihrer Unterlippe ruht, auf und stöhnt zufrieden.

„Lecker.“

Violet gibt mir das Gefühl, dass es für sie nichts Besseres gibt, als an meinem Schwanz zu lutschen, und fuck, das liebe ich. Mit der rechten Hand umfasst sie meine langsam weich werdende Erektion, reibt sie über ihre Lippen und verwöhnt zum Abschluss den kleinen Schlitz an der Spitze.

Noch bevor sie meine Hose wieder richtig geschlossen hat, sorge ich dafür, dass der Lift weiterfährt. Sie kniet noch immer vor mir, als sich die Türen surrend öffnen und ihre drei Brüder in meinem Blickfeld erscheinen.

Na, das nenne ich doch mal ein richtig beschissenes Timing ...

„Das war Frühstück Nummer eins.“

Violet, die noch immer nicht bemerkt hat, dass uns ein Großteil ihrer Familie beobachtet, zwinkert mir übermütig zu und steht langsam auf. Noch während sie ihr Kleid zurechtzupft, stürmt Sean, der älteste und zugleich größte der drei Kerle auf mich zu. Es gelingt mir gerade noch, Violet auf die Seite zu ziehen, ehe er mir einen rechten Haken verpasst.

„Du widerliches Schwein, dafür werde ich dich töten!“

Diesen einen Treffer habe ich zugelassen – den habe ich wohl verdient. Aber jetzt reicht’s. Es wird Zeit, dass ihre Brüder kapieren, dass ihre Schwester jetzt zu mir gehört. Ab jetzt ist sie mein Eigentum und ich passe auf sie auf.

Ohne besondere Mühe blocke ich den nächsten Schlag ab, fange seine Faust ein und drücke so fest zu, dass seine Knöchel knacksen.

„Violet zuliebe verzichte ich darauf, dir sämtliche Knochen zu brechen, aber solltest du so dumm sein und mich noch mal angreifen, ist meine Geduld aufgebraucht. Verstanden?“

Ich lasse seine Hand los und sehe ihm tief in die Augen.

Anstatt meine Warnung als das zu nehmen, was sie ist – eine Warnung, fasst er sie als Herausforderung auf. So ein Idiot!
Er versucht einen Uppercut, ich trete einen Schritt zur Seite, so dass er ungebremst in die Wand des Lifts schlägt.
Der Spiegel zerplatzt mit einem lauten Krachen. Sofort ziehe ich Violet in meine Arme und schirme sie so mit meinem Körper vor den Scherben ab.
Anschließend hebe ich sie hoch und trage sie aus der Kabine. Noch bevor ich sie abstellen kann, packt sie mich am Revers meiner Kutte und sieht mich eindringlich an.
Ihre geschwollenen Lippen, der leicht verträumte Ausdruck in ihren Augen und ihre zerzausten Haare, es ist meiner Süßen deutlich anzusehen, dass sie noch vor kurzem meinen Schwanz im Mund hatte. Ich kann verstehen, dass ihre Brüder wütend sind, niemand will seine Schwester dabei beobachten, wie sie einem Kerl einen bläst.
Aber Fuck! So läuft das Leben ...
„Bitte Thunder. Tu ihnen nichts! Sie machen sich nur Sorgen um mich und wollen mich beschützen."
Sie klingt so verzweifelt, dass ich mir selber schwöre, das alles möglichst gewaltfrei zu lösen.
„Keine Sorge, Baby."
Ihr einen schnellen Kuss auf den Mund drückend, schiebe ich sie noch etwas weiter zur Seite und stelle mich ihrer nervigen Verwandtschaft.
„Kommt schon, Männer. Das hier führt doch zu nichts."
Einer ihrer Brüder zieht eine Waffe. Violet kreischt panisch auf.
„Nein, Ben. Tu das nicht. Bitte, steck die Waffe weg, bevor jemand verletzt wird."
Sie versucht, auf ihren Bruder zuzugehen, doch ich halte sie mit einem warnenden Blick davon ab. Wenn ich mir eine Kugel einfange, sei's drum. Es ist nicht die erste und wird auch nicht die letzte sein. Aber sollte dieser Pisser aus Versehen mein Mädchen treffen, töte ich ihn – so viel steht fest.
„Hat er dich dazu gezwungen, Violet?"
Sie sieht ihn verwundert an.
„Was? Nein! Er ist mein Freund! Wir sind zusammen. Es besteht überhaupt keine Gefahr für mich. Ihr müsst mich nicht vor ihm retten oder so. Also hört auf, euch wie Neandertaler zu benehmen."
Ben und Sean tauschen einen kurzen Blick.
Ich höre, wie die Haustüre hinter mir aufgeht, doch ich drehe mich nicht um.
Schlussendlich kommt Sean auf mich zu.

„Wenn du unserer Schwester noch mal zu nah kommst, knallen wir dich ab. Klar?“

„Deine Drohung ist Bullshit! Sie ist mein Mädchen und nicht mal der Teufel persönlich kann mich von ihr fernhalten! Ich schwöre dir bei allem, was mir heilig ist, dass ich gut auf sie Acht geben werde. Ich beschütze sie mit meinem Leben, aber ich gebe sie garantiert niemals auf.“

Ein ersticktes, weibliches Schluchzen hallt von den Wänden wider. Im ersten Moment denke ich, dass es von Violet kommt, doch dann trifft mich die Erkenntnis wie ein Schlag – Sarah. Alarmiert wirble ich herum und sehe, dass sie eine Waffe auf Violet gerichtet hält.

Ihre Brüder scheinen auch endlich zu kapieren, dass ich nicht mehr die größte Bedrohung bin. Sean und der andere, dessen Namen ich nicht weiß, ziehen ebenfalls ihre Dienstwaffen.

Fuck! Fuck! Fuck!

Da hat sich die blöde Bitch einen äußerst ungünstigen Zeitpunkt für ihren Anschlag ausgesucht.

„Was soll diese Scheiße, Sarah?“

Vor Sorge und Wut hört sich meine Stimme sogar für mich fremd an.

„Das fragst du mich, Reaper? Ernsthaft? Ich habe dir alles gegeben. Alles, was du gebraucht hast und wie dankst du es mir? Du servierst mich für diese lila Nutte ab. Das habe ich nicht verdient. Ich sollte deine Lady werden – nur ich.“

Sie schüttelt sich, die Waffe zeigt noch immer auf Violets Kopf.

„Nimm die Pistole runter, Sarah. Sofort!“

Anstatt auf mich zu hören, lacht sie hysterisch.

„Deine Hexe hat mehr Glück als Verstand. Ich wollte sie brennen lassen, ich habe ihr ihren eigenen Scheiterhaufen gerichtet. Doch sie hat ihn überlebt. Dieses Mal werde ich es richtig machen. Dieses Mal überlasse ich nichts dem Schicksal. Sie wird sterben und ich werde ihr dabei in die Augen sehen.“

Verdammt! Ich habe doch gleich geahnt, dass sie hinter all dem steckt.

Ob sie auf Drogen ist? Das, was sie sagt, klingt wirr und ich verstehe nicht alles. Doch das ist auch nicht wichtig. Alles, was zählt, ist, dass sie Violet nichts antut. Um den Rest kann ich mich später kümmern. Prüfend werfe ich Sean einen Blick zu. Er zielt auf Sarahs Herz, die Hand, mit der er den Spiegel zertrümmert hat, blutet stark.

„Siehst du diese drei Männer?“

Mit einem Kopfnicken deute ich in die Richtung von Violets Brüdern.

„Die sind alle Cops und sie mögen es nicht, wenn man ihre kleine Schwester bedroht. Also nimm die Pistole runter und verschwinde!“ Obwohl sie eingeschüchtert wirkt, bleibt sie standhaft.

„Du hast mich zerstört, Thunder. Jetzt zerstöre ich dich!“

Ich verstehe ihre Worte als das, was sie sind - eine Ankündigung. Instinktiv handle ich, laufe zu Violet und werfe mich in derselben Sekunde, in der ein lauter Knall ertönt, zwischen Sarah und Violet in die Schussbahn.

Schreie werden laut, jemand brüllt, doch ich konzentriere mich voll und ganz auf den allzu bekannten Schmerz, den ein Geschoss auslöst, während es sich durch Haut, Sehnen und Muskeln bohrt.

Der Aufprall auf den Granitboden ist hart und presst mir sämtlichen Sauerstoff aus der Lunge. Ich höre vieles, bekomme aber nicht wirklich mit, was um mich herum passiert.

Wieder ertönt ein Schuss, Sarahs Schrei endet abrupt. Hoffentlich hatte einer von den Brüdern genug Eier, um die durchgeknallte Bitch zu töten.

Ich kann nicht genau sagen, wo mich die Kugel getroffen hat, mein Unterleib fühlt sich an, als würde er in Flammen stehen.

Plötzlich ist Violet über mir, in ihren schönen Augen steht blanke Panik.

„Oh Gott. Oh Gott. Thunder, was hast du nur gemacht? Oh Gott. Bist du wahnsinnig?“

Ich spüre, dass sie ihre Hände auf das Einschussloch drückt, um die Blutung zu stoppen.

„Ich habe gesagt, dass ich dich beschütze. Und genau das habe ich getan.“

Das Reden kostet mich unglaublich viel Energie, ich bringe nicht mehr als ein Flüstern zustande.

„Du bist verrückt Reaper. Mein Leben gegen das deine? Das ist ein beschissener Tausch!“

Trotz der Schmerzen muss ich lachen. Dieses Mädchen ist so verdammt perfekt.

Violet schluchzt und weint, sie ist völlig fertig.

Sie küsst mich auf die Stirn, erst durch ihre warmen Lippen spüre ich, wie kalt mir auf einmal wird. Das ist kein gutes Zeichen.

Ich bin ein Reaper, ich spüre, wenn der Sensenmann in der Nähe ist. Und im Augenblick streckt er seine knochigen Finger nach mir aus.

Falls ich wirklich auf diesem Boden krepiere, dann nicht, ohne Violet gesagt zu haben, was ich für sie empfinde.

Ihr Blick wandert an mir nach unten, Entsetzen zeichnet sich auf ihrem Gesicht ab.
„Oh Gott! Sean, hilf mir! Da ist so viel Blut."
„Die Rettung ist alarmiert. Drück mit aller Kraft auf die Wunde. Mehr können wir nicht tun."
Ich höre den beiden zu und zwinge mich, bei Bewusstsein zu bleiben, es fällt mir schwer.
Mir läuft die Zeit davon ...
„Baby?"
Sobald sie meine Stimme hört, sieht Violet wieder zu mir.
„Ja, Thunder."
Jetzt oder nie ...
„Du bist alles, was ich jemals wollte und zugleich alles, wovon ich immer geträumt habe. Ich liebe dich, Violet. Ich liebe dich so sehr."
Am liebsten würde ich ihr noch unendlich viele Dinge sagen. Zum Beispiel, wie schön sie ist, wie gut sie riecht und dass ich es bereue, die letzten Tage meines Lebens nicht mit ihr verbracht zu haben, aber ich schaffe es nicht.
Eine Dunkelheit, viel schwärzer als die Nacht, breitet sich über mir aus. Ich sehe, dass Violet ihre Lippen bewegt, aber ich kann nur das immer langsamer werdende Klopfen meines Herzens in meinen Ohren dröhnen hören ...
Jetzt weiß ich, wie es sich anfühlt zu sterben – ziemlich beschissen. Dennoch bereue ich es nicht. In den vergangenen Jahren habe ich schon so oft meinen Kopf riskiert und nur wenige Male war es das Risiko wert. Ich bin froh, dass ich mein Leben für das von Violet gegeben habe.
Durch dieses Mädchen habe ich mich lebendiger gefühlt als jemals zuvor.
Mit letzter Kraft kämpfe ich gegen die tonnenschwere Dunkelheit an. Schemenhaft erkenne ich die Umrisse von Violets wunderschönem Gesicht.
„Lebe dein Leben, Baby, lebe es und denk an mich ..."
Dann macht es ein letztes Mal *bumm – bumm – bumm,* ehe mein Herz aufhört zu schlagen.

31. Kapitel

Violet

„Er stirbt! Um Gottes willen, tut doch was! Er stirbt!“
Vor Tränen blind sehe ich zu Sean, doch dieser schüttelt den Kopf und gibt mir so zu verstehen, dass es hoffnungslos ist. Mein vor Kraft strotzender Biker hat sich, ohne zu zögern, für mich geopfert. Mit jedem Atemzug haucht er mehr von seinem Leben aus und ich kann nichts tun, um ihn zu retten ...

Immer wieder hat er mir gesagt, dass er mich beschützt, dass er für mich alles tun und alles geben würde, doch ich habe ihm nicht geglaubt.

Jetzt habe ich wie zum Beweis sein Blut an meinen Händen kleben und spüre, wie ein Teil meines Ichs mit ihm stirbt.

Ich weiß, dass Sarahs Leiche hinter mir liegt, doch sie ist mir egal.

Alles ist mir egal.

Alles, was für mich zählt, ist der Mann, den ich mehr als alles andere liebe.

Er hat mir gesagt, dass er mich liebt. Und ich? Ich bin so mit der Situation überfordert, dass ich es nicht erwidert habe. Warum habe ich nicht erkannt, dass das die letzte Möglichkeit ist, Thunder zu sagen, dass ich ihn liebe, ehe ihn der Tod mit sich nimmt? Ich habe die letzte Chance verpasst ...

Jetzt liegt er reglos vor mir. Sein Atem kommt immer flacher, ich kann regelrecht spüren, wie der Tod immer mehr Besitz von ihm ergreift. Die unheimliche Kraft, die ich immer so an ihm bewundert habe, weicht aus seinem Körper, und ich kann nichts tun, um ihm zu helfen.

Von Schluchzern durchgeschüttelt beuge ich mich zu ihm, stets darauf bedacht, weiterhin die Wunde mit den Händen abzudrücken, und sage ihm unentwegt, wie sehr ich ihn liebe. Ich hoffe und bete, dass er es hören kann.

„Violet?“
Ben kniet sich neben mich.

„Du kannst ihn nicht retten.“
Weil ich das nicht hören will, ignoriere ich ihn. Erst als ich das Geheule der Sirenen höre, erlaube ich mir, wieder mehr auf meine Umgebung zu achten.

Thunder murmelt etwas, das ich nicht verstehen kann.

Es klingt, als würde er sich endgültig von mir verabschieden.

Starke Hände packen mich von hinten und ziehen mich von Thunder weg.

Ich wehre mich und kämpfe dagegen an. Erst als ich erkenne, dass es Sean ist, der für die Sanitäter Platz machen will, gebe ich nach und sacke kraftlos gegen ihn.

„Ich liebe Thunder. Ich liebe ihn so sehr, dass ich nicht weiß, wie ich ohne ihn leben soll."

Sean küsst mich auf die Stirn und versucht, mich zu beruhigen – vergebens.

Eine gefühlte Ewigkeit später wird Thunder auf einer Trage abtransportiert. Die Tatsache, dass noch immer um sein Leben gekämpft wird, gibt mir neue Hoffnung. Wenn der Notarzt ihn noch nicht aufgegeben hat, dann werde ich das auch nicht tun.

Sarahs Leiche wird mit einem schwarzen Tuch abgedeckt. Ben hat sie mit zwei Kugeln direkt ins Jenseits befördert. Dieses mörderische Dreckstück hat nichts anderes verdient.

„Ich will, dass du mich sofort zu Thunder fährst. Ich muss bei ihm sein und wissen, was die Ärzte sagen."

Sean sieht mich abschätzend an und bewegt sich nicht von der Stelle.

„Hör mir gut zu, Bruder. Dieser Reaper ist die Liebe meines Lebens und wenn du ihn selbst jetzt, nachdem er vielleicht für mich stirbt, noch immer nicht akzeptieren kannst, kannst du mich aus deinem Leben streichen."

Er will was sagen, ich halte ihn mit einer abwehrenden Geste davon ab.

„Falls er wie durch ein Wunder überlebt, und mich meine Familie vor die Wahl stellt, dann werde ich mich für ihn entscheiden. Also überlegt euch gut ...", jetzt sehe ich all meine Brüder an, so dass sie wissen, dass es für alle gilt, „wie ihr euch verhaltet!"

Sie sehen betreten, ja fast schon beschämt aus. Gut so! Sie sollten Thunder danken und ihn nicht verurteilen. Ohne ihn wäre ich wahrscheinlich tot.

„Fährt mich jetzt einer oder was?"

Keine Ahnung, woher ich plötzlich die Kraft nehme, aber ich muss jetzt stark sein – ich muss zu meinem Rocker.

Im Krankenhaus heißt es warten, warten und warten!

Die vergangenen Stunden fühlen sich an wie Tage. Mein Reaper ist jetzt schon seit drei Stunden im OP und ich habe keine Ahnung, ob er überleben wird.

„Was machen die nur so lange?"

„Sie retten sein Leben. Glaub daran und alles wird gut."

Ben drückt mich und reicht mir eine kalte Cola.

Noch bevor ich sie öffnen kann, kommt einer der Ärzte auf mich zu. Eigentlich dürfte er nur Verwandten Auskunft über Thunders Zustand geben, aber dank Sean und seiner Polizeimarke wird hier eine Ausnahme gemacht.

„Die Operation ist gut verlaufen und wir konnten die Blutung stoppen. Die nächsten Stunden sind entscheidend. Wenn er die Nacht übersteht, hat er gute Chancen."

Wenn ... Ich höre dieses Wort und muss mich beinahe übergeben.

„Ich danke Ihnen, Doc."

Sean bedankt sich, wozu ich nicht in der Lage bin. Zwar hat man mir erklärt, was für einen Schaden die Kugel genau angerichtet hat, aber ich stand so unter Schock, dass ich es nicht richtig verstanden habe.

„Kann ich zu ihm?"

Der Arzt überlegt kurz, nickt dann aber.

Vor Erleichterung breche ich beinahe zusammen.

Sean spürt es und hält mich fest an sich gedrückt.

„Na, na, na, Schwesterherz. Das sind doch gute Nachrichten. Dein Biker wird schon wieder. Da bin ich mir sicher."

Keine Ahnung, wo er seinen Optimismus hernimmt, aber ich bin froh, dass er sich Mühe gibt und mich nicht weiter dazu bringen will, Thunder zu vergessen.

Denn das würde ich nie können.

Eine Krankenschwester kommt auf mich zu, führt mich in einen Raum und zeigt mir, was ich überziehen muss, damit ich zu meinem Reaper darf. Ich hoffe so, dass es Thunder gelingt, dem Tod von der Schippe zu springen.

***

Die nächsten Tage verbringe ich in einem Zustand absoluter Verzweiflung. Meine Brüder sind, als noch am Tag des Unglücks die Reapers eingetroffen sind, gegangen. Zwar war Sean nicht begeistert, dass ich mit dem Präsidenten der Reapers Kontakt habe, aber darauf konnte ich keine Rücksicht nehmen. Dieser Schwachsinn von wegen guter Polizist und böser Krimineller – der hängt mir zum Hals raus.

Ich musste Dagger anrufen und ihm sagen, was passiert ist. Thunder und er sind beste Freude und in meinen Augen hatte Dagger das Recht, so schnell es geht von mir zu erfahren, was passiert war.

Ich bin Thunder so gut wie nie von der Seite gewichen. Mittlerweile sehe ich fast aus, als wäre ich aus der Serie *The walking Dead* abgehauen. Aber das spielt keine Rolle. Alles, was zählt, ist, dass mein Rocker bald wieder gesund wird. Und es sieht gut aus – sehr gut sogar. Die Ärzte sind jeden Tag etwas optimistischer. Erschöpft lege ich meinen Kopf zu Thunder auf die Matratze und schließe für einen kurzen Moment die Augen. *Gott bin ich erledigt!*

Zuerst bemerke ich es gar nicht, doch dann spüre ich, wie sich Thunders Hand, die ich mit meiner festhalte, bewegt. Ruckartig setze ich mich auf und sehe in die blauen Augen meines Bikers.

Vor Glück, Erleichterung und Freude überwältigt, breche ich sofort in Tränen aus und bringe kein einziges Wort zustande.

„Baby, schhhh ..."

Es passt zu ihm, dass er sofort versucht, mich zu beruhigen. Ich hebe seine Finger an, lege sie mir ans Gesicht und küsse die Handinnenfläche.

Ich beobachte besorgt, wie ihm die Augen wieder zufallen, und drücke schnell den Rufknopf.

Wenige Augenblicke später ist eine Schwester da und prüft seine Vitalzeichen.

„Machen Sie sich keine Sorgen. Alles sieht gut aus. Er wird noch ein paarmal aufwachen und wieder einschlafen, ehe er endgültig wieder da ist. Sein Körper hat einiges verkraften müssen."

Ich danke ihr und wähle, als sie das Zimmer wieder verlassen hat, sofort Daggers Nummer. Zwar verbringt jeder Reaper möglichst viel Zeit hier in der Klinik. Aber sie haben eben auch Geschäfte, um die sie sich kümmern müssen. Ich musste Dagger und Marlen versprechen, dass ich sie anrufe, sobald es etwas Neues gibt.

Dass Thunder gerade kurz bei Bewusstsein war, nimmt mir eine schwere Last vom Herzen. Wenn er wirklich gestorben wäre, hätte ich nicht gewusst, wie ich das hätte verkraften sollen.

32. Kapitel

Thunder

Das Erste, was ich höre, ist ein gleichmäßiges Piepen, dann dringen Stimmen zu mir durch und endlich gelingt es mir, die Augen zu öffnen. Ich habe keine Ahnung, wie lange ich jetzt schon hier liege, mir fehlt jegliches Zeitgefühl.

Manchmal war ich kurz wach, dann mal in einer Art Dämmerzustand. Aber ich weiß, dass Violet immer bei mir war, ich konnte ihre Nähe spüren.

Vorsichtig strecke ich meine Hand nach ihr aus, streiche sanft über ihren Handrücken und lenke so ihre Aufmerksamkeit auf mich.

Sofort schnellt ihr Blick zu mir. Als sie sieht, dass ich wach bin, lässt sie ihr Buch einfach fallen und beugt sich zu mir.

„Hey, Reaper ...“

Ihre Begrüßung erinnert mich an die unzähligen Male, die sie mich schon so genannt hat.

„Hey Baby.“

Mein Hals kratzt. Er ist so trocken, dass es schmerzt. Ein Schlauch verschwindet in meiner Nase und versorgt mich so mit ausreichend Sauerstoff. Überhaupt sind unzählige Dinge an mir befestigt.

„Wie geht es dir?“

Violet verdreht die Augen und schlägt sich gegen den Kopf.

„Blöde Frage, vergiss sie.“

Sie ist so süß, dass ich sie am liebsten auf der Stelle küssen würde.

„Durst.“

Mehr bringe ich nicht zustande.

„Warte, ich rufe eine Schwester.“

Nachdem sie einen roten Knopf gedrückt hat, steht sie auf, beugt sich zu mir vor und küsst mich sanft auf die Stirn. Diese harmlose Berührung löst einen elektrischen Schlag in meinem Inneren aus, der mich endgültig wieder zurück ins Leben holt.

Dieses Mädchen ist der Grund, warum ich die letzten Tage so unerbittlich um mein Leben gekämpft habe. Die Dunkelheit war verlockend, sie hat nach mir gerufen, doch wegen Violet habe ich den langen und schmerzhaften Weg Richtung Licht auf mich genommen. Plötzlich huscht ein ernster Ausdruck über ihr Gesicht. Ich will sie fragen, was los ist, doch mein Hals ist zu trocken, ich bringe nur ein unverständliches Krächzen zusammen.

Wieder küsst sie mich, dann setzt sie sich auf den Stuhl zurück und sieht mir tief in die Augen.

„Ich will dir etwas sagen. Ich dachte schon, dass ich niemals mehr die Gelegenheit dazu bekomme, also habe ich mir geschworen, es zu tun, sobald du wieder bei Bewusstsein bist.“

Violet wirkt nervös, jetzt bin ich ja mal gespannt, was kommt.

„Ich liebe dich, Thunder. Ich liebe dich so sehr, dass ich ohne dich nicht mehr leben kann.“

Eine Träne löst sich aus ihrem Augenwinkel, am liebsten würde ich meine Hand ausstrecken, um sie abzuwischen, aber ich kann mich noch nicht richtig bewegen. Mit dem Finger gebe ich ihr zu verstehen, dass sie zu mir kommen soll.

Wir küssen uns ganz sanft und mit geschlossenen Lippen – es ist nie schöner gewesen. Kaum dass Violet sich wieder zurückzieht, kommt die Schwester herein und zerstört so den magischen Augenblick.

„Na, wen haben wir denn da? Willkommen zurück.“

Sie wirft einen Blick auf die vielen Displays, ehe sie mich wieder ansieht.

„Er hat Durst.“

Die Schwester mit den kurzen schwarzen Haaren nickt.

„Bevor ich ihm ein Wasser geben kann, muss ihn erst der Arzt ansehen, aber ich kann ihm ein Zitronenstäbchen geben, das regt den Speichelfluss an und hilft so gegen die Trockenheit.“

Fuck! Ich komme mir wie ein Kleinkind vor. Die zwei Frauen reden über mich, als ob ich gar nicht da wäre.

Am liebsten wäre mir jetzt ein kaltes Bier, aber das ist wohl aussichtslos.

Diese Stäbchenscheiße scheint schon das Maximum zu sein. Sarah kann froh sein, dass sie schon tot ist, ansonsten würde ich ihr jetzt mit Freude das Genick brechen ...

Es wird noch lange dauern, ehe ich wieder der Alte bin, aber das ist okay, ich bin ein Kämpfer, ich schaffe das.

Während mir die Schwester dieses pissefarbene Stäbchen in den Mund schiebt, schwöre ich mir, dass ich Violet, sobald ich hier raus bin, mein Leder anziehen und ihr einen Heiratsantrag machen werde.

Ich habe schon genug Zeit in meinem Leben verschwendet, dieser Vorfall hat mir gezeigt, wie verdammt kostbar jede einzelne Minute ist. Ich will, dass Violet mir gehört, ich will ein Haus, ein Kind - fuck, ich will einfach alles und das am besten sofort!

Im Leben ist es wie beim Motorradfahren.
Es gibt kein zu schnell – nur ein zu langsam!

Bonusmaterial

Thunder

Der Himmel über unseren Köpfen ist schwarz, wolkenfrei und wirkt endlos weit. Unzählige Sterne umrahmen den Mond, eine leichte Brise fährt mir durch die Haare.

Die Nacht wirkt friedlich – doch das täuscht.

Dagger und ich stehen nicht auf der Straße, um über die Schönheit unserer Natur zu diskutieren, sondern um einen Verräter zu töten.

Drei Wochen bin ich im Krankenhaus gelegen, einen Tag nach meiner Entlassung, hat Dagger mich darüber informiert, dass wir eine Ratte unter uns haben. Die letzten vierzehn Tage haben wir damit verbracht herauszufinden, wer es ist – das Ergebnis war schockierend. Es fühlt sich noch immer unwirklich an, dass sich ein Bruder gegen uns gewandt hat. Verrat ist immer eine unschöne Sache, doch von Raven hätte ich niemals gedacht, dass er so tief sinken kann. Für diesen Prospect hätte ich meine Hand ins Feuer gelegt - zum Glück habe ich es nicht getan, ich hätte mich höllisch verbrannt.

Als Sergeant-at-Arms ist es meine Aufgabe, den Reapers-Motorcycle-Club vor allen drohenden Gefahren zu schützen. Ich habe so viele Menschen getötet, dass ich längst aufgehört habe, für jedes ausgelöschte Leben einen Strich auf meine Liste zu setzen. Wozu auch? Was bringt es, wenn ich mir vor Augen führe, was für ein Monster ich bin.

Für einen Killer, macht es keinen Sinn zu bereuen. Was nützt es mir, wenn ich wegen des Typen, dem ich gestern die Kehle aufgeschlitzt habe, Reue empfinde, wenn ich am nächsten Tag bereits das Blut eines weiteren Mannes an den Händen kleben habe?

Und obwohl mir das alles mehr als bewusst ist, fühlt es sich beschissen an, auf Ravens Klingel zu drücken.

Für gewöhnlich versuche ich es zu vermeiden, Mitglieder des Clubs zu killen – das ist einfach nicht mein Stil. Außerdem kann ich nicht abstreiten, dass mir das Töten, seit ich mit Violet zusammen bin, nur noch halb so viel Spaß macht.

Jetzt, wo ich gekommen bin, um Raven für seinen Verrat zu bestrafen, realisiere ich, dass ich wohl doch nicht das herzlose Arschloch bin, für das ich mich halte.

„Yeah Alter, alles klar?"

Dagger wäre nicht Dagger, wenn er meine innere Zerrissenheit nicht sofort bemerken würde. Er ist nicht nur mein Präsident und mein Clubbruder, sondern auch mein bester Freund.

„Aye, alles im grünen Bereich."

„Du wirst es durchziehen?"

„Fuck! Natürlich, Alter. Was denkst du denn? Dass ich weich geworden bin oder was?"

Dagger sieht mich zweifelnd an, nickt dann jedoch kurz.

„Nicht weich, nur emotionaler. Dein buntes Mädchen hat einen gewaltigen Einfluss auf dich."

Es war ja so klar, dass er jetzt wieder mit Violet anfängt.

„Lass meine Lady da raus, Präs. Sie hat damit nichts zu tun."

Er versucht, ein Lachen zu unterdrücken, doch es gelingt ihm nicht wirklich, so dass er sich wie ein erstickendes Schwein anhört. Sein Grunzen hallt durch die Dunkelheit.

Als er sich ein paar Minuten später wieder eingekriegt hat, holt er tief Luft und sieht mich von der Seite an.

„Reg dich ab, Alter, es ist nichts Schlechtes dabei. Unsere Frauen haben nicht nur Einfluss auf uns, sondern auch auf den ganzen Club. Sie sind das Herz unserer Gemeinschaft – der Klebstoff, der uns alle zusammenhält."

Bullshit! Wenn er nicht gleich das Maul hält, verpasse ich ihm eine ...

Auf der Straße, der wir den Rücken zugewandt haben, fährt ein Auto vorbei, ich ignoriere es und drücke erneut den Klingelknopf.

„Der Klebstoff, wie du es nennst, besteht aus Loyalität und Pflichtbewusstsein und nicht aus Muschis. Darum stehen wir mitten in der Nacht hier rum anstatt bis zum Anschlag in unseren Ladys zu stecken. Also, wenn du gerade deinen Sentimentalen hast, Dagger, dann schluck es runter. Dafür habe ich jetzt echt keinen Nerv."

Die Türe öffnet sich nicht. Raven mag vieles sein, aber nicht dumm. Er ahnt mit Sicherheit, dass wir längst auf der Suche nach ihm sind. Wenn er schlau ist, hat er die Stadt, nein, am besten schon den Bundesstaat längst hinter sich gelassen.

„Ach *Fuck*, das nervt jetzt."

Ungeduldig geht Dagger einen Schritt zurück, hebt das rechte Bein und verpasst der Eingangstüre direkt auf Schlosshöhe einen ordentlichen Tritt.

Das Holz knackst, gibt jedoch nicht nach.

„Na, wer von uns beiden ist jetzt weich geworden? Früher hätte ein Tritt gereicht. Du kommst in die Jahre, Präsident. Vielleicht solltest du deinen Platz für jemand Jüngeren frei machen."

Ein dunkles Knurren von sich gebend wiederholt er den Vorgang – dieses Mal mit Erfolg. Mit einem lauten Krachen knallt die Eingangstüre gegen die Wand und gibt uns somit den Weg frei.

„Alt? *Fuck*, ich komme gerade in die besten Jahre, mein Freund!"

Das lasse ich unkommentiert und folge ihm die Treppen rauf bis vor die Wohnungstüre unseres verräterischen Prospects, der lieber mit dem FBI zusammenarbeitet, als seinen Brüdern gegenüber aufrichtig zu sein.

„Mach die Türe auf, Arschloch! Wir wissen, dass du da bist."

Daggers Stimme hallt durch den stillen Hausflur. Aus der Wohnung dringen Geräusche, sicherheitshalber ziehe ich meine Waffe.

Als Anwärter hatte Raven zwar nicht den vollen Einblick in unser Business, aber das, was er wusste, hat er für eine Stange Geld an das FBI verkauft. Wir haben diesem Wichser vertraut und ihm eine Chance gegeben und als Dank hat er uns verraten. Dieser blöde Pisser - dafür wird er jetzt sterben. So einfach ist das!

Mit dem Lauf der Waffe deute ich auf die Türe.

„Willst du mir dieses Mal beweisen, dass du es beim ersten Versuch schaffst, oder ist das jetzt meine?"

Auf der anderen Seite zerbricht etwas, es klingt, als würde ein Fenster geöffnet werden.

„Er versucht abzuhauen!"

Seine mega geniale Feststellung lässt mich die Augen verdrehen.

„Ach, was du nicht sagst, Präs. War doch klar, dass er sich nicht schon mal hinkniet und auf seine Hinrichtung wartet."

Mit ernstem Gesichtsausdruck steckt Dagger seine Halbautomatik zurück in das Holster unter seiner Kutte und zieht seinen geliebten Dolch hervor.

„Was soll das werden, Bro?"

Mit dem Daumen streicht er vorsichtig über die scharfe Klinge.

„Dieser Verräter ist keine Kugel wert. Raven ist, nein, war einer von uns. Das ist eine persönliche Sache, die wird auf die altmodische Art geklärt, außer er sieht ein, was er getan hat und zieht die Kutte freiwillig aus!"

Oha ... das bedeutet, es wird richtig blutig.

Dieses Mal braucht Dagger nur einen Tritt. Die Türe springt auf, mein Blick fällt sofort auf das offen stehende Fenster.

„Hinterher!"

Daggers Aufforderung wäre nicht nötig gewesen. Mit schnellen Schritten eile ich zu dem Fenster, steige raus auf das angrenzende Dach und sehe mich um.

Ich entdecke Raven gut dreihundert Meter weiter und beobachte, wie er auf ein Garagendach springt.

What a Fuck! Denkt der wirklich, dass er vor mir davonlaufen kann?

In unserer Welt ist Verrat das Schlimmste, besonders wenn die Ratte mit den Bullen zusammenarbeitet. Wenn es sein muss, verfolge ich ihn durch die ganze Stadt! Noch bevor die Sonne aufgeht, wird sein Blut die Erde tränken – das schwöre ich bei meinem Leben!

Dagger hat recht. Es ist etwas Persönliches. Ich habe diesem Prospect vertraut und er ist uns in den Rücken gefallen. *Fuck off!*

Persönlicher geht es gar nicht mehr ...

So schnell ich kann, stürme ich mit gezogener Waffe in die Richtung, in der Raven aus meinem Sichtfeld verschwunden ist.

Ich springe an einer Feuerleiter herunter, rolle mich am Boden ab und renne zu der Garage. Im Augenwinkel sehe ich eine Bewegung. Raven klettert über die Absperrung einer Baustelle und lässt sich schwerfällig auf der anderen Seite runterfallen. Je näher ich komme, umso deutlicher sehe ich, dass er humpelt. Irgendwo muss er sich verletzt haben. Der Abstand zwischen uns wird immer kleiner, ich überwinde den Bauzaun mit Leichtigkeit und lande ohne Mühe auf den Füßen. Ein Stich durchzuckt meinen Körper und erinnert mich daran, dass ich noch nicht wieder ganz fit bin.

Gerade als Raven um einem geparkten LKW rennen will, gebe ich noch mal alles und werfe mich von hinten auf ihn. Mit einem gepressten *Uffff* geht er zu Boden und schlägt der Länge nach in den Kies. Spitze Steine drücken sich in meine Handflächen. Ich ignoriere den Schmerz, verpasse der Ratte einen harten Schlag in die Nieren und stehe auf.

Die Naht an meinem Bauch zieht und brennt. Die Verfolgungsjagd hat meiner noch nicht ganz verheilten Schusswunde nicht gutgetan ...

Raven liegt schnaufend vor mir. Ein paar Atemzüge lang bewegt er sich nicht, dann dreht er sich auf den Rücken und sieht zu mir nach oben.

Eine Straßenlaterne, die nicht weit von uns entfernt steht, erhellt sein Gesicht, so dass ich die Panik in seinem Blick erkennen kann.

„Wie ich sehe, hat Dagger seinen Killer geschickt."

„Er musste mich nicht schicken. Dich zu töten ist Ehrensache."

Raven zieht eine Augenbraue nach oben und sieht mich abwartend und voller Verachtung an. Endlich zeigt er sein wahres Gesicht.

„Steh auf, Arschloch, oder willst du im Liegen sterben?"

„Macht das für dich einen Unterschied, Thunder?"

Ich schüttle den Kopf.

„Für mich nicht! Es ist deine Sache, ob du wie eine Ratte im Dreck liegend stirbst oder wie ein Mann mit erhobenem Kopf. Das Ergebnis ist das gleiche ... so oder so wird die Sonne morgen ohne dich aufgehen."

Raven zögert kurz, ich höre Schritte hinter mir. Auch ohne mich umzudrehen, weiß ich, dass Dagger uns endlich gefunden hat.

„Ah, da ist er ja der mächtige Reaper-Präsident. Bist du gekommen, um zu prüfen, ob dein Wachhund seine Arbeit auch gründlich macht?"

Okay, jetzt reicht's! Nicht bereit, mir seine Scheiße auch nur eine Sekunde länger gefallen zu lassen, hole ich aus und verpasse ihm einen Tritt in die Rippen. Aufgrund der Stahlkappen in meinen Stiefeln kann ich zwar nicht spüren, wie die Knochen brechen, aber dank Ravens Schmerzensschrei weiß ich, dass sie es tun.

„Bevor wir das hier zu Ende bringen, will ich dir noch eine Frage stellen, Prospect. War es das Geld wert, deine Brüder zu verraten?"

Bis auf Ravens unregelmäßige Atemzüge ist nichts zu hören. Die Stille hält einige Sekunden an, dann rappelt Raven sich mit verzerrtem Gesicht auf und sieht erst mir und dann Dagger direkt in die Augen.

„Nein, das war es nicht!"

Zumindest eine ehrliche Antwort.

„Ausziehen!"

Ich deute auf sein Leder, Raven sieht mich entsetzt an.

So langsam beschleicht mich das Gefühl, dass dieser Idiot immer noch nicht kapiert, was er eigentlich getan hat und wie schwerwiegend sein Verrat ist.

Durch den Ärger mit Sarah und meine Verletzung sind die Ereignisse, die sich in Vancouver abgespielt haben, noch nicht mit allen besprochen worden. Ein Glück für uns. Denn so konnte Raven nicht wissen, dass die Russen raus sind und dass unser neuer Waffenlieferant das mexikanische Kartell ist. Er hat also veraltete Infos an das FBI verkauft. Aber das macht es nicht weniger schlimm.

„Zieh deine Kutte aus oder ich schneide sie dir vom Leib."

Dagger bebt vor Zorn. Wenn Raven schlau ist, sollte er dem Befehl umgehend nachkommen. Für ihn wird es kein großer Unterschied sein, ob er mit Kutte oder ohne in die Hölle fährt. Für Dagger hingegen ist es wichtig, dass Raven nicht als Reaper stirbt, sondern als Außenstehender. Für jemanden, der nicht im Club ist, mag das lächerlich und unwichtig wirken, doch ich kann Dagger da voll verstehen.

Reapers forever – forever Reapers.

Dieses Leder bedeutet für uns Familie, Zusammenhalt und Treue bis in den Tod. Für uns ist der Schwur, den jeder Reaper auf seine Kutte leistet, heilig. Raven hat es nicht verdient, als Reaper von dieser Welt zu gehen. Er wird mit dem Wissen, dass er ohne seine Familie und ganz alleine im Dreck liegend seinen letzten Atemzug macht, sterben.

Wenn er sich weiter weigert, sein Leder auszuziehen, wird Dagger ihn höchstpersönlich umbringen – und er wird es besonders qualvoll und langsam tun. Wenn Raven jetzt nachgibt, werde ich ihn töten - schließlich ist das meine Aufgabe als SGT des Clubs - und es wird schneller gehen, als wenn es mein vor Wut schnaubender Präsident machen wird. So viel ist sicher ...

Endlich gibt Raven nach und streift sich vorsichtig das Leder von den Schultern. Ich hoffe, dass er leidet.

Der Sprint über die Hausdächer war keine gute Idee, die Schmerzen in meiner Mitte werden immer stärker. Kein Wunder. Ich bin dem Sensenmann nur knapp von der Schippe gesprungen. Es hat nicht viel gefehlt und diese durchgeknallte Bitch hätte mich erschossen. Mich vor Violet zu werfen war keine rationale Entscheidung, sondern eher ein Instinkt. Jede Faser meines Ichs ist so auf den Schutz meines Mädchens ausgerichtet, dass ich mit Freuden in den Tod gehe, ehe ich zulasse, dass Violet etwas passiert. Ich liebe diese Frau mehr als alles auf der Welt - für sie würde ich einfach alles tun. Das Wissen, dass sie jetzt gerade in meinem Bett liegt und schläft, löst ein warmes Prickeln in meinem Inneren aus. Plötzlich kann ich es gar nicht erwarten, diese Scheiße hier so schnell es geht zu Ende zu bringen, damit ich schnell wieder bei ihr sein, sie in meine Arme nehmen und ihren süßen Geruch einatmen kann.

Fluchend stecke ich mir einen Hubba Bubba in den Mund und ignoriere den Schmerz, der wie Wellen durch meinen Rumpf pulsiert.

Violet wird mich killen, wenn sie erfährt, dass ich mein Versprechen, es langsam angehen zu lassen, gebrochen habe.

Kaum dass Dagger die Kutte in den Händen hält, wirft er mir einen kurzen Blick zu – mein Zeichen.

„Bringen wir es zu Ende, Raven."

Der Prospect sieht mich panisch an.

„Bitte ... bitte, es tut mir leid. Ich erkenne jetzt, dass es ein Fehler war. Können wir das nicht anders regeln?"

Dagger gibt ein freudloses Lachen von sich und lehnt sich an den LKW.

„Du warst einer von uns. Du wusstest, was mit Verrätern passiert und dennoch hast du vertrauliche Informationen an die Bullen verkauft."

Er will etwas zu seiner Verteidigung sagen, doch ich lasse ihn nicht zu Wort kommen.

„Kopf oder Herz?“

Raven kapiert sofort, dass das das beste Angebot ist, das er von mir bekommen wird.

„Kopf.“

Ich nicke, hebe den Arm, ziele auf seine Stirn und drücke ab, ohne zu zögern.

Durch die Wucht des Einschlags wird er von den Füßen gerissen, schlägt mit dem Rücken auf und blickt mit leeren Augen gen Himmel.

„*Fuck,* so eine Verschwendung. Er hatte definitiv das Zeug, ein verdammt guter Reaper zu werden.“

Dagger klingt deprimiert – mir geht es nicht anders.

Blut und Hirnmasse verteilen sich im Kies, bilden erstaunlich schnell eine Pfütze.

„Das wäre erledigt. Lass uns von hier verschwinden. Ich habe Marlen versprochen, mich zu beeilen.“

Einen letzten Blick auf den Toten werfend, drehe ich mich zu Dagger um und stecke die Waffe weg.

„Shit! Echt jetzt, Bro?“ Lachend schüttle ich den Kopf. „Aber du willst mir vorwerfen, dass ich unter Violets Einfluss stehe. Interessant!“

Mir seinen Mittelfinger entgegenstreckend, macht er sich auf den Weg zurück zu unseren Bikes. Dieses Mal bleiben wir am Boden und verzichten darauf, über die Dächer zu laufen.

„Oh Thunder, du hast ja keine Ahnung. Warte ab, bis ihr Kinder habt, das verändert noch mal alles.“

Das glaube ich ihm aufs Wort. In meinem Kopf entsteht eine Fantasie. Ich sehe Violet mit unserem Baby im Arm auf einer Bank sitzen. Sie sieht mich kommen und lächelt mich voller Liebe an. In ihrem Blick liegt dieser selige Ausdruck, den nur Mütter haben – mein Herz setzt für einen gefährlich langen Moment aus.

Meine Schritte werden sofort schneller, es wird Zeit, dass ich heimkomme – es wird Zeit, dass ich meine Lady küsse und ihr ein Kind mache.

Holy Fuck! Ich bin so was von bereit für die Zukunft ...

Buchempfehlung
Erotische Romane von Bärbel Muschiol

Kennt Ihr schon alle Rocker Romane von Bärbel Muschiol?

Die Rocker Serie besteht aus:

1. **Rocker Dämon – Ace und Amy**
2. **Rocker Devil – Slide und Ellen**
3. **Rocker Bastard – Razzor und Nicki**
4. **Rocker Heart – Spider und Abigail**
5. **Rocker Ghost – Ghost und Angel**

Ihr könnt die Rocker Romane als Taschenbücher und eBooks lesen!

„Rocker Dämon – Ace und Amy“

Klappentext:
Es ist ein Deal, um ihren Vater zu retten. Amy liefert sich Ace, dem dämonischen Präsidenten der Dead Riders aus. Doch schon bald genießt sie diese neue und gefährliche Welt des gefürchteten Rockerclubs. Das vollkommene Ausgeliefertsein, Aces Gier und der harte, bedingungslose Sex führen sie in immer neue Höhen. Aber die Schatten der Vergangenheit drohen das neue Glück zu zerstören. Gewalt bricht über die Familie der Riders herein und führt in ein tödliches Blutbad. Prickelnde Erotik, gnadenlose Härte und Dominanz und wahre Freundschaft zeichnen diese spannende Geschichte aus, die mehr als eine Lovestory ist: furchteinflößend, dabei sexy, verdammt heiß und voller Gefühl!

Taschenbuch ISBN: 978-3-95573-549-4
eBook ISBN: 978-3-95573-550-0

Klarant Verlag

Lernen Sie die Titel des Klarant Verlages kennen und besuchen Sie uns im Internet unter:

www.klarant.de

Sie können dort Näheres über unsere Autoren erfahren, viele weitere interessante Bücher und eBooks finden und Leseproben herunterladen.

Mit dem kostenlosen Newsletter unter

www.liebe-lesen.de

erhalten Sie aktuelle Informationen rund um das Verlagsprogramm, wie beispielsweise spannende Neuerscheinungen und Gewinnspiele.